Michael Quandt

Sturms Flug

Thriller

W0279728

blanvalet

Die Handlung und alle handelnden Personen sind frei erfunden.
Jegliche Ähnlichkeit mit lebenden oder realen Personen
wäre rein zufällig.

FSC
www.fsc.org
MIX
Papier aus verantwortungsvollen Quellen
FSC® C014496

Verlagsgruppe Random House FSC-DEU-0100
Das FSC®-zertifizierte Papier *Holmen Book Cream* für dieses Buch
liefert Holmen Paper, Hallstavik, Schweden.

1. Auflage
Deutsche Erstausgabe April 2012 bei Blanvalet, einem Unternehmen
der Verlagsgruppe Random House GmbH, München.
Copyright © by Blanvalet Verlag, in der Verlagsgruppe
Random House GmbH, München
Umschlagmotiv:
© Illustration Johannes Wiebel | punchdesign, München,
unter Verwendung eines Motivs von
Regien Paassen/Shutterstock und ssuaphotos/Shutterstock
Redaktion: Peter Thannisch
Lektorat: Holger Kappel
Herstellung: sam
Satz: Uhl+Massopust, Aalen
Druck und Einband: GGP Media GmbH, Pößneck
Printed in Germany
ISBN: 978-3-442-37794-7

www.blanvalet.de

MICHAEL QUANDT

Sturms Flug

Buch

Die Kölner Kommissarin Mara Sturm wurde vom Dienst suspendiert und arbeitet jetzt als freie Journalistin. Da erhält sie den Tipp, dass sich am Flughafen eine Maschine in der Gewalt von Hijackern befindet. Bei der Recherche vor Ort trifft sie auf ihren verhassten Ex-Chef, dem sie ihre Suspendierung verdankt. Trotz der Steine, die ihr in den Weg gelegt werden, findet Mara bald heraus, dass sie dem Anführer der Luftpiraten schon einmal begegnet ist. Damals hat er sie gedemütigt und beinahe umgebracht. Diesmal, so ist Mara entschlossen, wird sie ihn dingfest machen. Und so muss sie sich erneut über alle Regeln hinwegsetzen, um eine offene Rechnung zu begleichen. Zu spät erkennt sie, dass sie sich diesmal vielleicht überschätzt hat…

Autor

Michael Quandt ist im Hauptberuf Kriminalbeamter. Dadurch kennt er den Polizeialltag in all seinen Facetten, und das wiederum merkt man beim Lesen seiner Romane. Michael Quandt wohnt in der Nähe von Köln.

Außerdem ist von Michael Quandt bei Blanvalet erschienen:

(37441) Sturms Jagd

Prolog

Die Ohrfeige war heftig, fast brutal.

Wenn Bernd in diesem Moment seine Sinne beisammengehabt hätte, wäre er höchstwahrscheinlich erschaudert, so wie die meisten Passagiere in den ersten Sitzreihen, denen das heftige Klatschen nicht entgangen war. Der Kopf der Stewardess flog zur Seite, ihr Schiffchen, dieses lächerliche Hütchen mit dem Logo der Airline, das sie mit einer Haarnadel in der richtigen Position fixiert hatte, löste sich und sauste in hohem Bogen davon.

»Weg da, hab ich gesagt!«, blaffte der Mann auf Englisch.

Die Stewardess musste eilig zurückweichen, um seinem auskeilenden Ellenbogen zu entgehen.

Wäre Bernd nicht wie paralysiert gewesen, hätte er sich vermutlich gefragt, warum niemand etwas gegen diesen Rüpel unternahm. Bei der Stewardess, so erkannte er, handelte es sich um Grietje. Der Name stand auf einem Messingschildchen an ihrer Bluse. Grietje war eine weiße Südafrikanerin, genau wie die übrigen Crewmitglieder an Bord des Fluges SWX 714 von Mombasa nach Köln. Sie mochte Mitte vierzig sein, recht alt für eine Stewardess, doch dafür war sie ungemein charmant und hatte stets einen lockeren Spruch in petto gehabt.

Aber das war ihr inzwischen gründlich vergangen. Verzweifelt bückte sie sich nach ihrem Schiffchen, so als wäre auf der Stelle alles in Ordnung, sobald es wieder an seinem Platz saß.

Ihre Kollegin stand da und starrte den handgreiflich gewordenen Passagier an.

Der war ein Schwarzafrikaner, ein unangenehmer, nach Schweiß stinkender Mann, der etwas Beängstigendes an sich hatte. Obwohl er weder groß noch breitschultrig war, wirkte er gefährlich und gewalttätig. Alle konnten seine Brutalität spüren. Das war vermutlich auch der Grund dafür, dass niemand einschritt und dem Kerl befahl, sich wieder auf seinen Platz zu setzen, so wie es Grietje vorhin ein halbes Dutzend Mal in freundlichem Tonfall versucht hatte.

Mittlerweile hatte er jenen Bereich betreten, der von der Crew *Bordküche* genannt wurde, dabei jedoch nichts anderes war als ein winziges Stückchen leerer Raum zwischen Cockpit und Kabine. Dort hantierte er ungeduldig an den Servicewagen herum, die normalerweise von den Stewardessen dazu benutzt wurden, den Passagieren das Essen zu bringen.

»Was machen Sie denn da?«, wollte Grietjes Kollegin wissen, erst auf Englisch, dann auf Deutsch mit holländischem Akzent. Sie war wesentlich jünger als Grietje und ausnehmend hübsch, und ihre Muttersprache war vermutlich *Afrikaans*, ein mit dem Niederländischen verwandter Dialekt, den die Mehrheit der Weißen in Südafrika sprach. Ihr Tonfall verriet eine Mischung aus Unbehagen und Verblüffung. »Sind Sie taub?«

Der Kerl ignorierte sie und ruckelte weiterhin an den Servicewagen herum. Diese befanden sich an der Rückwand zum Cockpit, eingepasst in schrankartige Aussparungen, wo sie von metallenen Bügeln am Wegrollen gehindert wurden.

Zaghaftes Murmeln wurde laut, alle fragten sich, was der Typ im Sinn hatte.

Bernd konnte die Szene genau beobachten, denn er saß in der zweiten Reihe und direkt am Gang, sodass ihm sogar ein Blick ins Cockpit möglich war. Das heißt, natürlich nur, wenn die Tür offen stand, was meistens nicht der Fall war. Nur als einer der Piloten vor vielen Stunden die Toilette aufgesucht hatte, war die Tür kurz geöffnet worden, und als Grietje das Essen ins Cockpit gebracht hatte. Da hatte Bernd einen flüchtigen Blick auf eine schmale Panoramascheibe erhascht, hinter der sich schier endloses Himmelblau erstreckte. Und eine ganze Batterie von Knöpfen, Skalen, Lampen und Schaltern hatte er gesehen, die das Cockpit vom Boden bis zur Decke auszufüllen schienen.

Seither war die Tür längst wieder geschlossen.

Der Schlägertyp ließ sich auf alle viere nieder und kroch leise fluchend in einen der Stauräume, nachdem er zuvor einen Servicewagen aus seiner Halterung befreit und zur Seite geschoben hatte. Offenbar suchte er etwas, das sich am Boden befinden musste. Von Bernds Platz aus waren nur noch sein Hinterteil in einer schäbigen Jeans sowie seine Füße zu sehen. Auch Grietje und ihre Kollegin betrachteten das groteske Bild. Es war ihnen anzumerken, dass sie soeben ein Novum erlebten, denn offenbar hatte sich noch keiner ihrer Fluggäste jemals derart absonderlich verhalten.

»Sind Sie noch bei Trost? Kommen Sie gefälligst da raus!«, rief Grietje mit schriller Stimme, als das Schiffchen wieder ordentlich auf ihrem Kopf saß.

Keine Reaktion.

Ihre hübsche Kollegin ließ den Blick Hilfe suchend über die Sitzreihen schweifen, wohl in der Hoffnung, doch noch einen Passagier zum Einschreiten bewegen zu können. Aber leider saßen vorn nur brave Familienväter mit ihren Frauen und Kindern, die sich genauso unbehaglich und hilflos fühlten wie sie selbst.

Und dann war da noch Bernd, der ebenfalls nicht aussah wie jemand, der sich gegen den Verrückten durchzusetzen wusste.

Grietje jedoch war keineswegs gewillt, klein beizugeben. Abermals richtete sie einen Appell an das Hinterteil im Schrank.

»Wenn Sie nicht auf der Stelle rauskommen, wird der Kapitän den Sicherheitsdienst des Flughafens verständigen, und dann wird man Sie festnehmen, sobald sich die Türen öffnen. Wollen Sie das?«

Auch dieser Versuch erzielte keine Wirkung, also bedeutete Grietje ihrer Kollegin, Frans zu holen. Das musste der Steward sein, dachte Bernd, der gemeinsam mit der dritten Stewardess für die Passagiere in der hinteren Hälfte des Flugzeugs zuständig war. Folglich befanden sich sein Platz und der seiner Kollegin neben dem Hinterausgang, sodass sie noch nicht mitbekommen hatten, was vorn los war.

Niemand jenseits der ersten vier oder fünf Reihen bekam das mit, denn der gesamte Mittelgang war blockiert von ahnungslosen, schwatzenden, ungeduldigen Urlaubern, die sich mit Jacken und Taschen abmühten, dem sogenannten Handgepäck, das sie aus den Ablagefächern über ihren Köpfen hervorgekramt hatten, während sie nun darauf warteten, endlich aussteigen zu dürfen. Für die meisten endeten die Ferien hier an diesem Flughafen, den man *Konrad Adenauer* nannte. Oder, wenn man die vollständige Bezeichnung wählte, *Flughafen Köln/Bonn »Konrad Adenauer«*.

Jemand lachte schrill, ein kleines Kind weinte.

»Ist das Raureif dort hinten auf der Wiese?«, wollte eine Frau wissen, die durch ihr Fenster spähte. »Das darf doch nicht wahr sein. Vor rund … fünfzehn Stunden haben wir noch bei neunundzwanzig Grad geschwitzt, während wir den Abschiedscocktail in der Hotellobby genossen haben.«

»Haha, Cocktail«, erwiderte ein Mann in ihrem Alter, mit dem sie offenbar verheiratet war. »Jetzt ist Glühwein angesagt, in nicht ganz zwei Wochen kommt das Christkind!«

Erneutes Lachen.

Als Bernd das Wort *Cocktail* aufschnappte, überkam ihn wieder das Gefühl der Bestürzung, das er empfunden hatte, unmittelbar bevor ihn die Auseinandersetzung zwischen Grietje und dem renitenten Farbigen kurzfristig abgelenkt hatte. Er starrte auf das Handy, das er immer noch in den verkrampften Fingern hielt, und er dachte wieder daran, was er soeben erfahren hatte. Es war unglaublich. Tragisch. Irreal.

Vor rund zehn Minuten war seine Welt aus der Umlaufbahn gesprengt worden!

Zu diesem Zeitpunkt war das Flugzeug gerade gelandet und hatte seine Parkposition irgendwo neben dem Rollfeld erreicht. Die Gangways waren herangeschoben worden, und durch die kleinen Fenster hatte man die Gepäckwagen auftauchen sehen. Sofort hatte geschäftiges Treiben eingesetzt, Männer mit überdimensionalen Gehörschützern waren emsig um die Maschine herumgeschwirrt, doch die beiden Ausstiegsluken hinten und vorne waren geschlossen geblieben. Schließlich hatte der Flugkapitän den ungeduldigen Passagieren über Lautsprecher erklärt, dass es ein Problem mit den Bussen gäbe. Eigentlich hätten diese längst bereitstehen und die Reisenden zum Terminal bringen sollen, doch aus irgendeinem organisatorischen Grund war derzeit keiner verfügbar. Der Kapitän bat um Verständnis und wies darauf hin, dass für diese Panne die Flughafenverwaltung verantwortlich sei und nicht die Airline, namentlich die *South African Wings*. Man habe ihm jedoch zugesichert, so der Kapitän weiter, dass man das Problem in spätestens fünfzehn Minuten gelöst habe, dann stünden zwei Ersatzbusse zur Verfügung.

Also hatten alle laut gestöhnt und geklagt und mit den Füßen gescharrt. Und Bernd hatte zum Handy gegriffen und seinen besten Freund Georg angerufen, um die Zeit totzuschlagen, aber auch, damit Georg wusste, dass er wohlbehalten in Deutschland gelandet war.

Seitdem war alles anders.

»Birdie, alte Knackwurst«, hatte Georg ihn begrüßt. Bird oder Birdie waren Bernds Spitznamen, und einer von zwei Gründen dafür, dass man ihn so nannte, war sein Nachname: Vogel.

Wie auch immer, nachdem Georg versichert hatte, dass in Bernds Wohnung alles in bester Ordnung sei – er war passenderweise gerade vor Ort, um einen Begrüßungsschluck auf den Küchentisch zu stellen –, hatte er in seiner flapsigen Art gefragt, ob sich Bernd denn auch diesmal wieder von einem Urlaubsflirt in den nächsten gestürzt hätte. Damit wollte er ihn aufziehen, denn von *wieder einmal* konnte in diesem Zusammenhang wahrlich keine Rede sein. Bernds letzte Beziehung, die gleichzeitig seine einzige *richtige* gewesen war, lag eine Ewigkeit zurück. Seitdem tat er sich schwer mit den Frauen, und normalerweise bekam er schon feuchte Hände, wenn ihn die Verkäuferin beim Bäcker nur unverbindlich anlächelte. Okay, das war übertrieben, doch von einem echten Flirt war er meilenweit entfernt.

Aber dann war in Kenia das Unglaubliche geschehen! Er hatte sich verliebt, Hals über Kopf, mit Haut und Haaren, was er Georg kleinmütig und zögernd gestand. Und selbstverständlich im Flüsterton, damit seine Sitznachbarn nichts davon mitbekamen.

»Birdie, du Schwerenöter«, frohlockte Georg, »das ist ja der Hammer! Die Pechsträhne hat ein Ende, wer hätte das gedacht? Wo hast du die Schöne denn kennengelernt?«

»Im Hotel.«

»Ah, dann sitzt sie jetzt vermutlich neben dir und krault dich hinter dem Öhrchen?«

Er seufzte. »Nein, leider nicht. Ihr Urlaub war früher zu Ende als meiner. Sie ist bereits am Dienstag zurückgeflogen.«

Georg kicherte. »Pech für dich, alter Freund. Und wie heißt die Glückliche?«

»Hanna.«

»Sprich doch mal ein bisschen lauter, ich verstehe dich kaum. Was ist denn da bei euch los? Nehmen die gerade den Flieger auseinander? Hanna, sagst du? Und weiter?«

Er räusperte sich. »Keine Ahnung.«

Sein bester Freund wurde sofort hellhörig. »Was heißt das, keine Ahnung? Du sagtest doch gerade, ihr hättet fast eine Woche lang ständig zusammengehockt und jeden Abend Cocktails an der Bar geschlürft und den Sonnenuntergang betrachtet.« Er lachte. »Nenn mich nicht altmodisch, aber sollte man da nicht zumindest wissen, mit wem man es zu tun hat?«

Bernd wurde knallrot. Gut, dass ihn Georg nicht sehen konnte. Wie ein Verschwörer sah er nach rechts und links, doch die Mitreisenden nahmen keine Notiz von ihm, sondern waren mit ihrer eigenen Ungeduld beschäftigt.

Gleichwohl flüsterte er, um zu vermeiden, dass irgendjemand etwas mitbekam. Die ganze Geschichte war ihm unendlich peinlich. Allmählich bedauerte er es, Georg eingeweiht zu haben. »Ich weiß sehr genau, wer sie ist, dazu brauche ich nicht ihren Nachnamen zu kennen«, sagte er. »Sie hat sich als Hanna vorgestellt, und das war okay für mich. Ihren Personalausweis habe ich nicht kontrolliert.« Er schluckte. »Viel schlimmer ist, dass ich ihre Adresse nicht kenne. Wahrscheinlich wohnt sie in Berlin oder irgendwo dort in der Gegend …«

»Gratulation«, kam es spöttisch aus dem Handy. »Mein bester Freund lacht sich nach hundert Jahren Zölibat eine Maus an, aber anstatt sich ein knackiges Mädchen aus der Region zu suchen, erwählt er eine, die sechshundert Kilometer entfernt wohnt. Typisch. Warum hast du nicht gleich eine Polin genommen? Oder eine Russin? Oder noch besser eine vom Mars? Na ja, jedenfalls kann sie dir nicht auf die Nerven fallen, da ihr euch so gut wie nie sehen werdet.«

Bernd reagierte trotzig. »Sie würde mir nicht auf die Nerven fallen, selbst wenn ich Tag und Nacht mit ihr zusammen wäre! Außerdem sind Flüge nach Berlin mittlerweile durchaus erschwinglich. Doch leider stellt sich das Problem gar nicht erst. Denn wie ich schon sagte, habe ich keinen Schimmer, wo sie wohnt.«

»Telefonnummer? E-Mail-Adresse?«

»Fehlanzeige.« Er tat einen tiefen Atemzug. »Aber zumindest kenne ich jemanden, der mir die Telefonnummer geben könnte.«

Georg prustete augenblicklich los, feuerte eine wahre Salve von Fragen und spitzfindigen Bemerkungen ab, und je länger er lamentierte, desto verdrießlicher wurde Bernd. Er ärgerte und schämte sich.

Um vom Thema abzulenken, erkundigte er sich nach der Post, denn Georgs Auftrag lautete nicht nur, hin und wieder nach dem Rechten zu sehen und die Fische in dem wunderschönen Meerwasseraquarium zu füttern, sondern auch, den Briefkasten zu leeren. Und darin hatte Georg eines Morgens einen ganz besonderen Brief entdeckt, wie er berichtete.

Bernd bestand darauf, dass sein Freund ihn auf der Stelle öffnete und ihm vorlas. Also ging Georg den Poststapel durch, den er gleich neben der Begrüßungsflasche auf den Küchentisch gelegt hatte, um das Corpus Delicti herauszufischen.

Der Brief veränderte Bernds Leben, und das mit einem gewaltigen Paukenschlag. Von einer Sekunde zur nächsten war ihm schlecht geworden, dann heiß und kalt, dann hatte er das Gefühl, sich übergeben zu müssen. Nun, eine Papiertüte war wenigstens in greifbarer Nähe gewesen, doch gottlob war sie nicht zum Einsatz gekommen.

Der Brief…

Eine Stimme holte ihn in die Realität zurück.

»Jetzt reicht's, verdammt noch mal! Was soll der Mist? Wieso drehen diese dämlichen Busse wieder um?«

Grietje hatte wirklich einen miesen Tag erwischt, denn nach der Attacke des Schwarzen musste sie sich nun mit einem weiteren Spinner auseinandersetzen, der wild gestikulierend und in penetranter Lautstärke auf sie einredete. Er beschwerte sich, schimpfte, salbaderte ohne Unterlass, beschwerte sich erneut. Als ob eine simple Stewardess Schuld daran wäre, dass die Busse kehrtmachten.

Bernd beugte sich zur Seite und versuchte, einen Blick aus dem Fenster zu werfen. Das war schwierig, da zwischen ihm und der DIN-A-4-großen Plexiglasscheibe ein Ehepaar saß, das sich ebenfalls die Nasen platt drückte und die Sicht versperrte. Dennoch sah er, wie die lang ersehnten Busse, die eigentlich dazu bestimmt waren, die Passagiere endlich abzuholen, tatsächlich wieder in Richtung Terminal davonfuhren. Und noch dazu in wahnwitzigem Tempo, wie es schien. Einer schlingerte bedrohlich, als er der Markierung auf dem Rollfeld folgte, die an einer Stelle eine Kurve beschrieb. Dann fiel ihm auf, dass die Gepäckauslader verschwunden waren, obwohl die halb bepackten Wagen noch in der Nähe des Flugzeugs standen.

Sonderbar.

»Mama, wann dürfen wir endlich nach Hause?«, quengelte ein Mädchen.

Während das allgemeine Gemurmel immer lauter wurde, setzte der Beschwerdeführer seine Litanei fort. Grietje war zu bedauern. Zeter, Zeter, Zeter.

Bernd betrachtete den schimpfenden Mann und erkannte ihn, obwohl er ihm den Rücken zukehrte. Das schulterlange Haar, der Ohrring und das Piratentuch auf dem Kopf waren unverkennbar. Der Typ war ein Großmaul, ein unsympathischer Polterer und Grobian, der im selben Hotel gewohnt hatte wie Bernd. Immer, wenn er und Hanna dem Kerl über den Weg gelaufen waren, hatten sie sich über ihn lustig gemacht, sei es beim Essen oder an der Poolbar beim Cocktail. Den *Easy Rider* hatten sie ihn heimlich genannt und sich gefragt, ob er tatsächlich nur das eine T-Shirt besaß, mit dem man ihn stets zu Gesicht bekam. Es war schwarz und schmutzig und trug den Schriftzug *Harley Davidson*.

Er hatte Mitleid mit dem Easy Rider, trotz seines Benehmens, denn wenn jemand an Bord einen Grund hatte, die Nerven zu verlieren, dann er. Immerhin lag seine Freundin tot in einem Sarg tief unten im Gepäckraum dieses Flugzeugs. *So* hatte er sich die Rückkehr aus dem Urlaub garantiert nicht vorgestellt.

Apropos Grobian: Wo war eigentlich der Schwarzafrikaner geblieben?

Bernd schaute in Richtung Bordküche, doch der Kerl schien verschwunden zu sein. Doch wohin? Der Platz im Schrank, den er vorhin auf so aberwitzige Weise erkundet hatte, wurde inzwischen wieder von dem Servicewagen eingenommen. Grietje hatte ihn dorthin zurückgeschoben, und Bernd hatte sie dabei beobachtet, ohne es richtig wahrzunehmen. Der Brief hatte ihm die Sinne vernebelt. Erst als er sich konzentrierte, wurde ihm klar, dass der Schwarzafrikaner nach einer Weile gefunden hatte, wonach er offenbar gesucht hatte: Ein Behältnis, das in ihm unwillkürlich die Vorstellung eines Saxofonkoffers geweckt hatte. Damit war der Typ ins Cockpit gestürmt, und Grietje hatte es nicht gewagt, ihn daran zu hindern. Das Ganze war vollkommen absurd.

Auf einmal knackte es im Lautsprecher. Schlagartig verstummte das vielstimmige Murren. Auch der Easy Rider mit seinem Harley-Shirt und dem Piratentuch hielt die Luft an und lauschte, da er erwartete, dass sich nun der Kapitän melden würde, um zu erklären, warum die Busse wieder kehrtgemacht hatten.

»Verehrte Fluggäste…«, ertönte tatsächlich seine Stimme, doch diesmal klang sie seltsam belegt.

Die Durchsage brach ab, kaum dass sie begonnen hatte. Ein Schrei war zu hören, der eindeutig aus dem Cockpit kam.

In der nächsten Sekunde wurde die Cockpittür aufgestoßen. Nein, aufgestoßen war untertrieben, sie flog geradezu aus den Angeln.

Grietje zuckte zusammen. Sogar der Easy Rider wich eilends zurück, während der Schwarzafrikaner im Türrahmen auftauchte. Und da wusste Bernd, dass sich kein Saxofon in dem Kasten befunden hatte.

Flug SWX 714 wurde entführt.

Kapitel 1

22 Tage vor der Entführung des Fluges SWX 714

Der Busbahnhof war typisch für das südliche Afrika: Staub, Lärm, Gedränge, schwitzende, schiebende und lamentierende Menschen allenthalben, ausnahmslos dunkelhäutig mit leuchtend weißen Zähnen und schwarzem Kraushaar; hier eine Frau, die ein Bündel auf dem Kopf balancierte, dort ein Mann, der lautstark sein Fladenbrot zum Verkauf anbot, weiter hinten eine Großfamilie, die im Gänsemarsch die Straße überquerte und damit den gesamten Verkehr zum Erliegen brachte. Ein Heer von Autohupen gab ein schräges Konzert, die Luft brodelte.

Mittendrin: Eine verloren wirkende Frau mit einem zotteligen kleinen Hund an der Seite, der ihr auf Schritt und Tritt folgte. Sie war weit und breit die einzige Europäerin, genau genommen sogar die einzige Weiße, wenngleich ihre Haut nach vier Wochen Tropensonne die Farbe von dunklem Kupfer angenommen hatte. Ihr Haar wies eine ähnliche Tönung auf, doch das war angeboren und nicht der Sonne zuzuschreiben. Obwohl sie es zu Hause gern offen trug, hatte sie es an diesem Tag zu einem Zopf geflochten, der hinten aus ihrem Basecap hervorquoll und bis zur Hüfte reichte.

Unwillkürlich presste sie die Unterschenkel gegen den Aluminiumkoffer, den sie zwischen ihren Beinen abgestellt hatte. Gleich daneben lag der Hund zu ihren Füßen und gähnte. An das Brummen des Koffers hatte er sich inzwischen gewöhnt.

Und der Koffer brummte tatsächlich, doch das konnte man nur hören, wenn man nahe genug heranging. *Klingt wie ein Kühlschrank*, hatte sie gedacht, als sie das sonore Geräusch zum ersten Mal vernommen hatte. Nicht auszudenken, wenn der Koffer verloren ging. Ihr Gepäck oder vielmehr das Wenige, das noch davon übrig war, nachdem sie den Großteil davon im Hotel zurückgelassen hatte, befand sich nicht darin, sondern in einem Tornister auf ihrem Rücken. Das Hemd darunter war durchgeschwitzt und klebte ihr auf der Haut.

»Du brauchen Taxi, Missi?«, fragte jemand in einem Englisch, das so holprig war, dass man es kaum als solches erkennen konnte.

Sie zögerte einen Moment, um dann abzulehnen. Nein, was sie brauchte, war kein Taxi, sondern ein Bus mit möglichst vielen Fahrgästen darin, denn nur in einer Menschenmenge konnte sie sich halbwegs sicher fühlen.

Der Mann ließ nicht locker. »Mein Taxi sein gutes Auto«, beteuerte er. »Haben bequeme Sitze. Außerdem Fahrpreis sehr niedrig.«

Sie schaute sich nach allen Seiten um, schüttelte den Kopf, mühte sich ein Lächeln ab. »*Ngiyabonga.*« Das hieß »danke« und war eines von schätzungsweise dreißig Siswati-Wörtern, die sie sich angeeignet hatte. Dann fuhr sie auf Englisch fort. »Ich brauche kein Taxi. Aber vielleicht kannst du mir sagen, wo ich einen Bus finde, der nach Jo'burg fährt.«

Jo'burg war die landläufige Kurzbezeichnung für die Stadt Johannesburg, die größte Metropole Südafrikas. Die Herfahrt von dort mit dem Jeep hatte knapp acht Stunden gedauert, wie sie sich mit Unbehagen erinnerte, und es stand zu befürchten, dass die Reise mit dem Bus zurück wesentlich länger dauern würde.

Der Taxifahrer erwiderte ihr Lächeln und zeigte zwei Zahnreihen, die unglaublich weiß aussahen, so wie bei den meisten

Angehörigen des Bantu-Volkes. Er ging in die Knie, um ihr den Aluminiumkoffer abzunehmen, vermutlich mit dem Vorsatz, ihn einfach in seinem Taxi zu verstauen und sie damit doch noch als Fahrgast zu gewinnen.

Der Hund, der bis dahin schläfrig neben dem Koffer gedöst hatte, fuhr hoch und kläffte die fremde Hand an, die ihm unversehens so nahe gekommen war. Sein zotteliges Fell sträubte sich, dann fletschte er die Zähne. Obwohl er nicht besonders groß war, kaum größer als ein Dackel, zuckte der Taxifahrer erschrocken zurück.

»Keine Angst, Bodo«, beruhigte sie das Tier und tätschelte ihm mit der Linken den Kopf. Mit der Rechten griff sie sich den Koffer. Eine Sekunde später war sie bereits in der Menschenmenge untergetaucht und hatte den Taxifahrer stehen gelassen, ohne ein weiteres Wort an ihn zu verlieren.

Da erklang hinter ihr ein aufgebrachter Schrei, und sie warf einen Schulterblick zurück. Doch der Ruf galt nicht ihr, wie sie erleichtert feststellte, sondern einem Straßenhändler, der die Abfahrt eines Busses blockierte.

Sie atmete tief durch, wischte sich mit dem Handrücken den Schweiß von der Stirn.

Ihre Nerven lagen blank. Verdammt, sie musste verschwinden, musste sich so schnell wie möglich nach Johannesburg durchschlagen, um dort den erstbesten Flug in die Heimat zu nehmen, den sie erwischen konnte. Geld spielte dabei keine Rolle, denn davon hatte sie seit Neustem reichlich. Oder vielleicht auch nicht, da sie sich geschworen hatte, ihr unverhofft erlangtes Vermögen auf keinen Fall anzurühren.

Sie schob den Gedanken beiseite und sann wieder über den Heimflug nach. Leider gab es keine Direktverbindungen nach Köln, sodass sie gezwungen war, in Frankfurt, Berlin oder München umzusteigen. Aber egal, wenn sie erst in Deutschland war, hatte sie gewonnen. Nein, eigentlich befand sie sich bereits in Sicherheit, wenn sie im Flugzeug saß. Doch zwischen ihr und dem Flughafen lagen noch ziemlich genau 400 Kilometer afrikanischer Buckelpiste sowie ein Grenzübergang.

»Was meinst du, Bodo?«, sagte sie zu dem Hund. »Sollen wir kurz verschnaufen?«

Sie ließ sich zu Boden sinken, ohne damit Aufsehen zu erregen, denn hierzulande war es gang und gäbe, sich einfach am Straßenrand in den Staub zu hocken, wenn man auf den Bus wartete. Und dieses Warten wurde mit stoischer Gelassenheit ertragen, oft stundenlang, denn Fahrpläne waren eher gut gemeint als verbindlich. Auch jetzt war der nächste Bus zur Grenze bereits fünfzig Minuten überfällig.

Eine pausbäckige Frau, die neben ihr saß und vor sich hin summte, schenkte ihr ein kurzes, aber herzliches Lächeln. Sie erwiderte es, während ein Lastwagen vorbeiratterte und ihr seinen heißen, nach Diesel und strapazierten Bremsbelägen stinkenden Atem ins Gesicht pustete. Bodo winselte leise.

Gedankenverloren massierte sie sich die heiße Stirn, die von innen beständig mit einem Schmiedehammer bearbeitet wurde, zumindest dem Gefühl nach. Herrgott, hatte sie Kopfschmerzen! Das Fieber tat ein Übriges, sie vollkommen fertigzumachen.

Im nächsten Moment fiel ein Schatten auf ihr Gesicht. Ein Mann hatte sich breitbeinig vor ihr aufgebaut. Sie erschrak, als er die Hände in die Hüften stemmte und grinste.

»Du suchen Transport nach Jo'burg?«, radebrechte er im landesüblichen Holper-Englisch. Kaum zu glauben, dass Englisch in diesem Land neben Siswati die offizielle Amtssprache war.

Sie erhob sich und kämpfte das Schwindelgefühl nieder, das sich ihrer bemächtigen wollte. Misstrauisch betrachtete sie ihr Gegenüber, einen breitschultrigen Kerl, dessen verschlissenes

Hemd nicht zugeknöpft war und vor Dreck starrte. Darunter spannte sich ein ebenfalls schmutziges Unterhemd über einen athletischen Oberkörper.

In ihrem Inneren schrillten sämtliche Alarmsirenen, ihre Muskeln spannten sich an wie bei einer sprungbereiten Katze. Bodo spürte die Unruhe seines Frauchens und knurrte.

»Woher weißt du, dass ich nach Johannesburg will?«, fragte sie den Breitschultrigen. Während sie sprach, zog sie die rechte Braue hoch. Ihre Brauen waren hauchdünn und eindrucksvoll geschwungen. Das Hochziehen war eine Geste, derer sie sich oft bediente. Nur gute Bekannte wussten, dass sie damit entweder Belustigung signalisierte oder eine Warnung aussprach, je nach Situation. Momentan war zweifellos Letzteres der Fall.

Das Grinsen des Mannes, der natürlich kein guter Bekannter war, wollte nicht verschwinden. »Von meinem Schwager.« Er deutete mit dem Daumen über die Schulter ins Gedränge. »Er sein Taxifahrer und wollten dich mitnehmen. Du ihn gefragt nach Bus für Jo'burg.« Er klopfte sich gegen die breite Brust. »Ich fahren Bus für Jo'burg. Wenn du einsteigen, wir komplett. Dann sofort los.«

Ihr Misstrauen verwandelte sich in Zuversicht. Den Mann schickte der Himmel. Ein vollbesetzter Bus, der sie von hier fortschaffte, war das Beste, was ihr passieren konnte! »Hältst du auch am O.R. Tambo?« Das war der internationale Flughafen von Johannesburg.

Er zeigte seine elfenbeinweiße Zahnpracht. »Ich dich fahren, wohin du wollen! Kosten hundert Rand. Oder siebentausendfünfhundert Emalangeni.«

Ersteres war die Währung der Republik Südafrika, die hier allerorts akzeptiert wurde, Letzteres das hiesige Zahlungsmittel, das Geld des Königreichs Swasiland.

Sie rechnete und kam auf einen Betrag von weniger als acht

Euro. Ein Spottpreis, wenn man die Entfernung von 400 Kilometern bedachte. »Gut«, stimmte sie zu. »Ich bin dabei. Wie lange brauchen wir?«

»Ah, nicht lange.«

»Und was bedeutet das in Stunden ausgedrückt?«

Er schaute sie verständnislos an, und sie begriff, dass weiteres Nachbohren zu nichts führte. Überdies war es vollkommen egal, wie lange die Reise dauerte, denn es gab keine Alternative.

»Ich heißen Mpumelele«, stellte sich der Fahrer vor und griff nach dem Alukoffer, doch auch diesmal zog sie ihn schnell zurück.

»Den möchte ich lieber selbst tragen, Mpumelele. Danke.«

Er zuckte mit den Schultern. »Wie du wollen.«

Während sie ihm durch ein Gewirr aus viel zu vielen Bussen, Vans, Pick-ups und Geländewagen folgte, wurde ihr klar, dass sie besser daran tat, weniger Wirbel um den Koffer zu veranstalten, denn das schürte Misstrauen und erregte unnötige Aufmerksamkeit. Außerdem dachte sie an den Speicherchip ihres Fotoapparates, einer Digitalkamera der allerneuesten Generation. Die teure Kamera hatte sie im Hotel zurückgelassen, doch den Chip trug sie bei sich. Er hatte in etwa das Format einer Briefmarke, wenn er auch mit fast drei Millimetern deutlich dicker war. Trotzdem war er klein genug, um ihn zwischen den Gesäßbacken aufzubewahren, eingehüllt in einen Fetzen Plastikfolie. Sie hoffte, dass dort niemand nachschauen würde, falls man sie doch schnappte.

Mpumelele blieb vor seinem Gefährt stehen, doch das, was er als Bus angekündigt hatte, entpuppte sich als klappriger Nissan-Bulli, der aussah, als würde er jede Sekunde auseinanderfallen.

»Hund können nicht mitfahren«, erklärte er.

»Warum nicht?«

»Sein verboten«, gab er vage zurück und grinste.

Das war natürlich kompletter Unsinn, und sie würde Bodo um nichts in der Welt zurücklassen, auch wenn er nur ein Straßenköter war, der ihr gleich zu Beginn der Reise zugelaufen war. Doch er hatte ihr Herz erobert mit seinem treuen Blick und der verspielten welpenhaften Art. Dessen ungeachtet war er ein kluges Tier, und all diese Eigenschaften erinnerten sie an einen Bekannten zu Hause, an einen cleveren jungen Mann, der karierte Golfhosen trug und sich zuweilen ziemlich tollpatschig und naiv anstellte.

Dieser junge Mann hieß mit Vornamen Bodo.

»Begehe nie den Fehler, einen Straßenköter zu füttern«, hatte ihr Bruder sie einmal gewarnt. Damals war er ein Halbstarker gewesen und sie noch ein kleines Mädchen, und sie waren gemeinsam nach Spanien zum Zelten gefahren. Auf dem Campingplatz hatten eine Menge streunende Hunde herumgelungert. »Wenn du einer dieser Tölen zu fressen gibst«, so ihr Bruder, »wirst du sie nicht mehr los. Es sei denn, du verpasst ihr einen Tritt, dass sie drei Meter weit fliegt.« Er hatte gelacht.

Nun, hier in Afrika hatte sie nicht mehr an die Warnung von damals gedacht und war prompt auf den Hund gekommen. Bodo würde auf jeden Fall mit nach Hause fliegen.

Sie sah das Tier an, dann Mpumelele. »Wie viel?«

Sein breites Grinsen wurde noch eine Spur breiter. »Hund kosten hundert Rand extra«, nannte er seinen Preis.

Sie nickte stumm und zahlte.

Daraufhin öffnete Mpumelele die Schiebetür des Nissan, und zum Vorschein kamen nicht weniger als sechs Sitzreihen, von denen man zwei nachträglich eingebaut hatte, wie an den unterschiedlichen Polstern zu erkennen war.

»Jesus!«, entfuhr es ihr, als sie zwei Dutzend Fahrgäste sah, vier in jeder Reihe. Die Knie schienen ihnen unter den Hälsen zu hängen, und alle schwitzten erbärmlich. Die Luft war flüssig.

»Jesus!«, wiederholte sie und kletterte in den Bulli, Bodo gut gelaunt hinterdrein. Einen freien Platz konnte sie nirgends entdecken.

Mpumelele schaffte Abhilfe, indem er in seiner Muttersprache auf die Passagiere einredete, bis alle noch ein Stück enger zusammenrückten. Niemand beschwerte sich, und nach einer Minute Geschiebe war in der zweiten Sitzreihe von hinten genügend Platz entstanden, um sich dort mit einer Pobacke niederzulassen. Immerhin.

»Guter Sitz«, freute sich Mpumelele.

Sie starrte ihn ungläubig an. Dann fragte sie ihn, ob an diesem Tag noch ein anderer Bus, ein *richtiger*, nach Johannesburg fuhr, doch er verneinte. »Nicht heute«, versicherte er. »Vielleicht morgen Linienbus, vielleicht nicht.« Er lachte und breitete die Arme aus. »That's Africa.«

Diesen Spruch hatte sie in den letzten Wochen ungefähr an die zwanzig Mal gehört. *That's Africa* – So ist Afrika. Das war die Standarderklärung für alles Mögliche und auch für alles Unmögliche.

Die übrigen Fahrgäste wurden allmählich unruhig und scharrten mit den meist nackten Füßen, die in ausgetretenen Sandalen steckten.

Resigniert quetschte sie sich auf ihren Sitz, während Bodo schnüffelnd den Bus erkundete.

Mpumelele nickte ihr aufmunternd zu, bevor er die Schiebetür schwungvoll zuwarf. Der Gestank von Schweiß und faulem Obst und ein gutes Dutzend anderer Aromen hüllte sie ein und raubte ihr fast den Atem. Doch noch schlimmer war der Platzmangel. Jeder Quadratzentimeter war mit irgendwelchem Krimskrams vollgestopft, wobei die Leute die verwunderlichsten Dinge mit sich führten. Ein alter Mann mit grauem Kraushaar hatte eine Kaffeemühle auf dem Schoß, eine Frau gar eine uralte Olympia-Schreibmaschine. Überall lagerten Tüten und Taschen und Kartons, die kreuz und quer durch die Gegend flogen, als sich der Bulli endlich in Bewegung setzte. Auch der brummende Alukoffer geriet ins Rutschen.

Seufzend versuchte sie, den Ellenbogen von schräg hinten zu ignorieren, der ihr im Takt der Schlaglöcher gegen den Kopf stieß. Noch gravierender war der Oberschenkel des Nebenmannes, der sie vom Polster zu schieben drohte, was sie dadurch verhinderte, dass sie ihr linkes Knie gegen die Rückenlehne des Sitzes vor ihr stemmte, sehr zum Ärger der dort hockenden Frau. Diese wiederum revanchierte sich mit einer in alle Himmelsrichtungen abstehenden Rastafrisur, die komplett die Sicht versperrte und streng nach Haarfestiger roch.

Niemand sprach ein Wort, alle stierten gedankenverloren vor sich hin. Der Motor verrichtete Schwerstarbeit, doch Mpumelele nahm die Kurven wie ein Rennfahrer, was ihm sichtbar Spaß bereitete. Die Hupe war im Dauereinsatz, die Passagiere mussten sich festhalten.

Ihr Nebenmann wurde gegen sie geschleudert. Dabei berührte sein nackter schweißglänzender Arm ihren ebenfalls nackten Unterarm. Sie zuckte zurück, denn sofort kam ihr eine Horrorvision in den Sinn. Wenn der Mann AIDS hatte, überlegte sie, bestand die Gefahr, sich anzustecken. Nur mit Mühe unterdrückte sie den Impuls, ihren Arm abzuwischen und die aufgerollten Hemdsärmel herunterzukrempeln. Der Mann lächelte sie entschuldigend an, doch ihre einzige Erwiderung bestand in einem entsetzten Starren. Der Mann war sympathisch. Sympathisch und mit einer Wahrscheinlichkeit von fast fünfzig Prozent HIV-positiv!

AIDS überträgt sich nicht durch Schweiß!, rief sie sich ihr Wissen über die tödliche Immunschwächekrankheit in Erinnerung. *Ansteckend sind nur Blut, Muttermilch, Sperma und Vaginalsekret.*

Das hat der Arzt in dem Labor ausdrücklich bestätigt. Also beruhige dich!

Endlich schaffte sie es, das Lächeln zu erwidern. Dann ließ sie den Blick schweifen. Trotz der Hitze lief ihr ein Schauer über den Rücken, als ihr bewusst wurde, dass beinahe jeder zweite dieser Menschen in nicht allzu ferner Zukunft sterben würde, nicht an Hunger, nicht infolge eines Bürgerkrieges und schon gar nicht an Altersschwäche. AIDS würde sie umbringen.

Der Bulli verließ die engen Gassen Mbabanes und bog ab auf eine breite asphaltierte Straße, die in bemerkenswert gutem Zustand und zudem kaum befahren war. Mpumelele trat mächtig aufs Gaspedal. Bei diesem unerwartet hohen Tempo könnten sie Johannesburg bereits am späten Nachmittag erreichen. Glück im Unglück! Ein wohltuender Fahrtwind strich durch die geöffneten Seitenfensterchen und kühlte ihre glühende Stirn. Leider war dieser Genuss nur von kurzer Dauer, da die Reise nach fünf Minuten schon wieder zu Ende war.

»Was ist los?«, fragte sie, als der Bulli auf einer Schotterpiste neben der Straße hielt. Nicht weit entfernt waren ein paar Gebäude zu sehen, darunter eine Tankstelle, drei oder vier kleine Geschäfte sowie ein Postamt.

»Shopping«, antwortete jemand, dann verließen alle wie selbstverständlich den Bulli und verschwanden schwatzend und gut gelaunt in den Geschäften.

Sie und der Fahrer blieben als Einzige zurück. Sie war vollkommen perplex. »Was hat das zu bedeuten, Mpumelele? Wieso halten wir? Doch nicht etwa zum Einkaufen?«

Der Angesprochene nickte vergnügt.

»Das ist die Höhe!«, protestierte sie. »Wir sind keine drei Kilometer weit gekommen und machen schon Rast? Bodo, bleib hier! Platz!« Und wieder an Mpumelele gewandt: »Ich muss dringend nach Johannesburg.« Sie dachte an die Männer mit den weißen Strohhüten, Mr Albright und Mr Neboto, die höchstwahrscheinlich schon hinter ihr her waren.

Der Schwarze warf ihr im Rückspiegel einen heiteren Blick zu. »That's Africa. Fahren gleich weiter, wenn Leute haben gekauft Geschenke für Verwandtschaft in Jo'burg.« Er brachte die Rückenlehne in Liegeposition, schwang das rechte Bein auf das Armaturenbrett und hängte das Linke kurzerhand aus dem Seitenfenster. Fünf Sekunden später verkündeten leise Schnarchgeräusche, dass er eingeschlafen war.

»Na toll«, brummte sie vor sich hin. »That's Africa! Wenn die mich kriegen, bin ich geliefert.«

Bodo wedelte mit dem Schwanz, denn für ihn war die Welt in Ordnung.

Zehn Minuten später stand sie vor dem Postamt, um die Zeit bis zur Weiterfahrt für ein dringendes Ferngespräch in die Heimat zu nutzen. Zuvor hatte sie in einem der Geschäfte ein Halsband nebst Hundeleine erstanden und Bodo draußen festgebunden.

»Hör gefälligst auf, so zu gucken!«, blaffte sie ihn an. »Du bleibst draußen! Wenn wir erst zu Hause sind, kannst du auch nicht überallhin mitkommen. Also gewöhne dich daran!«

Das Postamt bestand aus einem einzigen riesengroßen Raum. Als »Telefonzelle« fungierte ein Tisch in einer Ecke, auf dem ein antik anmutender Fernsprecher mit Wählscheibe stand. Ein ebenfalls altertümliches Zählwerk gab Auskunft darüber, wie viele Einheiten man abtelefoniert hatte. Bezahlt wurde am Schalter, wenn das Gespräch beendet war. Außer ihr und dem Postbediensteten war niemand anwesend.

Nachdem sie sich den Stuhl so zurechtgerückt hatte, dass sie das Fenster einschließlich dem in der Sonne wartenden Bulli im Blick hatte, nahm sie den Hörer in die Hand und wählte.

»Null-null-vier-neun-zwo-zwo-eins …«

Das Freizeichen ertönte.

»*Kölner Kurier*«, meldete sich eine Frauenstimme. »Die Zeitung am Puls der Stadt. Was kann ich für Sie tun?«

Sie räusperte sich. »Hier ist Sturm. Bitte verbinden Sie mich mit Frau von Kalck.« Ihre Stimme hallte überlaut von den kahlen Wänden wider, doch der Postbedienstete nahm keine Notiz davon.

»Oh, das ist leider nicht möglich. Frau von Kalck ist die Chefredakteurin, sie ist nur nach vorheriger Vereinbarung zu sprechen …«

»Ist mir bekannt«, fiel sie ihrer Gesprächspartnerin ins Wort. »Bitte verbinden Sie mich trotzdem. Wenn Frau von Kalck erfährt, dass *ich* am Apparat bin, wird sie erfreut sein. Glauben Sie mir.«

Es knackte in der Leitung, die Telefonistin zögerte. »Nun, ich fürchte, ich habe Ihren Namen vorhin nicht verstanden …«

Sie seufzte. »Sturm. Tamara Sturm.« Ihren Vornamen benutzte sie normalerweise nur, wenn es unbedingt nötig war. Für ihre Freunde und Bekannten war sie schlicht Mara.

»Ach, Frau Sturm, Sie sind das! So was aber auch, ich habe Ihre Stimme gar nicht erkannt. Sie klingen so weit weg, als würden Sie vom Mond anrufen.«

»So ähnlich«, sagte Tamara Sturm alias Mara. »Kann ich jetzt bitte mit Frau von Kalck sprechen?«

»Selbstverständlich. Für unsere Star-Reporterin hat Frau von Kalck immer Zeit.« Sie setzte ein mädchenhaftes Kichern hinzu, dann kam wieder ein Knacken aus dem Hörer, und es verging eine schiere Ewigkeit, bis sich die Chefredakteurin des *Kurier* meldete, Frau Anne von Kalck.

»Mara!«, rief sie. »Wo, zur Hölle, steckst du, und warum meldest du dich erst jetzt? Ich habe mir Sorgen gemacht! Bist du noch zu retten?«

Sie lächelte, obwohl die Redakteurin, die nebenbei ihre beste Freundin war, sie schalt. Es tat gut, eine vertraute Stimme zu hören, selbst wenn diese Stimme schimpfte. »Das sind drei Fragen auf einmal, Anne. Welche soll ich als erste beantworten? Ob ich noch zu retten bin? Nein, glaube ich. Warum ich mich noch nicht gemeldet habe? Ganz einfach, weil mein Handy hier unten nicht funktioniert. Nirgendwo. Kein Netz.«

Anne von Kalck lenkte augenblicklich ein, ihr Tonfall wurde versöhnlich. »Verstehe. Und wie geht es dir? Bist du in Ordnung?«

»Mir geht es gut«, log sie. »Ich habe mir einen kleinen Magen-Darm-Virus eingefangen, aber der ist mittlerweile schon wieder auf dem Rückmarsch. Vielleicht lag es am Essen, vielleicht an der mangelhaften Hygiene im Hotel oder am Klima. Keine Ahnung.«

Von einem kleinen Magen-Darm-Virus zu sprechen war die Untertreibung des Jahrhunderts, denn sie hatte sich noch nie in ihrem Leben so krank gefühlt wie in den letzten zwei Wochen. Angefangen hatte es mit Erbrechen und Durchfall, womit sie sich tagelang herumgequält hatte, bis sie eines Morgens im Frühstücksraum des Hotels zusammengebrochen war. Man hatte sie ins *Central Hospital* von Mbabane geschafft, eine abenteuerliche Klinik, die sofort die Vorstellung von einem Buschkrankenhaus weckte, und dort war ihr eine Infusion verpasst worden, um den Flüssigkeitsverlust auszugleichen. Danach hatte sie sich kurzfristig erholt, Durchfall und Übelkeit waren verschwunden.

Dafür waren bereits zwei Tage darauf andere Symptome aufgetreten, nämlich hohes Fieber, nahezu unerträgliche Kopfschmerzen, außerdem Abgeschlagenheit und fürchterliches Schwitzen in der Nacht. Und Appetitlosigkeit. In den letzten zwei Wochen hatte sie kaum feste Nahrung zu sich genommen, denn bereits der bloße Gedanke an Essen drehte ihr fast den

Magen um. Sie hatte nur gehofft, dass sie sich nicht mit Malaria angesteckt hatte, was durchaus möglich war, da sie vor ihrem überstürzten Reiseantritt keine Zeit mehr für eine entsprechende Prophylaxe gehabt hatte. Wie auch immer, wenn sie wieder zu Hause war, musste sie dringend einen Arzt aufsuchen.

»Du Ärmste«, tröstete die Redakteurin. »Aber nun sag mir, wo du steckst und ob du etwas herausgefunden hast.«

»Wo ich stecke, kann ich dir verraten: am Ende der Welt, und das trägt den Namen Swasiland.«

»Swasiland? Um Himmels willen, wo ist das denn? Ich dachte, du hältst dich in Südafrika auf.«

»Swasiland ist ein winziges Königreich, das fast vollständig von der Republik Südafrika umschlossen wird und im Osten auf ein paar Kilometer an Mosambik grenzt. Im Moment ist Hochsommer, klar, Südhalbkugel, was bedeutet, dass die Temperaturen tagsüber kaum unter vierzig Grad fallen. Hier bricht einem schon der Schweiß aus, wenn man nur den kleinen Finger rührt.«

Die Redakteurin lachte. »Eine Grillparty zu Weihnachten, auch nicht schlecht. Ich beneide dich. Bei uns regnet es in einem fort, und für nächste Woche ist sogar Schnee angesagt.«

»Mag sein«, entgegnete Mara. »In Swasiland ist es jedenfalls kochend heiß, die Leute hier sind bettelarm und gehören laut UNO zu den Ärmsten auf unserem Planeten. Aber das ist nicht der einzige Rekord, den dieses Land hält. Rate mal, welchen noch.«

»Keine Ahnung.«

»Die AIDS-Rate ist die höchste auf der Welt. Wenn die offiziellen Zahlen stimmen, dann sind vierundvierzig Prozent der Bevölkerung infiziert, Tendenz steigend. Die durchschnittliche Lebenserwartung beträgt nur vierunddreißig Jahre, kannst du dir das vorstellen? Himmel, ich wäre seit drei Jahren tot. In nicht allzu ferner Zukunft werden sich hier unten ganze Ortschaften in Geisterstädte verwandeln.« Sie legte eine kurze Pause ein, ehe sie abrupt das Thema wechselte. »Unser anonymer Informant hatte recht. Er hat weder gelogen noch übertrieben.«

Anne von Kalck atmete laut aus. Erst nach einer Weile fragte sie: »Sicher?« Ihre Stimme vibrierte vor Aufregung.

»So sicher wie das Amen in der Kirche. Und das Beste ist, ich habe sämtliche Beweise in der Tasche. Oder im Koffer, besser gesagt.«

»Im Koffer? Das verstehe ich nicht.«

»Ganz einfach, ich bin im Besitz eines Aluminiumkoffers mit eingebautem Kühlaggregat und dreifacher Wärmeisolierung. Er ist komplett mit Schaumstoff ausgeschlagen, um seinen Inhalt zu schützen, und dieser Inhalt ist tiefgefroren. In ziemlich genau vierundzwanzig Stunden taut er auf, weil dann der Akku des Kühlaggregats leer ist, und wenn das passiert, ist der Inhalt in null Komma nix im Eimer. Ob er dann noch als Beweismittel taugt, weiß ich nicht, also ist Eile das Gebot der Stunde. Solche Koffer sind im Übrigen nichts Ungewöhnliches, wie man mir sagte, sondern werden gern von Forschungseinrichtungen benutzt, wenn es darum geht, verderbliche Medikamente oder biologische Proben zu transportieren.«

»Aha. Jetzt bin ich schlauer.«

»Anne, in dem Koffer befinden sich dreißig schockgefrostete Beutel mit Blutplasma, von dem rund die Hälfte HIV-verseucht sein dürfte, da es von hiesigen Spendern stammt. Keiner von denen wurde untersucht, bevor man ihn zur Ader ließ. Klar, dass dieses gefährliche Zeug im Einkauf lediglich ein paar Emalangeni kostet, was umgerechnet nur wenige Cent sind, doch wenn es erst in Deutschland angekommen ist, zahlen die Pharmakonzerne fast vierhundert Euro für den Liter. Dabei kaufen sie die Giftbrühe in gutem Glauben, denn jeder Lieferung liegen

Dokumente des Amerikanischen Roten Kreuzes bei, die angeblich belegen, dass das Plasma von gesunden US-amerikanischen Spendern stammt. Muss ich erwähnen, dass diese Dokumente gefälscht sind? Unser anonymer Informant hat die Wahrheit gesagt, ich habe hier alles präzise so vorgefunden, wie er es geschildert hat. Doch das Ungeheuerlichste ist, dass tatsächlich der feine Herr Stein hinter dem Ganzen steckt, denn es ist seine Firma, in deren Namen die Geschäfte hier unten abgewickelt werden.«

Der *feine Herr Stein*, den sie erwähnte, war kein Geringerer als der ehrenwerte Rigobert Stein, ein Kölner Unternehmer und angeblicher Wohltäter, dem eine private Blutbank gehörte, die unter dem Namen *Petrus Sanguis* firmierte. Auf ihn aufmerksam geworden war die Redaktion des *Kurier* dank eines Anonymus, der behauptete, ein ehemaliger Angestellter von *Petrus Sanguis* zu sein. Nachdem er auf die Machenschaften seines Chefs gestoßen sei, habe man ihn mit massiven Drohungen zum Schweigen gezwungen. Mara vermutete jedoch, dass es sich in Wirklichkeit um einen ehemaligen Komplizen Steins handelte, der sich mit diesem überworfen hatte und nun auf Rache sann. Wäre es anders gewesen, hätte er sich an die Polizei gewandt und nicht an die Presse.

Sie schaute sich vorsichtig um und zog ein knappes Resümee. »Normalerweise wird das Plasma in speziellen Frachtcontainern nach Deutschland geschafft, die jeweils hundert Liter enthalten. Von einer solchen Fuhre stammt die Probe in meinem Koffer. Außerdem kenne ich die Strukturen der Blutmafia, und ich habe allerlei Schriftstücke fotografiert. Das sollte reichen, um den ganzen Schwindel auffliegen zu lassen, doch dazu muss ich das Zeug erst sicher nach Hause schaffen. Das wiederum dürfte verdammt schwer werden, da ich zwei Gorillas am Hals habe, die so etwas wie Steins verlängerter Arm sind und hier unten alles für ihn regeln.« Sie dachte an die beiden Spinner mit den weißen Strohhüten, Mr Albright und Mr Neboto von der *Petrus-Sanguis*-Niederlassung in Pretoria. »Die Typen sind mir vor drei oder vier Tagen auf die Schliche gekommen, als ich herumgestochert habe, und seitdem sind sie hinter mir her. Vorhin hätten sie mich fast in meinem Hotelzimmer erwischt, doch da konnte ich gerade noch rechtzeitig verschwinden.« Ihre Stimme wurde zu einem Flüstern, ihr Blick flog umher. »Anne, diese Kerle sind gefährlich. Wenn sie mich schnappen, werden sie mir nicht nur die Blutkonserven abnehmen, sondern vor allem dafür sorgen, dass ich nichts mehr ausplaudern kann.«

»Was … was willst du damit sagen?«, fragte Anne trotz ihrer glasklaren Vorstellung, was gemeint war.

»Die Kerle werden mich umbringen! Ich habe eine Heidenangst. Verdammt, auf was habe ich mich da nur eingelassen!«

Mara umklammerte den Hörer. Dann verdrängte sie den Schrecken und schluckte die Angst hinunter. Das funktionierte halbwegs, denn im Verdrängen war sie schon immer eine Meisterin gewesen.

Anne hörte sich verzweifelt an. »Um Himmels willen, Liebes, du musst dich sofort an die Polizei wenden, sie um Schutz bitten, ihr sagen, was du herausgefunden hast.«

»Alles, nur das nicht!«, widersprach Mara. »Ein Polizist verdient hier umgerechnet etwas über fünfzig Euro im Monat, folglich müssen alle die Hand aufhalten, um ihre Familien über die Runden zu bringen, und lassen sich von den wenigen ausländischen Firmen schmieren. Ich wette, meine beiden Freunde haben mir die örtlichen Sheriffs bereits auf den Hals gehetzt. Wundern würde es mich jedenfalls nicht, denn hier wird bestochen, was das Zeug hält. Das ist nebenbei bemerkt auch der Grund, weshalb meine Nachforschungen überhaupt erfolgreich waren: Ich habe nach den hiesigen Regeln gespielt.«

Dieser Gedanke gefiel ihr ganz und gar nicht, denn bisher schlug der Südafrikatrip mit sage und schreibe 15000 Euro zu Buche, wobei sie mindestens die Hälfte davon für Bestechungsgelder berappt hatte, die ihr niemals jemand zurückerstatten würde. Lediglich die Malaria hatte sie gratis bekommen. Sie rieb sich die Schläfen. Fast genauso schlimm wie die Vorstellung, sich mit einer Tropenkrankheit infiziert zu haben, war die Tatsache, dass sie nicht ihr eigenes Geld ausgegeben hatte, sondern das ihres Bruders. Dabei wäre sie eigentlich eine gut situierte Frau gewesen, denn ihr Bruder hatte ihr ein Vermögen geschenkt. Aber weil sie sich geschworen hatte, dieses Geld auf keinen Fall anzurühren, würde sie die 15000 wohl oder übel aus eigenen Mitteln ersetzen müssen. Es war vertrackt.

Anne wollte noch etwas sagen, doch in diesem Moment bemerkte Mara, dass die Fahrgäste zwischenzeitlich zum Bulli zurückgekehrt waren. Sie verabschiedete sich eilig von ihrer Freundin, bezahlte die Gesprächsgebühr am Schalter, wartete nicht auf das Wechselgeld, scheuchte Bodo hoch, der in der Sonne eingedöst war, lief zurück zum Fahrzeug und quetschte sich auf ihren Platz.

Gerade als Mpumelele den ersten Gang einlegte, sah sie einen Jeep heranpreschen, in dem zwei Gestalten mit weißen Strohhüten saßen. Der Jeep stoppte abrupt, und die Strohhutträger sprangen hinaus, um wild gestikulierend neben dem Bulli herzulaufen, der mehr und mehr an Geschwindigkeit gewann.

»Nicht anhalten, Mpumelele!«, schrie sie. Ohne Rücksicht auf ihre Mitreisenden kämpfte sie sich zum Fahrersitz durch.

Einer der Verfolger polterte mit der Faust gegen die Schiebetür des Bullis und mühte sich, sie zu öffnen, doch Gott sei dank vergebens. Sein Kompagnon versuchte gar, die Weiterfahrt zu verhindern, indem er vor der Motorhaube herumsprang und den Weg versperrte.

»Bitte nicht anhalten!«, wiederholte sie in beschwörendem Tonfall.

Mpumelele schaute sie fragend und ungläubig zugleich an. Noch hatte er den Fuß nicht vom Gas genommen, der Bulli rollte im leichten Joggingtempo dahin, und der Wüterich vor der Motorhaube musste zur Seite ausweichen, um nicht überfahren zu werden. Sofort tauchte sein vor Zorn verzerrtes Gesicht am Seitenfenster auf. Keuchend trabte er neben dem Fahrzeug her, schimpfte lautstark, fuchtelte mit den Armen. Dann zeigte er auf Mara und machte die Geste des Halsabschneidens, indem er sich mit zwei Fingern über die Kehle fuhr.

Auch Mpumelele sah es, und endlich trat er aufs Gaspedal.

Verfluchter Mist!, dachte sie. *Jetzt werden sie dich an der Grenze abfangen.* Der Gedanke war noch nicht verraucht, als der Jeep mit den beiden Strohhutträgern bereits in wahnwitzigem Tempo an dem Bulli vorbeirauschte und in einer Staubfahne vor ihnen verschwand.

Tamara Sturm, die rasende Reporterin des *Kurier*, die im Begriff war, einen krachenden Skandal aufzudecken, zitterte. Ob als Folge der Malaria oder vor schierer Angst, wusste sie nicht. Wahrscheinlich war Letzteres der Fall. Zu Recht, denn sie befand sich am Ende der Welt, während ihr einziger Verbündeter ein struppiger Straßenköter war.

Kapitel 2

11 Tage vor der Entführung des Fluges SWX 714

Die Frau gefiel Bernd bereits in dem Moment, da er sie zum ersten Mal sah. Das lag vermutlich daran, dass sie ihn schon von Weitem an die amerikanische Schauspielerin Meg Ryan erinnerte, die er seit jeher mochte, denn genau wie Meg hatte sie eine strubblige blonde Kurzhaarfrisur, die ihrer Erscheinung etwas Freches, Vergnügtes verlieh.

Sie war ebenfalls ein Touri und offenbar allein unterwegs. Das wiederum war erstaunlich, da sie nicht nur verdammt gut aussah, sondern auch noch das richtige Alter hatte, um längst verheiratet zu sein. Doch von einem Begleiter war weit und breit nichts zu sehen, jedenfalls konnte Bernd keinen entdecken. Er schätzte sie auf Ende dreißig.

Sie kam als Letzte aus dem Hotel und schlenderte die breiten Stufen hinunter, um sich dann etwas abseits der schwatzenden Ausflüglerschar in den Schatten einer herrlichen Akazie zu begeben. Er beobachtete, wie sie die Sonnenbrille in die Stirn schob. Dann sah sie sich um, nicht schüchtern, aber doch zurückhaltend. Er hatte den Eindruck, dass sie auf ihn aufmerksam wurde, und für eine Sekunde kam es ihm so vor, als gelte ihr Lächeln ganz speziell ihm. Das war natürlich ein Trugschluss.

Oder etwa nicht?

In einem wahnwitzigen Anfall von Kühnheit beschloss er, es herauszufinden und sie kurzerhand anzusprechen. Doch was sollte er sagen? *Hallo, ich bin Bernd, und wer bist du?* Klang ziemlich unbeholfen. Dann doch besser: *Hallo, man nennt mich Birdie, und ich habe es satt, im Urlaub ständig allein zu sein. Hast du Lust, das zu ändern?* Okay, das war nicht nur unbeholfen, sondern obendrein plump, eine billige Anmache.

Dabei stimmte es haargenau: Bernd Vogel war genervt, immer ohne Begleitung zum Essen zu gehen und einsam mit dem Teller in der Hand am Buffet zu stehen, während sich andere verzückt darüber unterhielten, was sie an diesem Tag alles gemeinsam erlebt hatten und an den nächsten noch zu erleben gedachten. Mit einem vertrauten Gesicht an seiner Seite hätte ihm auch die heutige Safari sicherlich besser gefallen. Zu dumm, dass es ihm nicht gegeben war, auf Fremde zuzugehen und sie einfach anzusprechen. Schon gar nicht, wenn diese Fremden weiblichen Geschlechts waren.

Im Geiste hörte er seinen besten Freund Georg schimpfen, der ihn anranzte, er solle endlich mit dem Lamentieren aufhören. »Du klingst wie ein Vierzehnjähriger«, würde Georg ihm vorhalten, »und nicht wie ein Mann von einundvierzig. Was dir fehlt ist Selbstvertrauen. Versuche, dir das anzueignen! Und nun geh zu ihr und mach ihr ein Kompliment. Sag ihr, dass sie schöne Augen hat. Das hat sich bewährt, ich mache das immer so. Alles Weitere wird sich von selbst ergeben.«

Der hatte gut reden, gehörte er doch zu jener Sorte von Männern, die jedes dritte Wochenende mit einer anderen, wie er es nannte rattenscharfen Braut ins Bett hüpften. Bernd mochte diese Ausdrucksweise genauso wenig wie Georgs Lotterleben als solches, doch eine Spur von dem Casanova-Charme seines Freundes hätte er sich schon gewünscht.

Also gut, sagte er sich und ging langsam auf die Fremde zu, *ich werde sie einfach ansprechen. Ist ja nichts dabei.* Er zögerte. *Aber soll ich ihr wirklich ein Kompliment für ihre Augen machen?*

In seinem Kollegenkreis schätzte man sein ausgeglichenes Naturell, für seine Freunde war er der Fels in der Brandung, auf den man jederzeit bauen konnte. In diesem Moment glich der Fels jedoch einem Weichkäse.

Und der wurde noch weicher in der afrikanischen Sonne, als ihn die Frau mit schräg gelegtem Kopf musterte, nicht mehr verstohlen und zurückhaltend wie vorhin, sondern ganz offensichtlich. Sein Vorsatz geriet ins Wanken, denn aus der Ferne hatte es den Anschein, als umspiele ein spöttischer Hauch ihre Mundwinkel. Mit einem Mal wurde er von der idiotischen Vorstellung heimgesucht, dass sie Gedanken lesen konnte. Oder vielleicht lachte sie ihn aus, weil sie auf ihren Ehemann oder Freund wartete und sich vorstellte, wie dieser ihn, Bernd, gleich zur Schnecke machen würde. Bei dem Glück, das er normalerweise hatte, war der Kerl garantiert Kickboxer.

»Quatsch!«, murmelte er verbissen und bemühte sich um einen forschen Schritt.

Plötzlich fuhren vier Geländewagen vor, was die Wartenden mit einem erfreuten Raunen quittierten. Die Reiseleiter stiegen aus, samt und sonders Schwarzafrikaner in Tropenkleidung, wie man sie sonst nur aus Afrika-Filmen kennt.

»Hallo, ich heiße Harold«, stellte sich einer von ihnen auf Englisch vor.

Er hielt eine kurze Begrüßungsansprache und bat die zweiunddreißig Safariteilnehmer, sich auf die vier Fahrzeuge zu verteilen. Das passte genau, denn auf der Pritsche eines jeden Geländewagens war Platz für acht Personen, jeweils vier auf der rechten Seite und vier auf der linken. Dort würden sie den Großteil der Fahrt im Stehen verbringen, den Blick in die Landschaft gerichtet, und sich an den Holmen festhalten, die eigens zu diesem Zweck an den Fahrzeugkarossen angebracht waren. Es würde eine mächtige Schaukelei werden, versprach Harold grinsend und bleckte zwei Reihen weißer Zähne, doch es würde dennoch einen Heidenspaß machen.

Sofort enterten gut gelaunte Touristen die Jeeps.

Für Bernd war dies der entscheidende Moment. Nur noch zwei Schritte, dann würde er direkt vor der Fremden stehen. Er schwitzte.

Sie hatte den Blickkontakt längst abgebrochen und war gerade im Begriff, sich ebenfalls einen Jeep auszusuchen, als sie seiner erneut gewahr wurde. Sie hielt inne und sah ihm gespannt entgegen. Er zwang sich zu einem möglichst unbekümmerten Lächeln, legte sich noch einmal seine Worte zurecht und dachte angestrengt darüber nach, ob er sie duzen oder doch besser mit Sie ansprechen sollte, wobei er sich für Letzteres entschied.

Da versperrte ihm wie aus heiterem Himmel ein Typ in kariertem Hemd den Weg.

»Hallo«, hörte er ihn zu ihr sagen. »Wartest du auf jemanden?«

Sie verneinte.

»Prima!«, frohlockte das Karohemd. »Dann begeben wir uns doch gemeinsam auf Safari.« Er deutete auf einen der Jeeps. »Da sind noch zwei Plätze nebeneinander frei. Hast du Lust?«

Es trat eine winzige Pause ein, und dann sah Bernd sie zu seinem größten Entsetzen nicken. »Warum nicht?«, stimmte sie zu. »Dann mal los!« Ihre Stimme klang heiter, die Unternehmungslust stand ihr ins Gesicht geschrieben.

»Ich heiße Robert«, stellte sich das Karohemd vor, während sie bereits einträchtig auf den Jeep zuhielten. »Und wer bist du?«

Sie nannte ihren Namen, doch den konnte Bernd nicht mehr verstehen, da ihre Worte im allgemeinen Trubel untergingen. Er sah Robert auf die Ladefläche klettern und ihr die Hand hinabreichen. Sie griff beherzt zu, ließ sich bereitwillig nach oben ziehen. Das wirkte schmerzlich vertraut.

Bernd stand wie ein begossener Pudel da. Wieder musste er daran denken, was Georg jetzt sagen würde. »Das hast du nun davon, du Siebenschläfer! Jetzt wird sie die Savanne an der Seite dieses Trottels erkunden. Dabei könntest du an seiner Stelle sein, wenn du nicht so getrödelt hättest. Und wer weiß schon, was hinterher noch alles möglich gewesen wäre, nach einem Tag voller Abenteuer und Safari-Romantik. Ich wette, der Typ schafft es, sie heute Abend auf sein Zimmer abzuschleppen. Und was dann kommt, kannst du dir vorstellen …«

Missmutig begab er sich zum erstbesten Jeep. Als er sich anschickte, die Ladefläche zu erklettern, hörte er hinter sich jemanden fluchen. Dieser Jemand war zornig, und es schien, als hätte er am liebsten laut geschrien, was er jedoch mühsam unterdrückte. Er begnügte sich damit, seinen Unmut zwischen zusammengebissenen Zähnen hervorzuquetschen, doch selbst das war noch laut und deutlich zu verstehen.

»Wenn du jetzt nicht auf der Stelle Ruhe gibst«, grollte der Schlechtgelaunte, »kannst du was erleben!«

»Ach ja?«, keifte eine Frau. »Was denn?«

Die Antwort war ein Laut, der sich wie *Boah* anhörte, gefolgt von einer obszönen Schimpfkanonade, die schließlich mit den Worten endete: »Alte, geh mir nicht auf den Senkel! Oder willst du wieder was aufs Maul?«

Bernd drehte sich unwillkürlich um. Er sah einen dicken Kerl mit einem Tuch auf dem Kopf, das ihn wie einen Piraten aus einem schlechten Film aussehen ließ. Oder wie die Karikatur eines Rockers, denn außer dem Tuch trug der Typ ein schwarzes T-Shirt mit dem Logo der Kult-Motorradschmiede *Harley Davidson*. Seine Haare, die unter der Kopfbedeckung hervorlugten, waren strähnig, während der Schopf seiner Begleiterin, der »Alten«, wasserstoffblond leuchtete. Die wiederum wirkte keineswegs eingeschüchtert ob der angedrohten Schläge.

»Gibt's was zu glotzen?«, schnappte der Harley-Davidson-Mann in einem Tonfall, der klar machte, dass er sich über eine Gelegenheit für eine Prügelei freuen würde.

Bernd verneinte und beeilte sich, seinen Platz im Jeep einzunehmen. Er nickte den anderen Reisenden kurz zu, einer Familie mit Kind und einem älteren Paar, dann quetschte er sich neben der Familie in die Reihe.

Das grinsende Gesicht des Reiseleiters, Harold, tauchte über der Kante der Ladefläche auf. »Füße weit auseinander«, riet er, »dann haben Sie sicheren Stand. Und gut festhalten, wenn wir losfahren. Dauert nicht mehr lange.« Er verschwand im Führerhaus.

Bernd klammerte sich an dem Querholm fest und schaute zu den anderen Jeeps hinüber. In seinem Rücken hörte er den Rocker und seine »Alte« lamentieren. Ob sich die beiden immer noch stritten, war nicht klar, denn das unangenehm laute Palaver, das sie veranstalteten, konnte durchaus ihre übliche Art sein, Konversation zu treiben.

Der Jeep schüttelte sich, als Harold den Motor startete. Das Vibrieren übertrug sich über die Haltegriffe auf Hände und Arme der Reisenden.

Die anderen Jeeps brausten bereits mit einem Affenzahn los. Bernd sah ein kariertes Hemd vorbeifliegen, das offenbar bester Laune war. Auch die Frau an seiner Seite schien sich köstlich zu amüsieren.

Zum Ärgern blieb ihm keine Zeit, denn unerwartet spürte er eine Pranke auf seiner Schulter.

Als er sich umdrehte, stand der Harley-Davidson-Mann vor ihm. »Zieh Leine!«, blaffte er.

»Wie bitte?«

»Du sollst verschwinden! Meine Freundin will deinen Platz haben!«

Er war vollkommen verdattert, nicht nur wegen der rüden Anrede, sondern auch wegen des Ansinnens an sich. Er überlegte, was an seinem Platz anders oder gar besser war als an den übrigen, doch eine plausible Antwort wollte ihm nicht einfallen. »Wieso?«, fragte er deshalb.

»Wieso was?«

»Wieso will sie unbedingt meinen Platz haben?«

Statt eine Antwort zu geben, plusterte sich der Rocker auf wie ein Truthahn, was durchaus bedrohlich wirkte, da er nicht nur fett war, sondern dazu noch mindestens eins neunzig groß. »Was interessiert dich das?«, schnauzte er. Er schien noch ein Stück zu wachsen. »Verschwindest du jetzt? Oder muss ich dir erst eine reinhauen?«

Bernd verspürte wenig Lust, sich mit diesem ungehobelten Proleten anzulegen, zumal es nicht so aussah, als wären dessen Drohungen nur leere Versprechen. Also rief er sich die alte Weisheit ins Gedächtnis, die besagte, dass der Klügere nachgibt, und räumte den Platz. Die kichernde Blondine war sofort zur Stelle, und sogleich trat ihr Fotoapparat in Aktion. Anscheinend wollte sie beim Wegfahren das Hotel knipsen. Das ging nach ihrer Vorstellung offenbar am besten von Bernds Platz aus. Oder präziser: von seinem ehemaligen Platz.

»Achtung! Festhalten«, rief Harold von unten.

Der Motor heulte auf, roter Staub erhob sich, und der Jeep raste wie vom Katapult abgeschossen los.

Im letzten Moment bekam er einen Haltegriff zu packen. Trotzdem wurde er gegen den Harley-Davidson-Mann geschleudert, der bereits um diese Uhrzeit nach Bier stank. Die Blondine jauchzte hochfrequent.

Doch nur für eine Sekunde, danach geschah das Schreckliche: Der Griff, an dem sie sich mit der Linken festhielt, während sie mit der Rechten immer noch den Fotoapparat hielt und knipste, brach ab! Einfach so, als wäre er nicht mit der Karosse verschweißt, sondern bestenfalls mit Spucke angeklebt.

Die Wasserstofffrisur taumelte nach hinten, aus dem Jauchzen wurde ein angsterfülltes Gellen. Der Fotoapparat, eine augenscheinlich teure Spiegelreflexkamera, flog durch die Luft. Ihre Besitzerin ruderte mit den Armen, versuchte panisch, irgendetwas in die Finger zu bekommen, um sich daran festzuklammern, doch vergebens. Schreiend ging sie am Fahrzeugheck über Bord, mit dem Rücken voran, bei einer Geschwindigkeit, die schwer zu schätzen war, aber sicher nicht unter vierzig Stundenkilometern lag. Für die Dauer einer Sekunde sah Bernd ein Paar rosa Füße mit lackierten Nägeln in der Luft zappeln, dann war die Blondine verschwunden.

Jesus und Maria, ging es ihm durch den Kopf, *die hat sich das Genick gebrochen!*

Er schluckte, als ihm bewusst wurde, dass er an ihrer Stelle wäre, wenn das Scheusal ihn nicht von seinem Platz vertrieben hätte.

Am späteren Abend, nach dem Essen, das Bernd wie üblich allein zu sich genommen hatte, stand er auf dem Balkon seines Zimmers. Er betrachtete den dunkelroten Horizont. Die Sonne war soeben versunken, und der Anblick stimmte ihn nachdenklich, ja, sogar melancholisch.

»Und?«, ertönte neben ihm eine Stimme aus dem Nichts. Sie klang zurückhaltend, außerdem ein klein wenig heiser. »Wie fandest du die Safari?«

Er zuckte zusammen, blickte sich verwirrt um, bis ihm bewusst wurde, dass jemand auf dem Nachbarbalkon stand. Das heißt, eigentlich war es nicht der Nachbarbalkon, da sich jeweils zwei Zimmer einen Balkon teilten. Zwischen den beiden Hälften befand sich lediglich eine brusthohe Begrenzung aus Korbgeflecht. Als er erkannte, wem die Stimme im Halbdunkel gehörte, begann sein Herz schneller zu schlagen. Unwillkürlich umklammerten seine Finger das Geländer.

»Äh…«, stammelte er verlegen. »In Wirklichkeit hat die Safari gar nicht stattgefunden. Ich meine… Ich will sagen, sie war vorbei, bevor sie angefangen hat.« Er kicherte, und bereits im gleichen Moment wurde ihm klar, wie blöde das klingen musste.

Meg Ryan, die Frau, die am Nachmittag mit dem Typ im Karohemd abgezogen war, wirkte amüsiert. Zumindest hatte er den Eindruck, doch das war schwer zu erkennen, da ihre Gesichtszüge im Halbdunkel verschwammen. Nur noch das ferne Glimmen des Horizonts sowie die Laternen der Hotelanlage sorgten für schummriges Licht. Trotzdem erkannte er in ihr eine wunderschöne Frau, auch wenn sich auf den zweiten Blick offenbarte, dass sie mit Meg Ryan lediglich die Frisur gemein hatte, und sogar diese war wesentlich kürzer als bei dem Hollywoodstar.

»Jemand ist gestürzt«, hörte er sich sagen. »Vom Jeep runter, bei einem Affentempo. Fünfzig Sachen, schätze ich. Eine Touristin, gleich nach dem Losfahren. Der Reiseleiter hat die Tour daraufhin abgeblasen.« *Kannst du dich auch vernünftig ausdrücken?*, tadelte er sich in Gedanken. *Bei dem Gestammel muss sie dich für einen Analphabeten halten.*

Wenn dem so war, ließ sie es sich nicht anmerken oder gar davon abschrecken. Stattdessen kam sie näher, bis sie dicht neben ihm stand, nur durch die Korbbegrenzung von ihm getrennt. Dort stützte sie sich auf das Geländer, lehnte sich leicht hinüber, schaute ihn kurz an. Danach wanderte ihr Blick in die Ferne.

»Hört sich ja schlimm an«, sagte sie. »Wie ist das denn passiert?«

Er erzählte ihr, wie sich der Unfall zugetragen hatte, wobei es ihm tatsächlich gelang, in ganzen Sätzen zu sprechen. Er berichtete, dass ein abgebrochener Haltegriff die Ursache für den

Sturz der Frau war, verschwieg jedoch, dass dieser Griff zu seinem ursprünglichen Platz gehört hatte. Dieses Detail sparte er aus, um unangenehme Fragen nach dem Grund für den Platztausch zu vermeiden, denn er wollte unter keinen Umständen wie der Waschlappen dastehen, für den er sich selber hielt.

»Sie hat geschrien wie am Spieß, als die Leute vom Hotel sie hineingetragen haben. Und dann sind fast drei Stunden vergangen, bis ein Krankenwagen eingetroffen ist. Der hat sie schließlich mitgenommen.«

»Übel«, kommentierte sie knapp.

»Allerdings.«

Es entstand eine Pause, in der nicht gesprochen wurde. Nur das Rauschen des Indischen Ozeans war zu hören sowie das tausendfache Zirpen der Grillen. Und die Bässe der Musik, die von der Poolbar herüberwummerten und zum allabendlichen Animationsprogramm gehörten.

»Auch eine?«, fragte sie nach einer Weile. Gemeint war eine Zigarette. Die Schachtel befand sich in der Tasche ihres Bademantels.

Bis zu diesem Augenblick hatte er nicht bemerkt, dass sie einen solchen trug. Das hatte nichts Unzüchtiges, da er ordentlich geschlossen war und nicht einmal den Ansatz ihres Busens erkennen ließ. Offenbar war sie gerade aus dem Bad gekommen, bevor sie den Balkon betreten hatte. Ihr Strubbelhaar duftete intensiv nach Apfel.

Er schüttelte den Kopf. »Nichtraucher.« Leute, die rauchten, waren ihm ansonsten per se unsympathisch. »Wie heißen Sie eigentlich?«, fragte er, einem inneren Impuls folgend.

Ein spöttisches Lächeln huschte über ihre Züge. Das war genau der gleiche Ausdruck, den er am Morgen bereits auf ihrem Gesicht zu sehen geglaubt hatte, als er unsicher gewesen war, ob er sie ansprechen sollte oder nicht.

»Sie?«, kam es aus ihrem Mund. »Warum so förmlich? Wir sind doch hier nicht auf einer Arbeitstagung für Rechtsanwälte.« Sie lachte, und das wirkte ansteckend. »Wie wär's mit du? Ich bin Hanna.«

»Angenehm. Bernd.« Um ein Haar hätte er sich als *Birdie* vorgestellt.

»Die Safari war ein unbeschreibliches Erlebnis«, sagte sie übergangslos. »Da ist dir wirklich was Tolles entgangen.«

Während sie sprach, lehnte sie sich noch weiter über das Geländer und rückte zudem noch ein Stück in seine Richtung, sodass ihr Gesicht ziemlich nah bei seinem war. So nah, dass er fast den Eindruck hatte, die Wärme ihrer Wangen zu spüren. Schade, dass er im Dämmerlicht ihre Augen nicht richtig erkennen konnte. Wäre das der Fall gewesen, hätte er ihr das Kompliment machen können, das zu Georgs Masche gehörte.

Da klopfte es an ihrer Zimmertür.

»Nanu?«, wunderte sie sich. »Wer kann das denn sein? Entschuldigung.«

Weg war sie.

Bernd kam sich vor, als hätte man ihn im Regen stehen gelassen, doch ehe er Zeit fand, ausgiebig beleidigt zu sein, steckte sie den Kopf durch die Balkontür. »Das ist Petra, ihr Zimmer liegt am Ende des Ganges. Ich habe sie heute bei der Safari kennengelernt, ist 'ne total nette. Sie will sich meinen Föhn leihen. Dauert nur eine Minute. Bitte nicht weggehen!«

»Okay.«

Seine Antwort bekam sie bereits nicht mehr mit, da sie sofort wieder in ihrem Zimmer verschwunden war.

Er hörte sie mit Petra sprechen, die offensichtlich aus Berlin stammte, wie man an ihrem Dialekt unschwer erkennen konnte. Zu seiner Überraschung verfiel Hanna ebenfalls ins Berlinerische. Die beiden lachten laut.

Keine zwei Minuten später war Petra gegangen, und Hanna kehrte auf den Balkon zurück. »Bitte entschuldige«, bat sie abermals. »Das war nicht der erwartete Anruf.«

»Kein Problem.«

»Wo waren wir stehen geblieben?« Ihr Berliner Dialekt hatte sich vollkommen verflüchtigt.

Er überlegte. »Ich glaube, wir sprachen über die Safari.«

Sie schnipste mit dem Finger. »Genau.«

Und dann erzählte sie ausführlich von der Tour durch den Busch, die sie erlebt hatte, was schließlich in einer angeregten Unterhaltung über Gott und die Welt mündete. Das Gespräch stockte nicht für eine Sekunde, es trat niemals eine peinliche Pause ein, keine Verlegenheit, keine Beklommenheit, nichts dergleichen. Rasch wurde ihm klar, dass sie sehr intelligent war und er sich stark zu ihr hingezogen fühlte. Kurzum: Er war im Himmel.

Tja, mein lieber Georg, triumphierte er in Gedanken, *wie du siehst, hat unser Freund mit dem karierten Hemd sie nicht in sein Zimmer gekriegt, geschweige denn dazu, was du gedacht hast. Es gibt eben auch anständige Mädchen.*

In seiner Euphorie beschloss er, sie zu fragen, ob man das Gespräch nicht in die Lounge verlegen sollte, doch dazu kam es nicht mehr.

»Ach du liebe Zeit!«, unterbrach sie seinen Gedankengang. »Wie spät mag es sein?«

Er hielt sich die Uhr ganz dicht vor die Nase, um die Zeigerstellung erkennen zu können. »Zwanzig nach zehn«, gab er Auskunft.

Das bedeutete, dass sie fast zweieinhalb Stunden miteinander geplaudert hatten.

»Mist!«, schimpfte Hanna. »Ich muss mich verabschieden. Tut mir leid.«

»Wieso? Was ist los? Termine?« Er lachte, obwohl ihm Übles schwante.

Sie begann, mit den Fingern an ihrer Frisur herumzuzupfen, ließ es jedoch sein, als ihr bewusst wurde, dass ein Fremder zuschaute. »Stimmt«, erklärte sie hastig, »ein Termin. Ich habe heute auf der Safari jemanden kennengelernt, auch einen Deutschen, klar. Wir sind um halb elf in der Pianobar verabredet. Ich möchte ihn nicht warten lassen. Hey, hat mich total gefreut, dich kennenzulernen.«

»Ja«, gab er tonlos zurück. Er zögerte. »Mich auch.«

»Wir sehen uns! Ich wünsche dir noch einen schönen Abend, was auch immer du mit dem Rest anstellst.«

Dann rauschte sie davon. Die Balkontür wurde zugeschoben, und für Bernds Ohren klang es, als würde sich ein Panzerschott schließen.

»Dir auch einen schönen Abend«, sagte er in das Zirpen der Grillen hinein.

Fünf Minuten später – er stand immer noch da und hatte sich nicht von der Stelle gerührt – hörte er, wie auf dem Korridor eine Tür zufiel. Gleich darauf drang das Geräusch von hochhackigen Schuhen an sein Ohr, die sich eilig entfernten.

Leute, die in zwei Stunden zehn Zigaretten qualmen, mag ich sowieso nicht, dachte er verdrießlich. *Genauso wenig wie Handy-Junkies. Außerdem ist Berlin viel zu weit entfernt von Köln. Ein Glück, dass ich ihr nichts von ihren Augen vorgesäuselt habe.*

Kapitel 3

10 Tage vor der Entführung des Fluges SWX 714

Mit den Händen in den Hosentaschen standen die beiden Beamten der Justizvollzugsanstalt (JVA) Köln Ossendorf vor dem Verhörraum und warteten. Auf der anderen Seite der Sicherheitstür befand sich der Delinquent, den sie weisungsgemäß dort eingeschlossen hatten. Auch der Dolmetscher war bereits da, hielt sich jedoch etwas abseits und tat so, als würde er hochwichtige Akten studieren. Wer fehlte, war der Staatsanwalt, der darauf bestanden hatte, den Schwerverbrecher höchstpersönlich zu verhören.

»Frechheit, uns so lange warten zu lassen!«, empörte sich der größere Beamte.

Er war ein regelrechter Gigant mit einem enormen Wanst, über dem sich das Uniformhemd spannte. Sein immenser Leibesumfang hatte ihm den bizarren Spitznamen *Rinderhälfte* eingebracht. Manche nannten ihn auch einfach nur *Hälfte*, was freilich noch grotesker klang. Nach einer Weile hatte er es aufgegeben, dagegen zu protestieren, und das hatte irgendwann dazu geführt, dass seine beiden Spitznamen bekannter waren als sein richtiger Name. Familienmitglieder, Kollegen, Freunde – alle Welt nannte ihn Rinderhälfte/Hälfte. Das ging sogar so weit, dass einige Leute ihn *nur* unter diesen Pseudonymen kannten.

»Hast recht«, stimmte sein Kollege zu. »Unverschämtheit, uns so lange warten zu lassen.« Obwohl er von normaler Statur war, wirkte er neben dem Koloss wie ein Hänfling. »Aber du kennst das ja: Je unpünktlicher sie sind, desto wichtiger kommen sie sich vor.«

»Bin gespannt, was das für einer ist«, murmelte Rinderhälfte in seinen nicht vorhandenen Bart.

»Wen meinst du? Den neuen Staatsanwalt?«

»Wen sonst? Soll ein ziemlich harter Hund sein, wie ich hörte. Ein Ziehsohn vom alten Kunze, das sagt doch wohl alles.«

Das sagte nicht alles, aber eine Menge, denn beim alten Kunze handelte es sich um keinen Geringeren als Oberstaatsanwalt August Kunze, auch bekannt als *Eisenschädel Kunze*. Er war berüchtigt für seine stets schlechte Laune, für seine Grobheit und Rücksichtslosigkeit, aber auch berühmt für seine Verurteilungsquote. Wie es hieß, nahm er ausschließlich Juristen unter seine Fittiche, die geradezu märchenhafte Examensnoten vorweisen konnten.

»Dann lass uns beten, dass der Neue nicht ebenfalls so ein Stinkstiefel ist wie unser lieber Eisenschädel. Obwohl ... wer die Schule des alten Kunze durchlaufen hat, ohne sich aufzuknüpfen, *muss* zwangsläufig ein unausstehlicher Mistkerl sein. Und ein harter Knochen obendrein.«

»Also warten wir auf einen unausstehlichen Mistkerl, eh?«, brummte der Koloss, als er am Ende des gebohnerten Korridors eine Silhouette entdeckte. Wenn man vom Teufel spricht ... Das musste der Mistkerl sein. Die Verspätung betrug mittlerweile fast dreißig Minuten.

»Jetzt bin ich gespannt.«

Die Umrisse kamen näher. Verhalten, zögernd, fast ängstlich.

Der Dolmetscher, ein hagerer Schwarzafrikaner mit ergrautem Kraushaar, gesellte sich zu den Beamten und spähte in den Korridor. Wenn das Verhör begann, würde man seine Dienste benötigen, um dem Gefangenen die Möglichkeit zu geben, sich in seiner Muttersprache zu äußern. Diese war *af-ka Soomaali-ga*.

Oder auf Deutsch: Somali. Dementsprechend stammte der Häftling aus Somalia.

Dort war er als Pirat aktiv gewesen, als Anführer einer Bande moderner Seeräuber, die noch vor ein paar Wochen am Horn von Afrika Containerschiffe und Tanker gekapert hatte. Doch dann war er geschnappt worden, von einer Fregatte der Bundesmarine, die im Rahmen der Operation *Atalanta* im Golf von Aden patrouillierte. Man hatte ihn inhaftiert und nach Deutschland gebracht, und hier wartete er auf seinen Prozess. Das Verhör, das an diesem Tag stattfinden sollte, war Teil des vorgeschalteten Ermittlungsverfahrens.

Der Staatsanwalt hatte die Wartenden inzwischen fast erreicht.

»Das kann er unmöglich sein«, raunte Hälfte.

»Wieso nicht?«

Die Antwort blieb unausgesprochen, denn in diesem Moment war der Neuankömmling heran. Er war viel zu jung.

»Guten Tag!« Er hatte einen schweinsledernen Aktenkoffer mit goldenen Beschlägen bei sich. Und er trug karierte Golfhosen. »Entschuldigen Sie bitte die Verspätung, aber ich wurde unerwartet aufgehalten. Wichtiges Telefonat. Mein Chef, Sie verstehen. Er bittet ebenfalls um Nachsicht.« Es folgte ein dümmliches Kichern. »Sie gestatten? Lohmann. Bodo Lohmann.«

Er machte eine linkische Bewegung, die an Hackenzusammenschlagen erinnerte, dann wechselte er den Aktenkoffer von der Rechten in die Linke und hielt dem Koloss die nun freie Hand hin. Dieser ergriff sie verwirrt.

»Schmitz«, stellte er sich unwillkürlich vor. Der andere Beamte nannte ebenfalls seinen Namen, genau wie der Dolmetscher.

Nach dem Händeschütteln trat allgemeine Verlegenheit ein.

Der lächerliche junge Mann in Golfhosen, Bodo Lohmann, die Vorhut des Staatsanwaltes, schaute erwartungsvoll in die Runde, dann deutete er mit dem Kinn auf die Tür zum Verhörraum. »Aidid wartet bereits?«

Omar Aidid war der Name des somalischen Gefangenen.

»Richtig«, bestätigte Schmitz. »Sobald Ihr Chef da ist, können wir loslegen.«

»Wenn mein Chef da ist?«, fragte Lohmann. Die Bügelfalten seiner Hose sahen aus wie mit dem Lineal gezogen, seine Schuhe glänzten sogar in dem schlecht beleuchteten Gefängniskorridor. »Ich wusste gar nicht, dass er hierher unterwegs ist. Hat er angerufen?«

Der Koloss war erneut verwirrt. Er schüttelte den massigen Schädel, und sein Doppelkinn wackelte. »Aber Sie sagten doch gerade, Ihr Chef bittet ebenfalls um Nachsicht für die Verspätung.«

Der junge Mann machte eine eifrige Geste der Zustimmung. »Genau, er bittet um Nachsicht dafür, dass er mich mit dem Telefonat so lange aufgehalten hat und somit schuld daran ist, dass ich mich verspätet habe …«

Die beiderseitige Erkenntnis kam wie ein Kanonenschuss.

Schmitz biss sich auf die Lippen, als ihm bewusst wurde, dass er den Staatsanwalt für einen Laufburschen gehalten hatte, während der Staatsanwalt knallrot wurde, als ihm aufging, dass er für einen Laufburschen gehalten worden war. Hurra!

»Lassen Sie uns anfangen!«, schnappte er, um seine Verlegenheit zu überspielen. Er, der weder Laufbursche noch Mistkerl war und erst recht kein harter Knochen, wie man nur allzu deutlich erkennen konnte, machte auf dem Absatz kehrt, wahrscheinlich, damit die anderen sein Gesicht nicht sahen.

Als er in Richtung Verhörraum hastete, fiel ihm der Aktenkoffer aus der Hand und polterte zu Boden. Passenderweise sprangen dabei die goldenen Verschlüsse auf. Ein Wust von amtlich aussehenden Dokumenten verteilte sich auf dem Linoleum. Der Dolmetscher eilte herbei, um beim Aufsammeln behilflich zu sein.

»Das ist ein Milchbubi«, flüsterte Hälfte seinem Kollegen zu und betrachtete das Chaos. »Der ist niemals vom alten Kunze angelernt worden. Nie im Leben! Das Einzige, was sie gemein haben, sind die Hosen. Nur dass der darin aussieht wie ein schwuler Friseur. Nichts gegen Schwule! Ist dir auch aufgefallen, dass er bei der Begrüßung keinem richtig in die Augen gesehen hat? Wie können die bei der Staatsanwaltschaft bloß denken, dass solch ein Schlaffi mit Omar Aidid fertig wird? Heiland, der Schweinepriester ist noch vor sechs Wochen auf hoher See an Schiffswänden hochgeklettert, und das, obwohl seine linke Flosse verkrüppelt ist. Er hat harmlose Seeleute mit Panzerfäusten bedroht, und wenn ihm einer blöd gekommen ist, dann hat er abgedrückt.«

Das stimmte haargenau. Selbst im Vollzugsbetrieb benahm sich Aidid wie eine offene Hose. So zumindest drückten es die Bediensteten der JVA aus. Seit er hier war, sorgte er ständig für Ärger.

Der zweite Beamte legte die Stirn in Falten. »Keine Frage, Aidid wird ihn in der Luft zerreißen.«

Und der Jungstaatsanwalt, der dazu auserkoren war, den berüchtigten Piraten mürbe zu machen, kroch immer noch über den Fußboden, um seine Akten aufzusammeln und zurück in den Koffer zu stopfen.

Schmitz grinste. »Nun, zumindest dürfte das ein unterhaltsamer Nachmittag werden.«

In der Pianobar konnte man ab zwölf Uhr mittags kleine Snacks zu sich nehmen, und da Bernd erst im Morgengrauen eingeschlafen war und deshalb das Frühstück hatte ausfallen lassen, fand er sich pünktlich ein, um etwas gegen seinen knurrenden Magen zu unternehmen.

Die Bar war fast leer, nur eine Hand voll Gäste verteilte sich auf die Sessel im Kolonialstil, allesamt mit zebra- oder leopardengemusterten Stoffen überzogen, während sich mindestens die gleiche Anzahl schwarzer Kellner in kurzärmeligen Hemden und mit weißen Handschuhen um ihr Wohlergehen bemühten.

In Gedanken mit der gestrigen Begegnung auf dem Balkon beschäftigt, trat er auf die Terrasse hinaus, die zur Bar gehörte. Dort ließ er sich an einem Tisch nieder, der im Schatten eines Strohbaldachins stand. Hier draußen war sogar noch weniger Betrieb als drinnen. Insekten summten, gedämpfte Klaviermusik drang an seine Ohren, doch die kam leider nur vom Band. Dem Konzertflügel, der drinnen auf einem Podest thronte, wurde vermutlich erst abends Leben eingehaucht.

Er verschlang ein Wrap, das die Karte als *Elephant* auswies, bestellte danach jedoch noch drei weitere. Zwei, um wirklich satt zu werden, und noch eins, weil es so gut schmeckte. Im Anschluss genehmigte er sich einen Cocktail, einen Tom Collins, der stilecht im klassischen Collins-Glas serviert wurde. Das bescherte ihm ein schlechtes Gewissen, denn normalerweise gehörte er nicht zu den Leuten, die mittags schon geistige Getränke zu sich nahmen. Er trank ohnehin kaum Alkohol, was Georg stets zu der spöttischen Bemerkung veranlasste, er lebe wie ein Mönch. Das schlechte Gewissen erhielt zusätzliche Nahrung, als er merkte, wie ihm der Gin in den Kopf stieg.

Mit leicht benebeltem Hirn dachte er wieder an den vergangenen Abend und beschloss, diese Berliner Göre, Hanna, zu vergessen.

Gedankenverloren beobachtete er die Grünen Meerkatzen, die trotz ihres Namens weder grün waren noch zu den Katzentieren gehörten. Kleine graue Äffchen waren das, die nicht die geringste Scheu an den Tag legten. Sie lungerten zu Dutzenden im Hotelgarten herum und beschäftigten sich mit Balkonspringen, Palmenklettern und Essenstibitzen. Und mit Touristenärgern. Beispielsweise lauerten sie darauf, dass jemand von seiner Liege aufstand, dann warfen sie blitzschnell sein Handtuch in den Pool. Das war ein amüsantes Schauspiel, das durchaus menschliche Züge aufwies.

Bernd fragte sich, wieso er dauernd an Hanna denken musste. Eine Frau, die bis zum Morgengrauen mit einem Typen herumhing, den sie erst ein paar Stunden zuvor kennengelernt hatte, war es nicht wert, dass man sich ihretwegen den Kopf zermarterte. Dass sie im Bett dieses Knilches gelandet war, stand für ihn fest. Er wunderte sich, dass die Vorstellung ihm einen Kloß im Hals bescherte.

»Ist hier noch frei?«, fragte eine aus dem Nichts aufgetauchte Hanna unvermittelt. Sie lachte wieder ihr ansteckendes Lachen und rückte sich einen Stuhl zurecht, um sich gegenüber niederzulassen. »Ich hoffe, ich störe nicht?«

Er beeilte sich zu verneinen.

Schnell griff sie nach der Imbisskarte. »Hier steht aber nicht viel drauf, dabei habe ich so einen Kohldampf. Ich glaube, ich werde ein Wrap bestellen. Elephant hört sich groß an.« Sie zog die Brauen hoch, was ihr einen verschwörerischen Ausdruck gab. »Habe glatt das Frühstück verschlafen.«

»Aha. Spät geworden gestern?«, erkundigte er sich in möglichst beiläufigem Tonfall. Am liebsten hätte er gefragt: Wie lange hat es gedauert, bis du in seinem Bett gelegen hast?

Sie winkte ab. »Frag nicht. Auf jeden Fall war es schon hell, als ich die Augen zugemacht habe. Ich bin hundemüde. Aber sag mal, was hast du denn noch mit dem Abend angestellt?«

Nicht viel, dachte er. Nur dem Deckenventilator bei der Arbeit zugesehen und gelauscht, wann endlich die Tür zum Nachbarzimmer aufgeschlossen wird. Bescheuert, aber wahr.

»Äh … ich?«, druckste er herum. Er wollte auf keinen Fall wie ein Langweiler dastehen. »Ich bin noch mal los und habe mir ein wenig die Stadt angesehen. Kleine Erkundungstour, ein bisschen rumgeschlendert …«

»Wie bist du denn dorthin gekommen? Hast du dir auch an der Rezeption ein Taxi bestellt?«

»Ja, ein Taxi, genau. Ich … bin so gegen elf los.«

»Das ist ja witzig, wir nämlich auch. Kurz entschlossen. Da haben wir uns vermutlich nur um ein paar Minuten verpasst.«

»Äh … ja. Vermutlich.«

»Der Taxifahrer hat uns übrigens nach allen Regeln der Kunst über den Tisch gezogen. Für die fünfzehnminütige Fahrt hat er 4500 Schilling verlangt.«

Das machte umgerechnet knapp vierzig Euro.

»Ich habe nicht einmal die Hälfte bezahlt«, behauptete er. »Hat es sich wenigstens gelohnt?« Letzteres klang eine Spur zu gehässig, wie ihm sogleich bewusst wurde.

Sie schien es nicht zu bemerken. »Und ob es sich gelohnt hat! Der gierige Taxifahrer hat uns nämlich einen Club empfohlen, *Bob's Music Hall*, ein riesiger Freiluftkomplex mit Palmendach und Live-Musik auf vier Bühnen. Das war spitze! Zuerst haben wir getanzt, anschließend abgerockt, bis die Stühle hochgestellt wurden. Ich glaube, ich lag gegen sieben im Bett. Und jetzt spüre ich meine Füße nicht mehr, außerdem könnte ich hier im Sitzen einschlafen.«

Dennoch funkelten ihre Augen vor Begeisterung. Sie waren grün und unendlich tief, wie er feststellte, und hätten in der Tat ein Kompliment verdient gehabt. Dann ging ihm auf, was ihr Bericht bedeutete, nämlich dass sie unmöglich mit dem Karohemd die Matratze geteilt haben konnte, denn dazu war schlichtweg keine Zeit gewesen! Die Erkenntnis ließ ihn unweigerlich grienen.

Sie deutete in Richtung des Flügels, der in der Bar auf dem Podest stand und von zwei Geparden-Statuen in Lebensgröße flankiert wurde. Diese befanden sich hart an der Grenze zum Kitsch. »Bevor wir in die Stadt gefahren sind, hatten wir eigentlich erwartet, hier würde ebenfalls Live-Musik gespielt, doch offenbar steht der Flügel nur als Staubfänger dort. Dabei ist er ein herrliches Stück. Das hat zumindest Robert behauptet, ich verstehe nichts davon, er aber schon. Angeblich spielt er sogar recht gut.«

Aha, Robert, wie schön. Aber wieso verstand er etwas von Flügeln? Bernd schaute zu dem Instrument hinüber. »Das ist ein originaler Steinway-Konzertflügel«, klärte er sie auf. »Ein D-274, wenn ich das von hier aus richtig erkenne.«

»Ein D-274?«, wiederholte sie zweifelnd. »Das klingt aber verdächtig nach einem Flugzeug.«

»Die Typenbezeichnung weist auf die Länge des Instruments hin«, erklärte er mit ernster Miene. »Die beträgt nämlich zwei Meter vierundsiebzig, also das ideale Instrument für jedes Wohnzimmer. Wiegt im Übrigen fast eine halbe Tonne und kostet ein ganzes Vermögen. Aber dafür ist es auch … nun, sagen wir, die Mutter aller Flügel. Keiner auf der ganzen Welt klingt besser.«

Sie forschte in seinem Gesicht, und das mit einer Mischung aus Interesse, Erstaunen und Ironie. »Woher weißt du das? Bist du Klavierbauer? Oder verkaufst du Instrumente?«

»Keins von beiden. Ich kenne mich aber ebenfalls aus. Genau wie Robert.« Die letzten drei Worte betonte er trotzig.

»Also kein Klavierbauer … Was dann?«

»Rate mal!«

Sie ließ sich auf das Spiel ein und betrachtete ihn abschätzig. »Hm … ich würde sagen … irgendetwas Biederes. Wie wär's mit Universitätsprofessor? Oder Rechtsanwalt? Bilanzbuchhalter?«

Er rümpfte die Nase. »Wie wär's mit Langweiler? Vielen Dank! Was würdest du sagen, wenn ich behaupte, Musiker zu sein?«

»Ich wäre beeindruckt.«

Er strahlte.

»Und dann würde ich dich fragen, womit du deinen Lebensunterhalt verdienst.«

Seine Miene fror schlagartig ein, doch sie lachte, um anzuzeigen, dass sie nur einen Scherz gemacht hatte. »Du bist wirklich Musiker?«

»Von Berufs wegen, ja.«

»Zeig deine Finger!«

Ohne Vorwarnung langte sie über den Tisch, ergriff mit ihren Händen die seinen und zog sie zu sich herüber, um sie zu begutachten. Ihre Haut war weich, und die Berührung versetzte ihm einen Stromschlag.

»Also wie Handwerkerhände sehen die wirklich nicht aus. Aber das könnte auch auf den Bilanzbuchhalter hindeuten. Obwohl, ich sehe keine Tintenflecke.« Sie lachte. »Was spielst du für ein Instrument? Und wo tust du das? Sollte ich dich womöglich sogar aus den Charts kennen?«

Bernd hatte es nie in die Charts geschafft, beherrschte jedoch acht Instrumente mehr oder weniger virtuos, wobei er die Geige besonders liebte. Sein großes Vorbild hieß Andrew Bird, ein amerikanischer Violinist und Liedermacher, und neben Bernds Familiennamen, Vogel, war es auch diese Verehrung Birds, die dazu geführt hatte, dass man ihn *Birdie* oder *Bird* nannte. Derzeit stand er bei den Kölner Symphonikern unter Vertrag, aus Liebe zu seiner Heimatstadt und weil er an keinem anderen Ort leben wollte, doch er hatte auch schon Engagements in Leipzig und Dresden und sogar in Mailand und London gehabt.

Das erzählte er nun, in leisen Tönen, da er vermeiden wollte, für einen Angeber gehalten zu werden.

Dann kam der Kellner an den Tisch, um Hannas Bestellung entgegenzunehmen. Bernd zuckte regelrecht zusammen, als ihm bewusst wurde, dass sie immer noch seine Hände hielt. Erschrocken und wie ertappt zog er sie eilends weg und bestellte vor lauter Verlegenheit ebenfalls noch ein Wrap. Der Kellner grinste.

»Ich habe früher ein wenig Gitarre gespielt«, erzählte sie. »Nicht wirklich talentiert, aber dafür mit Begeisterung.«

»Sag mal«, schoss es aus ihm heraus, ohne dass er auf ihre Worte einging, »hast du heute eigentlich schon etwas vor?«

»Ja. Ich bin mit Robert verabredet. Wir wollen einen Schnupperkurs im Schnorcheln machen. Dabei soll man vor allem Walhaie und Meeresschildkröten zu Gesicht bekommen. Abends wollen wir dann noch mal *Bob's Music Hall* aufsuchen. Ich kann's nicht lassen.« Sie verdrehte in gespieltem Selbsttadel die Augen. »Und du, was machst du noch so?«

Er räusperte sich. »Nun … Als ich gestern in der Stadt war, habe ich ein paar Leute getroffen, Touristen aus Bayern, weißt du? Lustiges Trüppchen. Also habe ich mich einfach drangehängt, und dann sind wir mächtig versackt. Und für heute Abend ist die Fortsetzung geplant. Die Jungs wollen mich unbedingt dabeihaben. Ich freu mich drauf.« Er lächelte schief.

»Schade«, sagte sie.

»Was ist schade?«

»Dass du schon verplant bist. Sonst hätte ich dich gefragt, ob du Lust hast mitzukommen. In die Music Hall, meine ich. Für einen Berufsmusiker sicherlich eine tolle Adresse, auch wenn dort natürlich keine Klassik gespielt wird.«

»Ich mag nicht nur Klassik«, hörte er sich sagen, während er in Gedanken fluchte. *Du Armleuchter! Du Hornochse! Du Esel! Die Jungs wollen mich unbedingt dabeihaben. Ich freu mich drauf. Glückwunsch!* Dann dämmerte ihm die Erkenntnis, dass sie kein romantisches Interesse an Robert haben konnte, denn sonst hätte sie sich nicht freiwillig ein fünftes Rad an den Wagen montiert. Oder hatte sie nur aus reiner Höflichkeit gefragt, ob er mitkommen wollte? Zum Teufel, warum hatte er nur so wenig Fingerspitzengefühl in solchen Dingen? *Okay*, redete er sich ein, *sie will nichts von ihm. Zumindest nichts, das über Tanzbeinschwingen und Tauchvergnügen hinausgeht. Das ist gut.*

Allerdings war er sich der Gefahr bewusst, die bestand, wenn sie nun den zweiten Abend hintereinander mit dem Kerl loszog. Urlaubsstimmung, laue Nächte, Party… da konnte alles Mögliche passieren. Fieberhaft suchte er nach einer einleuchtenden Erklärung, warum die Jungs urplötzlich ganz gut auf ihn verzichten konnten, doch natürlich fiel ihm keine ein.

Aber zumindest erwachte der Georg in ihm. »Hast du Lust, morgen mit mir eine Jeeptour zu unternehmen?«, fragte er schwitzend.

»Eine Jeeptour?«, wiederholte sie.

In diesem Moment servierte der Keller die Wraps. Hannas Bemerkung lautete: »Himmel, was für ein Apparat! Den bekomme ich nie auf. Kein Wunder, dass dieses Monster Elephant heißt.«

Bernd fuhr fort und erzählte ihr, dass er in der Hotellobby sämtliche Ständer mit Ausflugsprospekten studiert habe. Dort wurden zahlreiche Exkursionen angeboten, angefangen beim Zweistundenausflug bis hin zur Zehntagessafari mit der entsprechenden Anzahl an Übernachtungen in teils malerischen Lodges sowie verschiedenen Inlandsflügen mit Propellermaschinen. Die Jeeptour, die ihm vorschwebte, war ein recht teurer Tagesausflug und insofern ungewöhnlich, da sie nicht mit einer Gruppe unterwegs sein würden. Aufbruch war im Morgengrauen, um fünf Uhr, und das Ziel war der 140 Kilometer landeinwärts gelegene Tsavo-Nationalpark mit seinen Löwen, Elefanten, Zebras und Giraffen.

»Und wer würde noch mitkommen?«, fragte sie in seltsamem Tonfall.

»Nur ein Ranger und der Fahrer, wobei der Ranger erst im Park zusteigt, wenn ich die Angaben im Prospekt richtig verstanden habe.«

»Also gewissermaßen wir beide allein, wie?«

»War halt bloß eine Idee von mir. Wir können natürlich auch …«

Er brachte den Satz nicht zu Ende, da Robert auf der Szene erschien, an diesem Tag nicht kariert, sondern uni im Tropenlook.

»Ah, hier bist du«, sagte er zu ihr, dann sah er Bernd an. »Wir kennen uns noch nicht, glaube ich? Ich bin Robert. Robert Regensburg.« Er hielt Bernd die Hand hin und schaffte es, dies kein bisschen förmlich wirken zu lassen, sondern einfach nur freundlich. Er war überhaupt ein sympathischer Kerl, wie Bernd zugeben musste, und noch schlimmer war, dass er ein wirklich gut aussehender, sympathischer Kerl war, der an diesem Abend mit Hanna ausgehen würde. Sein Händedruck war ehrlich und energiegeladen.

»Das ist Bernd«, sagte sie. »Er weiß alles über Konzertflügel. Er ist Berufsmusiker bei den Kölner Symphonikern.«

Er zwang sich ein Lächeln ab, während Robert ihn aufrichtig interessiert, fast bewundernd musterte. Verdammt, dieser Kerl hatte ein ungemein einnehmendes Wesen! Die vielen Lachfältchen um seine Augen herum deuteten auf einen heiteren Charakter hin. Und noch mal verdammt, wie sollte man so einen als Feind ansehen?

»Ich habe mich früher auch für einen ziemlich guten Klavierspieler gehalten«, erklärte er freundlich. »Aber das änderte sich, als ich Elton John live erleben durfte. Das war '95, während der Made-in-England-Tour. Ich werde das nie vergessen, da ich damals VIP-Karten hatte. Nach dem Konzert hat sich der Meister unter die VIPs gemischt, ganz zwanglos. Klar, dass er sich auch für ein, zwei Stücke an den Flügel gehockt hat, und ich stand gewissermaßen direkt daneben.« Er lachte entwaffnend. »Wenn ich seitdem *Crocodile Rock* höre, weiß ich, dass ich kein guter Klavierspieler bin. So wie Elton kann man das Stück gar nicht spielen, und selbst wenn man die Noten beherrscht, klingt es im Vergleich mit seinem Klavierspiel wie Geklimper.« Er lachte abermals. »Zumindest, wenn ich es versuche.«

»Ich habe schon mit Elton John zusammengespielt«, murmelte Bernd. »Es stimmt, er ist wirklich einzigartig. Ich mag ihn.«

Hanna verschluckte sich fast an den Resten des Elefanten. »Du hast mit ihm zusammengespielt? Wie meinst du das?«

Ihm wurde heiß unter ihrem herausfordernden Blick. »Nicht ich allein, sondern das ganze Orchester. Das war vor vier Jahren, auf einer Benefizveranstaltung. Ich hatte damals noch ein Engagement in London. Die Vorstellung nannte sich *Rock meets Classic*.« Er zuckte mit den Schultern. »Hat Spaß gemacht.«

Was er verschwieg, war, dass er sich an jenem Abend sogar eine halbe Stunde lang angeregt mit Elton John unterhalten hatte. Anschließend hatten sich die beiden an den Flügel gesetzt und im Duett in die Tasten gehauen.

Die beiden sahen ihn staunend an, und Robert stieß einen anerkennenden Pfiff aus, dann nickte er in Richtung Flügel. »Kleine Kostprobe?«

»Das kann ich nicht machen«, protestierte Bernd. »Das Instrument gehört mir doch gar nicht.«

Hanna klatschte in die Hände. Sie war sofort Feuer und Flamme, und in diesem Moment glaubte er, dass es ihre Begeisterungsfähigkeit war, die sie so attraktiv machte. »Bitte, bitte!«, quengelte sie wie ein Kind. »Wer sollte etwas dagegen haben?«

Er sträubte sich immer noch, hob abwehrend die Hände. »Ich bin aber kein besonders guter Klavierspieler. Die Violine ist mein bevorzugtes Instrument.«

Wenig später war der nicht besonders gute Klavierspieler in seinem Element. Er begann mit *Crocodile Rock*, ließ dann leisere Töne folgen, und zum Schluss intonierte er Leonard Cohens *Hallelujah*, zu dem er sogar sang. Und dass er nicht gut spielte, war die Untertreibung des Jahrhunderts, denn er beherrschte nicht nur die Saiten meisterlich, sondern auch die Klaviatur. Der Gesang konnte sich ebenfalls hören lassen.

Und so verwunderte es nicht, dass er binnen kürzester Zeit fast vierzig Zuhörer hatte, die sich um den Flügel scharten, angefangen bei den Kellnern und dem Barmann bis hin zu mehreren Hotelgästen, die von den Klängen angelockt worden waren.

Als der letzte Ton verstummte, brandete tosender Beifall auf, eine Zugabe wurde verlangt.

Er lachte, doch das Lachen blieb ihm sogleich im Hals stecken. Denn als er in die Runde schaute, waren Hanna und Robert verschwunden.

So viel zum Thema Jeep-Ausflug. Er ließ die Zuhörerschar stehen und eilte auf sein Zimmer. Von dort aus rief er in der Bar an und ließ sich einen weiteren Elefanten sowie einen Tom Collins bringen. Dem einen folgten drei oder vier weitere, die er im Laufe des Nachmittags bestellte.

Und dann musste er sich übergeben, wie er sich noch nie übergeben hatte.

So sieht also ein Pirat aus, dachte Bodo Lohmann und rieb sich gedankenverloren das glatt rasierte Kinn. Er musterte Omar Aidid aus sicherer Entfernung durch das Fensterchen in der Tür zum Verhörraum.

Sein Puls raste, seine Haut kribbelte. Nur noch wenige Augenblicke, dann würde er sich eine Zigarette anzünden und salopp rauchend den Verhörraum betreten. Er hatte sich seine Taktik haargenau zurechtgelegt. Er würde sich nicht vorstellen, nicht grüßen, kein einziges Wort sprechen. Stattdessen beabsichtigte er, sich schweigend an den Tisch zu setzen, um dort mit akribischer Gelassenheit seine Akten auszubreiten. Die würde er eine volle Minute oder länger studieren, immer noch still wie ein Grab. Psychokrieg nannte man das. Dann, ohne Vorwarnung, würde er den Kopf hochreißen und sein Gegenüber eindringlich aus zusammengekniffenen Augen mustern. Der Rest wäre reine Formsache. Binnen kürzester Zeit würde er den Somalier in die Ecke gedrängt haben, und das Ergebnis wäre ein lupenreines Geständnis. Der Verbrecher würde dasitzen wie ein kleiner Junge, zitternd, gebrochen, mit den Nerven am Ende.

So zumindest hatte sich Lohmann die Szene ausgemalt, vergangene Nacht, als er wach gelegen hatte vor lauter Nervosität. Erst kurz vor fünf waren ihm schließlich die Augen zugefallen, doch bereits um Punkt sechs hatte der Wecker die Nachtruhe für beendet erklärt.

»Alles in Ordnung, Herr Staatsanwalt?«

Der Vollzugsbeamte namens Schmitz, Rinderhälfte, schaffte es, die Anrede wie Hohngelächter klingen zu lassen.

Lohmann ignorierte die Provokation. Er räusperte sich. »Alles in Ordnung. In bester Ordnung sogar, möchte ich meinen. Ich würde vorschlagen, dass wir beginnen. Sind Sie bereit?«

Die Beamten nickten, der Dolmetscher ebenfalls.

Lohmann griff in die Tasche seines Jacketts und förderte eine

Zigarettenschachtel zutage. Er war Nichtraucher, doch die Rolle des knallharten Strafverfolgers verlangte zuweilen ungewöhnliche Methoden. Selbstverständlich hatte er gestern heimlich geübt und war drei Dutzend Mal mit der Kippe im Mundwinkel vor dem Spiegel auf- und abgeschlendert. Dieses Schauspiel würde er nun so gut es ging wiederholen.

Schmitz schüttelte den massigen Kanisterkopf. »Sie dürfen hier nicht rauchen«, mahnte er. »Ist strikt verboten. Außer in den Raucherbereichen.« Er lächelte gönnerhaft. »Wenn Sie es nicht mehr aushalten, können Sie draußen im Hof…«

Lohmann winkte ab. Verärgert ließ er die Zigaretten wieder verschwinden. »Nicht nötig. Lassen Sie uns anfangen.«

Die Tür schwang auf. Der Gefangene, Omar Aidid, der bis zu diesem Moment scheinbar gelangweilt dagesessen und leise vor sich hin gesummt hatte, hob ruckartig den Kopf. Feindselig starrte er dem Jungstaatsanwalt entgegen.

Dieser wurde gewahr, dass man dem Gefangenen Handschellen angelegt hatte. »Sagen Sie«, wandte er sich an Schmitz, »ist es wirklich nötig, den Mann zu fesseln? Sollten wir ihm das nicht ersparen?« Ein genialer Einfall schoss ihm in den Sinn. Wenn er, der Ankläger höchstpersönlich, befahl, dass man Aidid von den Eisen befreite, nahm er ihn damit gleich für sich ein. Das würde ganz bestimmt die Kooperationsbereitschaft des Somaliers fördern.

»Keine gute Idee!« Der Tonfall, in dem Hälfte das sagte, ließ deutlich erkennen, dass er bereits den bloßen Gedanken als Idiotie betrachtete. »Der Kerl ist gefährlich. Lassen Sie sich nicht davon täuschen, dass er wie ein Priesterschüler aussieht. Erst gestern haben wir ihn dabei erwischt, wie er in seiner Zelle eine Waffe herstellen wollte. Aus einer Schraube, die er aus der Werkstatt geklaut hat.«

»Und vorige Woche ist er auf seinen Pflichtverteidiger losgegangen«, warf der zweite Vollzugsbeamte ein. »Der Typ ist unberechenbar. In der einen Sekunde sitzt er still da und tut so, als könne er kein Wässerchen trüben, und in der nächsten rastet er völlig aus. Also seien sie vorsichtig.«

Die Warnung erinnerte Lohmann daran, was er in den Akten über Aidid gelesen hatte. »Äh … gut. Ich schlage also vor, dass wir ihn gefesselt lassen, ja? Sie wissen schließlich am besten, was nötig ist.«

Grundgütiger, die Sache glitt ihm aus den Händen, noch bevor das Verhör begonnen hatte. Er räusperte sich. Okay, ab nun galt es, zu punkten und alles haargenau so durchzuziehen, wie er es sich vorgenommen hatte.

Er krallte die Finger in das Leder des Aktenkoffers, ging verhaltenen Schrittes auf Aidid zu. *Sieh ihn nicht an, noch nicht*, ermahnte er sich. *Und beweg dich nicht zu langsam, sonst denkt er, du hättest Angst vor ihm.*

Etwas forscher als beabsichtigt nahm er Platz, legte den Koffer auf den Tisch und wollte sich den Stuhl zurechtrücken, doch der ließ sich partout nicht bewegen. »Verdammt!«, entfuhr es ihm. »Was ist denn das …«

Er hatte den Eindruck, den Piraten kichern zu hören, als sich Schmitz zu ihm herabbeugte. Grinsend, wie er aus den Augenwinkeln sah.

»Das Mobiliar ist am Boden festgeschraubt«, erklärte Hälfte. »Aus Sicherheitsgründen. Damit niemand mit einem Stuhl erschlagen wird.«

»Verstehe«, murmelte Lohmann so zwanglos wie möglich. Umständlich breitete er die Akten auf dem Tisch aus. Dabei war er bemüht, das Zittern seiner Hände zu unterdrücken. Er hörte Aidids Atem rasseln, blieb jedoch seinem Plan treu und würdigte ihn keines Blickes.

Schließlich hielt er es nicht mehr aus und sah von den Papieren auf. Omar Aidid, dessen Gesicht nur etwa einen Meter von seinem entfernt war, funkelte ihn bösartig an. Lohmann zuckte unwillkürlich zurück. Das Weiße in den Augen des Somaliers war gelb, sein stechender, hasserfüllter Blick ging Lohmann bis ins Mark.

Dabei sah der Kerl ansonsten keineswegs beeindruckend aus, ganz im Gegenteil. Er war schlank, fast dürr, mit eingefallenen Wangen und einem extrem hohen Haaransatz; das krause Haar trug er kurz geschoren. Kurzum: ein unscheinbarer Zeitgenosse, dessen Alter schwierig zu schätzen war. Doch das ging den meisten Mitteleuropäern so, wenn sie es mit Schwarzafrikanern zu tun hatten. Aus der Akte wusste Lohmann, dass Omar Aidid erst achtundzwanzig war. Hätte man ihm allerdings erzählt, einen Vierzigjährigen vor sich zu haben, hätte er keine Sekunde daran gezweifelt.

Die beiden musterten einander, erst eine halbe Minute, dann eine volle, schließlich zwei. Keiner gab einen Mucks von sich, es herrschte Totenstille.

Lohmann dachte an den Ratschlag, den ihm ein Kriminalbeamter gegeben hatte, der über jahrelange Erfahrung im Verhören von Schwerkriminellen verfügte. *Niemals als Erster wegschauen. Sie halten das für ein Zeichen von Schwäche.*

Noch mehr Zeit verging.

Er fragte sich, wie lange er dieses Spiel weiterspielen musste, das allmählich anfing, ins Lächerliche abzudriften. Doch er war nicht gewillt aufzugeben. Inzwischen waren geschätzte drei Minuten vergangen. Oder vier?

»Sie wissen, was Ihnen vorgeworfen wird?«, fragte er, als es ihm zu bunt wurde.

Der Dolmetscher, der auf dem dritten von vier Stühlen am Tisch Platz genommen hatte, übersetzte unaufgefordert.

Die beiden Vollzugsbeamten hatten mittlerweile den Raum

verlassen und warteten draußen. Lohmann nahm an, dass sie ihn durch das Sichtfenster in der Tür beobachteten, um im Notfall sofort eingreifen zu können.

Omar Aidid schwieg, dann bewegte er stumm die Lippen. An seiner Mimik konnte man deutlich erkennen, dass die lautlosen Worte keine Komplimente waren.

Mistkerl, dachte Lohmann. *Du willst es also auf die harte Tour, wie? Das kannst du haben, Stinktier*. Letzteres bezog sich auf den intensiven Körpergeruch, der von dem Gefangenen ausging. Teufel, roch der Kerl nach Schweiß!

Omar fixierend, bemühte er sich um Schärfe in der Stimme, als er feststellte: »Am 27. Oktober diesen Jahres, um exakt 9 Uhr 49, haben Sie gemeinsam mit zwölf Komplizen den Versuch unternommen, das Frachtschiff *Wappen von Norden* der *Colonius-Reederei* zu entern und zu entführen. Dazu haben Sie sich dem Frachter mit zwei sogenannten Festrumpfschlauchbooten genähert, ein Boot von Backbord, das andere von Steuerbord. Jeder Ihrer Männer, Sie eingeschlossen, war zur fraglichen Zeit bewaffnet. Mit Sturmgewehren, Handgranaten, sogar eine Panzerfaust wurde bei der Aktion mitgeführt. Sie erkletterten das Deck der *Wappen von Norden*. Hierzu benutzten Sie Enterhaken, Seile und Strickleitern. Mit Ihrer Bewaffnung wollten Sie die Besatzung des Schiffes einschüchtern oder sie nötigenfalls niederkämpfen.«

Er hielt inne, damit der Dolmetscher mit dem Übersetzen nachkam. Gleichzeitig stellte er sich das soeben Gesagte bildhaft vor.

Es war schier unglaublich, dass man mit nur zwei Schlauchbooten und ein paar Entschlossenen ein Schiff erobern konnte, das länger war als die Haupttürme des Kölner Doms hoch, und die maßen immerhin stolze 157 Meter.

Aber genau das geschah derzeit tagtäglich im Golf von Aden.

Bevorzugtes Opfer der modernen Seeräuber waren langsame Schiffe, Riesen in Kathedralengröße, die höchstens fünfzehn Knoten machten, was etwa der Geschwindigkeit eines gemütlich dahinrollenden Fahrrades entsprach. Hatten die Piraten ein geeignetes Opfer gesichtet, bugsierten sie ihre schnellen und wendigen Boote neben dessen Rumpf, und zwar gleichzeitig an unterschiedlichen Stellen, um die Besatzung zu zerstreuen und damit mögliche Abwehrversuche zu erschweren. Was danach kam, glich wahrhaftig einer Piratenschmonzette Marke *Der rote Korsar*: Die Seeräuber warfen Enterhaken aus und hangelten sich nach oben.

Als Lohmann zum ersten Mal von diesem Vorgehen gehört hatte, war er überzeugt gewesen, das könne unmöglich stimmen. Schuld daran war vermutlich eine Rundfahrt durch den Hamburger Hafen, an der er vor etlichen Jahren einmal teilgenommen hatte. Damals war das Ausflugsboot an einigen dicken Pötten vorbeigeschippert, die in etwa die Größe der *Wappen von Norden* gehabt hatten. Ozeanriesen, ein unbeschreiblicher Anblick. Auf dem Deck des Ausflugsbootes war sich Lohmann wie ein Zwerg vorgekommen, über dem sich ein Gebirge auftürmte, ein Massiv aus Stahl, das den Himmel verdunkelt hatte. Unvorstellbar, dass jemand den Mut aufbrachte, an einem Strick in solche Höhen zu klettern, noch dazu bei starkem Wellengang auf hoher See. Er selbst hätte sich das nie im Leben getraut. Dennoch geschah es weitaus öfter, als den Meisten lieb war.

Auch seine ursprüngliche Annahme, dass derartige Enterversuche kinderleicht abzuwehren sein müssten, hatte sich als Irrtum erwiesen. Die Besatzung der *Wappen* hatte ihn aufgeklärt. Nach ihrer Schilderung kamen moderne Containerschiffe und Tanker mit vergleichsweise wenig Personal aus, dreißig Mann galten gemeinhin schon als große Besatzung. Folglich konnte man die Piraten nicht mit menschlicher Übermacht abschrecken. Zumal sie bis an die Zähne bewaffnet waren und bereit, über Leichen zu gehen. Die Schiffsbesatzungen hingegen bestanden aus Zivilisten, aus harmlosen Seemännern, die bestenfalls mit Schläuchen kämpften, um die Enterer mit Wasserdruck in den Pazifik zu fegen.

Wer die Piraten für tölpelhafte Kleinkriminelle hielt und sie deshalb unterschätzte, beging einen großen Fehler, auch wenn viele von ihnen ehemalige Fischer waren, die so gut wie keine Schulbildung hatten. Doch das machte sie nicht ungefährlich, da sie umfangreiches Wissen über das Meer hatten, über Wind und Wetter, Strömungen und Untiefen. Ihnen zur Seite standen Veteranen, die im somalischen Bürgerkrieg für die Warlords gekämpft hatten, sowie Technik-Experten, die mit GPS-Navigationsgeräten und Satellitentelefonen umgehen konnten.

Er fragte sich, zu welcher Gruppe Omar Aidid gehören mochte. Auf den ersten Blick hätte er tatsächlich als Fischer durchgehen können.

»Aber kann man den Angriffen nicht ganz einfach ausweichen, indem man die Küsten meidet und sich ausschließlich auf offener See bewegt?«, hatte er den Ersten Offizier der *Wappen* gefragt. »Ich meine, mit ihren Schlauchbooten werden sich die Piraten kaum auf das offene Meer hinauswagen.«

Weit gefehlt. Denn die Piraten benutzten größere Kutter, die durchaus hochseetauglich waren und den Schlauchbooten als Mutterschiffe dienten. Auf diese Weise konnten sie ein Seegebiet von rund sechs Millionen Quadratkilometern unsicher machen.

Während ihm all das durch den Kopf ging, setzte er die Schilderung der Ereignisse vom 27. Oktober fort, wobei er Omar unentwegt anschaute.

»Als die Besatzung der *Wappen von Norden* versuchte, Ihre Enterhaken von der Reling zu lösen und Sie dadurch am Erklettern des Decks zu hindern, eröffneten Sie und Ihre Leute das Feuer. Dabei wurde ein Matrose schwer verletzt, ein anderer starb später an den Folgen eines Schusses in die Brust.« Er unterbrach sich, streckte den Arm aus, hielt seinem Gegenüber den Zeigefinger vor die Nase. »Sie haben die Entercrew angeführt. Sie sind verantwortlich. Und das werde ich Ihnen nachweisen. Wenn es nach mir geht, wandern Sie lebenslänglich ins Gefängnis. Es sei denn, Sie legen ein umfassendes Geständnis ab und helfen aktiv mit, Ihre Geldgeber hinter Gitter zu bringen.«

Omar verzog keine Miene. Es verging eine ganze Weile, bis er sich dazu herabließ, etwas zu sagen. Es war nicht viel, nur zwei oder drei kurze Sätze, die Lohmann natürlich nicht verstand. Erwartungsvoll sah er den Dolmetscher an.

Dessen Miene spiegelte Unbehagen wider. Er zögerte.

»Was hat er gesagt?«, verlangte Lohmann zu wissen.

»Er … er hat Sie beleidigt.«

»Ach ja?«

Verhaltenes Nicken.

»Hätten Sie bitte die Güte, mir den Wortlaut der Beleidigung zu übersetzen?«

Der Dolmetscher hüstelte gekünstelt. »Also, wenn ich das richtig verstanden habe, hat er gefragt, ob Sie ihm einen blasen wollen, weil Sie ihn die ganze Zeit so anstarren wie eine Schwuchtel.« Er hob abwehrend die Hände. »Das waren seine Worte, nicht meine!«

Lohmann errötete, teils vor Wut, teils aus Scham.

Omar kotzte abermals einen Satz in den Raum.

»Was hat er jetzt gesagt?«

»Er verlangt, auf der Stelle freigelassen zu werden. Außerdem hat er Sie wieder beleidigt. Er bezeichnet Ihre Eltern als Schweine.«

Lohmann lachte unwillkürlich. »Das soll eine Beleidigung sein?«

»Für einen gläubigen Moslem ist das eine der schwersten Beschimpfungen, zu denen er fähig ist«, behauptete der Dolmetscher.

»Für einen gläubigen Moslem? Er ist doch kein Moslem, oder?«

»Alle Somalier sind Moslems.«

»Sind Sie sicher?«

Eine ärgerliche Stirnfalte bildete sich auf dem Gesicht des Dolmetschers. »Natürlich bin ich sicher. Ich bin selbst Somalier, und ich bin Moslem. Arabisch ist in unserem Land die zweite Amtssprache. Weil es die Sprache Mohammeds ist.«

»Das wusste ich nicht«, gab Lohmann beschämt zu. Er betrachtete Omar Aidid nachdenklich, doch der Seeräuber gähnte ihm ostentativ ins Gesicht. Verdammt, hatte er tatsächlich geglaubt, er könne diesem abgebrühten Mistkerl ein Geständnis entlocken? Das war ein Ding der Unmöglichkeit.

Dabei wäre eigentlich gar kein Geständnis vonnöten, denn die Beweislast gegen Omar und seine Bande war erdrückend. Da waren die Zeugenaussagen der sechzehn Besatzungsmitglieder der *Wappen von Norden* sowie der Bericht des Kapitäns der Fregatte *Schleswig-Holstein*, die, per Funk herbeigerufen, im letzten Moment eingetroffen war und die Piraten festgenommen hatte. Außerdem gab es noch acht beschlagnahmte Sturmgewehre, sechs Pistolen, eine Panzerfaust und ein Dutzend Handgranaten sowie einen Toten und einen Verletzten, die von Projektilen getroffen worden waren, die eindeutig aus besagten Sturmgewehren stammten. Das Ganze war wasserdicht, eine Verurteilung lediglich Formsache.

Doch ein Geständnis wurde trotzdem erwartet, nicht um der Gerechtigkeit willen, sondern aus Gründen der hohen Politik, was auch immer das bedeuten mochte. Vermutlich hing es mit dem internationalen Abkommen zusammen, in dem ratifiziert war, dass festgenommene somalische Piraten in Kenia verurteilt werden mussten. Nun war aber ein deutscher Seemann getötet worden, ein deutsches Kriegsschiff war eingeschritten, und das angegriffene Schiff gehörte einer deutschen Reederei mit Sitz in Köln, das heißt, im Grunde saß die Reederei in Bremerhaven, doch der Besitzer und das Geld saßen in Köln. Also lag es nahe, in Köln zu verhandeln, und deshalb hatte man sich an verantwortlicher Stelle über das Abkommen hinweggesetzt, um die Piraten nicht in Kenia, sondern in Deutschland anzuklagen.

Und damit war der Prozess zu einem Schaulaufen geworden, das man selbst im Ausland mit Argusaugen verfolgte. Diplomatische Kreise hatten bereits verlauten lassen, dass alles andere als ein Geständnis der Piraten inakzeptabel sei. Lohmann hatte das zunächst nicht sonderlich ernst genommen, doch dieser Zahn war ihm rasch gezogen worden.

»Das ist nicht gut«, hatte ein älterer Kollege Schwarzmalerei betrieben und sich mit einem Taschentuch den Schweiß von der Stirn getupft. »Das ist gar nicht gut für dich, mein Lieber.«

Lohmann war verwirrt gewesen. »Wieso? Was ist nicht gut für mich?«

Der andere hatte ihn beinahe mitleidig angeschaut. »Sei nicht einfältig! Es wird ein Geständnis erwartet, und diese Erwartung kommt nicht von irgendjemandem, sondern von ganz oben.« Er hatte zur Decke gedeutet.

»Von ganz oben? Darunter kann ich mir nichts vorstellen.«

Der Ältere hatte die Antwort in Form von kleinen Häppchen serviert, die er Lohmann als Fragen hingeworfen hatte. »Berlin? Höchste Regierungskreise? Das Kanzleramt? Kannst du dir vorstellen, wie die Regierung dasteht, wenn die halbe Welt nach einem Geständnis schreit, egal, ob aus vernünftigen Gründen oder nicht, dieses jedoch nicht geliefert werden kann? So etwas führt zu verdammt schlechter Presse. Also wird man mächtig Druck auf den Generalstaatsanwalt ausüben, damit er alles daransetzt, das Geständnis zu bekommen. Und der wiederum wird den Druck nach unten weiterreichen. Hast du noch keinen Anruf aus seinem Büro erhalten? Das wundert mich.«

Lohmann war immer noch nicht klar gewesen, worauf sein Kollege hinauswollte. »Und was bedeutet das für mich? Konkret?«

Die Antwort war zunächst ein lautes Lachen gewesen. Dann hatte der Ältere gesagt: »Ganz einfach: Wenn du scheiterst, ist deine Karriere zu Ende, noch bevor sie überhaupt angefangen hat. Dafür wird der Generalstaatsanwalt sorgen. Denn sollte kein Geständnis zustande kommen, wird er sich schadlos halten und jemanden zum Sündenbock machen. Klar, dass das derjenige sein wird, der mit dem Auftrag gescheitert ist. Merke dir das: Jauche fließt immer von oben nach unten! Konkret genug?«

»Das … das ist ungerecht«, hatte Lohmann gestammelt und die Augen weit aufgerissen. »Ich bin ein Neuling, ein blutiger Anfänger.«

»Sehr richtig, und als solcher wusstest du nicht, was alle anderen wussten.« Wieder hatte der Ältere gelacht, so heftig, bis ihm die Tränen gekommen waren.

Wenn Lohmann darüber nachdachte, hätte er wittern müssen, dass der Fall Omar Aidid ein ganz heißes Eisen war, weil alle erfahrenen Kollegen dankend abgelehnt hatten, ihn zu übernehmen. Da Omars Schuld feststand, konnte man sich nämlich unmöglich profilieren. Andererseits konnte man sehr wohl scheitern, wenn es einem nicht gelang, dem Verbrecher ein Geständnis zu entlocken. Und der Jungstaatsanwalt war mit lautem Hurra ins Verderben gerannt. Glückwunsch, Bodo!

Plötzlich und ohne die geringste Vorwarnung sprang der Somalier auf. Er brüllte. Die auf den Rücken gefesselten Arme schienen seine Beweglichkeit nicht im Geringsten einzuschränken. Mit ein, zwei flinken Sätzen brachte er sich neben Lohmann, doch der war inzwischen ebenfalls von seinem Stuhl hochgeschnellt, vor Schreck, und taumelte zurück. Auch der Dolmetscher nahm Reißaus.

Omar setzte nach, brüllte immer noch wie von Sinnen.

Endlich besann sich Lohmann darauf, dass er es mit einem Mann zu tun hatte, von dem keine wirkliche Gefahr ausging, da er Handschellen trug. Also bezwang er seine Angst und blieb stehen, um sich dem Wütenden zu stellen. Zugleich nahm er wahr, dass die Tür aufflog und die Justizvollzugsbeamten hereinstürmten. Er bedeutete ihnen mit einer Geste, nicht einzuschreiten. Dann nahm er all seinen Mut zusammen und schrie Omar an: »Was ist? Was wollen Sie jetzt tun?«

Die Worte wurden nicht übersetzt, doch das war ohnehin unnötig, da schon der Tonfall eine offene Kampfansage darstellte.

Die beiden Kontrahenten standen sich gegenüber, keine fünf Zentimeter voneinander entfernt. Omar Aidid stank nach Schweiß.

Im nächsten Moment erklang ein ekelhaftes Geräusch, als seine harte Stirn mit voller Wucht in das vergleichsweise empfindliche Gesicht Lohmanns krachte, Gottlob ohne die Nase zu treffen, dafür aber Mund, Kiefer und Kinn. Das Manöver war ein Kopfstoß, wie ihn jeder Straßenschläger beherrschte.

Blut spritzte, als seine Lippen aufplatzten, augenblicklich ging er in die Knie. So etwa musste es sich anfühlen, wenn man einen Kinnhaken kassierte. Um ein Haar hätte er laut gestöhnt, aber diese Genugtuung wollte er dem Mistkerl nicht gönnen. Also kämpfte er gegen Schmerz und Schwindel an und brachte sogar ein schiefes Grinsen zustande, als wäre die Attacke nur ein besserer Witz gewesen, die keinen wirklichen Schaden angerichtet hatte. Zugleich bemühte er sich, gerade zu stehen, auch wenn sich seine Knie wie Pudding anfühlten.

Eine Sekunde starrte er Omar in die braungelben Augen, doch bevor der Somalier auf die Idee kam, eine weitere Kopfnuss auszuteilen, winkte er die Beamten heran. Die beiden, die draußen vor der Tür gestanden hatten, mussten Alarm ausgelöst haben, denn inzwischen wimmelte es vor der Tür von Uniformen. Diese stürzten sich sofort auf den Gefangenen und begruben ihn unter einer Flut aus Leibern.

Lohmann spuckte blutigen Speichel aus. Mit zittrigen Fingern betastete er seinen Mund. »Ich glaube, die Zähne sind locker.«

»Alles in Ordnung?«, fragte der Dolmetscher.

Auch Rinderhälfte war zur Stelle. »Ich kann Sie auf die Krankenstation bringen«, bot er an.

Lohmann stöhnte vor Schmerz, schüttelte jedoch den Kopf. »Geht schon. Danke.«

»Wollen Sie das Verhör fortsetzen?«

»Nein, für heute bin ich bedient.«

Tolles Verhör. Keine Viertelstunde hatte der Zauber gedauert.

Omar hatte sich inzwischen wieder beruhigt und wurde auf Hälftes Anweisung hin abgeführt. Er leistete keinen Widerstand mehr, warf Lohmann jdeoch einen Abschiedsblick zu, der diesem das Blut in den Adern gefrieren ließ. Verdammt, so sah kein Mann aus, der in Kürze ein Geständnis ablegen würde.

Damit stand Bodo Lohmanns Karriere vor dem Aus.

Kapitel 4

9 Tage vor der Entführung des Fluges SWX 714

Die Leuchtziffern des Reiseweckers zeigten 4 Uhr 49, als der Lärm losging.

Bernd brauchte fast zehn Sekunden, bis seine müden Sinne realisierten, wo er sich befand, und zehn weitere, um sich bewusst zu machen, dass der Krach das Klingeln des Zimmertelefons war, das neben seinem Bett auf dem Nachttisch stand. Verschlafen richtete er sich auf, was sofort heftiges Unbehagen auslöste.

Teufel, in seinem Darm rumorte es immer noch, während sein Schädel zu bersten schien. Er fragte sich, wer ihn um diese Uhrzeit anrief? Für die Dauer eines Herzschlages durchzuckte ihn die Vorstellung, ein Feuer könnte ausgebrochen sein und das Hotel in hellen Flammen stehen. Demnach alarmierte die Rezeption gerade die Gäste. Per Telefon? Unsinn!

Das Klingeln brach ab, um gleich darauf erneut einzusetzen.

Er wühlte sich durch den Moskitovorhang, der das gesamte Bett wie eine Zeltplane umgab, und griff nach dem Hörer, wobei fast der Apparat vom Nachttisch fiel, weil das Kabel kürzer war als erwartet.

»Hallo?«, meldete er sich unsicher. »Bernd Vogel.«

»Weiß ich doch«, kam es munter aus dem Hörer.

Einen Moment glaubte er, immer noch zu träumen, doch nach und nach erwachte sein Verstand. »Hanna?«, entfuhr es ihm.

»Wer sonst?«

Er rieb sich die Augen und schaute abermals auf den Wecker. »Es ist… zehn vor fünf«, stellte er fassungslos fest. Der Geschmack in seinem Mund erinnerte verdächtig an Spülwasser.

»Genau. Also geht's in zehn Minuten los.« Sie stutzte. »Du hast verschlafen, stimmt's?«

Seine Antwort war ein Stammeln, mehr brachte er nicht zustande.

Sie schlug einen geduldigen Tonfall an. »Wenn ich mich recht erinnere, hast du mich gestern gefragt, ob ich heute mit dir einen Ausflug in den Tsavo-Nationalpark unternehmen möchte, richtig?«

Er nickte unwillkürlich. »Und du hattest kein Interesse.«

Ihr Atmen war zu hören. »Wer sagt denn so was? Hast du meinen Zettel nicht gelesen?«

»Welchen Zettel?«

»Na den, den ich dir gestern Abend unter der Tür durchgeschoben habe. Vorher habe ich etliche Male geklopft, aber du warst nicht da. Also nahm ich an, dass du noch in der Stadt bist, mit der Bayerntruppe, von der du erzählt hast und die dich so gern bei ihrem nächtlichen Ausflug dabeihaben wollte. Deshalb der Zettel.«

Welche Truppe wollte mich dabeihaben?, wäre es ihm um ein Haar entfahren. Er schluckte den Satz im letzten Moment hinunter, als er sich daran erinnerte, was er Hanna am Tag zuvor aufgetischt hatte, um den Eindruck zu erwecken, ein Zeitgenosse zu sein, der immer und überall rasch Anschluss fand. Doch statt einen Ausflug mit irgendjemandem zu unternehmen, hatte er den halben Abend auf der Toilette verbracht und war anschließend ins Bett gefallen. Folglich hatte er recht lange geschlafen, doch der Schlaf war nicht erfrischend gewesen, sondern aufgewühlt von düsteren Gedanken und Albträumen. Schuld daran waren vermutlich die vielen im Tom Collins schwimmenden

Elefanten-Wraps gewesen. Diese Mischung aus Gin und scharfen Gewürzen hatte für Aufruhr in seinen Eingeweiden gesorgt. Dabei hatte er beim ersten Anzeichen von Unwohlsein hundert Tropfen eines Medikaments zur Regulierung der Magen- und Darmmotorik eingenommen, das sich in seiner Reiseapotheke befand. Und obwohl dadurch die Übelkeit recht schnell verschwunden war, hatte er fortan wahnsinnige Kopfschmerzen verspürt sowie unendliche Mattheit. Er hatte daraufhin den Beipackzettel studiert und festgestellt, dass die empfohlene Dosis bei fünfundzwanzig Tropfen lag. Außerdem lautete ein Warnhinweis: *Nicht zusammen mit Alkohol einnehmen!* Als Nebenwirkung des Medikaments wurde an erster Stelle Müdigkeit genannt.

Kein Wunder, dass er ihr Klopfen nicht gehört hatte, die vierfach erhöhte Dosis hatte ihn regelrecht umgehauen.

»Einen Moment, bitte«, sagte er so enthusiastisch, wie es ihm in seinem Zustand möglich war.

Er legte den Hörer zur Seite und stand auf, langsam, was trotzdem zu einem flauen Gefühl im Magen führte. Der Geschmack in seinem Mund beschwor unweigerlich das Bild einer umarmten Toilette herauf, betrachtet aus zehn Zentimetern Entfernung mit dem Gesicht knapp über dem Schüsselrand. Er schwankte zum Lichtschalter, den er zunächst nicht fand, und dann zur Tür.

Dort lag tatsächlich ein Zettel auf dem Fußboden. Er hob ihn auf und betrachtete ihn. Hanna hatte eine niedliche Handschrift mit kleinen Buchstaben. Er las.

Hallo Musikus,
tut mir leid, dass wir Deinem spontanen Klavierkonzert nicht bis zum Ende lauschen konnten, da wir sonst den Tauchkurs verpasst hätten. Trotzdem: Das, was ich gehört habe, war umwerfend! Es hat mir sehr gefallen.
Tauchen ist im Übrigen nichts für mich. Aber Safari. Ich habe mich vorhin informiert, und da Du nirgends zu erreichen bist, eine Tour gebucht. Das Geld kannst Du mir später geben, ich vertraue Dir. ☺ Jetzt gehe ich zu Bett und erwarte Dich morgen früh um Viertel vor fünf in der Hotellobby.
Gute N8!
H.

Er war geplättet. Wie in Trance taumelte er zurück zum Telefon. »Gefunden«, sagte er knapp.

»Hast du keine Lust mehr auf den Ausflug?«

»O nein. Ich meine, o ja, ich brenne darauf! Irgendwie muss ich deine Nachricht übersehen haben, als ich … äh, mitten in der Nacht zurückgekommen bin. Daher dachte ich, das Ganze würde ins Wasser fallen. Entschuldigung.«

»Angenommen. Dann werde ich jetzt also unserem Fahrer mitteilen, dass sich der Aufbruch etwas verzögert. Das dürfte kein Problem sein, schließlich muss nicht unseretwegen eine ganze Reisegruppe warten. Aber beeilen solltest du dich trotzdem.«

»Ich fliege! Bis gleich.«

Er sprang unter die Dusche, putzte sich die Zähne, übergab sich, putzte ein zweites Mal, nahm fünfundzwanzig Tropfen des Medikaments gegen Übelkeit ein sowie zwei Aspirin, dann zog er sich in Windeseile an und stopfte alles in seinen Rucksack, von dem er glaubte, er könne es auf einem Tagesausflug brauchen. Neun Minuten, nachdem er das Telefonat beendet hatte, stand er in der Lobby.

Sein Herz klopfte vor Aufregung, doch dafür waren Übelkeit und Kopfschmerz nur noch halb so schlimm. Lediglich die bleierne Müdigkeit quälte ihn nach wie vor, aber die würde verschwinden, wenn er erst auf der Pritsche des Jeeps stand und ihm der Fahrtwind um die Nase wehte. Hauptsache, er war mit Hanna zusammen. Er konnte sein Glück kaum fassen. *Langsam!*, ermahnte er sich in Gedanken. *Dies ist kein Hochzeitstermin, sondern lediglich ein harmloser Ausflug. Also immer schön auf dem Teppich bleiben!*

Er ließ den Blick über die Sitzgruppen schweifen, die überall in der Lobby zum Verweilen einluden. Zu seinem Erstaunen waren bereits etliche Gäste auf den Beinen, vermutlich ebenfalls Ausflügler, die darauf warteten, dass ihre jeweiligen Touren losgingen.

Dann entdeckte er Hanna. Sie sah umwerfend aus mit ihrer blonden Strubbelfrisur, einer runden, in die Stirn geschobenen Sonnenbrille, kurzen Hosen und derbem Schuhwerk. Sie hatte wohl geformte Beine, ihre Haut war knackig braun.

Er zwang sich, sie nicht anzustarren. Dann wurde ihm bewusst, dass sich zwei Männer bei ihr befanden. Der erste war zweifellos der Fahrer, während Bernd den zweiten bereits kennengelernt hatte. Seine Laune sank schlagartig unter den Gefrierpunkt.

Sie sprang auf, als sie ihn sah, und schenkte ihm ein wunderschönes Lächeln. Auch der Fahrer und Robert erhoben sich.

»Guten Morgen«, grüßte Letzterer. Ehe Bernd etwas erwidern konnte, wandte sich Robert an Hanna. »Freut mich, dass wir uns doch noch über den Weg gelaufen sind, auch wenn es nur kurz war. Ich wünsche euch einen aufregenden Tag.« Er nickte Bernd zu, und das keineswegs unfreundlich. Wenige Augenblicke später gesellte er sich zu einer Gruppe Wartender.

Da begriff Bernd, dass Robert ebenfalls an irgendeiner Exkursion teilnahm und sich lediglich die Wartezeit mit Hanna verkürzt hatte.

Der Fahrer, ein kaum zwanzigjähriger Schwarzer namens Jonathan, führte die beiden zum Jeep, der vor dem Hoteleingang stand. Während er sich ans Steuer setzte, kletterten sie auf die Ladefläche. Da waren zwei Sitze, aber auch zwei Haltegriffe gleich hinter dem Führerhaus, sodass die Passagiere während der Fahrt stehen und den Ausblick genießen konnten.

Bernd überprüfte den Haltegriff auf Festigkeit, indem er daran rüttelte. Hanna lachte.

»Los geht's!«, rief Jonathan und ließ den Wagen anrollen.

Bernd klammerte sich an seinem Griff fest. Der Platz war begrenzt, sodass Körperkontakt unvermeidlich war. Ihr linkes Bein berührte sein rechtes, und er spürte die Wärme ihrer Haut. Das verursachte ihm ein Kribbeln, ein wohliges elektrisierendes Knistern.

Der Wagen flog über eine staubige Piste, während der schmale Silberstreif am östlichen Horizont allmählich breiter wurde. Er betrachtete sie aus dem Augenwinkel und war glücklich. Und dann manifestierte sich eine vollkommen abstruse, wahnwitzige, geradezu irrsinnige Idee in seinem Hirn. Ja, dieser Einfall war idiotisch, aber er konnte ihn nicht verdrängen.

Ich werde ihr einen Heiratsantrag machen, dachte er.

Es war grotesk.

Nacheinander wurden vier Servierwagen hereingerollt, aber nicht von einem Kellner, sondern von einem JVA-Beamten in Uniform. Der Ort des Geschehens war ein ehemaliger Aufenthaltsraum des Untersuchungstraktes mit der Nummer 032. Jetzt fungierte er als Zelle.

Die Servierwagen waren beladen mit mindestens einem Dutzend messingfarbener Warmhalteglocken sowie mit feinstem

Essgeschirr aus Porzellan, außerdem mit edler Tischwäsche und mit einem Sammelsurium von Gabeln, Messern und Löffeln, die offenbar allesamt aus echtem Silber bestanden und für eine Vielzahl verschiedener Gänge bestimmt waren. Daneben drängten sich nicht weniger als fünf Weinkühler, aus denen die Hälse schlanker Flaschen hervorlugten. Eine Vase, die eine verlorene Chrysantheme beherbergte, diente als einziger Tischschmuck.

»Es ist 20 Uhr 20, mein Freund!«, tadelte der Häftling. »Ich hoffe, dass Sie nicht wieder so lange getrödelt haben wie gestern. Kaltes Essen ist mir nämlich zuwider, besonders wenn es mich ein Vermögen gekostet hat.«

»Na und?«, grollte der Beamte namens Schmitz alias Rinderhälfte alias Hälfte. »Das hier ist weder ein verdammtes Sanatorium noch ein Restaurant. Und Ihr Freund bin ich erst recht nicht.«

Der Häftling achtete nicht auf den unfreundlichen Protest, sondern grinste wölfisch, dann wandte er sich den Servierwagen zu und lupfte die Deckel der Warmhalteglocken, um die darunter befindlichen Köstlichkeiten zu begutachten. Der Wohlgeruch, der aufstieg und sich in der Zelle verbreitete, ließ dem Beamten das Wasser im Mund zusammenlaufen.

»Bretonische Seezunge als Amuse-Bouche«, verkündete der Gefangene vollmundig. »Außerdem Jakobsmuscheln und Langustine auf Couscous in einem Nage aus Curry und Kokosnuss, eine Mousse vom Reh mit Portweingelee, geschmorte Rehschulter, Wolfsbarsch auf einem Püree von Palbohnen, speckumwickelte Rosmarinkartoffeln … Und was haben wir hier? Ah, Filet vom Kalb mit Bries und Stopfleber, dazu Schwarzwurzeln, Rosenkohl … Und das hier sieht aus wie Rauchspeck.« Seine Stimmlage wurde feierlich. »Ich liebe das, sieben Gänge vom Sternekoch, was kann es Schöneres geben! Außer einer drallen Achtzehnjährigen natürlich.« Er nahm die Rechnung zur Hand, die stilecht in einem Kuvert auf einem roten Samtkissen steckte. »Einhundertneunundsiebzig Euro für das Essen und vierhundertachtzig für den Wein«, murmelte er. »Mon Dieu!«

Dann nahm er eine Flasche aus einem Kühler und wandte sich wieder dem JVA-Beamten zu. »Chateau Mouton Rothschild 1er Grand Cru Classe Pauillac. Ein Tröpfchen, so edel wie Engelspipi. Normalerweise liefert das *La Vision* nicht außer Haus, aber ich habe eine gute Connection, die selbst das Unmögliche möglich macht. Für einen weiteren Hunderter, versteht sich. Würden Sie bitte dafür sorgen, dass mein Anwalt die Rechnung erhält?«

Ohne die Antwort abzuwarten, begann er, die Speisen von den Servierwagen auf den Tisch zu räumen, der unter dem vergitterten Fensterchen stand. Als das erledigt war, legte er ein einzelnes Gedeck auf und entkorkte den Chateau Mouton.

»Auch ein Gläschen?«, fragte er seinen Bewacher, um eine Sekunde später höhnisch hinzuzufügen: »Ich vergaß, Sie sind im Dienst. Zu dumm. Nun, dann dürfen Sie sich jetzt zurückziehen. Und halten Sie sich bereit, morgen brauche ich Sie wieder.« Er machte eine Handbewegung, als würde er eine lästige Fliege verscheuchen.

Es war Rinderhälfte anzusehen, dass er dem hochnäsigen Hundesohn am liebsten an die Gurgel gegangen wäre. Zu dumm, dass er ihm ausgeliefert war und den Grund dafür selbst verschuldete. »Treiben Sie es nicht zu bunt!«, warnte er dennoch mit ausgestrecktem Zeigefinger und in beeindruckender Lautstärke. Sein Bass hallte draußen auf dem Korridor wider. »Ich bin nicht Ihr Lakai.«

»Genehmigt«, sagte der Häftling in liebenswürdigem Tonfall. »Und regen Sie sich bitte nicht auf, das ist schlecht für Ihren Blutdruck, mein Lieber.«

»Und noch weniger bin ich Ihr Lieber!«

Der Angesprochene, der mittlerweile Platz genommen und

eine Seidenserviette in den Ausschnitt seines Hemdes gestopft hatte, fixierte den Wärter.

Rinderhälfte starrte zurück. Was er sah, war ein hässlicher Mann Ende vierzig, mittelgroß, dicklich, mit einem von Aknenarben übersäten Gesicht und fleischigen Hängewangen, die deutlich bezeugten, dass er gern und viel zu viel aß. Die Nase des Mistkerls passte perfekt zu dem Rest seines abstoßenden Äußeren, denn sie war platt und unförmig wie die eines Boxers. Wenn es stimmte, was man sich erzählte, war er in jungen Jahren tatsächlich Boxer gewesen und hatte sogar knapp vor einer Profikarriere gestanden. Doch Rinderhälfte hielt das für ein Gerücht, denn auf ihn wirkte der Typ nicht wie jemand, der sich mit Fäusten verteidigen konnte. Allerdings auch nicht wie der gefürchtete Unterweltboss, der er laut Akte war. Ältere Wärter kannten ihn als eine ganz große Nummer im Milieu. Doch hier drinnen, ohne seine Mietgorillas, war er nur ein vollgefressener Schlaffi.

Aber leider war dieser Schlaffi ein ganz besonderer Gefangener, den man mit Samthandschuhen anfassen musste. Das nämlich hatte der Anstaltsleiter verfügt und es seinen Beamten regelrecht eingebläut. Es vergingen keine vierzehn Tage, ohne dass sich der Chef höchstpersönlich nach dem Befinden des verdammten Günstlings erkundigte. Ja, Günstling, so wurde der Gefangene aus 032 von den Wärtern genannt, und diese Bezeichnung war durchaus zutreffend. Wer sonst hatte jemals einen ehemaligen Aufenthaltsraum des Untersuchungstraktes bewohnen dürfen, noch dazu allein? So etwas hatte es nie zuvor gegeben.

Außerdem war dem Günstling gestattet worden, sich häuslich einzurichten mit einem Wasserbett, einem gigantischen Plasmafernseher und einem Weinkühlschrank. Dabei galt für alle anderen Häftlinge striktes Alkoholverbot, auch wenn sie dieses Verbot gelegentlich mit sogenanntem *Angesetzten* umgingen, also mit ekelhaftem Schnaps, den sie heimlich aus vergorenem Apfelsaft zubereiteten. Auch metallenes Essbesteck war auf den Zellen tabu, selbst dann, wenn es sich bei diesem Metall um Silber handelte. Doch all das und noch viel mehr gehörte zu den Privilegien des Günstlings.

»Sagen Sie, mein lieber Freund«, beendete der Günstling das gegenseitige Starren, »was ist das eigentlich für eine Jammergestalt da draußen? Ich meine diese Dachpappe, um die so ein Theater gemacht wird? Ich beobachte das schon seit einigen Tagen.« Er deutete mit der Gabel zum Fenster.

Draußen sah man einen farbigen Häftling, der im Hof herumgeführt wurde. Seine Hände waren gefesselt, genauso wie seine Füße. Die Kette zwischen den Gelenken erlaubte ihm nur winzig kleine Schritte. Hinter ihm schlurften gleich drei Wärter her. Solche Sicherheitsvorkehrungen waren höchst ungewöhnlich für ein Gefängnis, in dem normalerweise nur Untersuchungshäftlinge saßen und solche mit Freiheitsstrafen von nicht mehr als achtundvierzig Monaten. Und Günstlinge.

Rinderhälfte, dem nicht nach Konversation zumute war, schaute in die angezeigte Richtung. »Das ist Omar Aidid«, gab er widerwillig Auskunft.

»Mon Dieu!«, echauffierte sich der Gefangene. Seit er angefangen hatte, französischen Wein zu trinken, war das zu seiner Allerweltsformel geworden. »Doch nicht etwa *der* Omar Aidid? Von dem habe ich in den Nachrichten gehört. Soll angeblich ein berüchtigter Pirat sein, der auf seinen Prozess wartet.«

»Er *ist* ein Pirat«, versetzte Rinderhälfte knapp.

Der Günstling schob sich die Gabel in den Mund, die mit einer gallertartigen Speise vollgeladen war. Kauend wollte er wissen: »Und warum wird dieser Schrecken der Meere so streng bewacht? Ich meine, Hand- und Fußeisen, drei Mann Eskorte, separater Hofgang. Ist das nicht übertrieben?«

Der hünenhafte Beamte starrte aus dem Fenster. »Wieso übertrieben?«

»Kommen Sie, da ist doch was im Busch! Niemand, der hier einsitzt, wird dermaßen streng bewacht. Noch nicht einmal ich, und ich bin bei Weitem der schlimmste Finger.« Er lachte laut und unangenehm und verschluckte sich an seinem Wolfsbarsch, was zu einem sofortigen Hustenanfall führte. Als der zu Ende war, hakte er nach. »Nun hören Sie schon auf, sich zu zieren, Schmitz! Was macht diesen somalischen Francis Drake dermaßen gefährlich, dass ihn drei Mann bewachen müssen, während er in Ketten seine Runden im Hof dreht?«

Der Somalier wurde gerade wieder ins Gebäude geführt.

Hälfte war anzusehen, dass er nicht den leisesten Schimmer hatte, wer Francis Drake war, genauso wie ihm ins Gesicht geschrieben stand, dass er sich nicht die Blöße geben wollte, diese Wissenslücke einzugestehen. Francis Drake musste ein Unterweltboss aus Somalia sein, nahm er an, auch wenn sich der Name keine Spur somalisch anhörte. Vielleicht war es ein skrupelloser Ausländer, etwa ein Ami, der am Golf von Aden Karriere gemacht hatte.

»Wie und mit welchem Aufwand wir unsere Gefangenen bewachen«, schnappte er schließlich, »geht Sie einen feuchten Kehricht an!«

Der Günstling zuckte in gespielter Bestürzung zurück. Anstatt das übliche *Mon Dieu!* ließ er diesmal ein *Branleur!* vernehmen, im gleichen Tonfall, weshalb Schmitz, der kein Französisch sprach, nicht auf den Gedanken kam, dass er mit einem äußerst üblen Schimpfwort belegt worden war, das in der deutschen Übersetzung mit W begann und etwas mit Selbstbefriedigung zu tun hatte.

Der Günstling legte Messer und Gabel beiseite, tupfte sich umständlich mit der Serviette den Mund ab, füllte sein Glas über den Rand hinaus mit Wein. Auf der Tischdecke bildeten sich augenblicklich rote Flecken. Er führte das Glas an die Lippen und stürzte den gesamten Inhalt auf einmal hinunter. Den Abschluss der Zeremonie bildete ein gewaltiger Rülpser.

»Haben Sie inzwischen die Kreuzfahrt gebucht, auf die Ihre Frau Gemahlin so versessen ist?«, fragte er übergangslos. »Wie hieß das Schiff noch gleich, das sie im Sinn hatte? *Queen Mary*, nicht wahr? Außenkabine, versteht sich. Ich hoffe, mein kleiner Obolus war ausreichend, ja?« Er grinste gehässig.

Hälfte zuckte zusammen und schielte ängstlich zur Tür, doch Gott sei Dank war niemand in Hörweite. Verdammt, warum hatte er sich nur auf dieses Schwein mit seinem dreckigen Geld eingelassen? Okay, der Mistkerl verlangte als Gegenleistung für die Zehntausend nichts Ungesetzliches, seine Forderungen beschränkten sich auf Botengänge. Dennoch würde Schmitz den Job verlieren, wenn die Sache jemals aufflog, denn allein die bloße Annahme des Geldes war strafbar. Der Verlust seiner Arbeit war demnach noch das Geringste, was ihm passieren konnte. Mit weniger Glück würde er in der Justizvollzugsanstalt bleiben, allerdings als Insasse. Also gab es für ihn keine andere Möglichkeit, als die täglichen Demütigungen des Günstlings zu ertragen.

Er malte sich aus, was wohl geschehen mochte, wenn man den verdammten Schlaffi zu Omar Aidid in die Zelle sperrte. Dann wäre ganz schnell Schluss mit silbernen Löffeln, mit teurem Wein, mit *Mon Dieu* und mit dem anderen Schnickschnack. Der Somalier würde ihm das ganze Zeug mit der Faust in den Schlund schieben.

»Es gibt Gerüchte«, hörte sich Schmitz sagen.

»Gerüchte? Was für Gerüchte?«

Der Beamte warf erneut einen schnellen Blick zur Tür und senkte die Stimme. »Angeblich plant jemand, den Somalier zu befreien.«

»Halleluja!«, rief der Günstling und klatschte in die Hände. »Ein echter Ausbruch? Das ist ja wie im Kino! Wissen Sie, wer die Befreier sind?«

Der Hüne zuckte mit den Schultern. »Keine Ahnung, das hat man uns nicht gesagt. Über die näheren Umstände ist anscheinend nichts bekannt.« *Und selbst wenn, wärst du der Letzte, dem ich davon erzählen würde!*, dachte er.

Drei Minuten später war der Günstling wieder allein. Er blickte gedankenverloren in den Hof und kratzte sich das Doppelkinn.

Ein Ausbruch, ging es ihm durch den Kopf. Ich sollte ebenfalls abhauen. Dieser verdammte Affenzirkus macht mich krank. Dabei gäbe es draußen genug zu tun. Verdammt, ich will hier raus!

Er trat unbeherrscht gegen den Tisch, was das Geschirr zum Klirren brachte. Die Vase mit der Chrysantheme fiel zu Boden und zerbrach. Er dachte unweigerlich an seine Schwester, hob die Blume auf und legte sie in das dünne Büchlein, das er gerade las: *Eine Bluttat, ein Betrug und ein Bund fürs Leben* von Mark Twain.

Danach absolvierte er sein tägliches Trainingsprogramm, bestehend aus 150 Liegestützen, verteilt auf drei Sätze zu je 50 Wiederholungen, anschließend 250 Bauchaufzüge, besser bekannt als Sit-ups, danach folgte eine Viertelstunde Schattenboxen sowie eine weitere Viertelstunde, die er mit Gymnastik verbrachte. Als er fertig war, quoll ihm der Schweiß aus sämtlichen Poren.

Schmitz war nicht der Einzige, der ihn für eine vollgefressene Lusche hielt, das wusste er.

Und das war gut so. Besonders, wenn Omar Aidid tatsächlich befreit werden sollte.

Kapitel 5

Der Fahrer, Jonathan, sah die Furche erst im allerletzten Moment und riss instinktiv das Lenkrad herum. Das bewahrte den Jeep zwar vor dem Achsbruch, doch dafür geriet er derart heftig ins Schlingern, dass für einen Sekundenbruchteil nur die beiden linken Räder Bodenkontakt hatten.

Bernd krallte sich an seinem Haltegriff fest, Hanna stieß einen schrillen Schrei aus und wurde gegen ihn geschleudert. Der Motor heulte verzweifelt auf, ein Bersten war zu hören, dann folgte ein dumpfer Schlag, der die Karosse beben ließ. Für einen bangen Moment hatte es den Anschein, als kippe der Jeep um, doch gottlob war die Schwerkraft gnädig und holte die beiden frei schwebenden Räder wieder auf die Erde zurück. Der Wagen kam zum Stehen, Jonathan sprang ins Freie und fluchte in einer Mischung aus Englisch und Swahili.

Der Grund für die Schimpfkanonade offenbarte sich kurze Zeit später: Infolge der unnatürlichen Schräglage des Jeeps waren die Reifen der belasteten Seite von den Felgen gesprungen. Übrig waren nur noch Fetzen aus Gummi und Drahtgeflecht, doch sonst gab es keine Verluste zu beklagen, weder bei Mensch noch Material, was einem Wunder gleichkam. Dumm jedoch, dass bei zwei Plattfüßen nur ein Reserverad zur Verfügung stand, während die nächste Autowerkstatt rund zweihundert Kilometer entfernt war.

Doch immerhin verfügte der Jeep über ein Funkgerät, und Minuten später war die herbeigerufene Hilfe bereits unterwegs.

Allerdings würden noch mindestens zwei Stunden bis zu ihrem Eintreffen vergehen. Oder vielleicht drei oder vier, so genau war das nicht vorherzusagen.

»That's Africa!«, meinte Jonathan gelassen. Nachdem sich sein anfänglicher Ärger gelegt hatte, war er in die landestypische Gleichgültigkeit verfallen.

Also stand der Jeep mit seinen vier wartenden Insassen mitten im Nichts. Denn neben Jonathan, Bernd und Hanna war da noch der Wildhüter, den sie vor vielen Stunden an einer Lodge am Rande des Parks aufgenommen hatten. Jetzt wurden sie an drei Seiten umgeben von Savanne: endlos, flimmernd, flach wie ein Bügelbrett und scheinbar leer. Die Erde war dunkelrot. An der vierten Seite, nur einen Steinwurf entfernt, befand sich ein Wasserloch. Dahinter wurde die Vegetation üppiger und ging schließlich in das über, was gemeinhin als Busch bezeichnet wurde.

»Jeep fahren ist in Kenia nicht ohne«, scherzte Hanna in einer Anspielung auf den Beinahe-Unfall. Sie wurde schlagartig ernst. »Wusstest du eigentlich, dass die Frau den Sturz nicht überlebt hat? Ich habe es gestern gehört, man hat in der Lobby darüber getuschelt. Armer Easy Rider.«

Er konnte ihr nicht folgen. »Welche Frau? Welchen Sturz? Und wer, bitte schön, ist Easy Rider?« Noch während er sprach, dämmerte es ihm. »Du meinst den Rocker mit dem Harley-Davidson-Shirt und seine Freundin, die vom Jeep gefallen ist?« Er schluckte, als er vollends begriff. »Tot?«

Sie nickte. »Der Typ kann einem wirklich leidtun. Zu seinem Elend hat er nämlich jetzt auch noch die Bürokratie am Hals. Wie ich hörte, lassen die Behörden ihn nicht nach Hause, bis sämtliche Formalitäten geklärt sind, worin auch immer die bestehen mögen. Angeblich darf er erst übernächsten Samstag zurück, gemeinsam mit seiner Freundin, nur dass die in einem

Sarg oder in einem speziellen Frachtbehälter im Gepäckraum liegen wird.«

»Wie schrecklich«, sagte Bernd lahm. Sein Mitleid für den Easy Rider hielt sich in Grenzen.

Sie schwiegen eine Weile, in der jeder seinen Gedanken nachhing.

»Nebenbei bemerkt«, unterbrach er schließlich die Stille, »auch mein Flieger geht übernächsten Samstag. Und deiner?«

»Vier Tage vorher, am Dienstag.«

»Dienstag?«, vergewisserte er sich mit Panik in der Stimme. Demnach blieben ihm nur noch fünf Tage mit ihr. Der Gedanke jagte ihm Angst ein, doch sie schien es nicht wahrzunehmen.

»Was… was geschieht danach?«, fragte er unbeholfen. Die Vorstellung, ohne sie noch eine halbe Woche in Afrika verbringen zu müssen, bereitete ihm fürchterliches Unbehagen.

»Was geschieht danach?«, echote sie. »Nachdem unsere Retter mit dem Ersatzreifen erschienen sind, meinst du? Ich denke, dann werden wir geradewegs zum Hotel zurückfahren. Es war schließlich ein langer Tag, und ich bin hundemüde.«

Die Antwort kam ihm vor wie ein Schlag in die Magengrube. *Nein, was nach dem Reifenwechsel passiert, wollte ich nicht wissen. Vielmehr interessiert mich, ob wir uns wiedersehen. Ob du mich wiedersehen willst. Haben nicht normalerweise wir Männer das Monopol, unsensibel zu sein?*

Er sah ihr lange ins Gesicht, das genauso verdreckt war wie sein eigenes. Der rote Staub war überall, in den Haaren, auf der Haut, zwischen den Zähnen. Dort, wo während der Fahrt ihre Sonnenbrille gesessen hatte, zeichneten sich zwei weiße Kreise ab. Trotzdem tat das ihrer Attraktivität keinen Abbruch. Zumindest nicht in seinen Augen.

Noch bevor er nachhaken und erklären konnte, was er meinte, wandte sie sich an den Wildhüter. Oder an den *Park Ranger*, wie er hierzulande genannt wurde. »Ich muss dringend für kleine Mädchen. Kann ich mich kurz ins Gebüsch verziehen?«

Der Ranger schüttelte vehement den Kopf und befahl ihr, sich auf keinen Fall vom Jeep zu entfernen. »Dort drüben ist ein Wasserloch!«, sagte er streng, und obwohl dort kein einziges Tier zu sehen war, ließ sein Tonfall deutlich erkennen, dass er diese Erklärung für mehr als ausreichend hielt. Er schüttelte abermals den Kopf angesichts so viel europäischer Einfalt, dann folgte ein Vortrag über Spinnen, Schlangen und Skorpione, die in der Dämmerung kaum zu sehen seien und mit Vorliebe in die schneeweißen Hinterteile von Touristinnen bissen. Jonathan kicherte, Hanna musste ebenfalls lachen.

Die Heiterkeit wurde jäh unterbrochen.

»Still!«, zischte der Ranger. Seine Stimme verriet Anspannung, während seine Rechte nach dem Jagdgewehr griff. Gleichzeitig deutete er mit der Linken nach Westen.

Die anderen hielten den Atem an und spähten in die gewiesene Richtung. Irgendetwas war im Busch, im wahrsten Sinne des Wortes. Der Horizont über den Baumwipfeln schien in Flammen zu stehen. Nur noch eine halbe Stunde, dann würde sich die Dunkelheit über das ausgetrocknete Land legen und einen herrlichen Tag voll magischer Erlebnisse beenden.

Und es war wirklich ein wundervoller Tag gewesen.

Bernd war sich wie in einem Film vorgekommen, in einer Mischung aus Abenteuerschinken und romantischer Safari-Schnulze. Sie hatten Giraffen gesehen und Zebras, Antilopen, hässliche Warzenschweine, ein gigantisches Nashorn sowie eine Elefantenherde. Letztere hatte eine Menge roten Staub aufgewirbelt. Dabei war sie so dicht am Jeep vorbeigetrottet, dass man einzelne Tiere mit ausgestrecktem Arm hätte berühren können. Gegen Mittag hatten sie in einer malerischen Lodge Halt gemacht, waren bedient worden von Kellnern in khakifarbener

Tropenkluft und hatten opulent gespeist. Als Nachtisch waren ihnen halbierte Kokosnüsse serviert worden, die neben der Kokosmilch auch Schnaps enthalten hatten, der mit Strohhalmen geschlürft wurde. Sie hatten sich über alles Mögliche unterhalten und eine gute Zeit gehabt. Im zweiten Teil der Jeeptour waren sie dann Zeuge geworden, wie ein *Raineyi*, ein Gepard, nach wahnwitzigem Sprint eine Gazelle gerissen hatte. Und dann war da noch die Pavianfamilie gewesen, die versucht hatte, den Wagen zu entern, weshalb Jonathan mächtig aufs Gaspedal gestiegen war. Vor Pavianen sollte man auf der Hut sein, hatte der Ranger erklärt, da sie Allesfresser waren und auch Aas verzehrten, wodurch sie zu wandelnden Brutstätten für Krankheiten wurden, und das wiederum machte einen Pavianbiss lebensgefährlich. Die Frage, ob sie denn auf Menschen losgingen, wurde vehement bejaht.

In Köln laufen ebenfalls Paviane herum, hatte Bernd voller Sarkasmus gedacht, *ganze Herden davon. Doch wenigstens sind deren Bisse normalerweise nicht lebensgefährlich.*

Der Ranger spähte immer noch Richtung Busch.

»Es stinkt«, stellte Hanna fest.

Das stimmte, wie Bernd deutlich wahrnahm, als der laue Wind kurzzeitig in Richtung Jeep wehte. Der Geruch beschwor augenblicklich die Bilder in ihm herauf, die er in einer Fernsehsendung über die Pest gesehen hatte.

Der Ranger wies sie auf eine große Anzahl Geier hin, die in den Bäumen hockten, mindestens zwei Dutzend. »Maneater!«, hauchte er. »Darum sind keine Tiere am Wasserloch. Sie spüren es.«

Maneater war das englische Wort für Menschenfresser. Bernd brauchte einige Sekunden, um zu begreifen, dass damit nicht die Geier gemeint waren, sondern höchstwahrscheinlich eine Raubkatze. Er erinnerte sich, dass Raubkatzen, die bereits auf Menschen losgegangen waren, derart bezeichnet wurden, und fragte sich, woher der Ranger wusste, dass es sich ausgerechnet um ein solches Tier handelte, das dort durchs Unterholz schlich. Das heißt, woher wusste er überhaupt von dessen Anwesenheit? Zu sehen war weit und breit nicht einmal eine Schwanzspitze.

Der Gedanke war kaum verraucht, als er jäh zurückzuckte, weil eine Impala-Antilope aus dem Busch brach, ein wahrhaft anmutiges Geschöpf, das an ein Reh erinnerte, nur ein wenig größer und mit hellbraunem Fell. Das Tier flüchtete in Panik und hielt geradewegs auf den Jeep zu.

Ihm folgten die Menschenfresser, nicht einer, sondern gleich drei! Es waren Löwen, und an den fehlenden Mähnen war zu erkennen, dass es sich um Weibchen handelte.

Sie waren auf der Jagd, stellten der Antilope nach, und das hieß, dass auch sie auf den Jeep zuliefen.

Bernd spürte seinen Puls rasen. Hanna und er standen auf der Ladefläche des Wagens, die höchstens einen Meter über der Grasnarbe lag und von einer dreißig Zentimeter hohen Planke umgeben wurde, was eine Gesamthöhe von ein Meter dreißig ergab. Konnte ein Löwe diese Höhe im Sprung nehmen? Wenn ja, brachte ihn ein solcher Satz geradewegs in den Wagen! Oder er konnte die Ladefläche erklettern, denn wer es auf Bäume schaffte, für den war der Jeep eine Kleinigkeit.

Jonathan und der Ranger hatten es kaum besser. Sie saßen zwar vorne im Führerhaus, aber der Jeep hatte kein Dach, und die Seitenscheiben waren nach unten gelassen. Die Plane, mit der die Ladefläche und das Führerhaus abgedeckt werden konnten, war an der Planke festgezurrt. Doch auch wenn es anders gewesen wäre, bezweifelte Bernd, dass sie einen echten Schutz geboten hätte. Mit einem Mal wurde ihm bewusst, in welcher Gefahr sie schwebten.

Die Löwinnen holten auf. Das Muskelspiel ihrer Flanken war beeindruckend und beängstigend zugleich.

Die Antilope hatte den Jeep fast erreicht, die Häscher dicht dahinter. Aus den Augenwinkeln sah Bernd, dass der Wildhüter das Gewehr in Anschlag gebracht hatte. Schweiß glänzte auf seiner Stirn.

Wenn Bernd richtig informiert war, dann handelte es sich bei Jagdbüchsen, wie der Wildhüter eine verwendete, um Einschüsser, was bedeutete, dass man nach jedem Schuss nachladen musste. Vor seinem geistigen Auge sah er bereits zwei der drei Löwinnen auf die Ladefläche springen. Nur wenn die Raubkatzen ihr Opfer einholten, *bevor* dieses den Jeep erreichte, würde seine Horrorvision nicht wahr werden. Vielleicht!

Die Impala schlug einen Haken, doch die Verfolger reagierten erstaunlich flink darauf.

Ja, lauft!, feuerte er die Jägerinnen in Gedanken an.

»Lauf!«, raunte Hanna neben ihm. »Du schaffst das!«

Offenbar galt ihre Sympathie der Antilope.

Im nächsten Moment machte die vordere der drei Jägerinnen einen erstaunlichen Satz, ihre Pranke raste auf die Impala zu und traf das fliehende Tier am Rücken. Es stieß einen verblüffend menschlich klingenden Laut aus, verlor das Gleichgewicht und überschlug sich in einer Staubwolke, kam aber sofort wieder auf die dünnen Beine und rannte in wildem Zickzack weiter, weg vom Jeep. Die Löwinnen folgten.

Bernd atmete auf.

Die Gejagte hatte derweil den Turbo eingeschaltet, denn ihr Vorsprung wuchs binnen weniger Lidschläge beträchtlich. Kurz darauf brachen die Löwinnen die Hatz ab und ließen sich im Gras nieder. Die Antilope entfernte sich erstaunlicherweise keine fünfzig Schritte von ihnen, bevor sie einfach stehen blieb. Sie blickte noch einmal zu ihren Verfolgern zurück mit herausgestreckter Zunge, wie es schien, und fing dann zu grasen an.

Hanna wollte jubeln, doch der Wildhüter bedeutete ihr mit

einer Geste, sich nicht zu rühren. Ganz leise erklärte er, dass die Gefahr noch nicht gebannt sei, auch wenn die Maneater nun in einiger Entfernung vom Jeep in der Savanne lagen.

»Nicht bewegen!«, mahnte er eindringlich. »Nicht bewegen!«

Die Löwen schauten gähnend zum Jeep hinüber. Und in spätestens einer halben Stunde würde die Sonne untergehen.

»Was machen wir, wenn wir wieder zu Hause sind?«, wiederholte Bernd die Frage, die er bereits im Jeep gestellt hatte, ohne dass er eine befriedigende Antwort erhalten hatte. »Ich meine, werden wir uns wiedersehen? Ich … ich würde mich jedenfalls freuen.« Grundgütiger, klang das lahm! Und viel zu unverbindlich. »Sehr freuen sogar.«

Es war inzwischen weit nach Mitternacht, und sie saßen im Hotelgarten auf einer Bank, gleich unter einem Rosenbogen. Die Cocktailgläser in ihren Händen waren leer getrunken, da die Bar vor einer halben Stunde zugemacht hatte. Der Duft der Blüten versüßte die Nacht, während am Firmament Millionen von Lichtern funkelten – die perfekte Kulisse für große Gefühle.

Vorhin hatten sie noch einmal den vergangenen Tag Revue passieren lassen und waren sich einig gewesen, niemals zuvor etwas Vergleichbares erlebt zu haben. Besonders die fast zwei Stunden, die sie regungslos, schweigend und schwitzend im Jeep hatten verharren müssen, würden ihnen auf ewig in Erinnerung bleiben. Derweil hatten die Löwen gähnend im Gras gelegen und waren hin und wieder zum Wasserloch getrottet, um einen Schluck zu trinken. Schließlich waren sie voller Neugier um den Jeep herumgestrichen. Als sie immer kesser geworden waren, um schließlich sogar am Wagen hochzuspringen, war endlich die Kavallerie angerückt, und zwar in Form von fünf Jeeps mit mindestens zwei Dutzend Touristen darin. Der Motorenlärm, die schwatzenden Menschen, die Scheinwerfer, all das hatte die Raubkatzen augenblicklich in die Flucht geschlagen. In diesem Moment waren alle Schrecken verflogen, und die ganze Situation war ihnen nur noch halb so dramatisch vorgekommen.

»Und?«, hakte er nach.

»Ob wir uns wiedersehen?«, wiederholte sie, stierte stur geradeaus und vermied den Blickkontakt, was keineswegs ihrer offenen Art entsprach. Nach einer schieren Ewigkeit zuckte sie mit den Schultern. »Weiß nicht.«

»Ich dachte, dass wir uns gut verstehen«, plapperte er unbeholfen, »also wäre es doch nur logisch …«

»Natürlich verstehen wir uns gut«, gab sie ihm recht, und sie klang sogar überzeugt davon. Dennoch wirkte sie weit weg. Sie schien bedrückt, nein, gehemmt.

Er konnte sich ihr Verhalten nicht erklären, spürte jedoch, dass er auf eine Antwort zusteuerte, die ihm nicht gefallen würde. Sein Mund wurde schlagartig trocken. »Was machst du eigentlich beruflich?«, fragte er, um sich vorerst zurück in ungefährlicheres Fahrwasser zu begeben.

Sie stellte das Cocktailglas neben sich auf die Bank, um sich eine Zigarette anzuzünden. »Früher wollte ich immer Archäologin werden.«

»Früher?«

»Ja, als Kind. Nachdem ich ein Jugendbuch gelesen hatte, das im alten Ägypten spielte. Und dann wurde ich älter und kam in die Blumenphase.« Die Erinnerung sorgte für ein stilles Lächeln. »Über ein halbes Jahr war ich praktisch jeden Tag nach der Schule bei unserem Gärtner um die Ecke, habe dort ausgeholfen und wollte Floristin werden. Aber das nahm jäh ein Ende, als ich mich in den Lehrling verliebte, der jedoch nichts von mir wissen wollte. Ich heulte drei Tage, dann hatte es sich ausgegärtnert. Schließlich wollte ich zur Polizei.«

»Mein Bruder Clemens ist Polizist«, warf er ein.

Das schien sie zu interessieren. Endlich hörte sie auf, Löcher in den Himmel zu starren, und wandte ihm das Gesicht zu. »Im Streifenwagen und so?«

»Nein, er ist bei der Bundespolizei. Genau genommen bei der GSG 9. Zumindest nehme ich das an.«

»Du nimmst es an?«

»Leider ist das Verhältnis zu Clemens mehr als unterkühlt. Wir haben uns schon seit Jahren nichts mehr zu sagen. Damals war er bei der GSG 9. Ich habe keine Ahnung, was er heute tut.«

»Du solltest dich mit ihm versöhnen«, meinte sie leichthin. »Schreib ihm eine Urlaubskarte. Das wird ihn freuen und das Eis brechen.«

»Kann ich mir nicht vorstellen.«

»Ist aber so.«

»Woher willst du das wissen?«

Sie lachte. »Jeder freut sich, wenn er Post bekommt. Rechnungen natürlich ausgenommen.«

Er schüttelte mit Nachdruck den Kopf. »Clemens ist anders, der freut sich nicht über Postkarten mit weißen Stränden und Palmen. So etwas ist ihm viel zu spießig.«

»Dann schick ihm eine ausgeflippte Karte. Zum Beispiel eine mit zwei rammelnden Nashörnern.«

»Äh …?« Ihre Wortwahl machte ihn verlegen.

»In Mombasa gibt es Dutzende Souvenirläden, die Postkarten verkaufen. Die Nashornkarte ist offenbar *der* Renner, die findet man an jeder Ecke. Robert hat sich schlapp gelacht, als wir sie entdeckt haben.«

Er räusperte sich. »Na, mal sehen …«

»Hast du noch mehr Geschwister?«, fragte sie unvermittelt.

Er tat einen abgrundtiefen Seufzer. Wehmut überkam ihn. »Lass uns nicht über mich und meine verkorkste Familie reden.

Beantworte lieber meine ursprüngliche Frage: Was machst du beruflich?«

»Was glaubst du denn?«

»Krankenschwester«, sagte er, ohne zu überlegen und ohne zu wissen, warum.

Sie sah ihn herausfordernd an. »Ach, ist das alles, was du mir zutraust?«

»Nein«, beeilte er sich zu beteuern.

Ein Hauch von Spott erschien um ihre Mundwinkel. »Wie wär's denn mit Ärztin? Chirurgin? Vielleicht sogar Neurochirurgin? Oder Oberärztin in einem großen Krankenhaus?«

Er betrachtete sie nachdenklich. Sie war so verdammt hübsch! Am liebsten hätte er ihr auf der Stelle die berühmten drei Worte zugeflüstert, doch er tat es nicht, da er sich damit lächerlich gemacht hätte. Dennoch war er überzeugt davon, dass er auf sie zumindest interessant wirkte. Fragte sich nur, wie weit dieses Interesse ging. Warum sagte sie nicht klipp und klar: *Ja, ich will dich wiedersehen!* Oder: *Nein, du bist eine nette Urlaubsbekanntschaft, aber mehr wird nicht daraus!*

»Und? Bist du Neurochirurgin?«

Sie grinste ihn frech an. »Ist doch egal, oder?«

Das war zu viel für ihn. »Warum, zur Hölle, machst du ständig so ein Geheimnis um deine Person?«

Sie setzte sich ruckartig auf und stieß dabei mit dem Fuß fast das Cocktailglas um. »Ich mache ein Geheimnis um meine Person? Das ist ja wohl die Höhe! Du weißt verdammt viel über mich!« Sie war sauer und sprach laut. Viel zu laut. Ein Paar, das Arm in Arm auf der anderen Seite des Pools auf seinem Nachtspaziergang vorbeischlenderte, drehte sich nach ihr um. Daraufhin senkte sie die Stimme, als sie weitersprach: »Niemals habe ich mich jemandem so sehr anvertraut wie dir! Zumindest niemandem, den ich erst seit drei Tagen kannte. Vielleicht erinnerst du dich, was ich dir erst vor ein paar Minuten erzählt habe? Nämlich, wie ich mich als junges Mädchen in einen Gärtnerlehrling verknallt habe, bei dem ich gnadenlos abgeblitzt bin. So etwas pflege ich nicht gleich nach dem Begrüßungshandschlag kundzutun. Du weißt verdammt viel über mich«, wiederholte sie noch einmal und blähte die Nasenflügel. »Verdammt viel!«

Er war vollkommen perplex. Es stimmte, was sie sagte, zugleich aber auch nicht. Wenn er darüber nachdachte, hatte sie ihm tatsächlich tiefe Einblicke in ihr Seelenleben gewährt, von Dingen gesprochen, die sie fröhlich stimmten, von anderen, die sie ärgerten oder traurig machten, über persönliche Rituale berichtet und darüber, was sie bewegte. Andererseits wusste er lediglich, dass sie aus Berlin stammte, ohne jedoch ihre Adresse zu kennen. Oder ihre Telefonnummer. Noch nicht einmal ihr Nachname war ihm bekannt, denn solche Dinge sprach sie nie an, und wenn er danach fragte, erhielt er ausweichende Antworten.

Demnach wusste er zwar, *wie* sie war, aber nicht, *wer* sie war. Das ergab keinen Sinn.

»Hör zu!«, appellierte sie, bevor er irgendetwas Dummes von sich geben konnte. »Ich habe ein … nun, sagen wir: ein Geheimnis. Obwohl … das klingt reichlich aufgesetzt, nennen wir es also besser ein Problem. Und nein, du brauchst nicht zu fragen, ich werde dir auf keinen Fall Näheres darüber verraten. Nicht jetzt.« Ihr Gesichtsausdruck ließ erkennen, dass sie weder scherzte noch Effekthascherei betrieb. »Dieses … Problem ist an sich nichts Sensationelles, zumindest nicht für den Gang der Welt. Aber für mich. Und solange es nicht gelöst ist, werde ich keine Zukunftspläne schmieden! Oder bis ich gelernt habe, mit dem Problem umzugehen, falls sich herausstellen sollte, dass es dafür keine Lösung gibt. Somit ist völlig offen, ob wir uns wiedersehen oder nicht.« Sie schaute ihm tief in die Augen. »Es tut mir leid, dass ich dir nicht mehr dazu sagen kann, aber wenn du wüsstest, worum es geht, würdest du mein Verhalten nachempfinden können.«

»Verstehe«, hörte er sich murmeln, ohne auch nur ein einziges Wort zu verstehen.

»Jetzt hältst du mich für eine dumme Kuh, stimmt's?«

»Ich glaube schon.« Er mühte sich ein dünnes Lächeln ab. »Obwohl du natürlich nichts dafür kannst, dass dich die CIA zum Schweigen verpflichtet hat. Als Geheimdienstagentin hat man es bestimmt nicht immer leicht.«

Es vergingen zwei Sekunden, dann mussten sie beide herzhaft lachen.

»Lass uns Schluss machen für heute«, bat sie, nachdem sich der Ausbruch von Heiterkeit gelegt hatte. »Mir fallen jeden Moment die Augen zu. Ich würde dich übrigens gern einladen, morgen mit mir eine Stadtbesichtigung zu machen. Abends könnten wir dann ein Restaurant aufsuchen, in meinem Reiseführer habe ich einen echten Geheimtipp entdeckt. Und zum Abschluss eine Runde das Tanzbein schwingen. Von *Bob's Music Hall* habe ich dir ja bereits erzählt. Was hältst du davon?«

»Klingt fast wie ein Rendezvous«, konnte er sich nicht verkneifen zu sagen.

Sie erhob sich. »Ich glaube, es ist auch eins. Bis morgen.«

Damit ging sie, ohne sich noch einmal umzudrehen.

Er blieb noch eine halbe Stunde sitzen, um sich die Sterne anzusehen. Dabei dachte er angestrengt über ihre Worte nach. *Ich habe ein Problem, und solange es nicht gelöst ist, werde ich keine Zukunftspläne schmieden. Oder bis ich gelernt habe, mit dem Problem umzugehen, falls sich herausstellen sollte, dass es dafür keine Lösung gibt.*

Was, in Gottes Namen, hatte das zu bedeuten? Obwohl er angestrengt darüber nachdachte, fand er keine plausible Antwort.

Nur eins wusste er: In wenigen Tagen würde sie nach Hause fliegen und vielleicht für immer aus seinem Leben verschwinden. Ja, er würde sie nie wiedersehen, das war für ihn so klar wie der Sternenhimmel.

»Ich denke«, brummte er, »du solltest die morgige Stadtbesichtigung allein machen. Und zum Essen und Tanzen kannst du mit Robert gehen.«

Eine stumme Träne lief über seine Wange. Der vergangene Tag war herrlich gewesen. Aber aus Gründen, die er nicht verstand, war er nur geliehen, nicht geschenkt.

Kapitel 6

2 Tage vor der Entführung des Fluges SWX 714

»Tamara Sturm«, flüsterte Bodo Lohmann leise vor sich hin.

Er war der Neffe eines der prominentesten Bürger der Stadt, doch vor allem war er verliebt, wenn auch leider unglücklich, da seine Angebetete keine Ahnung hatte, was er für sie empfand. Und das wiederum war vermutlich gut so.

Bewaffnet mit einem höchst ungewöhnlichen Blumenstrauß und frisch geduscht, geföhnt und herausgeputzt quälte er sich die Treppe hinauf in den neunten Stock, wo sie das Penthouse bewohnte. *Kein Wunder, dass sie eine solch tolle Figur hat*, dachte er, *wenn sie ständig diese vielen Treppenstufen steigen muss.* Das Gebäude stammte aus den Fünfzigerjahren und verfügte deshalb nicht über einen Aufzug.

Lohmann war nervös, denn er hatte die Frau seiner Träume seit etwa dreieinhalb Monaten nicht mehr gesehen. Tamara Sturm oder Mara, wie sie von den meisten Leuten in ihrem Umfeld genannt wurde, war auf Reisen gewesen. Das einzige Lebenszeichen, das er in ihrer Abwesenheit von ihr bekommen hatte, war ein Paket gewesen, in dem sich ein paar Blutkonserven befunden hatten, außerdem der Speicherchip einer Digitalkamera sowie ein detaillierter Bericht, was es damit auf sich hatte. Frau Sturm hatte das Paket in Südafrika aufgegeben, am Flughafen von Johannesburg, und es an ihn, den Jungstaatsanwalt, adressiert. Sie selbst war nicht mitgeflogen.

Doch inzwischen war sie wieder da. Am Morgen hatte das Telefon in seinem Büro geklingelt, und zu seiner Überraschung war Frau Sturm am Apparat gewesen.

»Rate mal, wo ich mich noch vor Kurzem herumgetrieben habe?«, hatte ihre Begrüßung gelautet. Sie hatte ihm keine Chance zum Antworten gegeben, sondern gelacht und gesagt: »Aber das weißt du natürlich, schließlich hast du mein Paket erhalten. Wie auch immer, ich habe eine unglaubliche Odyssee hinter mir. Bin erst seit gestern wieder im Lande und langweile mich bereits jetzt zu Tode.«

Deshalb hatte sie ihn gefragt, ob er Zeit und Lust hätte, sie zu besuchen und die Urlaubsfotos zu bestaunen, die sie geschossen hatte. »Wir könnten sie uns ansehen und gemeinsam Spaghetti kochen. Oder einfach nur schwatzen, beispielsweise über das unglaubliche Abenteuer, in das wir beide letzten Sommer so unverhofft hineingeschlittert sind.«

Erstaunlich, dachte er, dass ein Rasseweib wie Frau Sturm die Abende mit solch trivialen Dingen wie Urlaubsfotos und Plaudereien auf dem Sofa verbrachte, noch dazu an der Seite eines kleinkarierten Spießers wie ihm, der mit seinen achtundzwanzig Lenzen überdies zehn Jahre jünger war als sie.

Seit er ihr zum ersten Mal begegnet war, hielt er sich in der Tat für einen Spießer, obwohl er das selbstredend niemals offen zugegeben hätte. Nichtsdestotrotz bemühte er sich in letzter Zeit nach Kräften, entspannter aufzutreten. Außerdem kam sich neben ihr vermutlich jeder wie ein Spießbürger vor. Zumindest jeder, der sie einmal auf ihrer Höllenmaschine von einem Motorrad gesehen hatte, mit ihren schweren, eisenbeschlagenen Stiefeln und der schwarzen Lederkluft. Das wirkte ungemein sexy. Und wenn sie dann den Helm abnahm und ihr hüftlanges, wallendes, duftendes, wunderschönes kastanienbraunes Haar zum Vorschein kam …

Bleib auf dem Teppich!, ermahnte er sich in Gedanken, musste jedoch schlucken, als er sich daran erinnerte, wie er einen kurzen Blick auf ihre Unterwäsche erhascht hatte, genau genommen auf ihren Slip. Das war natürlich reiner Zufall gewesen, ein Missgeschick ihrerseits, das überhaupt nur deshalb zustande gekommen war, weil sie ein kleines Büchlein hinten im Hosenbund versteckt hatte, von wo es immer tiefer gerutscht war, bis hinunter zum Allerwertesten. Das Büchlein war ein wichtiges Beweisstück in einem Ermittlungsverfahren gewesen, und es war einzig Frau Sturms Findigkeit zu verdanken gewesen sowie dem außergewöhnlichen Versteck, dass sie es den Ganoven buchstäblich vor der Nase wegschnappen konnte. Als sie es dann wieder ans Tageslicht befördert hatte, war dabei ihre fliederfarbene Unterwäsche zum Vorschein gekommen. Die hatte in ihm keinerlei Assoziationen zu einer Motorradbraut geweckt, sondern ihn einfach nur an eine verdammt verführerische Frau denken lassen. Punktum!

Noch heute grübelte er darüber nach, ob ihr die ganze Situation damals überhaupt bewusst geworden war. Eine Reaktion hatte sie jedenfalls nicht gezeigt.

Etwas außer Atem erreichte er die neunte Etage. Das Treppenhauslicht war inzwischen erloschen, sodass er im Dunklen nach dem Schalter tastete. Als er ihn gefunden und betätigt hatte, entdeckte er das Klingelschild. *Hier wohnt Mara*, lautete die Beschriftung. Das passte zu ihr.

Mit Unbehagen stellte er fest, dass seine Hände vor Aufregung schwitzten.

»Hier wohnt Mara«, sagte er und erschrak, als seine Stimme im Treppenhaus widerhallte.

Niemals hatte er sie mit ihrem Spitznamen angesprochen oder gar geduzt, trotz ihrer ständigen Ermahnungen, gefälligst mit diesem Frau-Sturm-Unsinn aufzuhören.

Dass sie ihn einfach so zu sich nach Hause einlud, bescherte ihm indes immer noch ein flaues Gefühl im Magen, denn schließlich lebte sie in einer völlig anderen Welt als er. In einer anderen Welt? In einem anderen Universum!

Wieder einmal fragte er sich, wie viel Zeit er bisher mit ihr verbracht haben mochte. Nicht allzu viel, wahrscheinlich weniger als zweiundsiebzig Stunden, selbst wenn man alles zusammenrechnete. Da war nur diese eine Woche im August gewesen, in der sie sich regelmäßig gesehen hatten. Umso erstaunlicher, dass er ihr verfallen war und selbst jetzt, fast vier Monate später, immer noch unaufhörlich an sie denken musste.

Sein Zeigefinger berührte den Klingelknopf, doch anstatt ihn zu drücken, verharrte er. Da war etwas Alarmierendes, das aus der Wohnung ins Treppenhaus drang: Leise Musik sowie ein Geräusch, das sich verdächtig nach Verzweiflung anhörte. Seine Unsicherheit wuchs, was ihn allerdings nicht davon abhielt, das Ohr gegen die Tür zu pressen. Himmel, jetzt konnte er es deutlich hören: Dort drinnen weinte jemand! Zwei Frauen.

Ratlos pendelte sein Blick zwischen der Beschriftung des Klingelschildes und den Blumen in seiner Rechten hin und her. Er hatte nicht erwartet, dass Frau Sturm außer ihm noch jemanden eingeladen hatte, und noch mehr überraschte es ihn, dass sie gemeinsam mit ihrem Besuch weinte. Für einen winzigen Augenblick redete er sich ein, das Schluchzen käme aus dem Fernseher, doch dann erkannte er ihre Stimme. Ein Zweifel war ausgeschlossen. Am Telefon hatte sie noch fröhlich geklungen, und von einem weiteren Gast war bei dem Telefonat ebenfalls keine Rede gewesen. Folglich musste in der Zwischenzeit etwas vorgefallen sein. Hatte sie eine schlimme Nachricht erhalten? Von einem Unfall? Vom Tod eines Freundes oder nahen Verwandten? Egal, was auch immer es war, es machte den Besuch des flüchtigen Bekannten Bodo Lohmann unangebracht!

Kurz entschlossen legte er den ungewöhnlichen Strauß gelbe Akazienblüten zwischen allerlei dekorativem Grünzeug neben der Fußmatte auf den gefliesten Boden und wandte sich zum Gehen. Morgen, überlegte er, würde er sie anrufen und herausfinden, was passiert war.

Da öffnete sich die Wohnungstür. Er zuckte zusammen, als wäre er bei etwas Verbotenem ertappt worden. Das Gesicht einer älteren Frau mit strenger Hochsteckfrisur und grauen Strähnen tauchte auf, intelligente Augen musterten ihn.

»Du hast richtig gehört, Mara!«, rief der Mund unter diesen Augen schließlich in Richtung Penthouse. »Hier steht jemand vor der Tür! Wollen Sie nicht hereinkommen, junger Mann? Oder gefällt es Ihnen im Treppenhaus?« Eine Antwort wurde nicht erwartet, die Tür wurde freigegeben. »Sie müssen Bodo Lohmann sein. Mara hat mir eine ganze Menge über Sie erzählt.«

Ihre Worte klangen so sehr nach Vorwurf, dass er die Essenz daraus nur unterbewusst wahrnahm, nämlich, dass Frau Sturm ihn offenbar für wichtig genug hielt, ihren Bekannten von ihm zu erzählen.

Ein Räuspern war alles, was er zustande brachte. Hastig hob er den Strauß vom Boden auf und folgte der resoluten Dame. Er hatte keine Ahnung, wer sie war. Frau Sturms Mutter? Nein, dafür war sie nun doch wieder zu jung, trotz der grauen Strähnen.

Als ob sie seine Gedanken gelesen hätte, stellte sie sich just in diesem Moment vor. »Mein Name ist von Kalck. Anne von Kalck. Ich bin Maras Freundin.«

»Von Kalck«, sinnierte er laut. »Kann es sein, dass Sie für den *Kurier* arbeiten? Irgendwie bringe ich den Namen mit der Zeitung in Verbindung.«

Anne von Kalck, die Chefredakteurin des *Kurier*, ließ die Frage unbeantwortet.

Im Schein der Wohnzimmerbeleuchtung erkannte er, dass sie tatsächlich geweint hatte. Ihre Augen waren gerötet, und den Lidstrich hatte sie überhastet nachgezogen.

»Bitte«, forderte sie ihn auf, »nehmen Sie Platz! Mara kommt sofort. Sie möchte sich nur kurz … frisch machen.«

Er fühlte sich unbehaglich. Mit gekrauster Stirn blieb er unschlüssig mitten im Raum stehen. »Ich habe einen schlechten Zeitpunkt erwischt, nicht wahr? Soll ich ein anderes Mal wiederkommen? Morgen vielleicht? Oder nächste Woche?«

»Unsinn, Sie bleiben! Ich bin froh, dass Sie endlich da sind. Mara sollte jetzt nicht allein sein. Leider kann ich mich heute Abend unmöglich um sie kümmern.« Sie zuckte mit den Schultern, als wäre damit alles erklärt.

Er wurde zunehmend verwirrter. »Nicht allein sein?«, hakte er nach. »Was ist passiert?«

»Ich denke, das sollte Mara Ihnen am besten selbst erzählen.« Sie deutete auf den Strauß in seiner Hand. »Gelbe Akazien, sehr schön. Ich frage mich, wo Sie die aufgetrieben haben, mitten im Winter. Wissen Sie, welche symbolische Bedeutung man der gelben Akazie zuschreibt?«

Er räusperte sich und schüttelte vehement den Kopf.

Natürlich wusste er um die Bedeutung dieser Blume, denn schließlich hatte er sie genau aus diesem Grund gekauft. Zuvor hatte er sich in der größten Gärtnerei der Stadt informiert, und das war ein Betrieb, der sogar mit exotischen Pflanzen handelte. Laut Seniorchef stand das Edelweiß für »Du bist wunderschön!« und wäre deshalb seine erste Wahl gewesen. Doch Paragraf 41 des Bundesnaturschutzgesetzes verbot den Verkauf von Edelweiß, sodass diese Pflanze nicht infrage kam. Rote Rosen schieden natürlich ebenfalls aus, zu offensichtlich, während Frau Sturms Lieblingsblume, die Chrysantheme, je nach Farbe verschiedene Bedeutungen hatte; beispielsweise stand gelb für

Oberflächlichkeit und weiß für Aufrichtigkeit. Das war beides unpassend, also hatte er sich letzten Endes für die Akazie entschieden. Kein Mensch kannte deren Bedeutung.

»Sie gilt als Symbol für heimliche Liebe«, offenbarte Frau von Kalck und bedachte ihn mit einem missbilligenden Blick.

Er wurde puterrot im Gesicht. »Das wusste ich nicht«, log er.

»Aha«, machte sie. Dann drehte sie sich abrupt um und verschwand in die Diele. »Ich werde mal schauen, was Mara macht«, sagte sie im Weggehen.

»Na wunderbar«, murmelte er, als sie außer Hörweite war.

Er fühlte sich vollkommen fehl am Platz. Irgendetwas war geschehen, das für reichlich Tränen gesorgt hatte, und nun verlangte diese wildfremde Dame von ihm, dass er den Tröster spielte. Dagegen war im Grunde nichts einzuwenden, doch eigentlich war er auf ein harmloses Schwätzchen eingestellt. Die unerwartete Situation verunsicherte ihn.

Seufzend legte er die verräterischen Blumen auf den Tisch und schaute sich im Wohnzimmer um. Es war geschmackvoll eingerichtet, mit Möbeln aus hellem Holz und mit gelben und orangefarbenen Polstern. Blumen waren beinahe allgegenwärtig, die meisten in Töpfen, doch es gab auch eine ganze Reihe frischer Schnittblumen in Vasen, die auf einer Kommode standen. Demnach war der Akazienstrauß an sich ein gutes Gastgeschenk.

Die Wand gegenüber der Wohnzimmertür bestand komplett aus Glas und erlaubte einen Blick über die Dächer der Stadt. Nicht allzu weit entfernt waren die Lichter des Hauptbahnhofes zu sehen, und dahinter lugten die Spitzen des Doms hervor, links glitzerte der Rhein.

Eine große Fotogalerie, die fast die gesamte rechte Wand einnahm, erregte seine Aufmerksamkeit. Dort hingen zahlreiche Familienfotos, aber auch eine Menge Aufnahmen, die belegten, dass Frau Sturm viel herumgekommen war. Reisen schien ihre

Leidenschaft zu sein. Auf den Fotos war sie vor dem Atomium in Brüssel zu sehen oder jubelnd mit einem grauhaarigen Mann am berühmten Checkpoint Charlie. Beide hielten Sektgläser in den Händen, mit denen sie sich zuprosteten, während um sie herum überall fröhliche, feiernde Menschen zu sehen waren. Vermutlich war das Foto kurz nach dem Fall der Mauer entstanden.

Wie alle anderen Aufnahmen auch war es gerahmt und mit einer kleinen Messingplakette versehen, auf der sich eine Gravur befand. Diese gab Auskunft darüber, dass die Aufnahme im November 1989 in Berlin entstanden war. Das Foto daneben war drei Monate jünger, vom Februar 1990, aufgenommen in der Schweiz während eines Hundeschlittenrennens. Auf dem nächsten Bild war Frau Sturm in Schottland zu sehen, vor der beeindruckenden Kulisse des Schlosses von Edinburgh, und ein weiteres Foto zeigte sie an Deck eines Segelbootes bei einem Törn über das Ijsselmeer.

Sie muss ein Vermögen für Urlaube ausgeben, war sein erster Gedanke.

Doch dann fiel ihm auf, dass die meisten Plaketten neben den Orts- und Datumsangaben mit einem Zusatz versehen waren, der entweder lautete »*Aufgenommen während der Rucksacktour durch …*« oder »*Aufgenommen während der Motorradtour durch …*«, und dahinter schloss sich der Name der jeweiligen Region an. Demnach hatte sie mit dem Motorrad Andalusien bereist, die Normandie, die Algarve, die Isle of Man, aber auch bizarre Gegenden wie Masuren, Siebenbürgen, Nordjylland, Pirkanmaa oder Thrakien. Kurzum: Landstriche, von denen die meisten Normalbürger noch nie gehört hatten, geschweige denn sie besucht.

Bodo Lohmann, der bis vor einer Minute der festen Überzeugung gewesen war, sich in Geografie gut auszukennen, zückte sein Handy, um eine Internetverbindung herzustellen. Zwei

Dutzend Tastendrücke später wusste er, dass Nordjylland auf Deutsch Nordjütland hieß und in Dänemark lag, Pirkanmaa in Finnland und Thrakien in Bulgarien.

Alles nicht halb so weit entfernt, wie man zunächst denkt, sinnierte er. *Dafür jedoch zum Teil sehr, sehr ungewöhnliche Orte für einen Urlaub. Passend zum ungewöhnlichsten Menschen, den ich je getroffen habe.*

Und bevor dieser Mensch mit dem Motorrad herumgereist war, hatte es ihn als Rucksacktouristen in den Süden verschlagen, etwa in die Provence, nach Apulien, Kalabrien oder die Emilia-Romagna. Das musste jedoch alles schon ziemlich lange her sein, da Frau Sturm auf den Rucksackfotos höchstens Anfang zwanzig war. Wie es schien, war sie schon in jungen Jahren vom Fernweh getrieben worden.

Dann entdeckte er ein Foto, das nicht in die Rubrik Urlaub fiel, sondern ins Familienalbum gehört hätte und sie im Brautkleid zeigte. Zum Zeitpunkt der Aufnahme musste sie rund fünfzehn Jahre jünger gewesen sein. Eine tolle Braut, doch heute sah sie sogar noch besser aus als damals. Er fragte sich, was der Grund für ihre Scheidung gewesen sein mochte, die, soweit er wusste, erst ein halbes Jahr zurücklag.

Er löste sich vom Anblick der Fotos und trat an das Panoramafenster, hinter dem sich die Dachterrasse mit dem Chrysanthemengarten befand, der im Sommer zur bunten Duftoase wurde. Momentan wirkte er ein wenig trostlos, obwohl man ihm noch immer ansah, dass eine Menge Arbeit und Hingabe in ihm steckten. Die gleiche Hingabe hätte sicherlich auch das schöne Wohnzimmer verdient, doch dessen Zustand war mit dem Wort *unaufgeräumt* noch vorteilhaft umschrieben.

Er schüttelte unwillig den Kopf, denn er kannte ihren Sinn für Ordnung, da in ihrem Büro ähnliche Verhältnisse herrschten wie hier. Überall lagen Bücher herum und Kleidungsstücke, und der

Boden neben dem Sofa war mit Zeitschriften übersät. Auf dem Couchtisch drängten sich drei leere Vanilleeis-Dosen sowie die gleiche Anzahl benutzter Löffel. Dazwischen noch mehr Zeitschriften und unzählige lose Blätter, auf denen jemand, höchstwahrscheinlich Frau Sturm, handschriftliche Notizen gemacht hatte. An der Wand hinter der Couch lehnte ein Surfbrett.

Zögernd ließ er sich in einem Sessel nieder und griff sich wahllos eine der vielen Zeitschriften, um erstaunt festzustellen, dass es sich um eine medizinische Fachpublikation handelte. Wie es schien, beschäftigte sich diese Ausgabe mit den neuesten Forschungsergebnissen rund um das Thema Krebs.

Interessant.

Er legte das Magazin beiseite und zog wahllos ein anderes aus dem Stapel. Aha, wieder ein Fachblatt, diesmal eins aus der psychologischen Ecke. Der Aufmacher der Ausgabe lautete: *Der Tod und wie er das Seelenleben beeinflusst. Neue Therapieansätze für Patienten mit letalen Erkrankungen.*

Er war verblüfft und betrachtete die herumliegenden Zeitschriften und Bücher genauer, und mehr und mehr verwandelte sich sein Erstaunen in schiere Fassungslosigkeit. Was er sah, war eine regelrechte Bibliothek des Todes, bestehend aus Fachbüchern und Magazinen über AIDS, Krebs, Infarkte, Tumore, über ein Dutzend anderer Leiden, die man niemals bekommen wollte. Und über das Sterben im Allgemeinen und wie man am besten damit umging. Schlaue wissenschaftliche Bücher ebenso wie Ratgeber und Broschüren von Selbsthilfegruppen, ein Flyer der Deutschen Aidshilfe e.V. neben einem des Roten Kreuzes und des Herzforums. Auf einem Zettel hatte Frau Sturm Dutzende von Internetadressen notiert, die erahnen ließen, dass es sich dabei um Newsgroups handelte, in denen Sterbenskranke von ihren Erfahrungen berichteten.

Er massierte sich die Schläfen. Wieso setzte sie sich derart intensiv mit einem solch unerfreulichen Thema auseinander? So sehr, dass sie sich sogar Notizen über das Gelesene machte? Bisher war sie in seinen Augen die Fleisch gewordene Lebensfreude gewesen, und nun das hier. Unglaublich!

Er legte die Notiz mit den Internetadressen zurück auf den Tisch und fischte nach einem Schreiben mit dem Briefkopf des Universitätsklinikums Köln. Adressat war Frau Tamara Johanna Alexandra Sturm, geboren am 24. Dezember 1971. Er schmunzelte angesichts der vielen Vornamen. Solche Namenscocktails schienen Familientradition zu sein, denn ihr Bruder Johannes, ein Erzgauner, wie er im Buche stand, hatte ebenfalls zwei weitere Vornamen, wie er wusste.

Bei dem Schreiben handelte es sich offenbar um die Durchschrift eines Formblattes, auf dem drei fettgedruckte Worte ins Auge stachen: *Einverständniserklärung*, *Belehrung* und *RT-PCR-Test*. Besonders Letzteres hörte sich wissenschaftlich an und weckte deshalb sofort sein Interesse.

In diesem Moment entrüstete sich hinter ihm eine weibliche Stimme. »Das ist ja die Höhe! Da schnüffelt dieser Mensch doch tatsächlich in meiner Privatsphäre herum!« Der Tadel klang nicht echt, die Empörung war gespielt.

Er ließ den Brief auf den Tisch zurückfallen, sprang wie von der Tarantel gestochen auf und wirbelte um die eigene Achse.

Vor ihm stand seine heimliche Liebe, Tamara Johanna Alexandra Sturm. Doch ihr Anblick war ein Schock!

Kapitel 7

»Hallo«, brachte Lohmann hervor. Er war bestürzt. *Sie sieht vollkommen verändert aus*, durchfuhr es ihn.

»Hallo«, entgegnete Mara. *Bodo, Bodo, du siehst kein bisschen verändert aus in deinem gestärkten Hemd und den karierten Golfhosen. Ich dachte, du wolltest lockerer werden.*

Er starrte sie mit offenem Mund an. *Sie hat geweint*, stellte er fest. Obwohl er das vermutet hatte, schockierte ihn die Gewissheit, da Weinen so gar nicht zu ihr passen wollte.

Sie war verlegen. *Hoffentlich sehe ich nicht allzu verheult aus.* Sie bemühte sich um eine forsche Miene, die ihr jedoch, davon war sie überzeugt, kläglich misslang.

Es entstand eine kurze und peinliche Stille.

Dann, gleichzeitig und wie auf ein geheimes Zeichen, machten beide einen Schritt aufeinander zu. Während er versuchte, ihr einen flüchtigen Kuss auf die Wange zu hauchen, wollte sie ihn freundschaftlich umarmen. Dabei kamen sie sich gegenseitig in die Quere und stießen fast mit den Köpfen zusammen, sodass weder der Kuss gelang, noch die Umarmung zustande kam.

Schließlich schafften sie es irgendwie, sich zumindest die Hand zu geben.

Himmeldonnerwetter!, durchzuckte es ihn, während er sich noch über den missglückten Kuss ärgerte, den er lange vor dem Spiegel geübt hatte, mit Robert de Niro in Form eines lebensgroßen Pappaufstellers, der aus seinem Lieblingskino um die Ecke stammte. *Sie hat immer noch den Händedruck eines Eisenbie-*

gers. Das kam vom stundenlangen Festhalten des Motorradlenkers, wie sie ihm einmal erklärt hatte. Obwohl sie ihm fast die Finger zerquetschte, genoss er die Berührung. Ihre Haut war weich und warm.

»Himmeldonnerwetter!«, sagte sie. »Deine Finger fühlen sich an wie erfroren. Bist du schon lange tot?« Irgendwie brachte sie ein Lächeln zustande.

Er erwiderte es nicht. »Es ist Dezember«, gab er steif zurück. »Für die Nacht ist Frost gemeldet.«

»Dann wird es Glatteis geben.«

»Ja. Davor wurde im Wetterbericht gewarnt.«

Unfassbar, wie sehr sie sich verändert hatte! Er starrte sie immer noch an, unfähig, die offenkundige Musterung zu unterlassen, obwohl ihr das Starren natürlich nicht entging.

»Okay, junger Freund«, zischte sie mit rasiermesserscharfer Stimme, »mein neues Aussehen gefällt dir nicht, das habe ich begriffen.«

Er hob an, um zu protestieren, doch wieder schnitt ihm die Rasiermesserstimme das Wort ab.

»Finde es, wie du willst, das ist dein gutes Recht, und ich bin dir nicht böse deswegen. Natürlich nicht. Aber eins will ich sofort klarstellen: Ich möchte nicht darüber reden! Keine Fragen, keine Erklärungen, nichts! Kapiert?« Das klang so endgültig wie die Verkündung der Zehn Gebote.

Er nickte, und dann entdeckte er in ihren Augen, die von dunklen Tränenrändern umgeben waren, eine Spur des altbekannten Schalks aufflackern.

»Wenn du magst, darfst du mich jetzt loslassen«, sagte sie.

Die Begrüßung war natürlich längst beendet, doch er hielt immer noch ihre Hand.

»Verzeihung«, stammelte er, ließ sie los und wich unwillkürlich einen Schritt zurück.

»Und zieh endlich das Ding da aus.«

Damit war sein lodengrüner Trenchcoat gemeint, ein augenscheinlich teures, aber gleichzeitig abgrundtief hässliches Kleidungsstück. Die Farbe, lodengrün, die der Verkäufer als *den* Schrei der Saison beworben hatte, erinnerte sie unweigerlich an erbrochene Erbsen.

»Dein wunderschöner Mantel tropft mein Parkett voll«, beschwerte sie sich.

»Draußen schüttet es wie aus Eimern«, murmelte er zerknirscht. Dann gehorchte er und hängte den Mantel an die Garderobe. »Wo ist Frau von Kalck?«

»Gegangen. Aber das bekommt man natürlich nicht mit, wenn man die Nase so tief in fremder Leute Korrespondenz steckt.« Sie lächelte. »Schön, dich zu sehen.«

Er wurde rot. »Also ich … ich wollte wirklich nicht in Ihrer Post herumstöbern.«

Sie winkte ab und forderte ihn auf, sich von der Anrichte neben dem Sofa zu bedienen, die eine kleine Bar enthielt sowie allerlei Knabberkram. Während er mit seinem Getränk in der Hand Platz nahm, verließ sie wortlos das Zimmer, um sogleich mit einer Blumenvase zurückzukehren. Leise vor sich hin summend entfernte sie das Papier von den Akazien, stellte sie in die Vase, ordnete sie.

Ihre Finger waren schlank und ihre Nägel sorgfältig gefeilt, wie er bemerkte.

»Ein schöner Strauß. Gefällt mir gut. Danke.« Sie sah ihn herausfordernd an. »Sag mal, was bedeutet es eigentlich, wenn ein junger Mann einer viel älteren Frau gelbe Akazien schenkt?«

Er bemühte sich um einen unbeteiligten Gesichtsausdruck. »Keine Ahnung. Haben denn alle Blumen eine Bedeutung?«

Sie zog eine Braue hoch. Das war eine ihrer typischen Angewohnheiten, die entweder Amüsement ausdrückte oder als

Warnsignal zu verstehen war. »Komm schon, du weißt, was sie bedeuten.«

»Nein, wirklich nicht.«

Sie lachte, und dieses freche Lachen erinnerte ihn fast wieder an die alte Frau Sturm, die er im Sommer kennengelernt hatte, vor ihrer optischen Verwandlung, die sie so eindringlich zum Tabuthema erklärt hatte.

Sie behielt den amüsierten Gesichtsausdruck bei. »Anne hat mir gesagt, dass sie dich vorhin aufgeklärt hat, wofür die gelbe Akazie steht. Bodo Lohmann, du bist durchschaut!«

Er erschrak, doch bevor er protestieren konnte, bot sie ihm einen Ausweg an. »Ich gehe davon aus, dass die Wahl dieser Blumen bloßer Zufall war, ja?«

»In der Tat. Ich habe sie gekauft, weil sie mir gut gefielen. Auf dem Weg hierhin sah ich zufällig die Blumenhandlung, und da habe ich einfach angehalten, und schon beim Reinkommen ins Geschäft sind mir die Akazien förmlich ins Auge gesprungen. Ich finde sie schön, deshalb habe ich sie mitgenommen. Hat nichts weiter zu bedeuten.« Diese Erklärung war viel zu lang, das ging ihm sogleich auf, und er stoppte den Redefluss.

Erneut hob sich ihre Braue. »Merkwürdig, dass du auf dem Weg hierhin an der einzigen Blumenhandlung der Stadt vorbeigekommen bist, die Akazien verkauft. Soweit ich weiß, liegt die gar nicht auf dem Weg.«

Blumen waren ihre Leidenschaft, das wusste er, und wenn sie behauptete, dass es in ganz Köln nur einen einzigen Laden gab, der mit Akazien handelte, dann stimmte das. Er verschluckte sich beinahe an seiner Diätcola. »Erzählen Sie mir von Afrika«, forderte er, um das Gespräch in unverfänglichere Bahnen zu lenken. »Da gibt's doch bestimmt eine Menge zu berichten.«

»Und ob. Zum Beispiel könnte ich dir erzählen, dass ich bereits kurz nach meiner Ankunft dort unten schwer krank wurde.

So schwer, dass ich viereinhalb Kilo in drei Tagen abgenommen habe.«

»Viereinhalb Kilo in drei Tagen? Ist Ihnen die fremde Küche nicht bekommen?«

»Möglich. Ich habe während dieser drei Tage keine einzige Kalorie zu mir genommen. Konnte nichts bei mir behalten, Erbrechen und Durchfall jeden Tag. Und Fieber. Eines Morgens bin ich dann umgekippt und in einem Buschkrankenhaus wieder zu mir gekommen. Das war ein Abenteuer, sag ich dir. Als ich gestern wieder nach Hause kam, habe ich gleich für heute früh einen Termin in der Uniklinik gemacht. Dort wurde ich auf Malaria untersucht und auf alle möglichen Tropenkrankheiten.«

Er runzelte sorgenvoll die Stirn. Der Brief mit dem Kopf der Uniklinik fiel ihm ein. Wie lautete noch gleich der Begriff, der ihm aufgefallen war? *RT-PCR-Test*. Das musste die Fachbezeichnung für eine Malariauntersuchung sein. »Und?«, fragte er gespannt.

Sie machte eine wegwerfende Handbewegung. »Bei der Untersuchung wurden keine Tropenkrankheiten festgestellt. Natürlich nicht. Weder Malaria noch Gelbfieber noch sonst etwas Unerfreuliches in der Art. Andernfalls läge ich jetzt im Krankenhaus unter Quarantäne. Der Grund für Durchfall und Übelkeit war folglich nichts anderes als ein profaner Margen-Darm-Virus. Doch jetzt bin ich wieder die Alte und esse mehr denn je, und wenn ich so weitermache, passt mir demnächst keine Hose mehr. Selbst schuld, warum muss ich auch mitten im Winter Vanilleeis verdrücken, bis ich platze?«

Sie wechselte abrupt das Thema und erkundigte sich nach dem Paket, das sie in Südafrika für ihn aufgegeben hatte.

»Ist angekommen«, gab er Auskunft. »Wie ich Ihnen bereits am Telefon erzählte, haben Sie dadurch Rigobert Stein ins Gefängnis geschickt, denn der Handel mit verseuchtem Blut konnte ihm einwandfrei nachgewiesen werden. Ausgerechnet Stein, wer hätte das gedacht? Der Kerl ist ein moderner Samariter. Ein Wohltäter. Oder schien einer zu sein. Auf den Cocktailpartys meines Onkels war er ein gern gesehener Gast.« Er wischte den Gedanken beiseite, dann strahlte er. Sein Tonfall verriet Hochachtung. »Eisenschädel Kunze sagt, die Beweise, die Sie gesammelt haben, sind …«, er überlegte, um sich den genauen Wortlaut ins Gedächtnis zu rufen, »… ein Musterbeispiel für perfekte Ermittlungsarbeit. Lückenlos, detailliert, wasserdicht. In den Augen des Eisenschädels gehören Sie zur Riege der besten Ermittler des gesamten Präsidiums.«

Das war ein schönes Lob für eine suspendierte Polizistin, deren journalistische Betätigung keinesfalls ihr wirklicher Beruf war, sondern lediglich einen Zeitvertreib darstellte.

Der Mann, der sie suspendiert hatte, war Lohmanns Onkel, der gelegentlich mit Oberstaatsanwalt Kunze Golf spielte. Er bekleidete das Amt des Polizeipräsidenten und war somit ihr höchster Vorgesetzter. Doch leider teilte er nicht die Bewunderung des brummigen Eisenschädels für ihre Person. Im Gegenteil, er hielt sie für gefährlich. In seinen Augen war sie »eine Anarchistin mit Kriminalmarke, die nur dazu taugt, mit ihren Wildwest-Methoden das Präsidium in Verruf zu bringen«.

Was ihm besonders aufstieß, waren ihr freches Mundwerk, ihr Hang zum Widerspruch sowie ihre eklatante Art, sich über Vorschriften hinwegzusetzen, beispielsweise indem sie trotz mehrfachen Verbotes nicht davon ablassen wollte, ihr grässliches Motorrad für Dienstfahrten zu nutzen. Ach ja, und dann gab es da noch ihren Bruder, der eine ganz große Nummer in der Unterwelt war. Solcher Umgang ziemte sich nicht für eine Polizeibeamtin *seines* Präsidiums!

All dies hatte ihn nach einem Grund suchen lassen, sie zu schassen. Sein Neffe Bodo hatte ihm diesen Grund liefern sollen, und zwar durch Bespitzelung der ungeliebten Beamtin in der Hoffnung, sie in flagranti bei einer ganz besonders schlimmen Verfehlung zu ertappen. Damals, vor rund vier Monaten, war Bodo noch Rechtsreferendar gewesen, und einen solchen unauffällig bei der Polizei unterzubringen war nicht allzu schwer. Denn sogenannte Hospitationen waren alles andere als unüblich und dienten dazu, den angehenden Juristen Einblicke in die kriminalistische Seite des Ermittlungsverfahrens zu gewähren, indem sie der Polizei bei ihrer täglichen Arbeit über die Schulter sahen.

Also hatte sich Bodo Lohmann, der Geheimagent des Polizeipräsidenten, im Kriminalkommissariat 21 (KK21) wiedergefunden, wo er, welch Zufall, Frau Sturm zugeteilt worden war. Zunächst hatte ihm sein Auftrag eine wohlige Gänsehaut beschert, da er sich vorgekommen war wie ein kleiner 007. Nach all dem, was ihm sein Onkel im Vorfeld über die aufsässige Beamtin erzählt hatte, war er davon überzeugt gewesen, ein gutes Werk zu tun, wenn er dabei half, sie aus dem Polizeidienst zu entfernen.

Doch dann war alles anders gekommen, sie hatte ihn mächtig beeindruckt, denn es war ihr binnen einer Woche gelungen, mehr oder weniger im Alleingang ein ganzes Verbrechersyndikat zu zerschlagen und einen wahren Jahrhundertcoup zu vereiteln.

Im Verlauf dieses Falls war übrigens auch das Büchlein beschlagnahmt worden, das in ihrem Hosenbund gesteckt hatte und dafür sorgte, dass er pausenlos an ihre Unterwäsche denken musste. Und auch wenn ihr bei den Ermittlungen ebenso oft der Zufall zu Hilfe gekommen war wie ihr Bruder, der Unterweltkönig, der kurzfristig die Seite gewechselt hatte, musste Lohmann unumwunden zugeben, dass sie ihre Sache gut gemacht hatte. Mehr noch, fantastisch war sie gewesen, das hätte er selbst dann überall verkündet, wenn er ihr nicht verfallen wäre. Die Woche im August, in der er sie bei ihren Ermittlungen begleitet hatte, war die aufregendste seines Lebens gewesen.

»Als *er* hörte, was Sie getan haben, hat er einen Tobsuchtsanfall bekommen«, fuhr Lohmann in seinem Bericht fort. »Wie Sie sich denken können, spreche ich von Ihren Ermittlungen in Afrika.«

Mit *er* war sein Onkel gemeint, der Polizeipräsident, Herr Dr. Waldemar Bohne.

Mara wusste genau, von wem die Rede war. »Er hat einen Tobsuchtsanfall bekommen? Hast du mir nicht gerade erzählt, dass mich Eisenschädel Kunze für eine brillante Ermittlerin hält? Dein Onkel spinnt doch.«

Er druckste herum, denn es widerstrebte ihm, sich abfällig über seinen Onkel zu äußern, auch wenn er fand, dass dieser alles andere als fair zu ihr war. »Er spinnt nicht. Ich meine, Sie müssen seinen Standpunkt verstehen. Für ihn haben Vorschriften einen hohen Stellenwert, das bringt sein Amt mit sich.« Er bedachte sie mit einem tadelnden Blick. »Sie sind einfach auf eigene Faust losgezogen und haben die große Ermittlerin gespielt. Noch dazu auf einem anderen Kontinent, was eine Menge diplomatischer Verwicklungen hätte nach sich ziehen können. Sie sind Polizistin in Köln, nicht bei Interpol.«

»Hallo!«, rief sie. »Dein Onkel hat mich suspendiert, schon vergessen? Ich bin nicht mehr Polizistin, weder in Köln noch sonst wo.«

Das war eher falsch als richtig. Fakt war, dass man sie suspendiert hatte, das schon. Doch dies bedeutete lediglich, dass sie für die Dauer der Suspendierung keine Amtshandlungen vornehmen durfte, wie es im Behördendeutsch hieß. Dennoch war sie nach wie vor Beamtin mit einem Dienstgrad, einer Personalnummer und der theoretischen Möglichkeit, wieder in den aktiven Polizeidienst aufgenommen zu werden. Dazu bekam sie ein regelmäßiges Gehalt, das sie fürs Nichtstun kassierte, auch wenn ihre Bezüge momentan um zwanzig Prozent gekürzt waren.

Dennoch, so lange, bis sie eine offizielle Entlassungsurkunde in die Hand gedrückt bekam, war sie Polizistin und damit zum Gehorsam verpflichtet.

»Warum hat er Sie damals eigentlich suspendiert?«, fragte Lohmann. »Immerhin haben Sie gute Arbeit geleistet, und das weiß er.«

»Warum er mich suspendiert hat? Tut das was zur Sache?«, gab sie barsch zurück.

Er runzelte die Stirn. *Tut das etwas zur Sache?* Dieselbe Antwort hatte ihm sein Onkel auch schon zigmal gegeben. »Wie auch immer, jedenfalls hatten Sie kein Recht, im Ausland in einem Kriminalfall zu ermitteln. Abgesehen davon, dass so etwas brandgefährlich sein dürfte, haben Sie sich als Beamtin des deutschen Staates in die Belange eines anderen Landes eingemischt. Gerade im überstaatlichen Rechtsverkehr müssen die Vorschriften eingehalten werden. Oder wie würden Sie reagieren, wenn plötzlich ein Polizist aus Südafrika hier auftaucht, um auf eigene Faust ...«

»Ich würde ihn unterstützen, wenn ich könnte«, fiel sie ihm ins Wort. »Davon abgesehen ... Okay, du hast recht, es *war* brandgefährlich! Ich will gar nicht daran denken, was mir hätte passieren können. Da waren zwei Typen mit weißen Strohhüten, Mister Albright und Mister Neboto, die wollten mir nicht nur die Blutkonserven abjagen, ich glaube, die hätten mich glatt umgebracht, wenn ...« Sie verstummte.

»Ich hoffe, Sie übertreiben.«

»Kein Stück.« Sie erzählte ihm, wie sie versucht hatte, in einem vollgestopften Kleinbus zu flüchten, dann jedoch eingeholt worden war. »Also bin ich ausgestiegen, bevor ich die Grenze erreichte, wo die beiden mich garantiert abgefangen hätten. Passenderweise bin ich dabei, kaum dass ich den Bus verlassen hatte, einem Produktionsteam der *Docolonia* über den Weg gelaufen ...«

»Docolonia? Nie gehört.«

»Ich damals auch nicht. Inzwischen weiß ich, dass es sich dabei um eine Firma handelt, die Dokumentarfilme produziert und an die großen Sender verkauft. Sehr begehrtes Material, diese Leute sind echte Profis. Ihr Sitz ist übrigens drüben in Hürth, auf dem gleichen Gelände, auf dem sich auch die RTL-Studios befinden. Na, jedenfalls drehte das Team von Docolonia gerade eine Reportage über Warlords auf dem afrikanischen Kontinent. In der Republik Südafrika war alles im Kasten, und als Nächstes sollte ein Dreh im Sudan stattfinden. Dort waren bereits sämtliche Arrangements getroffen, und die Crew befand sich gerade auf dem Weg zum Flughafen. Und was tut die verfolgte Ermittlerin in solchen Fällen? Sie gibt sich als Journalistin aus, als echte Berufsreporterin, meine ich, schließt ein paar Blitzfreundschaften und hängt sich den Kollegen an den Rockzipfel.« Sie zwinkerte ihm zu. »Im Schlepptau von Docolonia war es kein Problem, die Grenze zu überqueren, da die Crew nämlich von einem Offiziellen hofiert wurde, von einem Menschen aus dem Ministerium für Öffentlichkeitsarbeit oder etwas in der Art, keine Ahnung, was sein genauer Status war. Jedenfalls hat er für die Regierung gearbeitet und uns nach Johannesburg begleitet, und niemand hat mir Schwierigkeiten gemacht. Auch nicht, als ich den Koffer mit den Blutkonserven aufgegeben habe. Der ging zusammen mit dem Material von Docolonia ohne Problem durch die Sicherheitskontrollen am Flughafen. Gut, was?«

Er staunte sie mit offenem Mund an. Das war typisch für sie, sich irgendwie aus jeder noch so vertrackten Lage herauszulavieren. Die Frau war ein Improvisationstalent. Und sie konnte geradezu meisterhaft flunkern.

»Was haben Sie danach gemacht?«, wollte er wissen. »Nachdem Sie die Konserven auf den Weg gebracht hatten? Die Ermittlungen in Afrika waren damit doch eigentlich beendet.«

»Stimmt. Aber dann hat mich die Abenteuerlust gepackt. Außerdem war ich frustriert wegen meiner beruflichen Situation, die ich deinem Herrn Onkel zu verdanken habe.«

Er quittierte den Seitenhieb mit einem Entschuldigung heischenden Blick, während sie berichtete, dass die Docolonia-Leute schwer beeindruckt gewesen waren, als die geschätzte Reporterkollegin ihnen von dem Blutskandal erzählt hatte.

»Das Team bestand aus lediglich drei Leuten, dem Chefredakteur, einem Kameramann und Tontechniker in Personalunion sowie dem Assistenten, dessen Hauptaufgabe normalerweise in der Recherche liegt und der darüber hinaus Mädchen für alles ist. Pech für die Filmcrew, dass sich genau jener Assistent kurz zuvor eine Viruserkrankung zugezogen hatte, was ihn zwang, nach Hause zu fliegen. Du siehst, es sind nicht alle so hart im Nehmen wie ich. Egal, des einen Pech ist des anderen Glück. Da der Assistent somit ausgefallen war, hat mich der Chefredakteur noch auf dem Flughafen gefragt, ob ich die vakante Stelle besetzen möchte. Immerhin sah er in mir eine brillante Journalistin, die soeben einen Skandal aufgedeckt hatte.«

Er war baff. »Sie haben eingewilligt?«, wollte er staunend wissen, obwohl die Antwort auf der Hand lag.

»Klar habe ich eingewilligt. Wann bekommt man schon mal Gelegenheit, einen waschechten Warlord zu interviewen? Ich sage dir, hier auf dem Sofa hört sich das nicht wie etwas Besonderes an. Doch drüben in Afrika, an Ort und Stelle, sind mir die Knie weich geworden.«

Er konnte kaum glauben, was er da zu hören bekam. »Sie behaupten also, einem wahrhaftigen Warlord begegnet zu sein, ja? Einem Kriegsherren, der die Bevölkerung seiner Region terrorisiert? Dem Anführer einer paramilitärischen Bande von Halsabschneidern?« Omar Aidid kam ihm in den Sinn, der somalische Pirat, der durchaus gewisse Ähnlichkeiten mit einem Warlord hatte.

Sie nickte und schloss die Augen. Mit einem Mal wirkte sie todernst. »Er war ein Warlord, und ich habe ihm von Angesicht zu Angesicht gegenübergestanden.« Ihre Stimme wurde leise. »Ich habe in meinem Leben schon viele Dummheiten begangen, doch das war von allen die größte.«

»Wie meinen Sie das?«

Sie schwieg, und obwohl ihre Miene zu Stein erstarrt war, hatte er den Verdacht, dass er soeben mächtig auf den Arm genommen wurde. Diese unheimliche Begegnung klang einfach zu sehr nach Hollywood. Er schaute sie fragend, skeptisch und sogar eine Spur belustigt an.

Sie erhob sich wortlos, um etwas aus dem Wohnzimmerschrank zu holen, das sich als dickes Fotoalbum entpuppte.

»Aufschlagen! Seite drei und folgende anschauen!« Sie drückte ihm das Album in die Hände.

Er tat, wie ihm geheißen.

Und es verschlug ihm die Sprache.

Bernd stand kurz davor, in Tränen auszubrechen. Wie ein Ertrinkender an einem Rettungsring, so klammerte er sich am Balkongeländer seines Hotelzimmers fest.

Übermorgen würde er nach Hause fliegen. Hanna war bereits vor zwei Tagen abgereist. Oder besser gesagt verschwunden, ohne ein Wort des Abschieds, ohne eine Nachricht zu hinterlassen, einfach abgehauen bei Nacht und Nebel. Das zerriss ihm fast die Seele.

Er schaute zum Nachbarbalkon hinüber, wo sie gestanden hatte, als er zum ersten Mal mit ihr ins Gespräch gekommen war. Sie hatte einen Bademantel getragen und eine Zigarette geraucht, während allmählich die Sonne untergegangen war.

In diesem Moment befand sich ebenfalls jemand auf dem Nachbarbalkon, doch dieser Jemand war eine längst verwelkte Frau, die nicht zu merken schien, dass ihre Jugend Vergangenheit war. Sie trug nur einen Bikini und ein Badetuch, das sie um die Hüften geschlungen hatte, dazu riesige Ohrringe und eine Designer-Brille, die an einer goldenen Kette um ihren Hals hing. Ihre Haut sah aus wie gegerbtes Leder, vermutlich als Folge intensiver Sonnenbankbesuche, und die langen Fingernägel waren grellrot lackiert. Gerade drapierte sie ihr Badetuch über eine Stuhllehne, damit es für den morgigen Tag am Pool trocknen konnte.

»'N Abend«, grüßte er unverbindlich.

Die Trulla warf ihm einen abfälligen Blick zu, sagte kein Wort und verschwand in Hannas Zimmer, wie er es im Geist immer noch nannte.

Am Tag nach der Safari hatte Hanna bereits sehr früh an seine Tür geklopft, irgendwann zwischen halb sieben und sieben Uhr morgens.

»Aufstehen, Schlafmütze!«, hatte sie auf dem Korridor gerufen, vermutlich sehr zur Freude der übrigen Gäste. »Liegen können wir noch lange genug, wenn wir tot sind.«

Seinen in der Nacht gefassten Entschluss, die Finger von ihr zu lassen und das Terrain für Robert Karohemd freizugeben, hatte er natürlich auf der Stelle verworfen. Also waren sie gemeinsam nach unten gegangen, um das Frühstück einzunehmen, sie hatten geplaudert und gescherzt und sich einen Schwips angetrunken, was Bernd normalerweise nie tat, schon gar nicht zum Frühstück. Doch Hanna hatte ihn mitgerissen und mit ihrer schieren Lebensfreude angesteckt, wobei sie ein untrügliches Gespür für die Grenzen des guten Geschmacks bewiesen hatte und trotz alkoholbedingter Heiterkeit niemals laut oder gar unangenehm geworden war. Schließlich waren sie vom Kellner, der den Tisch für das Mittagessen hatte eindecken wollen, hinauskomplimentiert worden.

Ab diesem Zeitpunkt waren sie unzertrennlich gewesen und hatten alles gemeinsam gemacht: lachen, Cocktails und Wein und sogar Dosenbier trinken, herumalbern, jeden Tag einen Ausflug unternehmen, über belangloses Zeug schwatzen ebenso wie tiefsinnige Gespräche führen. In einem Geschäft in Mombasa hatten sie eine simple Akustikgitarre erstanden und gemeinsam gesungen, während er die Saiten zupfte. Die umgestürzte Kokospalme am äußersten Ende der Hotelanlage, weit weg von den Tummelplätzen der anderen Gäste, war genau der richtige Platz dafür gewesen. Dort hatten sie sich in den Sand gehockt und an den Stamm gelehnt, um den Meerblick zu genießen. Und wenn spät abends eine kühle Brise aufgekommen war, hatte er ihr seine Sommerjacke über die Schultern gelegt und schließlich seinen Arm.

Am ersten Abend hatte sie das stoisch hingenommen, ohne eine Reaktion zu zeigen, doch dann hatte sie es offensichtlich genossen, war ganz dicht an ihn herangerückt, hatte ihren Kopf an seine Schulter gelehnt. Am folgenden Abend war es schon zu einer Art Ritual geworden.

Er schloss die Augen, wodurch unweigerlich die Erinnerung an ihren Duft geweckt wurde.

Doch mehr als Anlehnen war zwischen ihnen nicht gelaufen, kein darüber hinausgehender Körperkontakt und erst recht keine Intimitäten, abgesehen von einer einzigen, winzigen Ausnahme. Ansonsten war es jedes Mal das Gleiche gewesen: Immer, wenn er sich gewünscht hatte sie zu umarmen, zu streicheln oder zu küssen, hatte er letzten Endes Abstand davon genommen. Das war klug gewesen, da er gespürt hatte, dass er abgeblitzt wäre. Davon, sie ins Bett zu bekommen, war er zu jeder Sekunde kilometerweit entfernt gewesen. Doch irgendwie gefiel ihm das.

Was ihm kein bisschen gefiel, war, dass sie partout nicht bereit war, über eine Fortsetzung dieser wunderschönen Zweisamkeit zu sprechen. Oder gar das Geheimnis zu lüften, von dem sie gesprochen hatte. Er konnte sich das nicht erklären, zumal sie sich offensichtlich zu ihm hingezogen fühlte. Nun, jedenfalls redete er sich das ein. Wäre es anders gewesen, sagte er sich, hätte sie sich wohl kaum zu der Äußerung hinreißen lassen, dass er ihr guttat. Genau das hatte sie nämlich gesagt: »Du tust mir gut. So wohl habe ich mich schon lange nicht mehr gefühlt.«

Nachdenklich betrachtete er das Badetuch der Lederhaut-Trulla auf dem Nachbarbalkon. Was bedeutete es, jemandem gutzutun? War das ein Synonym für Liebe, oder konnte auch ein Freund dem anderen guttun? Eine Mutter dem Sohn, eine Schwester dem Bruder? Eine Neurochirurgin dem Patienten?

Er dachte an den einzigen Kuss, den sie ihm gegeben hatte. Das war letzten Montag gewesen, einen Tag vor ihrer Abreise. Oder vor ihrer Flucht, wovor auch immer sie weglief.

»Morgen reist du ab«, hatte er nach dem Abendessen traurig gesagt.

Sie hatte gelächelt. »Ja. Dann geht eine schöne Zeit zu Ende. Eine sehr schöne Zeit.«

Abermals wollte er gegen ihre Geheimnistuerei aufbegehren, an sie appellieren, ihnen eine Chance zu geben, sie bitten, sie anflehen, vor ihr auf die Knie fallen. Und obwohl er spürte, dass sie genauso litt wie er, reichte ein einziger Blick in ihre grünen Augen, um zu erkennen, dass sie schweigen würde. Also schwieg er ebenfalls.

Da schlang sie unerwartet die Arme um seinen Nacken, reckte sich ein Stück, kam näher, schloss die Augen. In der nächsten Sekunde spürte er ihre Lippen auf den seinen. Ihr Mund blieb geschlossen, nicht der winzigste Spalt tat sich auf, doch der Kuss war trotzdem wundervoll, wie aus Samt und zugleich süß wie

Nektar. Als sie sich nach einer Ewigkeit zurückzog, spürte er sein Blut durch die Venen jagen. Er wurde rot im Gesicht, genau wie sie.

Ihre Worte drangen wie von weit her in sein Bewusstsein. »Wir sehen uns morgen. Ich hoffe, dass du mich zum Flughafen bringst, dann brauche ich nicht mit dem Bus der Reisegesellschaft zu fahren. Einen Mietwagen habe ich bereits besorgt. Abfahrt gegen neun, wenn das okay ist?«

Sie machte auf dem Absatz kehrt und ging eiligen Schrittes davon. So eilig, als würde sie vor etwas oder jemandem davonlaufen. Doch nach ein paar Metern blieb sie abrupt stehen, drehte sich noch einmal um. »Es tut mir leid«, hauchte sie mit belegter Stimme. Dann verschwand sie endgültig.

Am nächsten Morgen, nachdem Bernd über eine Stunde nach ihr gesucht hatte, erfuhr er von der Reiseleiterin, dass ihr Flieger planmäßig abgehoben hatte, um zwanzig nach vier. Der Shuttlebus zum Flughafen habe die Gäste um zwei Uhr eingesammelt, so die Reiseleiterin. Und ja, die Dame mit dem feschen Blondhaar sei ebenfalls dabei gewesen. Und nein, ihren Namen könne sie ihm nicht verraten, denn dazu hätte sie in die Unterlagen schauen müssen, doch die landeten im Schredder, sobald die jeweiligen Gäste abgereist waren, sodass nur noch die Zentrale die entsprechenden Daten hatte.

Beinahe noch schlimmer als ihr überhasteter Aufbruch war, dass sie keine Nachricht hinterlassen hatte, weder ein handgeschriebenes Zettelchen, das sie ihm unter der Tür durchgeschoben hätte, noch einen Brief, der an der Rezeption für ihn abgegeben worden wäre. Nichts.

Wenn er an seinen Bruder Lothar dachte – das war der, zu dem er stets ein gutes Verhältnis gehabt hatte, nicht der Polizist –, fiel es ihm schwer, sich sein Gesicht vorzustellen. Obwohl Lothar nie geraucht hatte, war er vor neun Jahren an Lungenkrebs gestorben, im ungerechten Alter von nur siebenundzwanzig Jahren. Sicher, Bernd besaß Fotos von seinem jüngeren Bruder und unauslöschbare Kindheitserinnerungen, doch in denen war das zugehörige Gesicht im Laufe der Jahre verblasst. Er schluckte, denn mit Hanna würde es genauso sein, allerdings viel schneller, da er nur eine gute Woche Zeit gehabt hatte, sich ihr Abbild in die Seele zu brennen. Und ein Foto von ihr besaß er auch nicht, da er seine Kamera zu Hause gelassen hatte. Das tat er stets, seit er allein verreiste, da er sich nicht auch noch zu Hause daran erinnern wollte, dass er sogar im Urlaub einsam war.

Folglich würde Hanna irgendwann nur noch eine verblassende Erinnerung sein, ein Name mit einem weißen Fleck anstelle eines Gesichts.

Inzwischen war die Trulla auf den Balkon zurückgekehrt, um sich zu vergewissern, dass nicht ein bösartiger Nachbar ihr Badetuch gestohlen hatte. Sie trug noch immer ihre Lederhaut zur Schau.

Wieder streifte sie ihn mit einem giftigen Blick, doch diesmal erwiderte er den Augenkontakt. »Sagen Sie«, wandte er sich laut in ihre Richtung, »was würden Sie tun, wenn Sie eine gut aussehende, sympathische Frau wären …« Er unterbrach sich und winkte ab. »Vergessen Sie's, zu absurd. Ich versuch's noch mal neu. Stellen Sie sich vor, Sie wären ein Mann und ich die gut aussehende, sympathische Frau, und wir beide hätten soeben die schönste Woche unseres Lebens miteinander verbracht. Und stellen Sie sich weiter vor, Ihnen wäre lediglich mein Vorname bekannt und sonst nichts. Würden Sie dann tatenlos zusehen, wie ich über Nacht in ein Flugzeug steige und aus Ihrem Leben verschwinde? Würden Sie?«

Die Frau machte ein Gesicht, als wäre ihr der Leibhaftige erschienen. Mit weit aufgerissenen Augen wich sie ein paar Schritte zurück, wobei sie fast über den Stuhl mit dem Badetuch gestolpert wäre. Dann keifte sie: »Sind Sie betrunken?« Und noch lauter: »Ernst, komm schnell her! Hier ist ein Verrückter auf dem Balkon!«

Bernd schenkte ihr ein entwaffnendes Lächeln. »Sie würden also versuchen, mich aufzuspüren, ja? Und Sie würden an der Rezeption anfangen, denn dort gibt es Gästelisten. Ein oder zwei Geldscheine würden sicherlich die Mitteilungsfreude des Hotelpersonals anregen. Ist ja auch nichts dabei, einen Namen und eine Adresse herauszurücken.« Er nickte ihr zu, noch immer lächelnd. »Sie sind ein Goldstück. Genauso werde ich es machen. Vielen Dank. Ich wünsche Ihnen noch einen wundervollen Tag. Und morgen nicht so lange in die Sonne, das schadet Ihrem Teint! Sie sind eine wundervolle Frau. Grüßen Sie Ernst schön von mir!«

Mit diesen Worten drehte er sich um und verließ im Laufschritt den Balkon.

Keine drei Minuten später stand er in der Hotelhalle. Dort herrschte Hochbetrieb, denn kurz zuvor war eine größere Reisegruppe angekommen, und alle wollten so schnell wie möglich einchecken. Die Rezeption war regelrecht belagert. Also übte er sich in Geduld und ließ sich auf einer Polstergarnitur mit Zebramuster nieder, wie sie überall in der Halle zu finden waren. Federleicht schwebten seine Gedanken in eine andere Dimension, in das Hanna-Universum.

»Na?«, holte ihn eine Stimme unverhofft in die Wirklichkeit zurück. »Heute ausnahmsweise ohne Freundin unterwegs?«

Bernd schrak auf und sah, wer ihn angesprochen hatte: Robert Regensburg, an diesem Tag ohne Karohemd.

»Freundin?«, fragte er stirnrunzelnd. Dann begriff er, dass damit Hanna gemeint sein musste. Für einen Sekundenbruchteil war er versucht, sich damit zu brüsten, sie erobert zu haben, und irgendwelche wilden Geschichten zu erfinden, doch dann verbot er sich dieses schwachsinnige Machogehabe, sondern erklärte: »Sie *ist* weder meine Freundin, noch wird sie es jemals werden.«

Robert lachte. »Das sah aber anders aus in den letzten Tagen.« Er blickte sich um, sah jedoch nur Menschen, die mit Koffern kämpften und an die Rezeption drängten. »Wo ist sie?«

»Abgereist. Schon vor drei Tagen.«

Robert wirkte zerknirscht. »Mist! Ich wollte ihr noch meine Visitenkarte geben. Bei unserer letzten Begegnung hatte ich meine Brieftasche nicht dabei. Klar, immerhin bin ich im Urlaub. Danach habe ich nicht mehr daran gedacht.«

»Deine Visitenkarte?« Bernd kniff misstrauisch die Augen zusammen.

»Genau, ich bin selbstständig, musst du wissen, und betreibe einen Großhandel für Garten- und Landschaftsbau. Mara trug sich mit dem Gedanken, eine professionelle Blumenzucht aufzubauen. Chrysanthemen, glaube ich. Also wollten wir in Kontakt …«

»Mara?«, fiel Bernd ihm ins Wort. »Wer, zur Hölle, ist Mara?« Er war verwirrt.

Robert lächelte schelmisch. »Deine Freundin«, erklärte er. »Oder die Frau, von der du vor zwei Minuten behauptet hast, dass sie nicht deine Freundin ist und es auch nie werden wird.«

»Die heißt aber Hanna!«

»Das dachte ich anfangs auch, denn so hatte sie sich vorgestellt. Bis wir uns beim Tauchkurs angemeldet haben und dort diese schriftliche Belehrung über die Risiken unterschreiben mussten. Außerdem mussten wir unsere Personalausweise vorlegen. Bei der Gelegenheit habe ich erfahren, dass Hanna gar nicht Hanna heißt. Ihr richtiger Name ist Tamara. Tamara Sturm. Allerdings will sie viel lieber Mara genannt werden.« Er griff nach seinem Mobiltelefon, das in einem Etui am Gürtel steckte. »Ohne dieses Ding wäre ich aufgeschmissen«, erklärte er. »Es enthält meine sämtlichen Geschäftskontakte. Warte mal, hier habe ich ihre Telefonnummer gespeichert. Schau!«

Bernd starrte auf das Display des Handys, das Robert ihm vor die Nase hielt.

»Tamara Sturm«, las er und verstand die Welt nicht mehr. »Sie hat mir gesagt, ihr Name wäre Hanna.« Ein schaler Geschmack breitete sich in seinem Mund aus, seine Stimme wurde rau. »Also hat sie mich von Anfang an belogen.«

Lohmann staunte mit offenem Mund, während er das Album durchblätterte. Schon das erste Foto bereitete ihm ein mulmiges Gefühl.

Es zeigte eine Bande Schwarzafrikaner, überwiegend junge Burschen, die für die Kamera posierten. Siegesgewiss reckten sie ihre Gewehre in die Höhe und fuchtelten mit Pistolen und Macheten herum. Einer hielt sogar eine Panzerfaust in den Händen. Obwohl bis an die Zähne bewaffnet, trug keiner von ihnen eine richtige Uniform. Einige steckten zwar in Tarnhosen, doch die waren mit zivilen Karohemden kombiniert oder mit T-Shirts, eins davon gar mit dem Hasen-Logo des *Playboy*. Andere hatten die Beine ihrer Uniformhosen abgeschnitten, sodass sie aussahen wie eine Bermuda-Shorts. Fast jeder hatte sich einen Patronengurt um die Brust geschnallt, und sämtliche Füße steckten in ausgetretenen Sandalen, was beinahe lächerlich wirkte angesichts des martialischen Auftritts. Trotzdem war der Gesamteindruck, den die Bande vermittelte, alles andere als zum Lachen. Im Gegenteil, dieser bewaffnete Pöbelhaufen strahlte eine beängstigende Brutalität aus.

»Was sind das für welche?«, wollte Lohmann wissen.

»Milizen«, erklärte sie leichthin. »Oder sagen wir besser: selbsternannte Milizen. In Wirklichkeit sind sie nichts weiter als gemeingefährliche Verbrecher, die von einem reichen Oberverbrecher mit Waffen ausgestattet wurden, um ihn noch reicher zu machen. Diese Typen haben Allüren wie Rockstars. Der hier nennt sich General Rashid.« Sie tippte mit dem Zeigefinger auf den breit grinsenden Kerl mit dem Playboy-Shirt. Er war um einiges älter als seine Kampfgefährten, trug eine Sonnenbrille mit Spiegelgläsern, und in seinem Mundwinkel steckte eine gigantische Zigarre.

»General?«, fragte er. »Ist das der Anführer?«

Sie verneinte. »Der Anführer war leider fotoscheu. Doch dafür hat er uns in seinem Hauptquartier empfangen und nach einigem Hin und Her gestattet, ihn zu interviewen. Wie gesagt, ein Rockstar ist nichts dagegen. Nur dass man Rockstars im Allgemeinen nicht mit *Hoheit* ansprechen muss.«

»Hoheit? In Afrika gibt es zahlreiche regionale Fürstentümer und Königreiche, aber …«

»Er ist genauso wenig von Adel wie du und ich«, unterbrach sie ihn. »Von wegen Hoheit, eine Schraube hat der Typ locker, das ist alles. Ich habe gründlich über ihn nachgeforscht. Bevor er sich zum großen Guerillaführer aufgeschwungen hat, war er ein stinknormaler Fischer namens Asad.« Sie ballte die Hand zur Faust, dann streckte sie Daumen und Zeigefinger in die Höhe. »An der linken Hand hat er nur noch zwei Griffel. Die anderen hat er sich selbst abgehackt, wie er uns voller Stolz erzählte.«

»Ab-abgehackt?«

Sie nickte. »Ja, für seinen Bruder, der angeblich das Gleiche für ihn tat. Er hat mir seine Stummel vor die Nase gehalten und irgendetwas von Familienkodex und Ehre geschwafelt.« Sie schüttelte sich bei der bloßen Erinnerung.

Er blätterte schweigend weiter, betrachtete Häuser, deren Fassaden mit Einschusslöchern gespickt waren, sowie Jeeps, die durch zugemüllte Gassen rasten und auf denen sich Horden zerlumpter Waffenschwinger drängten. An den Straßenrändern standen verängstigte Menschen. »Das ist schlimm«, murmelte er.

»Das ist Bürgerkrieg«, sagte sie.

Er hielt inne, als er auf ein Foto stieß, das Frau Sturm zeigte. Sie war in die Hocke gegangen und streichelte einen kleinen, zotteligen Hund, der direkt in die Kamera schaute.

Sie lächelte. »Das bin ich mit meinem treuen Begleiter, einem Straßenköter, der mir ziemlich am Anfang der Reise zugelaufen ist. Ich habe ihn … Pluto genannt.«

Das stimmte natürlich nicht, denn sie hatte das Tier Bodo getauft, doch das hätte Lohmann kaum als schmeichelhaft empfunden. Klar, wer will schon der Namensgeber einer Promenadenmischung sein.

»Und wo ist Pluto jetzt?«

»Ich musste ihn zurücklassen. Einfuhrverbot für lebende Tiere«, setzte sie hastig hinzu, doch Lohmann hatte den Eindruck, dass sie ihm etwas verheimlichte.

Dennoch hakte er nicht nach, sondern klappte das Album zu. »Wie ging es weiter?«

»Nachdem die Dreharbeiten beendet waren, habe ich mich allein auf den Heimweg gemacht. Das war fast genauso aufregend wie die Begegnung mit den Milizen. Ich war mit dem Jeep unterwegs, mit dem Zug, mit einem altertümlichen Propellerflugzeug und sogar ein Stück auf dem Rücken eines Esels. So etwas erlebt kein Pauschaltourist, und selbst für mich, die ich wirklich viel herumgekommen bin, war es ein unvergleichliches Abenteuer.«

Dass sie weit gereist war, bewies die Fotogalerie an der Wand.

»Das letzte Stück«, fuhr sie fort, »habe ich auf einem vergammelten Frachtschiff verbracht, um anschließend mit einer Bimmelbahn nach Kenia weiterzureisen, die den Anschein erweckte, als würde sie jede Sekunde auseinanderfallen. In Kenia habe ich mich eine Woche lang erholt und einen herrlichen Urlaub verlebt, den ich niemals vergessen werde. Das war alles, jetzt bin ich wieder hier, wie du siehst.«

»Sie sollten Ihre Erlebnisse aufschreiben«, schlug er vor. »Besonders die Begegnung mit Asad dem Fischer, der sich die Finger abgehackt hat und Hoheit genannt werden wollte.«

»Bin schon dabei. Das Ganze wird in den nächsten Wochen als Fortsetzungsreportage im *Kurier* erscheinen.«

Er war beeindruckt. Gedankenverloren ließ er den Blick durch das Wohnzimmer schweifen, der dann abermals an dem Hochzeitsfoto hängen blieb, auf dem sie im Brautkleid zu sehen war. Damals war ihr kastanienfarbenes Haar noch hüftlang gewesen, was ihre Erscheinung in seinen Augen so verdammt verführerisch gemacht hatte. An ihre unerwartete blonde Strubbelfrisur, über die sie nicht reden wollte, konnte er sich nur schwer gewöhnen, auch wenn er zugeben musste, dass sie damit nicht wirklich schlecht aussah. Nicht schlecht, aber vollkommen verändert. Wie ein anderer Mensch.

Als er bemerkte, dass ihr sein Interesse für das Hochzeitsfoto auffiel, machte er eine umfassende Handbewegung, um sie abzulenken. »Was ist das hier?«, fragte er. »Diese unheimliche Bibliothek über all die grässlichen Krankheiten? Warum lesen Sie plötzlich solche Bücher und Magazine? Haben Sie vor, Medizin zu studieren?«

Er lachte, doch sie sog laut die Luft ein. Sofort legte sich wieder die Trauer auf ihre Züge, die sie vorhin, bei der Begrüßung, so tapfer, aber erfolglos zu überspielen versucht hatte. Ihre Augen wurden feucht. »Ach Bodo«, seufzte sie.

Er rutschte unbehaglich auf dem Sofa herum. »Entschuldigung«, murmelte er, ohne eine rechte Vorstellung davon zu haben, was er Falsches gesagt haben könnte.

»Nach meiner Suspendierung«, begann sie unvermittelt,

»hatte ich plötzlich viel Freizeit. Zunächst habe ich wie ein Maulwurf in meinem Chrysanthemengarten herumgewühlt, doch als der Winter kam, gab es da nichts mehr zu tun. Deshalb habe ich mir eine andere Beschäftigung gesucht.«

»Als freie Mitarbeiterin beim *Kurier*, ich weiß.«

Sie schüttelte kaum merklich den Kopf. »Das kam erst später. Nein, vorher habe ich noch etwas anderes getan.«

Er starrte sie wissbegierig an, doch sie senkte den Blick, weil sie sich schämte, in seiner Gegenwart zu weinen, denn eine Träne rann ihr über die Wange. »Ich habe im Hospiz ausgeholfen«, sprach sie weiter.

In einem Hospiz wurden Sterbenskranke betreut, für die es keine Hoffnung mehr gab.

»Im Hospiz ausgeholfen?«, wiederholte er.

»Genau. Dort werden ständig Ehrenamtliche gesucht, die den Patienten Gesellschaft leisten. Es geht dabei nicht um medizinische Versorgung, nur um Beschäftigungstherapie. Ablenkung vom nahen Tod. Man liest ihnen vor, spielt mit ihnen, schaut zusammen fern, unterhält sich. Oder man hört einfach nur zu.«

»Verstehe«, sagte er, obwohl er rein gar nichts verstand.

Sie zeigte auf die Fachzeitschriften und Bücher. »Das hier diente der Vorbereitung. Ich wollte mir einen Überblick verschaffen, wollte begreifen, was in den Menschen vorgeht, die das Ende vor Augen haben. Wie dumm ich war! Als könnte man so etwas nachempfinden, indem man es in Büchern oder Artikeln liest. Jedenfalls gibt es eine Vorschrift, die besagt, dass man als ehrenamtlicher Helfer nicht zu viel Zeit mit ein und demselben Patienten verbringen soll, damit die Bindung nicht zu stark wird. Das macht Sinn, da es um Sterbenskranke geht, bei denen es keine Hoffnung mehr gibt.« Sie schluckte, ihre Stimme wurde zum Flüstern. »Heute ist Sonni gestorben.«

»Sonni?«

Sie schüttelte sich, doch sie zwang sich weiterzusprechen. »Ja, Sonni. Eigentlich Sonja. Sie war dreizehn und hatte Leukämie, aber keine Eltern mehr. Ich war jeden Tag bei ihr, stundenlang, manchmal auch nachts. Das hörte erst auf, als die leitende Psychologin dahintergekommen ist. Sie hat geschimpft. Sie ermahnte mich eindringlich, den Umgang einzuschränken, drastisch einzuschränken, bevor es zu spät sei. Ich habe auf sie gehört und für eine längere Unterbrechung gesorgt. Die Afrikareise war eine gute Ablenkung. Heute Nachmittag habe ich Sonni wieder besucht.«

Er schaute sie fragend an.

»Ich war glücklich, sie wiederzusehen. Und Sonni war ebenfalls glücklich. Dann ist sie in ihrem Bettchen eingeschlafen und nicht mehr aufgewacht. Dabei hat ihre kleine Hand die meine gehalten. Und weißt du, was ihre letzten Worte waren?«

Er hatte natürlich keine Ahnung, also schwieg er.

»Sie hat gesagt…« Die Stimme versagte ihr, sie konnte ihre Empfindungen nicht mehr zurückhalten und weinte ohne Scham. »Sie hat gesagt: ›Wo warst du so lange, Mami?‹ Sie hat mich Mami genannt. Und ich Vollidiotin habe sie wochenlang allein gelassen. Mami…« Sie griff wahllos nach einer Zeitschrift und schleuderte sie in die Ecke. »Die brauche ich nicht mehr! Ich habe mein Ehrenamt gekündigt. Das halte ich nicht aus!«

Er war vollkommen ergriffen. Wie sollte er sich verhalten? Am liebsten hätte er sie in die Arme genommen, doch das traute er sich nicht. Stattdessen legte er ihr behutsam eine Hand auf die Schulter, aber das führte zu keiner Reaktion. Also tat er das, was er stets tat, wenn er nicht mehr weiterwusste: Er plapperte drauflos. Das war weder herzlos noch böswillig, sondern lediglich ein Ausdruck seiner Hilflosigkeit.

»Ihre Suspendierung…«, versuchte er ein anderes Thema aufzugreifen, nachdem er zuvor langatmig über den Tod und das

Sterben philosophiert hatte. »Mein Onkel … nun, er will Ihre Suspendierung auf gar keinen Fall aufheben. Im Gegenteil, erst heute hat er die Rechtsabteilung der Behörde mit einer Prüfung beauftragt. Die sollen herausfinden, ob man Sie entlassen kann …« Er zögerte. »Aus dem Dienst klagen.«

Himmel, bin ich dämlich! Diese Nachricht wird sie ungemein trösten. Toll, Bodo, du Holzhacker!

Doch sie hatte sein Geplapper offenbar kaum wahrgenommen, sondern ununterbrochen in ihre vor das Gesicht geschlagenen Hände geschluchzt. Nur nach und nach fing sie sich wieder. Wortlos reichte er ihr ein Papiertaschentuch, das sie ebenso stillschweigend entgegennahm. Es verging eine volle Minute, bis sie es wagte, ihn wieder direkt anzusehen. »Kannst du das bitte wiederholen?«

Er konnte ihr nicht in die Augen blicken, während er sagte: »Als ich heute mit meinem Onkel zu Mittag gegessen habe, kam das Thema aufs Tapet … Es tut mir leid.«

Ihre Miene blieb unbewegt. »Schön, dass er die Personalangelegenheiten der Behörde zuerst mit dir bespricht. Und wann gedachte er, mich von seiner Entscheidung in Kenntnis zu setzen?« Sie zog die Braue hoch. »Oder bist du etwa hier, um für deinen Onkel den Boten zu spielen?«

Er machte eine abwehrende Handbewegung, bei der er fast seine Cola umstieß. »Um Himmels willen, *Sie* haben mich eingeladen, oder nicht? Wie könnte ich da im Auftrag meines Onkels hier sein? Nein, bei unserem Essen heute Mittag war noch eine dritte Person zugegen, ein hoher Verwaltungsangestellter des Präsidiums. Mit ihm hat mein Onkel über Sie gesprochen, nur deshalb weiß ich davon. Und ich erzähle Ihnen das im Vertrauen.« Er räusperte sich. »Weil ich Sie … mag.«

»Ich mag dich ebenfalls«, sagte sie aufrichtig, wenn auch im Tonfall einer Tante, die zu ihrem Lieblingsneffen spricht. Viel lieber wäre es ihm gewesen, wenn ihre Stimme eine andere, leidenschaftlichere Färbung gehabt hätte.

Er trank hastig. »Wenn mein Onkel wüsste, dass ich mit Ihnen verabredet bin …«

Sie winkte ab. »Kein Problem. Von mir wird er es nicht erfahren. Wie auch? Da ich keine Polizistin mehr bin, werde ich ihm vermutlich nicht mehr über den Weg laufen.«

Er traute sich noch immer nicht, ihr in die Augen zu sehen. Als Mitarbeiterin des Kriminalkommissariats 21 war ihre Aufgabe die Bekämpfung der sogenannten organisierten Kriminalität, also Straftaten aufzuklären, die von Profis generalstabsmäßig geplant und durchgeführt wurden. Menschenraub, Erpressung, Zwangsprostitution, Drogenhandel in großem Stil, das waren die Dinge, mit denen sich die Beamten des KK 21 täglich befassten, und es lag auf der Hand, dass der Job zuweilen brandgefährlich war, da er zwangsläufig in die Nähe höchst unangenehmer Zeitgenossen führte.

Er hatte gehört, dass Frau Sturm der Ruf vorauseilte, sich nicht so schnell einschüchtern zu lassen, ganz gleich, mit wem sie es zu tun hatte. Wie man sich erzählte, machte sie einen tadellosen Job im KK 21, wo sie gleichermaßen geschätzt wie beliebt war.

Der Regen wurde stärker und klatschte laut gegen die Scheiben. Er sah die neue Frau Sturm mit den kurzen Haaren, die sich im Glas spiegelte.

Sie erhob sich plötzlich. »Dein Onkel kann mich mal!«, verkündete sie mit Nachdruck. »Ich werde ihm gleich morgen früh einen Besuch abstatten. Mich wird er so schnell nicht los!« Plötzlich spukte ihr die Idee durch den Kopf, vor dem Verwaltungsgericht auf Wiedereinstellung zu klagen. Doch vermutlich genügte bereits die bloße Ankündigung einer solchen Klage. Der ehrenwerte Herr Dr. Waldemar Bohne war stets auf seine lupenreine Weste bedacht, und die Vorstellung einer Beamtin, die ihn vor Gericht zerrte, konnte ihm ganz und gar nicht gefallen, zumal er spätestens nach ihrem Afrikaabenteuer wusste, dass sie gute Kontakte zur Presse hatte. Jawohl, eine Schlammschlacht vor Gericht, genau damit würde sie ihm drohen!

Ihr schlanker Zeigefinger deutete auf den Neffen des Polizeipräsidenten. »Und du, mein junger Freund, hörst jetzt sofort auf, Cola zu trinken! Anne hat vorhin eine Flasche verdammt guten Wein mitgebracht, und die werden wir zwei Hübschen jetzt köpfen. Ich schlage vor, wir trinken auf den lieben Herrn Dr. Bohne.«

Mit diesen Worten verschwand sie in die Küche.

Und Bodo Lohmann war eins klar: Sein Onkel konnte sich auf etwas gefasst machen.

Kapitel 8

Einen Tag vor der Entführung des Fluges SWX 714

Mara war mit dem Vorsatz ins Präsidium gekommen, Herrn Dr. Waldemar Bohne in die Knie zu zwingen, indem sie ihm eine mächtige Klage in Aussicht stellte. Seit ihr am Vorabend die Idee gekommen war, hatte sie immer mehr Gefallen daran gefunden, und nachdem Lohmann am Morgen, nach einem gemeinsamen Frühstück, gegangen war, hatte sie stundenlang über ihrer Rede gebrütet, die sie dem Polizeipräsidenten (PP) entgegenschmettern wollte. Als der Text schließlich stand, wäre sie jede Wette eingegangen, bereits in allernächster Zukunft wieder dienstlich auf den Straßen Kölns unterwegs zu sein.

Doch bereits am Haupteingang des Präsidiums wurde ihre in der Nacht gewachsene Zuversicht erheblich gedämpft. Grund dafür war der Pförtner, offenbar ein neues Gesicht, der sie nicht kannte und den sie ebenfalls noch nie gesehen hatte. Der Frischling war ein furchtbarer Haarspalter, der ihr schlichtweg den Zutritt zum Gebäude verweigerte.

»Haben Sie einen Dienstausweis?«, fragte er nun schon zum fünften Mal.

»Zu Hause vergessen«, gab sie ihm zum fünften Mal Antwort. Das stimmte nicht, denn mit ihrer Suspendierung war der Ausweis eingezogen worden, ebenso die Kriminalmarke und die Dienstwaffe. Doch das ging den Kerl natürlich nichts an. »Wie ich bereits sagte«, startete sie einen neuen Versuch, »ich bin Angehörige des KK 21, und das werden alle meine Kollegen bestätigen. Bitte, tun Sie mir den Gefallen, und rufen Sie dort noch einmal an, ja?«

Zu dumm, dass sie ihr Handy in Afrika verloren hatte und noch nicht dazu gekommen war, ein neues zu kaufen. Andernfalls hätte sie den Anruf selbst tätigen können.

Dem Pförtner konnte sie indes kaum unterstellen, sich nicht bemüht zu haben, zumindest anfangs nicht, da er etliche Male versucht hatte, das KK 21 zu erreichen. Allerdings ohne Erfolg, denn weder ihr Büronachbar hatte abgenommen noch ihr Kommissariatsleiter und auch nicht das Geschäftszimmer, was vollkommen ungewöhnlich war, da es zumindest tagsüber ständig besetzt sein sollte. Da musste irgendetwas Großes laufen, vermutete sie.

Leider hatte der Pförtner schließlich auf stur geschaltet. »Ich habe nicht den ganzen Tag Zeit herumzutelefonieren«, schnappte er. »Und im Einundzwanzigsten hat man offenbar ebenfalls zu tun, sonst würde man ans Telefon gehen. Ich möchte Sie deshalb bitten, das Haus zu verlassen. Wenn Sie tatsächlich hier beschäftigt sind, können Sie Ihren Ausweis holen, dann lasse ich Sie herein. Andernfalls …« Er sprach nicht zu Ende, sondern wandte sich wieder dem *Kicker* zu, in dem er schon vor ihrer Ankunft gelesen hatte.

»Ich will eine Anzeige erstatten«, sagte sie unvermittelt.

Die Nase, die tief im Vorbericht über das kommende Heimspiel des 1. FC Köln gegen Bayer Leverkusen versunken gewesen war, ruckte wieder in die Höhe. »Was?«

»Ich will eine Anzeige erstatten«, wiederholte sie. »Mein Auto wurde aufgebrochen. Wenn ich mich nicht irre, ist dafür das KK 74 zuständig. Würden Sie mich bitte hereinlassen, ich kenne den Weg.«

Ihr Gegenüber stand kurz davor, aus der Haut zu fahren.

»Hören Sie auf mit dem Unsinn!«, blaffte er. »Noch vor einer halben Minute waren Sie angeblich eine Mitarbeiterin dieses Hauses, die ihren Dienstausweis vergessen hat, und jetzt erzählen Sie mir etwas von einem aufgebrochenen Auto? Was kommt als Nächstes?«

»Ich will den Polizeipräsidenten stürzen«, giftete sie.

Er schüttelte ungehalten den Kopf. »Am besten verschwinden Sie jetzt, sonst rufe ich auf der Wache an, und dann gibt es eine Anzeige wegen Hausfriedensbruch. Guten Tag!« Die Nase tauchte wieder ab.

Verzweiflung rührte sich in ihrem Inneren. Wie sollte sie mit dem PP fertigwerden, wenn sie nicht einmal an seinem Pförtner vorbeikam? Außerdem gab es da eine weitere Unwägbarkeit, die ihr erst in diesem Augenblick bewusst wurde, nämlich die Frage, wie sie es bewerkstelligen sollte, in den Thronsaal zu gelangen. Nach ihrer Vorstellung hatte der PP einen straffen Terminkalender, der mit Besprechungen auf Direktionsleiterebene gefüllt war. Einfache Beamte wurden von der Vorzimmerdame des hohen Herrn an seinen Stellvertreter verwiesen, um von diesem an dessen Stellvertreter weitergereicht zu werden. Doch für Querulanten wie Tamara Sturm war selbst der nicht zu sprechen, damit musste sie rechnen.

Und noch etwas anderes kam ihr just in dieser Sekunde in den Sinn: Lohmann hatte am Vorabend gesagt, ihr Onkel habe die Rechtsabteilung damit beauftragt, sie aus dem Dienst zu klagen. Demnach fürchtete er sich überhaupt nicht vor einem Prozess, und das machte ihre gesamte Strategie zunichte.

Resigniert ließ sie den Blick durch das Foyer schweifen, über die hohe Decke, die schönen Steine auf dem Boden, das Holz an den Wänden, die Glasfront, die zur Straße zeigte, und über die geschlossene Panzerglastür, die der Pförtner mit einem simplen Knopfdruck hätte öffnen können. Plötzlich kam sie sich vor wie eine Verstoßene, wie ein Fremdkörper, der nicht hierhergehörte und niemals wieder hierhergehören würde. Die bittere Erkenntnis, keine Polizistin mehr zu sein, war mit einem Mal leibhaftig wie nie und drohte ihr die Kehle zuzuschnüren. Dabei hatte sie am ersten September ihr zwanzigjähriges Dienstjubiläum gefeiert, doch nicht während des Festakts, an dem die anderen Jubilare teilgenommen hatten, sondern allein mit einem Straßenköter irgendwo in Afrika. Wenn sie doch wenigstens Bernd wiedersehen könnte.

Sie wollte sich gerade abwenden, um zu Hause ins Kissen zu heulen, als eine Stimme an ihr Ohr drang, die ihr sehr vertraut war.

»Das gibt's ja nicht!«, rief jemand in ihrem Rücken. »Die verlorene Tochter ist zurückgekehrt!«

Sie fuhr herum und stand vor dem Ersten Kriminalhauptkommissar (EKHK) Ernst Wolf, der in seiner Eigenschaft als Leiter des KK 21 ihr direkter Vorgesetzter war. Er war soeben von draußen hereingekommen, trug einen Regenmantel und war darunter so untadelig gekleidet wie eh und je. Der anthrazitfarbene Maßanzug stammte wahrscheinlich von einem italienischen Schneider, die Schuhe waren handgenäht. Der Zwirbelschnurrbart, den er an diesem Morgen einer akribischen Wachsbehandlung unterzogen hatte, setzte seiner Erscheinung das i-Tüpfelchen auf.

»Interessante Frisur«, stellte er lapidar fest. »Ich hätte dich fast nicht wiedererkannt.« Der Austausch von Höflichkeiten oder gar Komplimenten gehörte nicht zu seinen Stärken. »Im Übrigen kommst du wie gerufen, wir haben nämlich alle Hände voll zu tun und viel zu wenig Personal. Ich hoffe, du kannst sofort loslegen.«

Mara mochte ihn nicht, und er mochte sie noch weniger, und beide machten kein Hehl aus ihrer Antipathie. Dennoch waren sie in der Vergangenheit erstaunlich gut miteinander ausgekommen, da sie die Fähigkeiten des jeweils anderen durchaus zu schätzen wussten.

Er zögerte, schaute sie mit schräg gelegtem Kopf an. »Wo, zur Hölle, hast du eigentlich so lange gesteckt? Weswegen hat man dich abgeordnet?«

Ihre rechte Braue ruckte in die Höhe. »Habe ich mich gerade verhört, oder sagtest du tatsächlich *abgeordnet*?«

Eine Abordnung war ein Instrument des Dienstrechts, das die Möglichkeit schaffte, einen Beamten im Bedarfsfall vorübergehend in einer anderen Behörde tätig werden zu lassen.

Er legte die Stirn in Falten. »Ist das etwa falsch?«

»Und ob das falsch ist. Ersetze *abgeordnet* durch *suspendiert*, dann stimmt es.«

Skepsis machte sich auf seinem Gesicht breit. »Willst du etwa behaupten, dass man dich suspendiert hat?«

Sie bejahte.

Wolf blies die Backen auf. »Wer? Wieso?«, entfuhr es ihm so laut, das seine Stimme von den Wänden des Foyers widerhallte. Sofort tauchte die Pförtnernase wieder aus der Zeitschrift auf, und die Suspendierte wurde mit neu erwachtem Interesse gemustert.

Sie blieb Wolf die Antwort schuldig und nickte in Richtung der Cafeteria, die nicht zum geschützten Bereich des Präsidiums gehörte, sondern für jedermann zugänglich war. »Lass uns dort hineingehen, da können wir ungestört reden.«

Kurze Zeit später saßen sie sich an einem Tisch gegenüber, jeder eine Tasse mit dampfendem Kaffee vor sich.

Sie nahm das Gespräch wieder auf. »Wer mich suspendiert hat, wolltest du wissen?« Abermals ruckte ihre spöttische Braue in die Höhe. »Ganz einfach: unser allseits geschätzter Herr Doktor Waldemar Bohne.«

Die Kinnlade des Kommissariatsleiters klappte auf und wieder zu. »Das ist ja die Höhe, davon höre ich zum ersten Mal«, schnappte er dann. »Bis eben habe ich nämlich angenommen, man würde dich an anderer Stelle brauchen und hätte dich deshalb bei uns abgezogen. So zumindest hat es mir die Personalabteilung mitgeteilt, in einem winzigen Dreizeiler, den ich am Tag deines Verschwindens auf meinem Schreibtisch fand. Auf meine Rückfragen nach Grund und Dauer bekam ich keine Antwort, stattdessen beschied man mir, ich solle gefälligst keine weiteren Fragen stellen.«

Nun war es an Mara, ihr Gegenüber mit offenem Mund anzustarren. Ihre Stimme war nur ein Hauch. »Das heißt … er hat gelogen, um mich aus dem Verkehr zu ziehen?«

»Klingt eher nach einer ausgewachsenen Schmierenkomödie als nach einer Lüge. Da drängt sich mir die Frage auf: Wozu das Ganze? Wenn du Bockmist gebaut hättest, müsste er keine Märchen erfinden, um dich loszuwerden.« Er tastete unwillkürlich nach den Spitzen seines Schnurrbartes, was ein untrügliches Zeichen dafür war, dass sein kriminalistischer Verstand die Arbeit aufgenommen hatte. Dann fasste er sie scharf ins Auge. »Ist da womöglich etwas vorgefallen, von dem ich wissen sollte?«

»Ich fürchte, ja.«

Sein Blick wurde zu Eis. »Nämlich?«

»Also … Ich … ich habe ihm gesagt: Fick dich ins Knie. Wortwörtlich. Das wird der Auslöser für den ganzen Schlamassel gewesen sein.«

»Du hast *was* getan?«, bellte er. Seine Frage dröhnte durch die Cafeteria, sodass die wenigen Leute an den Nachbartischen herüberschauten. Leiser fuhr er fort: »Bist du nicht mehr ganz dicht? Formaljuristisch erfüllt das den Tatbestand der Beleidigung, das weißt du genau. Dienstrechtlich ist es ungehörig und einfach total daneben. Damit hat er dich am Wickel. Ende, aus, basta!« Er ließ den rechten Handrücken in die linke Handfläche klatschen.

»Ach ja?«, gab sie streitlustig zurück. »Dafür hat *er* mich von seinem Neffen bespitzeln lassen, den er mir untergeschoben hat. Wollte mir was anhängen. Doch dieser Neffe wechselte schon sehr bald die Seite und gab mir gegenüber alles zu. Passenderweise hat mich unser feiner Herr PP ein paar Tage später herbeizitiert, um mich zu bitten, meinen Einfluss beim *Kurier* geltend zu machen, damit er in der Presse gut dasteht. Ich …«

»Das ist doch absurd!«, fiel er ihr ins Wort.

»Stimmt, *total* absurd sogar! Trotzdem ist es haargenau so gewesen. Scheinheiliger Mistkerl, auf der einen Seite treten, auf der anderen schleimen. Da ist es doch nur verständlich, dass ich ihm gesagt habe, er solle sich in sein verdammtes Knie …«

»Du hast dich verändert«, stellte Wolf übergangslos fest. »Und damit meine ich nicht die Frisur. Bist hager geworden.«

»Du hast dich kein bisschen verändert«, gab sie zurück. »Immer noch der Alte.«

»Ich nehme das als Kompliment.«

»Sollte aber keins sein.«

Er lachte freudlos. »Dieser Neffe, Lohmann, würde der vor einem Verwaltungsgericht aussagen? Würde er zugeben, dass Bohne ihn beauftragt hat, dich auszuspionieren?«

Sie schüttelte den Kopf. »Eher würde er sich die Zehennägel herausreißen lassen. Er weiß, dass sein Onkel ein falscher Hund ist, aber deshalb wird er ihn nicht verraten. Er ist der loyalste Mensch, den ich je getroffen habe.«

»Hm … Das macht die Sache nicht einfacher. Trotzdem glaube ich, dass wir dich wieder dahin kriegen, wo du gebraucht wirst. Auch der Polizeipräsident kann sich nicht alles herausnehmen. Wäre ja noch schöner. Dich in die Wüste zu schicken und gleichzeitig vorzugeben, du wärst offiziell versetzt worden, das war garantiert nicht rechtens. Dort sollten wir den Hebel ansetzen.«

Mara nickte. Sie freute sich, dass Wolf offenbar vorbehaltlos hinter ihr stand und gewillt war, ihr zu helfen. Und das, obwohl sie ihn um nichts gebeten hatte. Anscheinend konnte er sie besser leiden, als sie gedacht hatte. Sein Verhalten jedenfalls übertraf ihre kühnsten Erwartungen, machte sie jedoch zugleich verlegen. Mit gesenktem Blick rührte sie in ihrer Kaffeetasse herum.

»Gib mir Zeit bis zum Ende der Woche«, verlangte er. »Ich kenne ein paar hochkarätige Leute, mit denen ich mich unterhalten möchte. Bis dahin solltest du die Füße stillhalten. Anschließend sehen wir weiter.«

Sie stierte immer noch wortlos in ihre Tasse. »Danke«, sagte sie schließlich so leise, dass es kaum zu verstehen war. Ihre Stimme klang belegt.

»Nachdem das geklärt ist, will ich wissen, was du sonst noch auf dem Herzen hast.«

»Nichts. Alles gut.«

»Halte mich nicht zum Narren!«, sagte er schroff.

Sie hob den Kopf, und obwohl sie um Fassung kämpfte, konnte Wolf deutlich den feuchten Glanz in ihren Augen sehen. »Ich kann nicht mehr«, flüsterte sie.

»Das sehe ich. Verrätst du mir den Grund?«

»Mein Vater liegt im Sterben. Das habe ich heute Morgen erfahren, und obwohl die Nachricht alles andere als plötzlich kam, setzt sie mir schwer zu.« Sie hielt inne, stürzte hastig einen Schluck Kaffee hinunter. »Mein armer Papa ist nicht das Schlimmste, was momentan in meinem Kopf herumspukt. Er ist fünfundachtzig, war siebenundvierzig, als ich auf die Welt kam. Ich bin ein Unfall gewesen. Bis auf die letzten Jahre hatte er ein gutes Leben.«

»Und was ist das Schlimmste, das momentan in deinem Kopf herumspukt?«

Sie schluckte. Dann vertraute sie ihm das Geheimnis an, das sie Bernd in Kenia verschwiegen hatte.

Kapitel 9

11 Stunden und 48 Minuten vor Entführung des Fluges SWX 714

Anne von Kalck sah noch genauso niedergeschlagen aus wie am Vorabend, nachdem sie gemeinsam mit Mara geweint hatte.

»Du musst sterben?«, fragte sie zum x-ten Mal. Ihre Stimme zitterte, ihr Gesicht spiegelte schiere Verzweiflung wider.

Mara lächelte, doch es war ein erzwungenes Lächeln voll Bitterkeit. »Jeder muss sterben. Das ist das einzig Sichere im Leben.« Sie fragte sich, ob es angemessen war, Gleichmut zu heucheln, wo Verzweiflung hingehörte.

Die Redakteurin hielt ihre Hand. Fieberhaft suchte sie nach Worten des Trostes, nach einer Möglichkeit, ihre Anteilnahme auszudrücken, doch was auch immer sie sich in Gedanken zurechtlegte, erschien ihr bereits abgedroschen, bevor sie es überhaupt ausgesprochen hatte.

Mara sah müde aus, unendlich müde, ihre Wangen waren eingefallen, die Augen gerötet. Kein Wunder, das Todesurteil setzte ihr zu. Doch zumindest verfiel sie nicht in Hysterie.

Der Mann kam schnellen Schrittes herein. Er klatschte in die Hände. »So, die Damen, können wir?« Seine Forschheit wirkte aufgesetzt und passte nicht zur Situation.

Die beiden Angesprochenen nickten. Anne tätschelte ihrer Freundin den Unterarm. »Ich weiß nicht, wie du es schaffst, so tapfer zu sein. Ich hätte dazu nicht die Kraft.«

Worte der Ohnmacht.

»Schön!«, sagte der Mann. »Dann kommen Sie bitte mit, Frau…« Offenbar kannte er nicht einmal den Namen der Todeskandidatin.

Ein letzter hastiger Händedruck, ein letztes gequältes Lächeln, ein letztes Einander-Zunicken. Dann war Mara allein mit dem Kerl im weißen Kittel. Sie folgte ihm in einen Raum mit gekachelten Wänden, der vollkommen steril aussah. In den Ecken stapelten sich Kartons bis unter die Decke, und an den Aufschriften konnte sie erkennen, dass sich darin DVD-Spieler, Plasmafernseher und andere technische Gerätschaften befanden.

Mitten im Raum stand eine merkwürdige Apparatur, die an eine altertümliche Guillotine erinnerte. Irgendwo, ganz weit entfernt, war Musik zu hören.

»So, jetzt bitte hier hinknien.« Der Weißkittel deutete auf den Fuß der Guillotine. »Und den Kopf durch das Loch dort stecken.«

Die Musik wurde lauter, und während er sprach, riss er sich den Kittel vom Leib, sodass sein T-Shirt zum Vorschein kam. Darauf war ein Playboyhase zu sehen. Dann fuchtelte er vor ihrem Gesicht herum, mit einer Hand, an der drei Finger fehlten.

»Jetzt stecken Sie endlich Ihre Rübe in das verdammte Ding, Sie dumme Kuh, wir sind spät dran. Es wird mir eine Freude sein, Sie zu köpfen.« Er lachte wie ein Irrer.

Plötzlich war Anne da und lachte mit. »Köpfen, köpfen!«, rief sie immer wieder, und der Mann mit den fehlenden Fingern stimmte ein. Plötzlich hatte er eine gigantische Zigarre im Mund und trug eine tarnfarbene Armeehose. Die Musik, Hardrock Marke AC/DC, dröhnte infernalisch.

Dann sauste das Fallbeil herunter.

Sie schreckte hoch.

Kalter Schweiß klebte ihr die Haare an die Stirn. Einen Moment lang wusste sie nicht, wo sie sich befand. Die Musik spielte immer noch, allerdings in normaler Lautstärke, während das wenige Licht, das durch die Fenster fiel, kaum mehr als beklemmende Schatten erzeugte. Trotzdem erkannte sie die Umgebung als ihr Wohnzimmer.

Himmel, sie hatte geträumt. Doch Annes Stimme quäkte immer noch.

»Mara? Bist du zu Hause? Ich mache mir allmählich Sorgen, Liebes. Mara?«

Sie begriff, dass ihre Freundin soeben auf den Anrufbeantworter sprach.

»Ich habe es schon mehrmals auf deinem Handy versucht, aber da hört man nur die Ansage, dass die Nummer nicht vergeben ist oder so ähnlich. Ich verstehe das nicht…«

Schlaftrunken eilte sie zur Stereoanlage, um Angus Young den Saft abzudrehen. Dann nahm sie das Telefon aus der Ladestation. »Hallo, Anne. Ich bin hier.«

»Mara?«

»Ja, am Apparat.«

Lautes Aufatmen am anderen Ende der Leitung. Dann: »Alles klar? Ich versuche schon den ganzen Tag, dich an die Strippe zu bekommen.«

»Alles in Ordnung. Mein Handy ist übrigens nicht mehr erreichbar, weil ich es in Afrika verloren habe. Morgen werde ich mir ein neues besorgen.« Sie versuchte, ihre Benommenheit abzuschütteln. »Ich bin vorhin im Sessel eingenickt. Habe geschlafen wie im Koma.« Das stimmte, obwohl der Schlaf recht kurz gewesen war. Vorher hatte sie stundenlang wach gelegen und über alles Mögliche nachgegrübelt. Über ihren Vater, über die kleine Sonni, über Bernd, ihre Scheidung, ihren kriminellen Bruder, die Suspendierung. Über Gott und ein mögliches Leben nach dem Tod. Dabei war sie nie gläubig gewesen. Herrje, bei dem ganzen Mist, der in letzter Zeit auf sie einprasselte, grenzte es an ein Wunder, dass sie noch nicht durchgedreht war.

»Interessanter Bursche, dieser Bodo Lohmann«, stellte Anne übergangslos fest.

»Allerdings.«

»Hat er sich gut um dich gekümmert, nachdem ich gegangen bin? Wie lange ist er denn noch geblieben?«

Mara nickte versonnen. »Nun, er hat sich sehr bemüht. Und er ist noch ziemlich lang geblieben. Bis acht Uhr morgens, um genau zu sein.«

»Was?« Die Redakteurin klang entsetzt. Sie gab sich keine Mühe, ihre Bestürzung zu verbergen.

»Moment mal«, beschwichtigte Mara. »Es ist nicht so, wie sich das vielleicht anhört. Er hat auf dem Sofa geschlafen, und er ist nur deshalb über Nacht geblieben, weil wir …«

Ihr Blick streifte die provisorische Schlafstätte auf dem Sofa, die aus einer Decke bestand sowie aus zwei Laken und einem Kopfkissen ohne Bezug. Sie hätte das Zeug längst wegräumen sollen, denn es gehörte nicht ins Wohnzimmer, und außerdem war ausreichend Zeit zum Aufräumen gewesen.

»Weil ihr was?«, wollte Anne wissen.

»Weil wir mächtig einen sitzen hatten, Lohmann vermutlich mehr als ich. Er bot an, mit dem Taxi nach Hause zu fahren, doch das habe ich ihm untersagt. Zu teuer und unnötig. Außerdem war's mir lieb, jemanden in der Nähe zu haben.« Von einer Sekunde zur anderen wurde ihr bewusst, wie sehr sie das Alleinsein mittlerweile hasste. Allerdings wäre ihr im Traum nicht eingefallen, deshalb mit Bodo Lohmann zu schlafen oder etwas anderes in dieser Richtung mit ihm anzufangen, obwohl sie ahnte, dass ihm dergleichen gefallen hätte. Am vergangenen Abend hatte es jedenfalls keine Berührungen gegeben, die intimer gewesen wären als ein Händedruck.

Anne war beruhigt und verabschiedete sich kurz darauf.

Mara stierte ins Leere.

Und nun?

Verdammte Stille. Sie öffnete die Schiebetür zur Dachterrasse und ging hinaus, obwohl sie nichts weiter anhatte als eine Jogginghose und ein T-Shirt. Die Fliesen unter ihren nackten Füßen fühlten sich eisig an, genauso wie der Wind, der ihr den Nieselregen ins Gesicht wehte. Schlotternd vor Kälte ging sie zum Geländer hinüber. Unten, rund dreißig Meter tiefer, schimmerte das schwarze Asphaltband der Straße.

Sie kletterte auf das Geländer, erst auf die untere Strebe, dann auf die mittlere und schließlich auf den Handlauf, der so schmal war, dass sie lediglich mit dem Fußballen und der Fußmitte darauf stehen konnte, während die Zehen in der Luft hingen. Der Handlauf bestand aus Messing und fühlte sich sogar noch kälter an als die Fliesen.

Nur noch ein winziger Schritt, dachte sie, und alles ist überstanden.

In diesem Moment wurde sie von einer Windbö erfasst, die sie aus dem Gleichgewicht brachte. Sie stieß einen erschrockenen Schrei aus, schwankte, ruderte wild mit den Armen, um nicht nach vorn zu kippen. Dann verlor sie endgültig das Gleichgewicht, fiel, aber nicht nach vorn, sondern nach hinten. Sie knallte auf die Terrasse, auf den Steiß, was eine Woge des Schmerzes durch ihr Rückgrat jagte. Ein gepeinigter Schrei entstieg ihrer Kehle.

Auf allen vieren kroch sie zurück in die Wohnung und schaffte es irgendwie, die Tür hinter sich zu schließen. Sie blieb auf dem Teppich liegen, zog die Beine an und umklammerte die Knie mit den Armen. Dreißig Sekunden später war sie in einen zermürbenden Halbschlaf gefallen, der sie im Traum nach Afrika führte.

Zurück in eine Vergangenheit, die sie schon binnen eines halben Tages wieder einholen sollte.

Der Geländewagen stoppte abrupt, als der Fahrer in die Eisen stieg. Das war vollkommen idiotisch, denn für eine Gewaltbremsung gab es keinen erkennbaren Grund. Sämtliche Insassen wurden aus den Sitzen gehoben und mussten sich irgendwo festklammern, um nicht zum Spielball der Schwerkraft zu werden. Angeschnallt war niemand, was am Fehlen von Sicherheitsgurten lag.

Vorne, neben dem Fahrer, saß ein weißer Europäer, dahinter, auf der viel zu schmalen Not-Rücksitzbank, hockten zwei seiner Landsleute, ein Mann und eine Frau. Um die drangvolle Enge perfekt zu machen, hatte sich neben die beiden ein Einheimischer gequetscht, der jedoch offenkundig nicht zu dem Fahrer und seinen Gefährten gehörte.

Letztere drängten sich wie die Sardinen in der Büchse auf der Ladefläche, die sich an die Rückbank anschloss, insgesamt zwölf junge Männer, obwohl der Platz eigentlich nur für vier oder fünf gereicht hätte. Alle waren bis an die Zähne bewaffnet, und die Frau hielt die Luft an, weil sie erwartete, die Vollbremsung und das damit verbundene Durcheinander aus rudernden Armen und Flüchen und schwitzenden Leibern müsste unweigerlich dazu führen, dass irgendjemand versehentlich den Abzug seiner Waffe betätigte. Doch der befürchtete Schuss blieb aus.

Wortlos sprang der Fahrer aus dem Wagen. Mit einem Kopfnicken wies er die Meute auf der Ladefläche an, ebenfalls abzusteigen, was in beträchtlicher Lautstärke geschah. Dann verschwand die ganze Bande lärmend zwischen den Bäumen. Jenseits der Wipfel, weit entfernt, war das Rauschen des Meeres zu hören.

»Und was ist mit uns?«, wandte sich der Mann auf dem Beifahrersitz an den Einheimischen auf der Rückbank.

Der Name des Fragestellers war Peter Zöllner, seines Zeichens Journalist, der eine Reportage über kriegerische Clans in Afrika machte. Bei den anderen Europäern handelte es sich um seine Mitarbeiter, namentlich um den Kameramann Frank Karpinski sowie die Assistentin Tamara Sturm. Der Vierte im Bunde, der Einheimische, nannte sich Yussuf und fungierte als Führer. Yussuf war unsympathisch, unzuverlässig, und man konnte ihm nicht über den Weg trauen. Doch er hatte den Kontakt mit den Guerillas hergestellt, zum Preis von fünfzig US-Dollar, was für ihn mehr war als ein Monatslohn. Er sprach den Dialekt der Einheimischen und grauenhaft schlechtes Englisch.

In diesem Englisch radebrechte er: »Sitzen bleiben! Wir nichts tun dürfen, wenn nicht werden gesagt.«

»Und wie lange gedenkt man, uns in der Sonne schmoren zu lassen?«

»Nicht lange«, antwortete Yussuf, obwohl er das unmöglich wissen konnte.

Zöllner stieß einen ungehaltenen Grunzlaut aus, während sich die Assistentin bemühte, den Hund zu bändigen, der bis dahin still auf ihrem Schoß gesessen hatte, doch mittlerweile versuchte, aus dem Wagen zu springen. Sie packte ihn am Halsband. »Ruhig, Bodo!«

Yussuf warf der Assistentin mit der Töle einen Blick zu, in dem unverhohlene Abscheu lag.

Endlich kam der Fahrer zurück, begleitet von zwei höchstens sechzehnjährigen Burschen mit Automatikgewehren in den Händen sowie einem Mann, dessen bloßes Gebaren erkennen ließ, dass die anderen nach seiner Pfeife tanzten. Der Kerl sah grotesk aus mit seiner Tarnhose, zu der er ein T-Shirt trug, auf dem ein stilisierter Hasenkopf mit Kellnerfliege prangte: das Logo des US-Männermagazins *Playboy*. Passend zum Playboyhäschen baumelte auf der einen Seite seines Gürtels eine unterarmlange Machete, während auf der anderen eine Pistole im Holster steckte. An seiner Unterlippe klebte eine Zigarre, so groß und gewaltig, als könnte man auch sie als Waffe einsetzen.

»Das General Rashid«, raunte Yussuf dem Filmteam zu. »Ihn immer mit ›General‹ oder ›General Rashid‹ ansprechen. Auch seine Leute immer mit Militärrang ansprechen.«

Mara zog die Braue hoch. »General Rashid, wie? Wer hat den denn zum General gemacht? Er sich selbst? Oder war das Asad? Meines Wissens sind die beiden noch vor ein paar Jahren einfache Fischer gewesen und niemals Angehörige einer richtigen Armee…«

»Still!«, zischte Yussuf. Wäre seine Haut nicht schwarz gewesen, wäre er in diesem Moment vermutlich kreidebleich geworden angesichts einer derartigen Majestätsbeleidigung. Schweiß bedeckte sein Gesicht. In unfreundlichem Tonfall ratterte er noch einmal hastig die Anweisungen herunter, die er bereits zuvor ein halbes Dutzend Mal gegeben hatte. »Vergesst nicht, Asad ansprechen mit ›Hoheit‹ oder ›mein Prinz‹. Vermeiden Augenkontakt. Ihr nicht blicken in Augen von Asad.«

»Wir haben es hier mit ein paar Irren zu tun«, murmelte Mara auf Deutsch.

Zöllner grunzte einen zustimmenden Laut, während Kameramann Karpinski mit seiner Ausrüstung hantierte, die sich in einer viel zu kleinen Tasche auf seinem Schoß befand.

General Rashid blieb mit in die Hüften gestemmten Fäusten ein paar Schritte vor dem Wagen stehen, um die Insassen zu begutachten. Das tat er durch eine Sonnenbrille mit Spiegelgläsern, sodass seine Augen nicht zu sehen waren. Trotzdem wurde Mara das Gefühl nicht los, dass er sie besonders eindringlich musterte. Schließlich sagte er etwas zu seinen Begleitern, was sofort für allgemeine Heiterkeit sorgte. Er grinste und erlaubte den Passagieren mit einer großspurigen Geste, aus dem Fahrzeug zu klettern.

Yussuf verneigte sich tief, beinahe ehrfürchtig, doch anstatt eines Gegengrußes wurde er von dem falschen General scheinbar grundlos angeschnauzt. Yussuf wich einen Schritt zurück, hob abwehrend die Hände und widersprach, allerdings nur kleinlaut. Doch das machte Rashid noch wütender. Ohne Vorwarnung schlug er Yussuf mit dem Handrücken ins Gesicht. Augenblicklich floss Blut aus dessen Nase, was eines der bewaffneten Kinder zu einem dämlichen Kichern veranlasste.

Die Journalisten hielten sich zurück.

»Was ist dem denn quergekommen?«, flüsterte Zöllner.

Er erhielt keine Antwort, denn selbstverständlich hatten auch seine beiden Begleiter keine Ahnung, was der Grund für Rashids Tobsuchtsanfall war. Dieser offenbarte sich jedoch kurz darauf, als der General auf Mara zeigte.

»Du sein … Weib«, stammelte Yussuf.

»Ist nicht wahr!«, entgegnete sie in gespieltem Entsetzen. Sie erwiderte Rashids Spiegelglas-Blick. In seiner Brille sah sie sich selbst, eine Frau in stinkenden, durchgeschwitzten Klamotten, die sich soeben fragte, welcher Teufel sie geritten hatte, sich auf *diese* Sache einzulassen. Wenn das Ganze aus dem Ruder lief, konnte man nicht einfach die Eins-eins-null wählen und auf Rettung hoffen.

»Du verschwinden!«, fuhr Yussuf weinerlich fort. »Weiber hier nichts zu suchen. Hauen ab!«

Obwohl ihr das insgeheim sogar lieb gewesen wäre, weckte die offenkundige Ablehnung ihre angeborene Sturheit.

Rashid stieß einen neuen Redeschwall hervor.

Yussuf übersetzte. »Ihr alle verschwinden. Interview abgesagt. Ihr Regeln gebrochen.«

»Welche verdammten Regeln?«, blaffte Zöllner. Falls er eingeschüchtert war, wovon man ausgehen musste, verstand er es meisterhaft, seine Furcht zu verbergen.

»Keine Frauen. General Rashid sagt, das eine von Prinz Asads wichtigsten Regeln.«

Zöllner schimpfte. »Und warum hat er uns das nicht vorher mitgeteilt, die hohle Frucht? Dieses Interview hat mich einen Monat intensive Vorbereitung gekostet.«

Mara schluckte. Ehe Yussuf übersetzen konnte, griff sie in die Beintasche ihrer Cargohose. Ihre Hand war klebrig vor Schweiß, was nicht nur an der Hitze lag. Kurz darauf holte sie etwas hervor und hielt es in die Höhe. »Frag den General, ob ihn das hier davon überzeugen kann, eine Ausnahme zu machen«, wies sie Yussuf an.

Alle starrten auf das Bündel in ihrer Hand.

»Was ist das?«, fragte Zöllner überflüssigerweise.

Es handelte sich um Geld, um Banknoten, augenscheinlich US-Dollar. Die richtige Frage wäre also gewesen: Wie viel ist das?

»Das hier sind Hundert-Dollar-Noten«, erklärte sie und sah ihr Spiegelbild in Rashids Brille größer werden, als sie langsam auf ihn zuging. »Und es sind mehr als fünfzig Scheine.«

Zöllner und Karpinski schnappten hörbar nach Luft.

»Du kannst doch nicht…?«

»Woher hast du…?«

Sie machte eine lässige Handbewegung. »Keine Angst, ich habe Geld im Überfluss. So viel, dass ich nicht weiß, was ich damit anfangen soll. Wer kann das schon von sich behaupten?« Sie lachte, doch es war ein Lachen ohne Freude.

Rashid riss ihr das Bündel aus der Hand und blätterte die Scheine mit dem Daumen durch. Er war offensichtlich genauso erstaunt wie alle anderen.

In diesem Moment fragte sie sich, was diesen Halsabschneider daran hindern sollte, das Geld zu behalten und sie mit einem Tritt in den Hintern zu verabschieden. Oder mit einem Kopfschuss. Für eine Sekunde wallte Panik in ihr auf.

Sie dachte an das Springmesser in der anderen Beintasche

ihrer Hose, ein aufgezwängtes Geschenk ihres Bruders, das jahrelang in der Krimskrams-Schublade der Wohnzimmerkommode dahinvegetiert hatte. Als sie nach Afrika aufgebrochen war, um den Blutskandal aufzudecken, hatte sie mit Schwierigkeiten gerechnet und überlegt, sich zu bewaffnen. Da Faustfeuerwaffen wegen der Sicherheitskontrollen am Flughafen ausschieden, hatte sie das Springmesser eingepackt. Natürlich konnte sie nicht damit umgehen, obwohl ihr Bruder mehrfach versucht hatte, sie im Messerkampf auszubilden, was sie selbstverständlich abgelehnt hatte. Im Ernstfall, dachte sie, würde ihr das Ding rein gar nichts nützen. Stattdessen würde man es ihr vermutlich einfach abnehmen, bevor sie damit etwas ausrichten konnte, und es dann gegen sie selbst einsetzen.

Doch zum Glück kam sie nicht in die Verlegenheit, es zücken zu müssen, da Rashid schlagartig handzahm wurde. Was gewiss an dem kleinen Vermögen lag, das ihm so unverhofft in die Finger gefallen war. Blitzschnell ließ er das Geldbündel in seiner Hosentasche verschwinden und grinste zufrieden mit sich und der Welt.

»Also gut«, ließ er durch Yussuf übersetzen. »Machen Ausnahme.«

Sie vermerkte im Geiste, dass der General höchstwahrscheinlich nur ein Handlanger war, trotz seines vorgeblichen Ranges. Wäre er Angehöriger der Chefetage gewesen, hätten fünftausend Dollar nicht derart schnell und radikal seine Meinung geändert. Sie fragte sich, ob sein Boss, Asad, tatsächlich *der* große Rädelsführer war, der er zu sein vorgab, oder ob er in Wahrheit auch zur unteren Charge gehörte und sich enorm wichtig nahm.

Während sie überlegte, machte sich die Gruppe zu Fuß auf den Weg zur Residenz des selbst gekrönten Prinzen.

Sie folgten einer Schotterpiste, die zu beiden Seiten von Eukalyptusbäumen und Buschwerk gesäumt wurde. Die Hitze unter dem grünen Dach war nahezu unerträglich, die Luftfeuchtigkeit machte ihnen zu schaffen. Mara klebten Hemd und Unterwäsche an der Haut, Mücken umschwirrten sie.

»Warum gehen wir zu Fuß?«, raunte Zöllner.

Die Antwort erhielt er hinter der nächsten Biegung. Dort sahen sie nämlich einen Betonlaster, der aus unerfindlichen Gründen umgekippt war und den Weg versperrte. Das Fahrzeug musste schon länger dort liegen, da es überall angerostet war. Außerdem fehlten die Scheiben, und irgendjemand hatte das Führerhaus komplett zerlegt. Sie vermutete, dass dies das Werk von Einheimischen war, denn die Menschen in diesem Land waren dermaßen arm, dass sie alles gebrauchen konnten, sogar Autositze und anderes Zubehör.

Der Betonbehälter des Fahrzeuges hatte ein gewaltiges Loch, sodass mitten auf dem Weg ein Großteil des einst zähflüssigen Inhalts ausgelaufen war. Dort war er hart geworden, und inzwischen wuchs Moos auf dem riesigen Betonfladen.

Der Kameramann kam seiner Aufgabe nach und hielt die Szenerie in bewegten Bildern fest, während Mara ihr Mobiltelefon als Fotoapparat einsetzte. Zwei Tastendrücke später waren die Schnappschüsse bereits an ihre E-Mail-Adresse verschickt. Das war zwar unanständig teuer, und auch die Qualität der Handykamera ließ zu wünschen übrig, doch seit sie auf der Flucht vor den beiden Strohhutträgern in Swasiland ihre Nikon im Hotelzimmer zurückgelassen hatte, fotografierte sie ständig mit dem Handy. Wenn sie wieder zu Hause war, würde sie in aller Ruhe ihr Mailpostfach öffnen und sich die selbst zugeschickten Bilder anschauen.

»Was ist hier passiert?«, wollte Zöllner wissen.

»Unfall«, ließ Rashid lapidar übersetzen, ohne eine weitere Erklärung abzugeben.

Plötzlich war weiter vorn ein Wimmern zu hören. Die Journalisten tauschten fragende Blicke, die Guerillas glucksten gehässig. Abermals hielt Rashid eine Erklärung für unnötig und schritt einfach weiter voran. Das Wehklagen wurde lauter, je weiter sie der Piste folgten.

Schließlich kam eine bedauernswerte Gestalt in Sicht, ein kaum zwanzigjähriger Schwarzafrikaner, der unweit des Wegesrandes an einen Baum gefesselt war, und zwar mit Kabelbindern. Genau wie General Rashid und seine Schergen trug er Teile einer Tarnuniform, die er mit zivilen Kleidungsstücken kombiniert hatte. Zwischen den Beinen wies seine Hose einen dunklen Fleck auf, als sichtbares Zeichen dafür, dass er sich eingenässt hatte.

Karpinski hielt sich an seiner Kamera fest wie an einem Rettungsfloß, als er gewahr wurde, was man dem Bedauernswerten angetan hatte. Dann würgte er, und obwohl er in seinem Job sicherlich schon eine Menge abscheulicher Dinge gesehen hatte, erbrach er sich in hohem Bogen.

Mara schnappte entsetzt nach Luft.

»Die Mistkerle haben ihm aus nächster Nähe in die Kniekehlen geschossen«, erklärte Zöllner mit belegter Stimme. »Das führt dazu, dass die Kniescheiben auseinanderfliegen. Kleiner Einschusskanal, riesiges Austrittsloch. Ich habe so etwas schon gesehen, '94 im Bosnienkrieg. Damals haben die serbischen Tschetniks bei Verhören …« Er verschluckte den Rest des Satzes, weil er einsah, dass es in diesem Moment vollkommen unerheblich war, was die serbischen Tschetniks '94 getan hatten.

»Wer ist das?«, fragte sie auf Englisch, ohne den Blick von dem Bild des Grauens zu nehmen.

Dort, wo einst die Knie des Opfers gewesen waren, konnte man nur noch matschige Gewebeklumpen erkennen. Der rechte Unterschenkel war beinahe abgerissen und hing an glibberigen

Fäden. Überall waren Fliegen, ein Gewimmel von fetten Brummern, die ihre Eier in die Wunde legten.

Diesmal gab Rashid ausführlich Antwort. Die beiden jungen Burschen kicherten, als hätten sie soeben einen Jahrhundertwitz gehört. Mara vermutete, dass man sie mit Drogen vollgepumpt hatte.

Yussuf übersetzte. »Sein Verräter. Wollten überlaufen zu Hussein Ali Said. Doch er geschnappt und bestraft.«

Der angebliche Verräter war derweil ohnmächtig geworden und gab keinen Mucks mehr von sich. Wenn er Glück hatte, würde er die nächste Stunde nicht überleben.

»Warum ihr nicht machen Film?«, übersetzte Yussuf die nächsten Worte des falschen Generals. »Damit alle sehen, was passieren, wenn verraten Prinz Asad!«

Karpinski, der sich inzwischen einigermaßen erholt hatte, warf Zöllner einen fragenden Blick zu, und dieser nickte.

Leise summend trat die Kamera in Aktion.

Derweil überlegte Mara, ob es nicht besser wäre, auf der Stelle kehrtzumachen. Doch das hätten die Guerillas sehr wahrscheinlich nicht zugelassen. Am besten war es, redete sie sich ein, selbstbewusst aufzutreten und keine Angst zu zeigen. Leichter gesagt als getan. Unwillkürlich tastete sie nach dem Springmesser in ihrer Beintasche. Nur mit Mühe widerstand sie dem Impuls, sich einfach in die Büsche zu schlagen und davonzurennen.

Plötzlich rief sie laut und angeekelt: »Bodo! Hör sofort auf damit!«

Durch den Geruch des Blutes angezogen, hatte der Hund die Wunden des Gefesselten beschnuppert. Nun ging er dazu über, sie mit rosiger Zunge abzulecken.

»Bodo! Bei Fuß!«

Rashid und seine Begleiter brachen in schallendes Gelächter aus, als Mara den Vierbeiner am Halsband wegzerrte.

Kurz darauf ließen sie den Ort des Grauens und schließlich auch den Wald hinter sich. Die Vegetation wich einer staubigen Ebene, die in einen kahlen Berghang überging. Links der Piste befand sich ein Dorf. Oder besser gesagt eine Ansammlung von Wellblechhütten, von denen ein unglaublicher Gestank ausging. Nackte Kinder liefen umher und Frauen, die irgendwelche Lasten auf den Köpfen transportierten. Außerdem lungerte eine Schar Bewaffneter herum, faul im Schatten einer besonders großen Wellblechbaracke.

Auf der rechten Seite des Weges, nur ein paar Schritte entfernt, befand sich eine Klippe, die zum Meer hin steil abfiel. Die an ihrem Fuß liegende Bucht schimmerte im Sonnenlicht in allen erdenklichen Blau- und Silbertönen.

»Das sind mindestens dreißig Meter«, bemerkte Zöllner, nachdem er einen Blick über den Klippenrand geworfen hatte.

Endlich ließ Rashid verkünden, dass sie ihr Ziel erreicht hatten. Gleichzeitig kam hinter einer Bodenwelle ein Haus auf einem Felsvorsprung in Sicht. Mara sah eine Terrasse, die zum Meer hin zeigte. Von dort musste der Ausblick überwältigend sein.

»Er hat sich einen Palast bauen lassen«, stellte Zöllner fest.

Allerdings offenbarte sich bereits beim Näherkommen, dass dieser Prinzenpalast eine Bauruine war. Das, was als gigantische Villa geplant gewesen war, befand sich schon vor seiner Fertigstellung im Zustand der Verwahrlosung. Während die linke Seite des Gebäudes noch eingerüstet war, löste sich auf der rechten bereits der Putz von den Wänden. Außerdem war die Villa nur zur Hälfte gedeckt. Überall lag Baumaterial herum oder waren Sand- und Kieshaufen zu erblicken. Ein Stück abseits des unfertigen Gebäudes befand sich eine weitere Ansammlung Blechbaracken, nur dass in diesen keine Einheimischen hausten, sondern Asads Mordbrenner Quartier bezogen hatten. Scharenweise trieben sie sich dort herum, schwenkten ihre Waffen, ließen Schnapsflaschen kreisen und beäugten die Neuankömmlinge voller Verachtung. Allerdings hielt diese Geringschätzung sie nicht davon ab, für Kamera und Fotohandy zu posieren. Aus einem Ghettoblaster drang fürchterlich schräge Musik herüber.

Dann fielen ihr zwei relativ neue, aber dennoch verlotterte Geländewagen auf, deren Anschaffung ein Vermögen gekostet haben musste. Sie parkten vor dem Haus, und frische Reifenspuren im Sand zeugten davon, dass sie erst vor Kurzem bewegt worden waren.

»Wie mir scheint, gibt es noch einen anderen Weg als den, den wir gekommen sind«, murmelte sie. Der umgestürzte Betonmischer kam ihr in den Sinn, der ein Passieren der Piste für Fahrzeuge unmöglich machte, selbst für Geländewagen.

Zöllner begriff sofort, worauf sie hinauswollte. »Also hat man uns absichtlich auf einem Umweg hergeführt.« Er stutzte. »Wieso?«

Sie zuckte mit den Schultern. »Einschüchterung? Damit wir an dem armen Schwein mit den zerschossenen Knien vorbeikommen? Verdammt, ich habe Angst!«

Sie wurden in die Bauruine geführt, durch lange kahle Flure, die sich teilweise noch im Rohbau befanden, bis sie ein weiträumiges Zimmer erreichten. Dort waren die Wände weiß getüncht, der Boden in der gleichen Farbe gefliest. An einer Wand stapelten sich Kartons bis unter die Decke. Laut der Bedruckung enthielten sie DVD-Spieler, Plasmafernseher, Stereoanlagen und mehr. In einer anderen Ecke befanden sich Berge von Kleidungsstücken, allesamt in Plastikfolie gehüllt, bei denen es sich wahrscheinlich um Markenware handelte. Eine doppelflügelige Tür führte auf die Terrasse, die Mara von Weitem gesehen hatte. Beide Flügel standen offen, und draußen stapelten sich noch mehr Kartons mit Unterhaltungselektronik und noch mehr Kleidung.

Die einzige Möblierung des Zimmers bestand indes in einer ledernen Sitzgruppe und einem Couchtisch, um den sich ein halbes Dutzend lärmender Krawallbrüder scharte, die rauchten, tranken und sich die Zeit mit Backgammon vertrieben. Es wurde um Geld gespielt, und auf dem Tisch lagen bergeweise Scheine, Somalia-Schilling, ausnahmslos Tausender. Das bedeutete freilich nicht viel, wenn man bedachte, dass dreißigtausend Somalia-Schilling weniger wert waren als ein einziger US-Dollar.

Die Spieler verstummten, als sie die Neuankömmlinge bemerkten. Und dann stand einer von ihnen auf, der sich bis dahin wie hingegossen in einem Sessel geflegelt hatte, mit den Füßen auf dem Tisch. Es war der Moment, in dem Mara zum ersten Mal den Wahnsinnigen zu Gesicht bekam, der sich selbst Prinz nannte und darauf bestand, dass man ihn mit Hoheit ansprach.

Sein Name war Asad Aidid, das hatte sie bei ihren Recherchen herausgefunden. Was sie nicht wusste, war, dass er einen Bruder hatte, Omar Aidid, der in Köln auf den Beginn seines Prozesses wartete.

Kapitel 10

51 Minuten vor der Entführung des Fluges SWX 714

Mara zuckte kaum merklich zusammen, als das schwere Panzerglasschott hinter ihr ins Schloss fiel. Zum vierten Mal innerhalb der letzten dreißig Sekunden schaute sie auf die Uhr. *Geh schon auf*, dachte sie.

Jenseits der Schleuse, das wusste sie, lag eine andere Welt: Wände aus Waschbeton, schwere Metalltüren, enge Korridore. Tageslicht fehlte fast völlig, doch dafür waren die Gerüche von Bohnerwachs, Wäscherei und Großküche allgegenwärtig, obwohl beständig Luft von lauten Gebläsen durch Metallkanäle gepustet wurde. Überall zweigten Türen ab, und vor den winzigen Fenstern befanden sich Eisengitter. Alles in allem war es ein unerfreulicher Ort, den man gemeinhin *Klingelpütz* nannte, dessen offizielle Bezeichnung jedoch Justizvollzugsanstalt (JVA) Köln lautete.

Obwohl sie schon oft hier gewesen war, stellte ihr heutiger Besuch ein Novum dar. Folglich fühlte es sich alles ganz anders als sonst an.

Die Innentür der Schleuse wurde automatisch geöffnet.

Eilig schlüpfte sie hindurch und hielt sofort auf den Dienstraum zu, von dem aus der Eingangsbereich überwacht wurde. Dieser erinnerte an das Kabuff des Wächters in einem x-beliebigen Parkhaus, nur mit dem Unterschied, dass die Scheiben hier aus Sicherheitsglas bestanden. Dahinter, inmitten von Monitoren und umgeben von unzähligen Schaltern, hockte ein Justizvollzugsbeamter. Oder ein *Zellenfilz*, *Knastbulle*, *Arschbacken-Django*, wie es im Häftlingsjargon hieß. Die gebräuchlichste Verballhornung stellte jedoch das Wort *Schließer* dar, wenngleich diese Bezeichnung den Beamten noch weniger gefiel als die anderen.

Sie kramte ihren Personalausweis und den Besuchsschein hervor, um beides in die Durchreiche zu legen, in die im Parkhaus üblicherweise das Ticket gelegt wird, damit es auf der anderen Seite der Scheibe vom Parkwächter entgegengenommen werden kann.

Der Schließer winkte ab. »Guten Tag, Frau Sturm«, klang seine Stimme aus einem Lautsprecher über der Durchreiche. »Sie können den Ausweis stecken lassen. Wir sind doch schon fast so etwas wie alte Bekannte. Außerdem stehen Sie auf der Besucherliste. Heute mal nicht dienstlich hier, wie? Kein Verhör eines Untersuchungsgefangenen?«

Ein Hauch von Rot huschte über ihre Wangen. »Nein, nein. Diesmal nicht. Heute bin ich eine ganz normale Besucherin, die mit einem … Häftling verabredet ist.« Der Name dieses Häftlings kam ihr nicht über die Lippen.

Der Mann nickte vielsagend, was ihre Verlegenheit noch schürte. Sie starrte an ihm vorbei.

Endlich erschien ein zweiter Vollzugsbeamter, der sie bat, ihm zu folgen. Zielstrebig führte er sie durch lange Korridore in einen Raum, bei dem man die Tür ausgehängt hatte. Das heißt, eine solche war gar nicht vorgesehen, wie die fehlenden Scharniere erkennen ließen. Das war eine Sicherheitsvorkehrung, die verhindern sollte, dass sich ein Häftling verschanzte, indem er die Tür verbarrikadierte. Ein Schild mit der Aufschrift: *Besuchsbereich* ließ erkennen, wozu der Raum diente.

Sie trat ein. Niemand da. Klar, es war keine offizielle Besuchszeit. Die Gefängnisleitung hatte eigens für sie eine Ausnahme gemacht. Nein, eigentlich war die Ausnahme für den Häftling gemacht worden, mit dem sie verabredet war.

Sie schaute sich um. Das einzige Mobiliar bestand aus winzigen Stühlen und Tischen, die wie Schulpulte für Fünftklässler wirkten. Die Wände waren nackt, Fenster gab es keine, dafür jedoch eine ganze Reihe von Vergrößerungs-Parabolspiegeln, die unter der Decke montiert waren. Die Spiegel sorgten dafür, dass man von jeder Stelle im Raum erkennen konnte, was an den einzelnen Schulpulten vor sich ging. Damit sollte verhindert werden, dass Häftlinge und Besucher unbemerkt Gegenstände austauschten.

Manche Justizvollzugsanstalten begegneten dieser Gefahr, indem Insassen und Besucher durch Lexanscheiben voneinander getrennt wurden, sodass sie sich zwar sehen, aber nicht berühren konnten. Unterhalten mussten sie sich dann über Telefonhörer. Allerdings war das eher in Hochsicherheitsgefängnissen Standard, in denen Schwerverbrecher brummten. Im Klingelpütz hingegen saßen lediglich Untersuchungsgefangene und kleine Fische, die nicht allzu lange abzusitzen hatten.

Ein wahrer Koloss von einem Beamten steckte den Kopf zur Tür herein. Mara hatte ihn schon oft gesehen und erinnerte sich, irgendwann einmal mitbekommen zu haben, dass man ihm den Spitznamen Rinderhälfte gegeben hatte.

Als das halbe Schlachtvieh ihrer gewahr wurde, lächelte es galant. »Hallo, Frau Sturm. Sie warten auf jemanden?«

Sie nickte. »Ja, auf einen Häftling. Ihr Kollege holt ihn gerade aus seiner Zelle.«

»Und wer ist dieser Häftling, wenn ich fragen darf?«

Sie sagte es ihm.

Der Beamte verzog das Gesicht. Obwohl er nicht wusste, warum sie ausgerechnet den Besucherraum gewählt hatte, um diesen hundsgemeinen Mistkerl zu verhören, ging er davon aus, dass genau darin der Grund ihrer Anwesenheit lag. Er fragte sich allerdings, wozu dieses Verhör gut sein sollte, immerhin war das Verfahren gegen den Schweinehund längst abgeschlossen und das Urteil gesprochen.

»Lassen Sie sich von dem Typen nicht täuschen«, mahnte er. »Der ist ein Erzganove. Auch wenn er aussieht wie ein vollgefressener Schlappschwanz, so ist er doch eine ganz große Nummer in der Unterwelt. Letzten Sommer hat er sogar mit der Russenmafia gemeinsame Sache gemacht, um ein Ding zu drehen, das selbst er nicht allein durchziehen konnte. Zum Glück ist das Bundeskriminalamt den Brüdern rechtzeitig auf die Schliche gekommen. Unser Freund hat dann blitzschnell die Seiten gewechselt und kurzerhand dabei geholfen, die Russkis zu überführen. Das rettete ihm den Hals, denn dadurch kam er in den Genuss der Kronzeugenregelung. Schlappe zweiundzwanzig Monate hat er kassiert, obwohl das Urteil unter normalen Umständen lebenslänglich gelautet hätte. Garantiert. Und so kommt es, dass der feine Herr nun *unser* Gast ist, anstatt in Hamburg oder Berlin zu brummen.«

»Ich hörte davon«, sagte sie.

Das war untertrieben, denn nicht nur die Fahnder des BKA hatten den Russen und ihrem merkwürdigen Verbündeten in die Suppe gespuckt, sondern parallel dazu auch sie selbst, Tamara Sturm. Damals, als sie noch Angehörige des KK 21 gewesen war, wie sie sich wehmütig erinnerte.

»Seien Sie auf der Hut!«, warnte Rinderhälfte abermals. »Lassen Sie sich nicht davon täuschen, dass er bei uns einsitzt. Wie gesagt, unter normalen Umständen hätte er lebenslänglich gekriegt.« Er schaute sie fragend an. »Möchten Sie, dass ich im Raum bleibe, während Sie ihn verhören?«

»Nicht nötig, danke. Ich komme schon klar.«

»Wirklich?« Das klang enttäuscht.

»Wirklich! Vielen Dank!«

Er wandte sich ab. »Aber wenn er Ärger macht, scheuen Sie sich nicht, den Knopf zu drücken.«

Damit meinte er einen der Alarmknöpfe, die in fast allen Räumen neben den Türen angebracht waren.

Er ging, und es wurde still. Ihr wurde flau im Magen. Mit einem Mal war sie sich nicht mehr sicher, ob sie dem Häftling tatsächlich gewachsen war. Eigentlich war sie hergekommen, um mit ihm über ihr persönliches Schicksal zu sprechen, sich ihm anzuvertrauen und bei ihm Trost zu finden. Doch war das der richtige Zeitpunkt und Ort für ein solches Gespräch? Vermutlich hatte er genug mit sich selbst zu tun. Außerdem wusste sie bei ihm nie, woran sie war.

Ihre Zweifel gewannen die Überhand. Sie erhob sich, um fluchtartig den Raum zu verlassen, doch da trat ihr jemand in den Weg.

Dieser Jemand war der Häftling, den man laut Rinderhälfte trotz seines vollgefressenen Äußeren nicht unterschätzen durfte. Ein Erzganove und Unterweltboss, der sogar mit der Russenmafia paktiert hatte.

Mara liebte ihn trotzdem.

Denn er war ihr Bruder.

Kapitel 11

18 Minuten vor der Entführung des Fluges SWX 714

Bernd saß im Flugzeug, und in gut fünf Minuten würde er von dem Brief erfahren, der ihn in schiere Verzweiflung stürzen sollte. Kurz danach würde die freundliche Stewardess namens Grietje eine schallende Ohrfeige kassieren, und zwar von dem merkwürdigen Schwarzafrikaner, der in diesem Moment ganz vorn im Gang herumlungerte. Grietje hatte ihn bereits zwei Mal aufgefordert, zu seinem Platz zurückzukehren und dort zu warten.

Derweil wunderte sich Bernd, wo die Busse blieben, mit denen die Passagiere normalerweise zum Terminal gebracht wurden. *Selbst schuld*, sagte er sich, *das hat man davon, wenn man mit ausländischen Billig-Airlines fliegt.* Das Warten ging ihm auf die Nerven. Also griff er zum Handy und rief seinen besten Freund Georg an. Der meldete sich bereits nach dem zweiten Klingeln.

»Hallo, Schorsch«, grüßte Bernd. »Ich bin wieder im Lande.«

»Birdie, alte Knackwurst«, kam es begeistert zurück. »So ein Zufall, ich bin gerade in deiner Wohnung. Habe einen edlen Tropfen bereitgestellt, als Begrüßungstrunk. Wo steckst du denn gerade?«

»Ach, ich sitze noch im Flieger. Die kommen hier nicht aus dem Knick. Die Gangways sind schon längst herangeschoben, aber die Türen bleiben zu. Keine Ahnung, wo die Busse sind, die uns zum Terminal bringen sollen.« Er seufzte. »Wie sieht's bei mir zu Hause aus? Alles in Ordnung?«

»Klar, was soll auch passiert sein? Deinen Aquariumsbewohnern geht es prächtig, auch wenn sie nicht gerade sonderlich gesprächig sind. Und, nein, ich habe ihnen nicht zu viel Fischfutter gegeben, sondern mich diesmal genau an deine Anweisung gehalten. Abgesehen davon hast du einen riesigen Haufen Post bekommen. Der Stapel liegt auf dem Küchentisch.«

Grietje forderte derweil den Schwarzafrikaner erneut auf, die Bordküche zu verlassen. Sie blieb freundlich, wenngleich ihr anzumerken war, dass sie allmählich die Geduld verlor.

»Und?«, wollte Georg wissen. »Wie war der Urlaub? Hast du dich auch diesmal wieder von einem Flirt in den nächsten gestürzt?«

Das war keine ernsthafte Frage, sondern vielmehr eine spöttische Bemerkung. Sicher, Georg meinte es nicht böse, doch Bernd ärgerte sich trotzdem, ständig damit aufgezogen zu werden, dass er zu dusselig war, eine Partnerin zu finden. Für eine Sekunde durchzuckte ihn der Impuls, mit seinem Erfolg bei Hanna zu prahlen, doch diese Anwandlung verging so schnell, wie sie gekommen war. Denn faktisch hatte er zwar eine schöne Zeit mit ihr verbracht, doch das war leider alles. Außerdem würde Georg garantiert fragen, wie sie im Bett gewesen war.

»Ich habe den Urlaub genossen«, antwortete er ausweichend. »Sag mal, warum bist du eigentlich um diese Uhrzeit in meiner Wohnung und nicht auf der Arbeit?«

»Weil heute Samstag ist, du Schlaumeier. Aber lenk nicht vom Thema ab! Also, was ist jetzt? Hast du eine aufgerissen?«

Bernd fühlte sich immer unbehaglicher. Er sprach leise, weil er sich einredete, dass alle um ihn herum an seinen Lippen klebten. »Aufgerissen? Das ist wohl eher dein Ding«, sagte er kleinlaut.

Die Stimme aus dem Handy triumphierte. »Aha, hab ich's mir doch gedacht. Diesmal hast du einen Treffer gelandet, gib's zu!«

»Ja, du hast recht. Allerdings weiß ich genau, was *du* unter *Treffer landen* verstehst. Aber das kannst du vergessen, ich war nicht mit ihr im Bett. Wir hatten einfach nur eine schöne Zeit, nicht mehr und nicht weniger.«

»Eine schöne Zeit, wie?« Der Spott war unüberhörbar.

»Genau, da war alles dabei: Safari, jeden Abend ein Cocktail an der Poolbar und tiefgründige Gespräche bei Sonnenuntergang. Die letzten Tage waren wir fast ununterbrochen zusammen.«

»Birdie, du Schwerenöter!«, frohlockte Georg. »Das ist ja der Hammer! Die Pechsträhne hat ein Ende, wer hätte das gedacht? Wo hast du die Schöne denn kennengelernt?«

»Im Hotel.«

»Ah, dann sitzt sie jetzt vermutlich neben dir und krault dich hinter dem Öhrchen?«

Bernd seufzte. »Nein, leider nicht. Ihr Urlaub war früher zu Ende als meiner. Sie ist bereits am Dienstag zurückgeflogen.«

Georg kicherte. »Pech für dich, alter Freund. Und wie heißt die Glückliche?«

Um ein Haar hätte er geantwortet, ihren Namen nicht zu kennen. Der Abend in der Hotellobby fiel ihm ein, als er unverhofft erfahren hatte, dass Hanna angeblich Tamara hieß. Er war sich nicht sicher, was nun stimmte. Doch warum hätte sie ihm einen falschen Namen nennen sollen? Das ergab absolut keinen Sinn. Andererseits hatte Robert, der Blumenhändler, ihren Ausweis gesehen …

»Hanna«, antwortete er schließlich unsicher.

»Sprich doch mal ein bisschen lauter«, beschwerte sich Georg. »Ich verstehe dich kaum. Was ist denn da bei euch los? Nehmen die gerade den Flieger auseinander? Hanna, sagtest du? Und weiter?«

Der Krach, über den sich sein Freund beschwerte, wurde von

den anderen Passagieren verursacht, die zunehmend ungeduldiger wurden und anfingen, sich lautstark zu beschweren.

Bernd räusperte sich. »Keine Ahnung.«

»Was heißt das, keine Ahnung? Du sagtest doch gerade, ihr hättet eine ganze Woche lang ständig zusammengehockt und jeden Abend Cocktails an der Bar geschlürft und den Sonnenuntergang betrachtet.« Er lachte. »Nenn mich nicht altmodisch, aber sollte man da nicht zumindest wissen, mit wem man es zu tun hat?«

Bernd wurde knallrot. Gut, dass Georg ihn nicht sehen konnte. Wie ein Verschwörer schaute er nach rechts und links, doch die Mitreisenden nahmen keine Notiz von ihm, sondern waren mit ihrer eigenen Ungeduld beschäftigt.

Gleichwohl flüsterte er, um zu vermeiden, dass irgendjemand etwas mitbekam. Die ganze Geschichte war ihm unendlich peinlich. Allmählich bedauerte er es, Georg eingeweiht zu haben. »Ich weiß ganz genau, wer sie ist, dazu brauche ich nicht ihren Nachnamen zu kennen«, sagte er. »Sie hat sich als Hanna vorgestellt, und das war okay für mich. Ihren Personalausweis habe ich nicht kontrolliert.« Er schluckte. »Viel schlimmer ist, dass ich ihre Adresse nicht kenne. Wahrscheinlich wohnt sie in Berlin oder irgendwo dort in der Gegend…«

»Gratulation«, spottete Georg. »Mein bester Freund lacht sich nach hundert Jahren Zölibat eine Maus an, aber anstatt sich ein knackiges Mädchen aus der Region zu suchen, erwählt er eine, die sechshundert Kilometer entfernt wohnt. Typisch. Warum hast du nicht gleich eine Polin genommen? Oder eine Russin? Oder noch besser eine vom Mars? Na ja, jedenfalls kann sie dir nicht auf die Nerven fallen, da ihr euch so gut wie nie sehen werdet.«

Trotzig erklärte Bernd, dass sie ihm niemals auf die Nerven fallen würde, ganz gleich, wie oft und wie lang er mit ihr zusammen wäre. »Doch leider stellt sich das Problem gar nicht erst«, fuhr er fort. »Denn wie ich schon sagte, habe ich keinen Schimmer, wo sie wohnt.«

»Telefonnummer? E-Mail-Adresse?«

»Fehlanzeige.« Er tat einen tiefen Atemzug. »Aber zumindest kenne ich jemanden, der mir die Telefonnummer geben könnte.« Das war Robert, der nur ein paar Reihen hinter ihm saß. Er hatte Hannas oder Tamaras Nummer in seinem Handy gespeichert, da sie geschäftlich mit ihm in Verbindung treten wollte. Sie habe davon gesprochen, eine professionelle Chrysanthemenzucht aufzubauen, hatte er Bernd gegenüber behauptet. Na ja, das war wohl eher ein Hirngespinst! Wieso sollte eine Ärztin, wahrscheinlich sogar eine erfolgreiche Neurochirurgin, plötzlich auf Gärtnerin machen? Moment mal, hatte sie ihm nicht erzählt, als Teenager in einer Gärtnerei gearbeitet zu haben, da sie damals Floristin hatte werden wollen?

Georg prustete augenblicklich los, feuerte eine wahre Salve von Fragen und spitzfindigen Bemerkungen ab, und je länger er lamentierte, desto verdrießlicher wurde Bernd. Er ärgerte und schämte sich.

Um das Gespräch endlich in andere Bahnen zu lenken, erkundigte er sich nach der Post. »War ein Brief aus Italien dabei? Ich warte nämlich auf eine Nachricht aus Mailand. Am siebten Dezember findet die alljährliche Saisoneröffnungsfeier in der Scala statt. Höchstwahrscheinlich werde ich in diesem Jahr dort spielen.«

»Ein Brief aus Italien? Keine Ahnung, darauf habe ich nicht geachtet. Warte mal, ich schaue kurz nach, die Post liegt genau vor mir auf dem Tisch.«

Bernd hörte das Rascheln von Papier. Vor seinem geistigen Auge sah er Georg am Küchentisch sitzen, wie er einen Stapel Briefumschläge durchforstete.

»Mal sehen … Das dürfte eine Telefonrechnung sein … Kontoauszüge … Keine Ahnung, was das hier ist, aber der Poststempel stammt aus … pfui, Teufel, Düsseldorf, und das liegt meines Wissens nicht in Italien … Werbung … Nanu, was haben wir denn hier? Das ist ja interessant …«

»Interessant? Was?«

Georg lachte. »Birdie, Birdie, Birdie, wirst du allmählich zum Schürzenjäger?«

»Was?«, entfuhr es Bernd. »Erzähl keinen Unsinn, sondern sag mir lieber, was das für ein Brief ist, der dir so interessant vorkommt.«

»Hm … Er stammt offensichtlich von einer Frau, denn sie hat deine Adresse mit zarter Hand auf das Kuvert geschrieben. Ja, das ist eindeutig eine Frauenhandschrift. Sehr klein und sehr schön.«

»Steht ein Absender drauf?« Sein Puls beschleunigte sich, Hoffnung keimte in ihm auf. Vielleicht stammte der Brief von Hanna. Vielleicht gab es einen simplen Grund für ihre plötzliche Abreise, und diesen Grund wollte sie ihm mit ein paar Zeilen erklären. Vielleicht war es sogar ein Liebesbrief. Er hätte die Welt umarmen können. »Sag schon, wie lautet der Absender?«

»Er lautet überhaupt nicht, da er nicht draufsteht.«

»Sicher?«

»Natürlich, ich bin nicht blind.«

Bernd spürte, dass seine Hände schwitzig geworden waren. »Du musst ihn aufmachen!«, verlangte er.

»Aber … Ich kann doch nicht einfach deine Post öffnen. Ich kenne keinen Menschen, der heutzutage noch Briefe schreibt. Das steht bestimmt etwas sehr Persönliches drin.«

»Das will ich hoffen. O Mann, und wie ich das hoffe!«

»Ist der Brief etwa von *ihr?* Von deiner Urlaubsflamme?«

»Auch das will ich hoffen. Nun mach ihn endlich auf und lies mir die Unterschrift vor!«

»Also gut, wenn du meinst...«

Wieder ertönte das Rascheln von Papier, doch diesmal schien es eine Ewigkeit zu dauern.

Endlich war wieder Georgs Stimme zu hören. »Herrje, da hat dir aber jemand viel mitzuteilen. Sogar die ganze Rückseite ist vollgeschrieben. Außerdem pappt noch ein Klebezettel an dem Brief, auf dem eine E-Mail-Adresse steht... Hayabusa@hotmail.de. Hayabusa? Was soll denn das sein?«

»Keine Ahnung. Die Unterschrift!«, drängte Bernd.

»Also der letzte Absatz des Briefes lautet: ›Ich würde mich riesig freuen, wenn Dir trotz allem nicht die Lust vergangen ist, mich wiederzusehen. Völlig unverbindlich, versteht sich! Jetzt liegt es an Dir. Bis dahin alles Gute Mara.‹« Georg war verdutzt, das hörte Bernd ihm an, als er fragte: »Wieso Mara? Ich dachte, sie heißt Hanna? Ist der Brief von einer anderen? Hast du plötzlich zwei?«

Bernd erinnerte sich, was Robert ihm erzählt hatte, nämlich, dass Tamara sich bei ihrem Spitznamen nennen ließ, und der lautete Mara. Also war der Brief zweifellos von Hanna. Oder von Tamara, besser gesagt. Herrgott, war das verwirrend! Trotzdem war er hocherfreut, denn sie hatte sich bei ihm gemeldet.

Aber was meinte sie damit, dass sie sich freuen würde, wenn ihm *trotz allem* nicht die Lust vergangen sei, sie wiederzusehen? Hatte er ihr nicht klar zu verstehen gegeben, dass ihm genau daran gelegen war? Und war es nicht sie gewesen, die orakelt hatte, keine Zukunftspläne schmieden zu können, ehe sie nicht ihr rätselhaftes Problem gelöst hätte?

»Was ist jetzt?«, hakte Georg nach. »Ist der Brief von Hanna oder nicht?«

Bernd ignorierte die Frage. »Bitte lies ihn mir von Anfang bis

Ende vor, sei so gut, ja? Die Busse, die uns zum Terminal bringen sollen, sind nämlich noch immer nicht in Sicht, und ich habe keine Ahnung, wie lange das hier noch dauert. Ich drehe durch, wenn ich nicht auf der Stelle erfahre, was sie schreibt.«

Georg atmete laut aus. »Mein lieber Mann, dich hat's aber erwischt. Warte, dann muss ich mir erst meine Brille aufsetzen. Sekunde.«

Auch diese Sekunde zog sich scheinbar endlos in die Länge, doch dann las Georg mit ruhiger Stimme vor.

Lieber Bernd!
Zunächst möchte ich mich dafür entschuldigen, dass ich so überstürzt abgereist bin, ohne auf Wiedersehen zu sagen. Das tut mir sehr leid, und ich hoffe, dass Du mich verstehst, wenn Du diesen Brief bis zum Ende gelesen hast.
Des Weiteren bitte ich Dich um Nachsicht für das lächerliche Theater, das ich um meine Person veranstaltet habe. Der Grund dafür ist derselbe wie der für meinen überhasteten Aufbruch.
Das, was ich Dir mitteilen möchte, ist mir unendlich wichtig. Gleichzeitig ist es jedoch so heikel, dass ich es nur schwer in Worte fassen kann. Wahrscheinlich wäre es am einfachsten, es Dir zu erzählen, etwa bei einem Cocktail in einer gemütlichen Bar, doch dazu fehlt mir schlichtweg der Mut. Deshalb wähle ich die Schriftform und hoffe, dass Dir dieser Weg nicht zu altbacken vorkommt.
Himmel, ist das schwer, ich weiß gar nicht, wie und wo ich anfangen soll. Am besten so:
Sicherlich hast Du gespürt, dass ich mich in Deiner Nähe sehr wohlgefühlt habe. So sehr, dass ich am liebsten nie mehr auf diese Nähe verzichtet hätte. Ist verrückt, so etwas nach einer knappen Woche, was?
Also habe ich versucht, mich nicht wie ein junges Mädchen zu ver-

halten, schließlich ist es im Urlaub ganz einfach, sich zu verlieben, insbesondere dann, wenn man so viele tolle Dinge miteinander erlebt wie wir beide. Im Alltag, nach einiger Zeit, kommt dann meistens schnell die Ernüchterung, das weiß ich wohl. Trotzdem hatte ich zu jeder Zeit den Eindruck, dass mir diese Ernüchterung an Deiner Seite erspart geblieben wäre. Dass Du genauso denkst und fühlst, hast Du ja überdeutlich gemacht. Was spricht also dagegen, sich wiederzusehen und abzuwarten, was daraus wird? Die Antwort lautet: eigentlich nichts!

So, jetzt komme ich allmählich zum Punkt, auch wenn es mir von Zeile zu Zeile schwerer fällt, den richtigen Ton zu treffen. Leider spricht nämlich doch etwas gegen ein Wiedersehen, zumindest wenn aus diesem Wiedersehen etwas Dauerhaftes entstehen könnte, und genau dieses Gefühl habe ich.

Lieber Bernd, vermutlich könnten wir niemals glücklich miteinander werden, da unser Zusammensein von einem tonnenschweren Mühlstein belastet wäre. Bernd, ich habe kürzlich erfahren, dass ich HIV-positiv bin!

Jetzt willst Du sicher wissen, wie es dazu kam. Ganz einfach: Vor meinem Kenia-Urlaub (der war übrigens einzig und allein dazu gedacht, mich so weit wie möglich vom Alltag und dem großen Grübeln fernzuhalten) bin ich unter anderem in Südafrika und Swasiland herumgereist. Was ich dort gemacht habe, erzähle ich Dir gern bei anderer Gelegenheit, falls Du es hören möchtest, doch das würde hier zu weit führen. Jedenfalls habe ich mir da unten einen Magen-Darm-Virus eingehandelt, der mich regelrecht aus den Schuhen gehauen hat. Die daraus resultierende Dehydration war derart heftig, dass man mir Infusionen verabreichen musste. Dazu brachte man mich in ein Krankenhaus in Mbabane (das ist die Hauptstadt von Swasiland), wobei der Begriff »Krankenhaus« recht hoch gegriffen ist. »Buschklinik« wäre treffender, man kann sich als Europäer kaum vorstellen, welche Zustände dort herrschen.

Wahrscheinlich ahnst Du schon, wie es jetzt weitergeht. Richtig, die Infusionsnadel war nicht desinfiziert und HIV-verseucht. Dabei hat mir die Behandlung zunächst gegen den Darmvirus geholfen. Doch dann bekam ich plötzlich wieder hohes Fieber und wahnsinnige Kopfschmerzen, außerdem fühlte ich mich dermaßen erschlagen, dass ich befürchtete, jeden Moment ohnmächtig zu werden. Und dann war da noch das Gefühl, nie wieder etwas essen zu können, sodass ich dachte, das Virus wäre wieder zurück.
Heute weiß ich, dass diese Symptomatik nicht nur typisch ist für eine Darmgrippe, sondern auch für eine HIV-Infektion. Sie tritt quasi sofort nach der Ansteckung auf, um spätestens nach zehn Tagen von ganz allein wieder zu verschwinden. Nun, damals habe ich das noch nicht gewusst.
In Johannesburg bin ich dann erneut in die Klinik gegangen. Dort geht es wesentlich zivilisierter zu als in Swasiland, was allerdings noch immer keinem Vergleich mit europäischen Maßstäben standhält. Als ich dem Arzt meine Beschwerden schilderte, hat er sofort den Verdacht einer HIV-Infektion geäußert und einen sogenannten Bedside-Test durchgeführt, einen Schnelltest, mit dem sich eine Ansteckung nachweisen lässt. Das war erstaunlich simpel: Ein kleiner Fingerpieks, etwas Blut auf ein Testplättchen geträufelt, dazu ein Tropfen Lösungsmittel, dann zehn Minuten warten und fertig.
Niederschmetterndes Resultat: positiv. Eine sofortige Wiederholung des Ganzen bestätigte das Ergebnis.
Jetzt, da ich diesen Brief schreibe und am heimischen Küchentisch sitze, warte ich auf den Befund eines dritten Tests. Der wurde hier bei uns in der Uniklinik durchgeführt, mittels des sogenannten RT-PCR-Verfahrens, das wesentlich aufwändiger ist als der oben beschriebene Schnelltest. Dabei wird das Blut im Labor untersucht, was etwa drei bis vier Tage dauert. Die Warterei ist die Hölle!
Ich habe den RT-PCR-Test gleich nach meiner Rückkehr machen

lassen, weil ich mich an die Hoffnung klammere, dass den Afrikanern ein Fehler unterlaufen sein könnte. Wie gesagt, die medizinischen Verhältnisse dort sind abenteuerlich. Außerdem ist es eine Tatsache, dass sie von den Pharmakonzernen Medikamente zum Spottpreis einkaufen, deren Verfallsdatum überschritten ist. Vielleicht gilt das auch für die AIDS-Tests, die sie verwenden. (Wobei ich nicht weiß, ob die überhaupt ein Verfallsdatum haben.) Doch dass der hiesige Test das Ergebnis der anderen widerlegt, ist verdammt unwahrscheinlich, denn die Nachweisverfahren sind sehr, sehr genau, was angeblich auch für die Schnelltests gilt. Irgendwo habe ich etwas von einer Trefferquote von 98,8 Prozent gelesen.

Wie auch immer, jedenfalls weißt Du nun, warum ich versucht habe, auf Distanz zu bleiben, nämlich, weil ich Dich (und natürlich auch mich) schützen wollte, damit wir uns nicht in etwas verlieren, das keine Zukunft hat.

Dabei hatte ich diese ganze Geheimniskrämerei ursprünglich überhaupt nicht geplant. Dass ich mich Gott und der Welt als Hanna vorgestellt habe, war erst mal nichts als pure Verzweiflung und diente dem Zweck, alles zu verdrängen, was mit Tamara Sturm zu tun hat. (So heiße ich wirklich, tut mir leid, dass Du das erst jetzt erfährst. Nebenbei bemerkt bevorzuge ich es, wenn man mich Mara nennt.)

Diese Verdrängerei war natürlich völlig blödsinnig, denn seinem Schicksal entgeht man nicht dadurch, dass man sich als jemand anderes ausgibt. Das habe ich schnell erkannt, doch als mir klar wurde, dass Du Dich in Hanna verknallt hast, hielt ich es für besser, wenn Du nicht wusstest, wer sie wirklich ist. Und so habe ich das Spiel weitergespielt. Wie ich eben geschrieben habe, wollte ich uns damit beide schützen.

Noch ein paar Sätze zum Verdrängen: Gleich nach meiner Rückkehr aus Kenia habe ich mir an die zwanzig Bücher gekauft, die

sich mit dem Thema Tod beschäftigen. Ich habe mir eingeredet, wenn ich nur gründlich genug studierte, was die klugen Leute dort alles zusammengetragen haben, würde mich das so sehr festigen, dass mich selbst die grausame Gewissheit nicht mehr schockieren kann. Einem Bekannten habe ich weisgemacht, die Bücher gekauft zu haben als Hilfestellung für eine ehrenamtliche Tätigkeit im Hospiz, die ich kurzfristig angenommen hatte. Und siehe da, nachdem er es gefressen hatte, habe ich es sogar selbst geglaubt. Das ist wahre Verdrängungskunst. (Oder beginnende Schizophrenie?)
Ach ja, ich komme übrigens nicht aus Berlin, sondern habe dort lediglich den Großteil meiner Kindheit verbracht. Das führt dazu, dass ich zuweilen Berlinerisch rede, wenn ich mit echten Berlinern zu tun habe, was allerdings nur ein Scherz ist, da ich den Dialekt überhaupt nicht beherrsche (und auch niemals richtig gesprochen habe). Nur Nicht-Berliner und Bernds, die auf Balkonen stehen und lauschen, fallen auf mein »Icke« herein.
Geboren wurde ich in Köln (im St.-Elisabeth-Krankenhaus, Hohenlind). Als ich zwei Jahre alt war, ist unsere Familie nach Westberlin umgezogen, da mein Vater eine Anstellung als Ingenieur am dortigen Fraunhofer Institut angenommen hatte. Als sein Vertrag auslief, war ich sechzehn, und kurz darauf ist die ganze Familie wieder in die Heimat zurückgekehrt.
Verzeih mir, dass ich Deinen Irrtum bezüglich meiner Herkunft ebenfalls nicht aufgeklärt habe, da er demselben Zweck diente wie der falsche Name.
Mittlerweile glaube ich, dass es ein Fehler war, das alles vor Dir zu verheimlichen, doch wenn man einmal die goldene Rüstung anhat, lässt sie sich nur sehr schwer wieder ablegen.
Als ich nach Kenia kam, stand ich kurz davor, mich von einer Klippe zu stürzen. Um das zu verhindern, habe ich mich wie eine Besessene abgelenkt: mit durchtanzten Nächten, mit Schnorchelkursen (obwohl ich eigentlich keine Wasserratte bin), mit Safaris

und zum Schluss mit einem tollen Mann und lieben Menschen namens Bernd Vogel. Danke für die schönen Stunden, die ich mit Dir verbringen durfte. Ich hoffe, dass es nicht die letzten waren, denn dank Dir habe ich eingesehen, dass der Sprung von der Klippe falsch wäre. Das Ende kommt früh genug. Bis dahin gibt es noch eine Menge zu erleben.
Du tust mir gut! Danke!
Ich würde mich riesig freuen, wenn Dir trotz allem nicht die Lust vergangen ist, mich wiederzusehen. Völlig unverbindlich, versteht sich! Jetzt liegt es an Dir. Bis dahin alles Gute
Mara

Kapitel 12

10 Minuten vor der Entführung des Fluges SWX 714

»Nanu?«, grollte eine tiefe Stimme. »Schon wieder auf dem Sprung? Dabei wollten wir heute doch mal richtig ausgiebig über alte Zeiten quatschen, was? Kannst du dir vorstellen, dass es mich kränkt, wenn du heimlich, still und leise wieder verschwindest? Wie lange sitze ich mittlerweile in diesem verdammten Loch?« Er tat so, als müsste er überlegen, dann fuhr er viel zu laut fort: »Zwei verdammte Monate und vier Tage! Und wie oft hast du mich in dieser Zeit besucht?« Er hob die Rechte, um mit Daumen und Zeigefinger einen Kreis zu formen, der offensichtlich die Ziffer Null darstellen sollte. »Setz dich!«

Mara tat, wie ihr geheißen. Er nahm gegenüber Platz. Sie starrte ihn an. Er war Ende vierzig und mittelgroß, etwas dicklich und ausnehmend hässlich. Es war augenscheinlich, dass er früher eine schlimme Akne gehabt hatte, wodurch unzählige Narben auf seinen Wangen zurückgeblieben waren. Hinzu kam eine Nase, wie sie breiter und platter kaum sein konnte, als sichtbares Zeichen dafür, dass er in jungen Jahren geboxt hatte.

»Nette Frisur«, stellte er fest. »Außerdem hast du abgenommen.«

»Im Gegensatz zu dir.«

Er grinste boshaft. »Ja. Ich esse in letzter Zeit gut und regelmäßig. Was macht unser alter Herr?«

Die Frage kam so überraschend, dass sie einige Sekunden

brauchte, um sie zu verdauen. »Falls du damit unseren Vater meinst, dann lautet die Antwort: Es geht ihm sehr schlecht. Aber das ist kein Wunder, immerhin ist er ein schwer kranker Fünfundachtzigjähriger, der obendrein an Alzheimer leidet, der nicht mehr weiß, wer er ist, wo er ist und wie seine Kinder heißen. Er wird dreimal täglich gefüttert und gewindelt, und vielleicht hätte er sich gefreut, hätte ihn sein Sohn beizeiten einmal besucht. Doch dafür ist es jetzt zu spät, die beiden werden sich nie wiedersehen.«

Er sah sie scharf an. »Bist du gekommen, um alte Geschichten aufzuwärmen?«

»Alte Geschichten? Das ist keine alte Geschichte, Jo.« Sein richtiger Vorname war Johannes, während er mit Nachnamen Strasser hieß. Das war auch Maras Mädchenname, und nach ihrer Scheidung hatte sie überlegt, ihn wieder anzunehmen. Doch eigentlich mochte sie Sturm. »Das ist eine verdammt neue Geschichte, die ich zweimal in der Woche erlebe«, fuhr sie fort. »Dann besuche ich ihn nämlich für eine halbe Stunde.« Sie atmete tief ein. »Er kennt mich nicht mehr, und wenn der Arzt recht hat, wird er die nächste Woche nicht mehr erleben.«

»Das tut mir leid. Beides.« Er griff in seine Hemdtasche und förderte eine Zigarettenschachtel zutage.

»Hier herrscht Rauchverbot!«, schnappte sie.

»Na und! Willst du mich verhaften lassen?« Er zündete die Zigarette an, dann fragte er: »Auch eine?«

Obwohl sie in den letzten Monaten mindestens ein halbes Dutzend Versuche gestartet hatte, mit dem Rauchen aufzuhören, an diesem Morgen den jüngsten, griff sie zu. Schweigend schaute sie dem Qualm hinterher. Dann musterte sie ihren Bruder.

Der Schließer hatte nicht gelogen, als er behauptet hatte, Johannes Strasser sei ein Erzganove. Dessen war sie sich nur zu gut bewusst, und die Sache mit der Russenmafia, wegen der er jetzt im Gefängnis saß, war lediglich die Spitze des Eisbergs. Für seine kriminelle Ader hasste sie ihn, doch eigentlich war es eine Hassliebe, denn tief in ihrem Inneren glommen alte Gefühle, die einfach nicht erlöschen wollten.

Früher, als sie noch Kinder gewesen waren, hatte man sie *die Unzertrennlichen* genannt, da sie nicht voneinander gewichen waren. Jo hatte sich deswegen eine Menge Frotzeleien anhören müssen, denn ein Fünfundzwanzigjähriger, den man niemals auch nur für eine Sekunde ohne seine sechzehnjährige Schwester sieht, gilt unter seinesgleichen nicht gerade als das, was man cool nennt. Und noch uncooler ist er, wenn die Sechzehnjährige eine Zahnspange trägt, die aus so viel Draht besteht, dass man daraus bequem einen Vogelkäfig herstellen könnte. Trotzdem hatte Jo sie mit Stolz beschützt. Und sie war so verschossen gewesen in ihren großen, starken Bruder, dass sie sich vorgenommen hatte, ihn zu heiraten, wenn sie erst erwachsen war.

Gute Güte, das lag inzwischen eine Ewigkeit zurück! Mit achtzehn war sie schließlich zur Polizei gegangen, während er sich für die andere Seite des Gesetzes entschieden hatte. Dadurch war das Band der Verbundenheit, das sie über viele Jahre so unzertrennlich gemacht hatte, bis an die Zerreißgrenze gespannt worden. Und diese Hochspannung hielt bis zu diesem Tag an, auch wenn Jo geschworen hatte, nach seiner Entlassung *sauber zu werden*, wie er es nannte. Ähnliches hatte er in der Vergangenheit jedoch bereits dutzendfach beteuert, ohne es auch nur ein einziges Mal ernst zu meinen.

»Ich möchte dir etwas erzählen«, beendete sie das stille Rauchen. »Ich bin momentan völlig durch den Wind. Da ist etwas, das mich nachts nicht mehr schlafen lässt.« Gemeint war natürlich das Virus, das mit jedem Pulsschlag durch ihre Blutbahn tobte und von dem Jo noch nichts ahnte. Sicher, er war ein Schuft, doch in der Vergangenheit war er trotzdem immer für seine kleine Schwester da gewesen, wenn es wirklich sein musste. Sie war hergekommen in der Hoffnung, er würde sie in die Arme nehmen und ihren Kopf an die Brust drücken. Allein die Vorstellung war tröstlich.

Doch leider war der starke Bruder an diesem Tag eher auf Krawall gebürstet. »Du kannst nicht schlafen?«, ereiferte er sich. »Frag mich mal, wie ich momentan schlafe. Kannst du dir vorstellen, wie es ist, eingesperrt zu sein? Nein, kannst du natürlich nicht! Hätte mich auch gewundert.«

»Was soll das denn bitte schön heißen?«

»Das soll heißen, dass du nach über zwei Monaten nicht einfach hier aufkreuzen kannst, um mir von deinen Wehwehchen zu erzählen. Was kann das schon Großartiges sein? Ich habe im Moment selbst genug Ärger am Bein. Vielleicht wäre es angebracht gewesen, mich zu fragen, wie es mir geht, bevor du mir die Ohren vollheulst.«

Für ein, zwei Sekunden war sie sprachlos. Ihr Herz krampfte sich zusammen, als hätte jemand einen glühenden Schürhaken hineingetrieben. Dann gab sie gallig zurück: »Wenn ich mich nicht irre, hast du dich selbst in diesen Schlamassel geritten. Oder hat dich irgendjemand dazu gezwungen, mit Victor Smertin und seiner Russenbande …« Sie unterbrach sich, um übergangslos ein anderes Thema zur Sprache zu bringen. »Ich will dein Geld nicht!«

Er wusste sofort, dass damit die Beträge gemeint waren, die er über seinen Anwalt regelmäßig auf ihr Konto transferieren ließ. »Erzähl kein Blech. Natürlich willst du das Geld. Niemand hat etwas gegen ein dickes Bankkonto.«

»Ich schon.« Dann wiederholte sie mit Nachdruck: »Ich will dein Geld nicht. Zumal ich mir gut vorstellen kann, wie du es *verdient* hast.«

Er tat ihren Protest mit einer großzügigen Handbewegung ab. »Ich hoffe, es wird pünktlich überwiesen, ja?«

»Verdammt, Jo, was soll das? Hat die Knastluft dein Hörvermögen beeinträchtigt? Ich will das Geld nicht! Das habe ich deinem Anwalt auch schon gesagt, doch der Kerl ist genauso taub wie du. Die Summen, die ich zurücküberwiesen habe, waren am nächsten Tag wieder da.«

Er nickte zufrieden. »Freut mich zu hören. Demnach habe ich einen zuverlässigen Mann ausgesucht. Die Kohle ist also immer pünktlich auf deinem Konto, habe ich das richtig verstanden?«

Sie hieb mit der Handfläche auf die Tischplatte, dass es krachte. Sofort kamen Rinderhälfte und zwei seiner Kollegen hereingestürzt, doch Mara versicherte ihnen, dass alles in Ordnung sei, und schickte sie wieder weg.

»Und ob es pünktlich auf meinem Konto ist!«, fauchte sie ihrem Bruder ins Gesicht. »Seit fast drei Monaten gehen an jedem verdammten Werktag zweitausend Euro auf meinem Konto ein. Das sind zehntausend in der Woche! Spinnst du?«

Er grinste und murmelte etwas davon, wie stilvoll es doch sei, täglich eine kleine Summe zu überweisen, anstatt schlagartig eine große. »Ich bin halt ein Gentleman und ein geistreicher noch dazu.«

»Du bist ein armer Irrer! Das ist krank! Bescheuert! Total meschugge! Kein Mensch spendiert solche Summen. Auch nicht einem Verwandten. Oder sagen wir so: Zumindest nicht, wenn zwischen diesen Verwandten im Prinzip seit Jahren Funkstille herrscht. Ich will, dass dieser Mist aufhört!«

»Jetzt aber mal halblang, Johanna! Als ich dir das Motorrad geschenkt habe, hast du anfangs auch gemotzt, weißt du noch? Und mittlerweile willst du es nicht mehr missen, wenn ich mich nicht irre.«

Dass er sie Johanna nannte, war eine Spöttelei, die ihren Ursprung ebenfalls in Kindertagen hatte, wie so vieles zwischen den beiden. Johanna war einer ihrer drei Vornamen, und sie ver-

La Bendición de Dios
Agencia de Turismo y Transportes
Nit. 22.788.649-1
R.N.T. No. 30831

ESTE TIQUETE SOLO ES VÁLIDO PARA ISLAS DEL ROSARIO PLAYA BLANCA LANCHA RÁPIDA

HORA DE ZARPE
DE 9:00 a 10:30 a.m.
Presentarse 1 Hora antes en el Muelle

No. 0605

FECHA: 07-03 16 HORA DE RECOGIDA: 8:30 Am

No. PAX: 2 NOMBRE: Kilin Deischel

VALOR TOTAL 120 000 ABONO — SALDO —

VALOR TIQUETE POR PERSONA:
TEMPORADA BAJA $60.000
TEMPORADA ALTA $80.000

VENDEDOR: Luys Garzón

Centro comercial Getsemani Local 1a - 105 Cel: 321 675 0481 Tel: 6623659 E-mail edilfamartinezjulio@hotmail.com
CARTAGENA - COLOMBIA

LEY 300 (LEY GENERAL DE TURISMO) ART. DE LA NO PRESENTACION. Cuando el usuario delos servicios turísticos incumpla por no presentarse o no utilizar los servicios pactados. El prestador podrá exigir a su elección el pago del 20% de la totalidad del precio o tarifa establecida, o retener el deposito o anticipo que previamente hubiere recibido del usuario, si así lo hubiere convenido.

NOTA: NO INCLUYE TASA PORTUARIA

CONDICIONES DEL CONTRATO - TOUR ISLAS DEL ROSARIO - PLAYAS BLANCAS

La agencia **LA BENDICIÓN DE DIOS** se compromete a transportar en lancha rápida con capacidad de 25, 30,50 pasajeros hacia las Islas del Rosario- Playa Blanca (Barú)

1. El pasajero debe tener en cuenta el horario establecido de salida autorizado por la secretaria del interior y capitanía de puerto, (salidas autorizadas de lanchas entre las 9:00 a.m. a 10:30 a.m.) y presentarse en el muelle a las 8:30 a.m. o esperar a ser recogido en el hotel si así lo hubiere convenido. Regreso de embarcaciones entre las 4 a 4:30 p.m. En el muelle de Cartagena, cambio sin previo aviso causado por mal tiempo a petición de autoridades competentes.
2. No se reembolsara dinero bajo ninguna circunstancia si el pasajero incumple o no toma el tour y perderá su abono o la totalidad del valor del tour, de acuerdo a la ley 300 descrita. Si la agencia incumple al pasajero no prestando el servicio de transporte (exceptuando no salida por mal tiempo) dentro del horario establecido o previo acuerdo fuera del horario por fuerza mayor, solo pagara al pasajero el valor pagado por ellos, descrito en el tiquete si no estuviere escrito el valor, solo cancelara el valor neto del transporte.
3. En caso de que las embarcaciones no puedan salir por mal tiempo, se cambiara al día siguiente sin reclamo de indemnización.
4. Reserva sujeta a disponibilidad.
5. El tiquete debe mantenerse en todo momento, el cual debe ser presentado al ingreso de los muelles autorizados y puede ser requerido por las autoridades competentes.
6. La agencia **LA BENDICIÓN DE DIOS** no se hace responsable si la persona portadora de este tiquete no es embarcada por uno de sus representantes en el MUELLE LA BODEGUITA y toma por decisión propia embarcarse en otro lugar, exceptuando previo acuerdo y bajo autorización de capitanía de puerto.
7. RESPONSABILIDAD POR PERDIDA: es responsabilidad total del turista o pasajero el llevar cámaras, video cámara, joyas u otros implementos de valor y se exonera a la agencia SUN & SUMMER TRAVEL S.A.S en caso de pérdida.
8. CUIDADOS DEL MEDIO AMBIENTE: está totalmente prohibido el comprar o tomar artículos de mar como corales, caracoles, estrella de mar o diferentes que perjudiquen el medio ambiente, es responsabilidad completa del turista y se exime a la agencia SUN & SUMMER TRAVEL S.A.S de dicha responsabilidad.

El tiquete tiene una validez de 15 días, no reembolsable pero si transferible.
TODO NIÑO MAYOR DE 2 AÑOS PAGA.
ÚNICO MUELLE AUTORIZADO: MUELLE LA BODEGUITA, o cambio autorizado por capitanía de puerto, previo aviso.
SERVICIOS INCLUIDOS: Recorrido panorámico por las islas, transportes, visita a la isla san Martín de pajarales, visita a Playa Blanca (Isla Barú), almuerzo bandeja típica (Arroz con coco, pescado frito, ensalada, patacones, refresco y fruta.)
SERVICIOS NO INCLUIDOS: tasa portuaria ni ingreso al parque, entrada al acuario, consumo de cocteles, licor o gaseosas, deportes náuticos, regreso al hotel, carpas.

Toda embarcación es autorizada por capitanía de puerto en el momento de expedir el zarpe y va asegurada. La agencia **LA BENDICIÓN DE DIOS** no se hace responsable por accidentes sufridos a bordo de las embarcaciones, ni en las islas por desacato a órdenes y sugerencias y anticipa su agradecimiento por su atención a las recomendaciones que haga la tripulación sobre seguridad y uso de las atracciones.

The agency **LA BENDICIÓN DE DIOS** assume the commitment of transport in speeds boats whit a capacity of 25, 30, 50, passengers from Cartagena to Rosario Islands – Playa Blanca.

1. The passenger most have in count the established departure time authorized by the authorities (authorized departures between 9:00am to 10:30am)and be on the pier at 8:30 a.m. The return of the speed boats will be between 4 and 4:30 p.m. to the touristic pier of Cartagena, this can charge without any notice caused by bad weather if request by the authorities.
2. **LA BENDICIÓN DE DIOS** will no refund money under any circumstance is the passenger breach or do not arrive on time to the pier, in this case will lost the deposit or the total price of the tour, according to the law 300 described, if the agency breach the contract to the costumer not offering the transport service (except bad weather circumstances) on the established schedule or bay arrangement or force majeure, the agency will pay only the amount paid for the passengers, described on the ticket, if the value is not in written, only cancel the net value of transportation.
3. If the boats cannot leave do the bad weather, will change the ticket for the next day without compensation claim.
4. Booking subject to availability.
5. The ticket must maintained at all time, which must be present to enter the docks allowed, and may be required by the authorities'.
6. **LA BENDICIÓN DE DIOS** is not responsible if the bearer of this ticket is not shipped by one of its representatives on the dock LA BODEGUITA and by own choice en decision to embark on another place, except by agreement, and port captain authorization.
7. Responsibility for lost: the tourist or passenger is totally responsible of carrying cameras, video cameras, jewelry or other valuable object, and exonerate the **LA BENDICIÓN DE DIOS** in case of lost.
8. Care for the environment: is forbidden to purchase or take items like sea shells, or any other living thing that affects the environment, and full responsibility of the tourist agency releasing **LA BENDICIÓN DE DIOS** that responsibility

The ticket is valid for 15 days, not refundable or transferable.
Every child over 2 years is charged.
The only authorized dock is LA BODEGUITA.
Services including: panoramic tour of the islands, visit to the island san martin de pajarales, visit to playas Blanca's, Isla baru, typical lunch (coconut race, fried fish, salad, fried plantains, soda, fruit)
NO INCLUDED: port charged, park entrance, entrance to the Aquarian, drinking cocktail, extra drinking, waters port, or tents.
All boats are authorized by the captain of the port at the time for departure and will have insurance. **LA BENDICIÓN DE DIOS** is not responsible for accidents occurring on board the vessels, or in the island for contempt orders and suggestions and anticipates his appreciations for the attention to the recommendations made by the crew on safety and the use of boats

La explotación y abuso a menores de edad se encuentra prohibida y penalizada por la ley (Art. 16 ley 679 de 2001)
LA LEY 300 (LEY GENERAL DE TURISMO) ART. DE LA NO PRESENTACIÓN
Cuando el usuario de los servicios turísticos incumpla por no presentarse o no utilizar servicios pactados. El prestador podrá exigir a su elección el pago del 20% de la totalidad del precio o tarifa establecida, o retener el depósito o anticipo que previamente hubiere recibido del usuario, si así lo hubiere convenido. INDISPENSABLE PRESENTAR ESTE VOUCHER PARA LA REALIZACIÓN DEL TOUR.

dankte ihn ihrer Großmutter, so wie Jo in Erinnerung an die liebe Oma Johannes getauft worden war. Anfangs, als sie noch Zöpfe getragen hatte, war sie für alle die kleine Johanna gewesen oder kurz Hanna, doch seit der Pubertät fand sie das schrecklich und reagierte ausschließlich, wenn man sie Mara rief. Zum Schluss hatte nur noch ihre Mutter sie Johanna genannt, und auch nur dann, wenn sie etwas ausgefressen hatte, was nicht allzu selten vorgekommen war.

Sie atmete schwer, da er einen wunden Punkt berührt hatte. Es stimmte, sie liebte ihr Motorrad, mit dem sie vielfach sogar aus schierem Spaß an der Freude durch die Gegend fuhr. Nur wenn es in Strömen regnete oder sie etwas transportieren musste, beispielsweise ihre Einkäufe, benutzte sie ihre klapprige Ente. Jo hatte ihr das Motorrad zum fünfunddreißigsten Geburtstag geschenkt, doch noch besser hätte es ihr gefallen, wenn er stattdessen mit einem Blumenstrauß erschienen und auf der Party geblieben wäre, anstatt sein Dreißigtausend-Euro-Präsent auf den Tisch zu knallen, beziehungsweise den passenden Schlüssel und die Zulassung, um bereits zehn Minuten später wieder zu verschwinden. Aber so war er nun mal: Jo gehörte zur Riege der notorischen Scheckbuchzücker.

Als ihre Mutter gestorben war, hatte Mara am offenen Sarg geweint, während er eine Luxusbestattung bezahlt hatte, ohne sich auf dem Begräbnis sehen zu lassen. Am Tag ihrer Hochzeit hatte er ein Telegramm geschickt und eine Stretch-Limousine samt Chauffeur, der das Paar zur Kirche gefahren hatte. Er selbst war verhindert gewesen und hatte sich nicht blicken lassen. Als klar wurde, dass ihr Vater an Alzheimer litt, hatte sie wochenlang nach einem geeigneten Heim gesucht. Jo hatte es bezahlt. Und so weiter.

»Die Kohle ist sauber«, versicherte er. »Niemand kann dir einen Strick daraus drehen, dass dein Bruder dir finanziell unter die Arme greift, solange du alles ordnungsgemäß versteuerst. Falls dir doch einer dumm kommt, kann ich dir die Nummer meines Anwalts geben, der …«

Er verstummte, weil sie aufgesprungen war. Sie stützte sich mit beiden Fäusten auf die Tischplatte, den Oberkörper so weit nach vorn gebeugt, dass ihre Kinnspitze beinahe seine Stirn berührte. Ihr Atem rasselte.

Jo Strasser rauchte mit gesenktem Kopf, um sie nicht ansehen zu müssen. »Betrachte es einfach als Wiedergutmachung für die Fehler der letzten zehn Jahre, okay?«

Das ließ ihre Sicherung endgültig durchbrennen. Sie brüllte: »Pfeif auf die Fehler! Darauf kommt es gar nicht an!«

Da schnellte er ebenfalls hoch, um sie seinerseits anzuschreien. »Ach, nein? Und worauf kommt es an, wenn ich fragen darf?«

»Das weißt du genau!«

»Nein, weiß ich nicht. Aber ich weiß, dass sich jeder normale Mensch freuen würde, wenn er urplötzlich ein Vermögen auf dem Konto hätte. Doch nicht meine liebreizende Schwester. *Ich will dein Geld nicht.*« Mit dem letzten Satz äffte er sie nach. »Aber bitte, erkläre deinem blöden Bruder, worauf es ankommt. Er ist ganz Ohr.«

Wieder erschienen die Vollzugsbeamten in der Tür und schauten fragend zwischen den Streithähnen hin und her.

Sie flüsterte, sodass nur er ihre Worte hören konnte. »Worauf es ankommt, du Idiot? Du versuchst, meine Freundschaft zu kaufen, das ist der Punkt. Mein Verständnis. Meine Liebe. Das hast du schon viel zu oft getan, und das tut weh. Ich bin kein Hund, Jo, dem man einen Knochen hinwirft, um sich seiner Treue zu versichern. Auch wenn es sich um einen Knochen aus Gold handelt.« Ihre Stimme wurde mit einem Mal so heiser, dass sie kaum noch zu verstehen war. »Dabei hättest du alles umsonst haben können. Gerade vorhin wollte ich dir etwas aus meinem Leben erzählen, dass mich fertigmacht. Hast du mir zugehört? Nein! Ich will dich nie wiedersehen!«

Mit feuerrotem Kopf stürzte sie an den Beamten vorbei auf den Flur.

Strasser starrte ihr noch hinterher, als sie schon längst nicht mehr zu sehen war. Er war sich keiner Schuld bewusst. Im Gegenteil, was konnte falsch daran sein, die eigene Schwester zu beschenken? Er begriff es nicht. Und das größte Geschenk stand sogar noch aus. In exakt siebenundzwanzig Tagen, am Heiligen Abend, der gleichzeitig ihr achtunddreißigster Geburtstag war, sollte die letzte Zahlung erfolgen, zumindest hatte er seinen Anwalt beauftragt, das zu veranlassen. Doch dann würden nicht zweitausend Euro auf ihrem Konto eingehen, sondern zwei Millionen!

»Ich hoffe nur, dass sie das Geld nicht der Wohlfahrt spendet«, brummte er in Richtung der überraschten Schließer, die keine Ahnung hatten, wovon er sprach. »Zuzutrauen ist ihr das jedenfalls.«

Kapitel 13

3 Minuten vor der Entführung des Fluges SWX 714

Bernd saß da, als hätte er einen Stock verschluckt. Mit zitternden Fingern presste er das Mobiltelefon an sein Ohr. Ihm war mit einem Mal speiübel, während sein Gesicht die Farbe eines Lakens angenommen hatte.

»Hammer!«, hörte er Georgs Stimme, die aus einem anderen Universum zu kommen schien. »Das ist der absolute Hammer! Ich weiß nicht, was ich sagen soll.«

Das traf gleichermaßen auf Bernd zu, also schwieg er. Wie in Trance starrte er geradeaus, um am Ende des Ganges einen Mann zu sehen, der einer Stewardess mit der flachen Hand ins Gesicht schlug. Die Ohrfeige war heftig, fast brutal.

Wenn Bernd in diesem Moment seine Sinne beisammengehabt hätte, wäre er höchstwahrscheinlich erschaudert, so wie die meisten Passagiere in den ersten Sitzreihen, denen das heftige Klatschen nicht entgangen war. Der Kopf der Stewardess flog zur Seite, ihr Schiffchen sauste in hohem Bogen davon.

»Weg da, habe ich gesagt!«, blaffte der Schläger auf Englisch.

Die Stewardess musste eilig zurückweichen, um seinem auskeilenden Ellenbogen zu entgehen.

Wäre Bernd nicht wie paralysiert gewesen, hätte er sich vermutlich gefragt, warum niemand etwas gegen diesen Rüpel unternahm. Bei der Stewardess, so erkannte er, handelte es sich um Grietje. Der Name stand auf einem Messingschildchen an ihrer

Bluse. Grietje war eine weiße Südafrikanerin, genau wie die übrigen Crewmitglieder. Sie mochte Mitte vierzig sein, recht alt für eine Stewardess, doch dafür war sie ungemein charmant und hatte während des gesamten Fluges stets einen lockeren Spruch in petto gehabt sowie ein Lächeln auf den Lippen.

Aber das war ihr inzwischen gründlich vergangen. Verzweifelt bückte sie sich nach ihrem Schiffchen, so als wäre auf der Stelle alles in Ordnung, sobald es wieder an seinem Platz saß. Ihre Kollegin stand derweil da und starrte den handgreiflich gewordenen Passagier an.

Bei diesem handelte es sich um einen Schwarzafrikaner, der penetrant nach Schweiß stank und ungemein gewalttätig wirkte. Deshalb taufte Bernd ihn in Gedanken Tyson, nach dem ehemaligen Boxer und Schwergewichtsweltmeister Mike Tyson, der während seiner aktiven Zeit als hundsgemeiner Schläger gegolten hatte. Okay, *dieser* Tyson war wesentlich schmächtiger als der echte, im Grunde sogar eher mager als muskulös, doch die Brutalität stand ihm regelrecht ins Gesicht geschrieben. Das war vermutlich auch der Grund dafür, dass niemand einschritt und dem Kerl befahl, sich endlich wieder auf seinen Platz zu setzen, so wie es Grietje vorhin ein halbes Dutzend Mal in freundlichem Tonfall versucht hatte.

»Birdie!«, tönte es aus dem Handy.

Erstaunt registrierte Bernd, dass er es immer noch am Ohr hielt.

»Alles in Ordnung?«, erkundigte sich Georg. »Entschuldige, blöde Frage. Hast du schon eine Ahnung, wie du dich verhalten wirst? In Bezug auf Hanna … Tamara, meine ich?«

Er schüttelte unwillkürlich den Kopf und trennte die Verbindung, ohne sich zu verabschieden. Dann schaltete er das Handy ganz aus. Die Stimme seines Freundes, die ihm den Brief vorlas, hallte als Echo durch seinen Kopf.

Bernd, ich habe kürzlich erfahren, dass ich HIV-positiv bin!

Mittlerweile hatte der rüpelhafte Schwarzafrikaner jenen Bereich betreten, der von der Crew *Bordküche* genannt wurde, dabei jedoch nichts anderes war als ein winziges Stückchen leerer Raum zwischen Cockpit und Kabine. Dort hantierte er ungeduldig an den Servicewagen herum, die normalerweise von den Stewardessen dazu benutzt wurden, den Passagieren das Essen zu bringen

Bernd, ich habe kürzlich erfahren, dass ich HIV-positiv bin!

Ohne sich dessen bewusst zu sein, kaute Bernd an seinem Daumennagel. Endlich hatte er eine Frau kennengelernt, die seine Gefühle erwiderte, und dann das. Es war zum Verzweifeln. Wo blieben eigentlich die Busse? Er wollte so schnell wie möglich raus aus diesem verdammten Flieger und zu Hause in aller Ruhe ihren Brief lesen. Vielleicht hatte Georg irgendetwas übersehen?

Indes mischte sich Grietjes Kollegin in die Auseinandersetzung mit dem renitenten Passagier ein. »Was machen Sie denn da?«, fragte sie ihn erst auf Englisch, dann auf Deutsch mit holländischem Akzent. Sie war wesentlich jünger als Grietje und ausnehmend hübsch, und ihre Muttersprache war vermutlich *Afrikaans*, ein mit dem Niederländischen verwandter Dialekt, den die Mehrheit der Weißen in Südafrika sprach. Ihr Tonfall verriet eine Mischung aus Unbehagen und Verblüffung. »Sind Sie taub?«

Der Kerl ignorierte sie und ruckelte weiterhin an den Servicewagen herum. Diese befanden sich an der Rückwand zum Cockpit, eingepasst in schrankartige Aussparungen, wo sie von metallenen Bügeln am Wegrollen gehindert wurden.

Bernd konnte die Szene genau beobachten, denn er saß in der zweiten Reihe und direkt am Gang. Er sah, wie der Schlägertyp einen der Wagen aus der Halterung befreite und zur Seite schob. Dann ließ er sich auf alle viere nieder und kroch in den Stauraum, als würde er dort am Boden etwas suchen. Für eine Minute oder so waren nur noch sein Hinterteil in der schäbigen Jeans sowie seine Füße zu sehen, dann verschwand er vollends. Doch nur für einen kurzen Moment, und als er wieder zum Vorschein kam, hielt er einen viel zu groß geratenen Saxofonkoffer in den Händen. Bernd konnte sich darauf keinen Reim machen und beobachtete, wie der Typ mit dem Koffer ins Cockpit stürmte.

Er war kaum außer Sicht, als der hässliche Easy Rider nach vorn walzte, um sich bei Grietje zu beschweren, dass die Busse, die sie zum Terminal bringen sollten, wieder abgedreht waren.

Die Ärmste schaute hilflos drein und versprach, dass sich das Problem sehr bald lösen würde, doch der Easy Rider ließ sich nicht besänftigen und schimpfte weiter auf sie ein, bis die Stimme des Piloten aus den Bordlautsprechern ertönte: »Verehrte Fluggäste …«

Weiter kam er nicht. Stattdessen drang ein Schrei aus dem Cockpit, und einen Atemzug später flog die Tür auf. Grietje wich in den Gang zurück, und sogar der Easy Rider erschrak sichtlich.

Tyson war auf einmal mit einer Maschinenpistole bewaffnet, deren Mündung bedrohlich auf die Passagiere zeigte. »Das Flugzeug befindet sich in meiner Gewalt!«, brüllte er auf Englisch.

Weiter hinten lachte jemand schrill, da er offenbar an einen schlechten Scherz glaubte. Allerdings blieb ihm das Lachen im Halse stecken, als die ausklappbare Schulterstütze der Maschinenpistole ohne Vorwarnung in das Gesicht des Easy Riders krachte.

Unwillkürlich biss sich Bernd auf die Unterlippe, als er meinte, das Brechen des Kiefers zu hören.

Der Easy Rider fiel wie von der Axt gefällt zu Boden und klatschte der Länge nach in den Gang, wo er rücklings liegen blieb. Mit gefletschten Zähnen trat Tyson nach ihm, traf zum Glück aber nur die Beine, da ihm die Enge des Gangs ein anderes Ziel verwehrte.

In unmittelbarer Nähe schrie eine Frau.

Der Verbrecher übertönte sie. »Schnauze!«, brüllte er in einer Lautstärke, die sie zusammenzucken ließ, als hätte neben ihr der Blitz eingeschlagen.

Als Nächstes kam Grietje an die Reihe. Mit der freien Hand ergriff er das Revers ihrer Stewardessen-Kluft und zerrte sie in die Bordküche. Dort, gleich neben dem Ausstieg, befand sich die Sprechanlage, die von der Kabinencrew normalerweise dazu benutzt wurde, über Lautsprecher vor Flugbeginn die Sicherheitsbelehrungen herunterzubeten oder im weiteren Verlauf der Reise für zollfreie Produkte zu werben, die an Bord gekauft werden konnten. Er riss das Mikrofon aus der Wandhalterung und drückte es ihr in die Hand. »Übersetzen!«, befahl er. »Auf Deutsch! Sind ja nur Krautfresser an Bord!«

Die Stewardess nickte, ihre Hand mit dem Mikro zitterte.

Tyson spie ein paar Sätze hin, dann wartete er.

Sie drückte die Sprechtaste, es knackte. »Er will den Gang freihaben«, verkündete sie in flüssigem Deutsch, aber mit starkem holländischem Akzent. »Sie sollen sich sofort hinsetzen und die Arme hinter den Köpfen verschränken.«

Ersteres galt jenen Passagieren, die zu Beginn des Überfalls herumgestanden und mit ihrem Handgepäck gerungen hatten, das in den Ablagefächern über den Sitzreihen aufbewahrt wurde.

»Nehmen Sie schleunigst wieder Ihre Plätze ein!«, mahnte sie erneut. Sie atmete rasselnd, ihre Stimme drohte zu kippen, doch irgendwie schaffte sie es, sich zu beherrschen. »Und sorgen Sie dafür, dass nichts im Gang liegt. Schieben Sie es unter die Sitze. Außerdem darf ab sofort nicht mehr gesprochen werden. Er droht, jeden zu erschießen, der ungefragt spricht.«

Dieser Teil der Übersetzung war deutlich abgemildert, denn wörtlich hatte der Schwarzafrikaner gesagt: *Dem ersten Krautfresser, der sein dreckiges Maul aufmacht, ohne dass ich es ihm erlaube, werde ich das verdammte Gehirn aus dem Schädel pusten!*

Für die Dauer von zwanzig, dreißig Sekunden war lautes Rascheln und Füßescharren zu vernehmen, als sich die Leute auf ihre Plätze flüchteten. Dann breitete sich furchtsame Stille aus, bis nur noch das dumpfe Brummen der Klimaanlage und das Rauschen der Lüftung zu hören waren. Ein Kind fing an zu weinen, doch seine Mutter presste ihm sofort die flache Hand auf den Mund, um den Laut zu ersticken. Den freien Arm verschränkte sie hinter dem Kopf, genau wie alle anderen.

Dann, als der Gang wieder passierbar war, erhoben sich drei Männer von ihren Plätzen. Es waren ebenfalls Schwarzafrikaner, und sie kamen auf Tyson zu. Dabei verpasste einer von ihnen dem am Boden liegenden Easy Rider einen brutalen Tritt direkt ins Gesicht, und dessen Stöhnen brach abrupt ab, sein Körper erschlaffte. Sie grinsten, und jeder hielt Tyson die geballte Faust hin, worauf dieser mit seiner Faust dagegenschlug.

Auf Bernd wirkte das wie die Begrüßungszeremonie einer Bande von Gangsta-Rappern. Fehlte nur noch das obercoole *Yo, man*.

Das Quartett tauschte einige Sätze in einer Sprache aus, die Bernd völlig unbekannt war. Dabei wurde deutlich, dass Tyson das Kommando führte. Er überreichte einem seiner Leute eine Pistole, die beiden anderen erhielten jeweils ein riesiges Messer, dessen Klinge an einer Seite gezackt war und dessen Hauptzweck wohl darin bestand, Furcht einzuflößen. Er nahm die Pistole und die beiden Messer aus einer Umhängetasche, die Bernd erst in diesem Moment an ihm bemerkte. Bevor er das Cockpit geentert hatte, war die Tasche noch nicht da gewesen. Folglich musste sie sich zusammen mit der Maschinenpistole in dem Saxofonkoffer befunden haben.

Terroristen!, schoss es ihm in den Sinn. *Lieber Gott, lass mich bitte sofort aufwachen!* Er kniff die Augen zu und öffnete sie wieder, doch die Typen waren immer noch da. Natürlich, Augenschließen hatte noch nie etwas bewirkt.

Zwei Kidnapper, der mit der Pistole und einer der beiden Messermänner, gingen mit großspuriger Gestik in den hinteren Teil der Maschine, während sich der zweite Messermann ins Cockpit begab und dabei die Tür offen ließ. Tyson blieb mit Grietje in der Bordküche zurück und forderte sie abermals auf, eine Lautsprecherdurchsage zu machen.

Bernd bemerkte, dass Tyson leicht hinkte und den linken Fuß nachzog.

»Er möchte, dass Sie die Sonnenblenden herunterschieben«, sagte Grietje in das Mikro der Sprechanlage.

Jede Sitzreihe verfügte über sechs Plätze, die mit den Buchstaben A bis F gekennzeichnet waren. Folglich befanden sich die Plätze A, B, und C auf der linken Seite der Passagierkabine, während D, E und F die Rechte bildeten. Zwischen den Plätzen C und D verlief der Gang, die Plätze A und F befanden sich an der Flugzeugwand mit Sichtfenster nach draußen.

Bernd hatte den Kopf gesenkt und stierte mit dahinter verschränkten Armen auf seine Oberschenkel. Nur keinen Blickkontakt mit einem dieser Mordgesellen, nur nicht auffallen! Aus den Augenwinkeln beobachtete er, wie die Frau, die in seiner Reihe auf dem Fensterplatz saß, eilig die Blende nach unten schob. Dann nahm er einen Schatten im Gang zwischen den Sitzreihen wahr, der auf ihn zukam. Das heißt, er spürte ihn mehr, als dass er ihn sah, doch als er verstohlen den Kopf hob, blickte er geradewegs in die Mündung der Maschinenpistole. Dabei handelte es sich um eine MP2A1, wie er unterbewusst registrierte, also um das gleiche Modell, an dem er vor vielen Jahren als Wehrpflichtiger beim Bund ausgebildet worden war.

»Du da!«, blaffte Tyson ihn an und stieß den Lauf der MPi gegen seinen Ellbogen. »Sprichst du Englisch?«

Bernd sagte nichts, denn er wollte auf keinen Fall gegen das Redeverbot verstoßen. Also nickte er eifrig.

»Gut für dich«, lobte der Geiselnehmer. »Räum den Gang auf! Sieh zu, dass der Fettsack verschwindet! Na los, mach schon. Oder muss ich nachhelfen?«

Es dauerte einige Sekunden, bis er begriff, dass der Easy Rider gemeint war, der reglos im Gang lag. Herrje, dieser unsympathische Blödhammel, der ihm gleich am ersten Tag Schläge angedroht hatte, wenn er nicht seinen Platz im Jeep räumte. Auf einmal spukte ihm die Frage im Kopf herum, warum Tyson ausgerechnet ihn erwählt hatte, sich um den Kerl zu kümmern. Vermutlich, redete er sich ein, weil in der Sitzreihe vor ihm lediglich der Fensterplatz besetzt war, wodurch er gewissermaßen auf dem Präsentierteller saß.

»Beeilung!«

Hart traf ihn der Pistolenlauf am Kopf. In Sekundenschnelle wuchs eine Beule.

Er sprang auf, wand sich an dem Schwarzafrikaner vorbei, ohne ihn zu berühren, stakste ungelenk auf den Easy Rider zu und ging vor dessen Kopf in die Knie. Das Gesicht unter ihm sah zum Fürchten aus, war geschwollen, blau angelaufen und wirkte deformiert. Das galt vor allem für die Kieferpartie.

»Was ist?«, grollte Tyson. »Will der Fettsack nicht aufstehen?«

Bernd starrte ihn an. »Nein«, hörte er sich krächzen. »Er kann nicht aufstehen. Sie haben ihn totgeschlagen.«

Kapitel 14

Das Interview mit Omar Aidids Bruder Asad Aidid war zum Fiasko geworden, ehe es richtig begonnen hatte.

Als Folge der Katastrophe stand Mara mit dem Rücken an einem Mäuerchen, das ihr kaum bis zur Hüfte reichte. Dahinter ging es rund dreißig Meter steil in die Tiefe, während von unten das Rollen der Brandung zu hören war und das Donnern der Wellen, die sich an den Klippen brachen.

Sie hatte mit dem Leben abgeschlossen, denn vor ihr, vier, fünf Schritte entfernt, stand Asad Aidid, der eine Machete schwang. Der Kerl raste vor Zorn und ließ den Stahl durch die Luft fauchen, als deutliche Drohung. Sie hegte keinen Zweifel daran, dass er sie ohne mit der Wimper zu zucken umbringen würde, wenn er nur an sie herankäme.

Doch das schaffte er nicht, noch nicht, denn dazu hätte er sich ihr bis auf Armlänge nähern müssen, was er nicht tat. Zunächst nahm sie an, der Grund dafür wäre Bodo, denn der kleine, tapfere Kerl hatte sich mit gesträubtem Fell vor ihr aufgebaut und versuchte, mit Knurren und Bellen den Angreifer in die Flucht zu schlagen. Dann ging ihr auf, dass sich ein Typ vom Kaliber Asads nicht von einem Kläffer abschrecken ließ. Nein, die Ursache für sein Zögern war eine andere, und die erschien ihr genauso offensichtlich wie trivial.

Zöllner versuchte indes, auf den Milizenführer einzuwirken. »Ich beschwöre Sie, Hoheit!«, rief er mit kaum beherrschter Panik in der Stimme, während er wie ein aufgescheuchtes Huhn um Asad herumlief. »Was hätten Sie damit gewonnen, eine wehrlose Frau zu töten? Ein unwürdiges Weib? Das wäre doch viel zu einfach. Sie, Hoheit, brauchen richtige Gegner.«

Netter Versuch, dachte sie, aber viel zu offensichtlich.

General Rashid rangelte derweil mit Karpinski, um ihn am Weiterfilmen zu hindern und ihm die Kamera abzunehmen. Es war nur noch eine Frage der Zeit, dann würde das Spektakel Asads Schergen auf den Plan rufen, die er vorhin, gleich nach dem Eintreffen der Journalisten, hinausgejagt hatte.

Das war höchstens eine Viertelstunde her.

Doch nicht nur die Backgammon-Spieler waren von ihm fortgeschickt worden, sondern auch die beiden Kindersoldaten, die als Eskorte fungiert hatten, sowie der schleimige Yussuf. Nur dem angeblichen General Rashid hatte der angebliche Prinz Asad erlaubt, im Raum zu bleiben, und Mara hatte sich gefragt, wie eine Kommunikation möglich sein sollte ohne Yussuf als Übersetzer, geschweige denn ein Interview.

»Als ich noch ein Kind war, habe ich immer von einem eigenen Zimmer geträumt«, hatte Asad anstelle einer Begrüßung erklärt. Das hatte er in einem Englisch getan, das so perfekt klang, so akzentuiert, dass es ohne weiteres als Hörbeispiel in einem Sprachkurs hätte dienen können.

Träge hatte er sich in seinen Sessel fallen lassen und die Füße auf den Tisch gelegt. »Setzt euch, setzt euch!« Eine großmächtige Geste unterstrich die Aufforderung. »Du auch, Weib!« Dann erzählte er: »Wir lebten zu neunt in einem Zimmer, meine Eltern, mein Bruder und meine fünf Schwestern.« Er seufzte, als würde der Kummer der Welt auf seinen schmalen Schultern lasten.

Und die waren wirklich nicht besonders breit, wie Mara feststellte, denn der Pseudo-Prinz hatte die Statur eines Herings. Sein Kraushaar war kurz und der Haaransatz lächerlich hoch, und am Gürtel seiner Fantasieuniform baumelte eine ähnliche Machete wie jene, die Rashid mit sich herumschleppte.

Das war durchaus sinnvoll, insbesondere, wenn man sich im Haus aufhielt. Schließlich war es leicht vorstellbar, dass man vom Weg abkam, etwa beim Gang zur Toilette, und sich durch ein Dickicht hacken musste, um wieder herauszukommen.

Spinner!, dachte sie.

Der Prinz streifte Zöllner und Karpinski mit einem kurzen, uninteressierten Blick, bevor er Mara eine volle Minute lang musterte. Schweigend, während er mit den Fingern einen Takt auf die Sessellehne trommelte.

Sie hielt der Musterung stand, senkte nicht den Kopf, schaute nicht zur Seite, zog keine nervösen Grimassen. Er forderte sie heraus, und sie nahm an. Plötzlich fiel ihr Yussufs Predigt von vorhin ein, wonach der Prinz von Takatuka-Land es nicht mochte, wenn man ihm direkt in die Augen schaute. Ach ja, und Weiber waren in seinem Haus ebenfalls nicht willkommen. Pah, und wenn schon!

Das Schweigen und gegenseitige Taxieren ging weiter.

Endlich, bevor die Situation noch unangenehmer werden konnte, schaltete sich Zöllner ein. »Wären Sie bereit, mit dem Interview zu beginnen?«, fragte er nach einem vorsichtigen Räuspern. Dann erinnerte er sich ebenfalls an Yussufs Ratschläge und fügte hastig hinzu: »Hoheit.«

Asad war einverstanden und deutete ermutigend auf die Kamera, die Karpinski noch nicht eingeschaltet hatte.

»Wie kommt es, Hoheit, dass Sie so ausgezeichnet Englisch sprechen?«, lautete Zöllners erste Frage. Das war in der Tat erstaunlich für einen somalischen Fischer, der nie eine Schule besucht hatte.

Seine Erhabenheit grinste wölfisch. »Das hat mich mein Vater gelehrt. Er kam einige Jahre vor dem Krieg ins Land, 1980, als

Entwicklungshelfer, und nachdem er meine Mutter geschwängert hatte, ist er nie wieder in seine Heimat zurückgegangen, der dämliche Bastard. Er war Brite, selbstverständlich ein Schwarzer. 1991 haben ihn ein paar Strauchdiebe abgepasst und auf dem Heimweg vom *Suuqa Bakaaraha* erschossen, um ihm die Einkäufe abzunehmen. Reis für die Familie. Danach haben mein Bruder und ich uns um alles gekümmert.« Er lachte. »Weiße konnte der Alte übrigens auf den Tod nicht ausstehen. Und Deutsche noch weniger. Krautfresser hat er sie immer genannt. Seine Antipathie lag wohl an diesem katholischen Missionar, der jede Woche… Unwichtig! Sie kommen ebenfalls aus Deutschland, genau wie dieser verbrecherische Lügner von einem Pfaffen, nicht wahr?«

Zöllner tat gut daran, nicht auf die Provokation einzugehen. »Ihr Bruder, Hoheit, spricht der auch so gut Englisch wie Sie?«

»Nein, kein Wort, hat ihn nie interessiert.«

»Unterstützt er Sie im Kampf gegen die Regierung?«

Sie zog schweigend die Braue hoch. Die richtige Frage, dachte sie, hätte lauten müssen: Ist dein Bruder auch so ein nichtsnutziger Halsabschneider wie du, der sein Geld mit Waffenhandel verdient, mit Entführung, Söldnerunwesen, Piraterie, Schiebereien von Hilfsgütern und kistenweise gestohlenen Fernsehern?

»Ich liebe meinen Bruder«, gab Asad wenig aufschlussreich zurück. »Wir sind Zwillinge, nicht eineiig, aber trotzdem untrennbar miteinander verbunden. Wir haben den gleichen Charakter und die gleichen Stärken.«

Ach, und keine Schwächen, was?

»Ich würde alles für ihn tun, das gebietet die Familienehre. Und er würde alles für mich tun, denn er ist ebenfalls ein Ehrenmann.« Er wandte sich auf Somali an Rashid, und dieser nickte eifrig.

»Hast du auch einen Bruder?«, wollte er dann wissen. Die Frage kam übergangslos und war an Mara gerichtet.

Sie nickte. Das war besser als eine gesprochene Antwort, da es ihr auf diese Weise erspart blieb, ihn mit »Hoheit« anreden zu müssen.

Er funkelte sie bösartig an. »Würdest du dich für deinen Bruder töten lassen? Oder für ihn töten?«

Sie zog die Stirn in Falten bei dieser idiotischen Frage. Schließlich zuckte sie mit den Schultern.

»Was heißt das?«, drängte er. »Ja oder nein?«

»Das heißt: Ich weiß es nicht.« *Wenn du denkst, ich würde dich ›Hoheit‹ nennen, hast du dich geschnitten, du geisteskrankes Arschloch.* »Kommt auf die Umstände an. Wenn er in Lebensgefahr wäre …«

Er schnitt ihr mit einer unbeherrschten Geste das Wort ab und verzog angewidert das Gesicht. »Du hast keine Ehre! Die einzige akzeptable Antwort auf diese Frage lautet Ja.« Er wandte sich an Zöllner. »Was ist mit dir? Würdest du für deinen Bruder zum Mörder werden?«

»Ohne mit der Wimper zu zucken, Hoheit!« In Wirklichkeit hatte Zöllner weder einen Bruder, noch wollte er sich auf solch aberwitzige Gedankenspiele einlassen. Trotzdem war es gut, Asad recht zu geben.

Der Prinz grinste triumphierend, als habe er soeben eine hoch komplizierte Theorie bewiesen. »Weiber wissen nicht, was Achtung und Würde bedeuten. Aber das verlangt auch niemand von ihnen. Sie sollen Söhne zur Welt bringen, nichts weiter.«

Mara kotzte innerlich. Unter normalen Umständen hätte sie den Kerl rundheraus gefragt, ob er eine Schraube locker hätte, dann wäre sie aufgestanden und einfach gegangen. Er war erst achtundzwanzig, wie sie im Vorfeld herausgefunden hatte, doch was er verzapfte, hätte gut zu einem Mann aus dem vorletzten Jahrhundert gepasst. Außerdem konnte sie sich nicht erklären, worauf er mit seinem Gefasel über Ehre hinauswollte. Falls er überhaupt auf etwas hinauswollte. Das geplante Interview entwickelte sich langsam, aber sicher zur Groteske.

Auf einmal schnellte Asad wie ein Raubtier von seinem Platz hoch und auf Mara zu. Sie zuckte vor Schreck zurück, als sie seine Linke auf ihr Gesicht zufliegen sah. Allerdings beabsichtigte er nicht, sie zu schlagen, wie sie zunächst angenommen hatte, sondern stoppte rechtzeitig. »*Das* ist Ehre!«, ereiferte er sich.

Sie starrte auf seine Hand, mit der er ihr vor der Nase herumfummelte. Dort, wo einst Mittel-, Ring- und kleiner Finger gewesen waren, befanden sich nur noch Stümpfe, die heller aussahen als die übrige Haut und knotig wirkten.

»Die habe ich mir für meinen Bruder abgehackt«, rief er theatralisch. »Für meinen Bruder, der ein Gefangener Hussein Ali Saids war.«

Das musste ein rivalisierender Warlord sein, vermutete sie und erinnerte sich, den Namen vor Kurzem schon einmal gehört zu haben. Der Gefesselte mit den weggeschossenen Kniescheiben hatte zu Hussein überlaufen wollen.

»Hussein Ali Said ist die Nachgeburt einer Sau!«, schrie Asad und spuckte auf den Boden. »Er hat meinen Bruder gefoltert, um an mich heranzukommen, um mir eine Falle zu stellen und mich zu töten. Aber mein Bruder ist stumm geblieben. Trotz Elektroschocks, trotz glühender Nadeln. Und obwohl man ihm drei Finger abgehackt hat. Diese drei Finger!« Er presste seine Stümpfe in ihr Gesicht, sodass sie angewidert den Kopf zur Seite drehte. Doch damit war die absurde Ansprache noch nicht zu Ende. »Wir konnten ihn befreien, Allah sei Dank. Und weil er loyal war, habe ich mir um seinetwillen die gleichen Finger abgehackt, die er für mich gegeben hat. Das ist Ehre!«

Er stand breitbeinig vor ihr und fixierte sie mit zusammengebissenen Zähnen.

Sicherlich hast du dich ihm zuliebe auch mit Elektroschocks traktieren lassen, dachte sie. *Vielleicht hättest du dabei besser auf die Dosierung achten sollen. Das war eindeutig zu viel.*

Laut stöhnend ließ er sich wieder in seinen Sessel fallen, Schweißperlen standen ihm auf der Stirn. Dann, als hätte die Eruption in seinem wirren Kopf niemals stattgefunden, deutete er durch die offene Glastür nach draußen. Dort befand sich die Terrasse, die Mara bereits von Weitem gesehen hatte, als sie vorhin zu Fuß hergekommen waren. Sie zeigte zur offenen See und wurde lediglich von einem Mäuerchen umgeben, hinter dem es steil in die Tiefe ging.

»Was haltet ihr von dem Ausblick?«, wollte Asad wissen. Sein aufgeregtes Geschrei war einem gemütlichen Plauderton gewichen.

Ehe jemand etwas sagen konnte, tapste Bodo herein. Sein Schwanz wackelte freudig hin und her, während seine Nase knapp über dem Fußboden schwebte, da es dort unendlich viele interessante Gerüche zu entdecken gab. Dann erkannte er sein Frauchen, das ihn draußen angebunden hatte und sich in diesem Moment fragte, wer zur Hölle ihn losgemacht hatte. Bodo bellte und rannte auf sie zu, damit sie ihn streichelte.

Daraus wurde jedoch nichts, denn Asad erhob sich abermals blitzschnell aus seinem Sessel und trat dem Tier mit voller Wucht in die Rippen.

Der Mischling jaulte, mehr vor Entsetzen als vor Schmerz. Der Tritt hatte ihm nicht wehgetan, was zum einen daran lag, dass Asad kein festes Schuhwerk trug, zum anderen daran, dass er sich mit seinem eigenen Schwung fast das Standbein weggefegt hätte und gestürzt wäre.

Bodo kläffte frech, wich ein paar Schritte zurück, während der gewalttätige Prinz seine Machete vom Gürtel loshakte. Einen Atemzug später sauste die Klinge durch die Luft und hätte das Tier mit Sicherheit geköpft, wenn Mara nicht in allerletzter Sekunde dazwischengegangen wäre.

Sie zerrte an Asads Waffenarm, was dem Schlag eine andere Richtung gab. Die Machete verfehlte ihr Ziel um Haaresbreite und klirrte auf die Fliesen.

Der Hund bellte, Asad schrie vor Zorn, und Mara wurde jäh bewusst, was sie getan hatte, und die Erkenntnis ließ sie vor Entsetzen nach Luft schnappen. Sie löste den Griff von seinem Arm und taumelte von ihm weg. »Ich …«, stammelte sie. »Hoheit … ich …«

Die anderen hatten sich ebenfalls von ihren Plätzen erhoben. Alle schnatterten durcheinander.

Asad durchbohrte sie mit seinen Blicken. Sie wich weiter zurück, hob beschwichtigend die Hände, flüchtete auf die Terrasse, wo sie mit dem Rücken gegen die Begrenzungsmauer stieß.

Sackgasse. Ende. Aus.

Kapitel 15

Lutz Würfel, von seinen Freunden und Kollegen nicht nur wegen seines Namens, sondern auch aufgrund seiner Statur *Würfelchen* genannt, spürte, wie ihm der Schweiß ausbrach.

Er war *Shift Superintendent* im Tower des Köln Bonn Airport. Oder auf Deutsch: Wachleiter im Kontrollturm des Köln-Bonner Flughafens. Das heißt, im Grunde war er kein etatmäßiger Wachleiter, sondern nur der Stellvertreter des Stellvertreters, und er stand an diesem Tag lediglich deshalb in der Verantwortung, weil die anderen wegen Krankheit und Urlaub abwesend waren. Und ausgerechnet in seiner Schicht musste etwas Derartiges passieren.

Er schluckte und nestelte an seinem Hemdkragen herum, da er plötzlich das Gefühl hatte, keine Luft mehr zu bekommen. »Kann ich die Aufzeichnung hören?«, fragte er den Kollegen von der Vorfeldkontrolle.

Diese oblag einem Fluglotsen, dem sogenannten *Apron*, dessen Aufgabe die Überwachung und Koordinierung aller Luftfahrzeuge war, die sich nicht mehr auf der Landebahn befanden, sondern bereits auf dem Weg zum Terminal waren. Dabei stand er im Funkkontakt mit den gelandeten Maschinen, bis diese ihre endgültige Parkposition erreicht hatten.

Der Apronlotse nickte und drückte auf die Wiedergabetaste, um die knapp zweieinhalb Minuten alte Aufzeichnung abzuspielen.

Würfel lauschte mit schräg gelegtem Kopf, beugte sich tief

hinunter, um das Ohr dicht an den Lautsprecher zu bringen. Dann hörte er eine Stimme und zuckte zurück. Der Sprecher hatte offenbar keine Ahnung von den Gepflogenheiten des Funkverkehrs, da er entweder das Mikrofon zu nahe an den Mund hielt oder laut hineinbrüllte, wahrscheinlich beides. In der Folge waren seine Worte nur schwer zu verstehen.

»Hier spricht der Löwe von Puntland«, dröhnte es aus dem Lautsprecher. »Dieses Flugzeug befindet sich in meiner Gewalt. Ich wiederhole: Dieses Flugzeug befindet sich in meiner Gewalt! Ich fordere Sie auf, den Bereich um die Maschine unverzüglich zu räumen! Verschwindet! Ich will hier keine Gepäckauslader oder sonstige Schwuchteln mehr sehen. Haut ab, oder es geschieht ein Unglück! Puntland bis auf Weiteres Ende.«

Wachleiter Würfel wollte etwas sagen, doch der Apronlotse legte den Finger an die Lippen und bedeutete ihm, weiterhin zuzuhören. Offenbar hatte Puntland, wer immer das sein mochte, vergessen, die Sprechtaste loszulassen, sodass man hören konnte, wie er sich an den Piloten und dessen Co wandte.

»Keine Faxen jetzt, sonst knallt's. Die Arme auf die Lehnen, wird's bald. Die Arme auf die verdammten Lehnen, habe ich gesagt! Ich werde euch jetzt fesseln.«

Eine zweite Stimme hob an, um etwas zu sagen, verstummte jedoch augenblicklich, als ein dumpfer Laut ertönte. Würfel konnte sich lebhaft vorstellen, was diesen Laut verursacht hatte, und schnappte nach Luft.

»Das Gleiche blüht dir ebenfalls, wenn du nicht tust, was ich sage. Willst du das?«

»Nein, ich mache alles, was Sie verlangen.«

An dieser Stelle endete die Aufzeichnung.

»Hat er tatsächlich gesagt: ›Hier spricht der Löwe von Puntland‹?«

Der Lotse bestätigte. »Habe ich auch so verstanden.«

»Was, zur Hölle, bedeutet das?«

»Keine Ahnung. Nie gehört.«

»Ich schon. Wenn ich nur wüsste, in welchem Zusammenhang.« Für eine Sekunde beschlich den Wachleiter das ungute Gefühl, seine Kollegen wollten ihm einen Streich spielen und ihn in seiner neuen Funktion auf die Probe stellen. Doch dann sagte er sich, dass niemand, der halbwegs bei Verstand war, *solch* einen Scherz riskierte. »Wann hast du den Funkspruch aufgezeichnet?«

Der Lotse beugte sich nach vorn, um ein Display abzulesen. »Vor exakt… 4 Minuten und 38 Sekunden. 39, 40, 41 …«

»Was hast du bisher veranlasst?«

»Nicht viel, nur das gesamte Bodenpersonal abgezogen, so wie es dieser Löwe von Puntland gefordert hat. Alles Weitere ist deine Entscheidung.«

Würfel leckte sich nervös die Lippen. Dann nahm er ein Fernglas aus einer Halterung. »Wo steht die Maschine?«

Der Lotse erhob sich von seinem Platz und zeigte mit dem Finger in die entsprechende Richtung. »Dort drüben, die grüngelbe 737-800 der South African Wings.«

Die Sicht war perfekt, da der Tower alle anderen Gebäude auf dem Gelände bei weitem überragte. Trotzdem dauerte es eine ganze Weile, bis Würfel das betreffende Flugzeug entdeckte, da es sehr weit entfernt war. Er zwang sich zur Ruhe und beobachtete angestrengt, konnte jedoch nichts Ungewöhnliches feststellen. Natürlich nicht, wie auch? Schließlich schaute er durch ein Fernglas und nicht durch ein Röntgengerät. Und der Entführer, falls denn tatsächlich eine Entführung im Gange war, lief bestimmt nicht draußen herum. Lediglich ein verwaister, halb beladener Gepäckwagen, der neben dem Flugzeug stand, deutete auf Unregelmäßigkeiten hin.

»Hattest du nach diesem Funkspruch noch weitere Kontakte?«, fragte er den Apronlotsen, ohne das Glas abzusetzen.

»Nein, ich habe zwar mehrfach versucht, die Maschine zu erreichen, aber ohne Erfolg.«

Würfel tat einen tiefen Atemzug. Dann erhob er die Stimme. »Alle mal herhören! Ab sofort gilt Vollalarm. Der Flughafen wird komplett dichtgemacht, da wir von einer Entführung ausgehen müssen. Sämtliche Starts und Landungen werden gestrichen, es geht nichts mehr raus und erst recht nichts mehr rein. Ankünfte müssen umgeleitet werden. Ich will das Rollfeld leer haben.« Wenn er mit seiner Einschätzung falsch lag, würde die Flughafen Köln/Bonn GmbH für nichts und wieder nichts Einbußen in zigfacher Millionenhöhe erleiden. »Wir gehen strikt nach Anweisung vor und halten uns an den Notfallplan. Ich werde jetzt die Polizei alarmieren.«

In dieser Sekunde quäkte der Funklautsprecher am Platz des Apronlotsen. »Tower für South African Wings 714.«

Das war nicht die Stimme des Mannes, der sich *Löwe von Puntland* nannte, also musste es sich um den Piloten handeln, der den Tower rief. Würfel nickte dem Apron zu.

Der Lotse nahm blitzschnell wieder seinen Platz ein. »Ich höre Sie, South African Wings 714. Was ist los bei Ihnen?«

»Hier spricht der ehemalige Kapitän Christiaan van de Merwe. Mir wurde das Kommando über die Maschine entzogen. Der neue Befehlshaber ist … Kapitän Puntland. Er hat mir befohlen, Ihnen eine Mitteilung zu machen.«

»Ich kann Sie klar und deutlich aufnehmen, South African Wings 714. Sprechen Sie!«

Anstatt Ex-Kapitän van de Merwe war daraufhin wieder Neu-Kapitän Puntland zu hören. »Ich will nicht mit dir sprechen, du Schwuchtel, sondern mit deinem Vorgesetzten. Hol ihn gefälligst an den Funk!«

Der Apronlotse räusperte sich, um die rüden Worte zu verdauen. »Mein Vorgesetzter steht neben mir und hört mit.«

Als Antwort erklang ein lang gezogenes »Guuut…«

Dann war wieder van de Merwe zu hören, der wiederholte, was Puntland ihm aufgetragen hatte. Es war eine Forderung, und sie klang recht simpel. Dennoch würden die Behörden sie unter keinen Umständen erfüllen, davon war Würfel überzeugt.

Der entmachtete Flugkapitän fuhr fort: »An Bord befinden sich einhundertvierundachtzig Passagiere sowie meine Crew und ich.« Seine Stimme drohte zu versagen, und es lag auf der Hand, dass er unter erheblichem Druck stand. »Kapitän Puntland lässt Sie wissen, dass Sie sich nicht allzu viel Zeit lassen sollten, seine Forderungen zu erfüllen. Andernfalls wird er anfangen, wahllos Passagiere zu erschießen, und zwar alle fünf Minuten einen. South African Wings 714 Ende.«

Würfel schaute auf die Uhr. Zwanzig Minuten nach neun. Die Zeit lief, doch man würde nicht auf Puntlands Forderung eingehen, davon war er überzeugt.

Niemals!

Kapitel 16

Abermals machte Asad einen Vorstoß und versuchte, Mara mit der Machete zu erreichen. Diesmal kam er ihr noch näher, und sie spürte den Luftzug auf der Wange, während sie den Oberkörper weit zurücklehnte. Das war riskant, da es direkt hinter ihr in die Tiefe ging.

Andererseits verdankte sie es nur dem Abgrund, dass ihr bisher nichts Schlimmes geschehen war, denn Asad litt offensichtlich unter ausgeprägter Höhenangst. Jedes Mal, wenn er eine neue Attacke führte, geriet diese ins Stocken, sobald er sich dem Klippenrand bis auf zwei, drei Schritte näherte. Doch ewig konnte ihn das nicht aufhalten, da ihm schon bald etwas anderes einfallen würde.

Derweil gelang es dem falschen General, Karpinski zu überwältigen. Erst rammte er ihm die Faust in die Magengrube und danach, als der Kameramann nach Luft ringend zusammenklappte, das Knie ins Gesicht. Karpinski schrie voller Pein, während die Kamera auf die Terrakottafliesen schlug.

Zöllner stand seinem Kollegen so gut er konnte bei, indem er sich vor Rashid aufbaute, um weitere Angriffe zu verhindern. Dabei appellierte er ununterbrochen: »Bewahren Sie Ruhe! Ich flehe Sie an, so bewahren Sie doch Ruhe!«

Bodo kläffte wie von Sinnen, Rashid ließ von Karpinski ab, um mit seinen lächerlichen Sandalen auf der Kamera herumzustampfen, geräuschvoll brach das Kunststoffgehäuse auseinander, wieder sauste die Machete heran, wieder musste sich Mara gefährlich weit über die Mauer lehnen, Bodo hörte nicht auf zu bellen, Zöllner rief irgendetwas, Karpinski tastete nach seiner blutenden Nase, Asad wütete.

Da fiel ein Schuss und nur einen Herzschlag später ein zweiter, dann ein dritter, ein vierter, ein fünfter, ein sechster.

Das Chaos fror ein, Stille legte sich über die Szenerie. Rashid hatte sich auf die Pistole besonnen, die in dem Holster an seinem Gürtel hing. Dieser Einfall kam spät, aber das Resultat war überwältigend. Er hatte in die Luft geschossen, herumgeballert wie ein Verrückter und wie es in seinen Kreisen üblich war, wenn man nach Aufmerksamkeit verlangte. Nun wanderte die Mündung aus der Vertikalen in die Horizontale, um schließlich genau auf Höhe von Maras Kopf zu verharren.

Ein widerliches Gefühl. Resigniert schloss sie die Augen und begann in Gedanken die Sekunden zu zählen. Ihre letzten Sekunden.

Sie dachte an ihren Bruder, diesen Schuft. Dann hörte sie Schritte, verursacht von Dutzenden nackter Füße in Sandalen. Das waren vermutlich die Backgammon-Spieler, die das Spektakel gehört hatten und nachsehen wollten, was vor sich ging. Sie kamen rasch näher.

Mara spürte, wie Bodo seinen Körper gegen ihre Beine drückte. Er bellte nicht mehr, sondern winselte leise. Sein Instinkt schien ihm zu sagen, dass der Kampf verloren war. Der arme Kerl mit den zerschossenen Knien kam ihr in den Sinn, dieser angebliche Verräter, den man am Wegesrand zur Schau gestellt hatte. Ob er schon tot war? Wenn nicht, konnte man ihn nur bedauern. Sie hatte Angst, dass ihr das gleiche Schicksal bevorstand. *Nicht, wenn ich mich weit genug nach hinten lehne*, dachte sie. Doch dann sorgte ein innerer Zwang dafür, dass sie nichts weiter tat, als die Augen zu öffnen.

Vor sich sah sie ein Dutzend grinsender Fratzen und doppelt so viele Zahnreihen. Schließlich begann jemand lauthals zu lachen, und die ganze Bande stimmte mit ein.

Selbst Rashid und Asad lachten. Und auch Yussuf, der mit den Spielern zurückgekommen sein musste. Alle waren endlos amüsiert, alle starrten sie an.

Früher, als sie noch ein pubertierender Teenager gewesen war, hatte sie sich oft gefragt, was es für ein Gefühl sein mochte, im Schwimmbad plötzlich ohne Badeanzug dazustehen. In diesem Augenblick wusste sie es.

»Komm her!«, befahl Asad gefährlich leise.

Sie rührte sich nicht.

Er ließ die Machete fallen, Stahl schepperte auf dem Boden. Schweigend nahm er Rashid die Pistole ab, um damit seinerseits auf sie zu zielen. »Komm her, habe ich gesagt!«

»Ich bitte Sie, Hoheit…«, begann Zöllner abermals. Weiter kam er nicht, da das Griffstück der Waffe an seine Schläfe krachte.

Die Grinsefratzen johlten im Chor.

Asad senkte den Arm, langsam, fast andächtig, wobei die Mündung auf Mara gerichtet war und über ihren Körper zu wandern schien. Als sie auf ihre Beine zielte, kniff der Verbrecher das linke Auge zu.

Es knallte erneut.

Der Schreck fuhr ihr in die Glieder. Sie spürte etwas Warmes an der linken Wade. *Er hat mir ins Bein geschossen!*, durchzuckte es sie. Doch da war kein Schmerz. Mit weit aufgerissenen Augen schaute sie an sich hinab. Zu ihren Füßen lag ein Fellknäuel mit vier Beinen und ohne Kopf. Dort, wo sich einst die aufgeweckte Schnuppernase und die treuen Augen befunden hatten, war nichts mehr außer einem Haufen Brei, der sich auf den Fliesen verteilt hatte wie der Inhalt einer ausgedrückten Ketchup-Tube. Das Halsband lag inmitten der Schweinerei.

Sie gab sich keine Mühe, ihre Gefühle zu verheimlichen. Sie schluchzte laut, was sofort zu Hohngelächter führte und dann zu rhythmischem Klatschen. Yussuf stand der Geifer in den Mundwinkeln, er platzte schier vor Lachen. Auch die Milizionäre hatten ihren Spaß.

»Komm her!«, befahl Asad erneut. »Oder willst du dem Verräter Gesellschaft leisten, dem ich die Knie weggeschossen habe? Ich glaube nicht, dass du das willst. Also sei brav und komm her!«

Sie schluckte. Und gehorchte.

Kapitel 17

Die beiden Männer mit den karierten Golfhosen, der eine jungenhaft und schüchtern, der andere mit grauen Schläfen und gestrenger Oberlehrermiene, eilten durch die langen Korridore in Richtung Verhörraum, um sich einen Gefangenen namens Omar Aidid vorzuknöpfen.

»Was … was ist passiert?«, fragte Bodo Lohmann, während er lief, fast rannte.

Oberstaatsanwalt August »Eisenschädel« Kunze hatte ihn vor einer halben Stunde zu Hause angerufen und ihm befohlen, sich unverzüglich in die Justizvollzugsanstalt zu begeben. Also war Lohmann schnell vom Heimtrainer gestiegen, auf dem er sich passenderweise gerade gequält hatte, um in Windeseile die Trainingskleidung gegen seine Golfhosen und ein sauberes, frisch gebügeltes Hemd zu tauschen und sich mit dem Auto durch den vorweihnachtlichen Einkaufstrubel zu quälen. An der Hauptpforte der JVA war er bereits von einem ungeduldigen Kunze empfangen worden, der selbstverständlich einen ostentativen Blick auf die Uhr geworfen hatte. Doch was der Grund für die ungewöhnliche Alarmierung am normalerweise freien Wochenende war, hatte der Eisenschädel noch immer mit keiner Silbe erwähnt.

Auch in diesem Moment gab er sich geheimnisvoll. »Wie kommen Sie mit Omar Aidid voran?«, wollte er wissen, ohne auf die Frage, was denn passiert sei, einzugehen.

»Wie meinen Sie das?« Mit Schrecken dachte Lohmann an

die inzwischen sechs gescheiterten Verhöre des Somaliers, die zu rein gar nichts geführt hatten und allesamt unter dem Stichwort *peinlich* abgehakt werden mussten. Entweder hatte Omar ihn ausgelacht oder getobt, und beides war einer vernünftigen Kommunikation in keiner Weise zuträglich gewesen. Jedes Mal, wenn er den Raum betreten hatte, war der Pirat ausgerastet, hatte die Backen aufgeblasen, obszöne Geräusche und Gesten von sich gegeben oder lauthals losgebrüllt, je nach Tagesform. Davon, ihm ein Geständnis zu entlocken, war der Jungstaatsanwalt ungefähr so weit entfernt wie von einer erfolgreichen Kandidatur als Bundeskanzler.

»Was denken Sie denn, was ich meine?«, versetzte Kunze ungehalten. »Wie weit Sie mit dem Geständnis sind, natürlich. Haben Sie ihn endlich zu einer Aussage bewegen können?« Er blieb abrupt stehen und fixierte seinen Adlatus mit stechendem Blick. »Ihnen ist hoffentlich klar, dass alle Welt diesen Piratenprozess mit Argusaugen verfolgt. Ich muss Ihnen nicht erläutern, was vom Ausgang des Verfahrens abhängt, oder?«

Lohmann überlegte fieberhaft, ob dies der richtige Zeitpunkt für ein Bekenntnis war. Immerhin hatte die Vergangenheit gezeigt, dass ihm der Eisenschädel wohlgesonnen gegenüberstand, auch wenn seine burschikose Art das nicht immer vermuten ließ. Ja, kam er zu einem Ergebnis, Ehrlichkeit währte bekanntlich am längsten, also war es wohl am besten, seinen bisherigen Misserfolg offen einzugestehen. Kunze würde ihm schon nicht den Kopf abreißen, sondern ihm stattdessen helfend unter die Arme greifen.

»Wissen Sie«, begann er vorsichtig, »das Ganze gestaltet sich schwieriger, als ich erwartet hatte. Wesentlich schwieriger. Deshalb …«

»Ob schwierig oder nicht, interessiert niemanden!«, fiel ihm der Oberstaatsanwalt voller Ungeduld ins Wort. »Das Einzige, worauf es ankommt, ist das Ergebnis. Also, wie ist der Stand der Dinge?«

Lohmann leckte sich über die Lippen. »Omar ist … nun ja, eine harte Nuss. Härter, als erwartet. Es ist nicht einfach, an ihn heranzukommen …«

Die eisgrauen Augen des Eisenschädels weiteten sich.

Hastig fuhr der Jungstaatsanwalt fort. »Dennoch habe ich den Kerl fest im Griff, das kann ich Ihnen versichern. Meine Strategie ist es, ihn einerseits zu zermürben und ihn andererseits davon zu überzeugen, dass er nur davon profitieren kann, wenn er mit uns zusammenarbeitet.«

Das Starren in Eisgrau ging weiter. »Und?«

»Äh … Offenbar trägt diese Taktik allmählich Früchte, möchte ich meinen. In spätestens einer Woche ist er so weit. Dann unterschreibt er uns alles, was wir wollen.«

»Eine Woche, wie? Also schön, damit bewegen wir uns im Zeitrahmen. Ich wusste, dass ich mich auf Sie verlassen kann. Gut gemacht.« Kunze schaffte es, selbst ein Lob wie eine Rüge klingen zu lassen. »In der Zwischenzeit können Sie Ihr Verhandlungsgeschick erneut unter Beweis stellen. Vor nicht einmal einer Stunde ist nämlich ein Flugzeug entführt worden, eine bereits gelandete Passagiermaschine, hier bei uns in Köln. Deshalb habe ich Sie herbestellt.«

»Heilige Mutter Gottes!«, entfuhr es Lohmann, während ihm sofort tausend Dinge in den Sinn kamen. »Was ist …«

Der Alte gebot ihm mit einer Geste zu schweigen. »Der Entführer hat Forderungen gestellt. Oder *die* Entführer, falls es sich um mehrere Personen handelt, was derzeit völlig unklar ist.«

»Forderungen? Was verlangt man?«

»Zehn Millionen Euro in bar, die Betankung des Flugzeugs, Starterlaubnis, freien Luftraum …« Er zählte die einzelnen Punkte an den Fingern ab.

»Geld?«, staunte Lohmann. »Kein terroristischer Hintergrund? Nichts Politisches oder Religiöses? Seit wann werden Flugzeuge entführt, um Geld zu erpressen?«

»Lassen Sie mich ausreden! Das ist noch nicht alles, sondern im Prinzip nur Beiwerk. Es gibt eine weitere Forderung, und die ist offenbar die wichtigste von allen, um die sich alles dreht. Und genau an dieser Stelle kommen Sie ins Spiel.«

Lohmann sah den oberstaatsanwaltlichen Zeigefinger auf sich gerichtet. Unwillkürlich hielt er den Atem an. »Ich?«

Kunze nickte. »Der Entführer verlangt, dass Omar Aidid freigelassen und zum Flughafen gebracht wird. Er hat mit der Erschießung der Passagiere gedroht, falls wir nicht darauf eingehen.«

»Omar Aidid?«, rief Lohmann aufgeregt. »*Unser* Omar Aidid?«

»Natürlich unser Omar Aidid! Oder kennen Sie noch mehr Leute, die so heißen und in dieser Anstalt einsitzen?«

»Äh … nein … Ich bin sprachlos.«

»Heben Sie sich das für später auf. Jetzt ist Ihr voller Einsatz gefordert. Sie müssen Omar erneut befragen, und zwar sofort, deshalb habe ich Sie herbestellt. Finden Sie heraus, *wer* ihn befreien will.«

»Ich … Wie soll ich das anstellen?«

»Herrgott, Bodo, indem Sie ihn über sein Umfeld befragen, seine Freunde, seine Kontakte. Je mehr Sie darüber in Erfahrung bringen, desto besser. Die Polizei ist nämlich auf diese Informationen angewiesen, um eine Krisenstrategie zu entwickeln. Bisher liegen keinerlei Erkenntnisse über den Geiselnehmer vor, außer dass er sich selbst *Löwe von Puntland* nennt.«

»Wie war das? Puntland?«

»Ja, Löwe von Puntland. Vorausgesetzt, es liegt kein Übermittlungsfehler vor.«

»Kein Fehler«, sagte Lohmann bestimmt. »Puntland ist richtig.«

Der Oberstaatsanwalt hob die ergrauten Brauen. »Sie wissen, was das bedeutet?«

Lohmann zuckte mit den Schultern. »Ich denke schon. Puntland klingt zwar nicht somalisch, ist aber trotzdem der Name einer Region in Somalia, genau am Horn von Afrika. Ich habe mich intensiv damit beschäftigt, als ich Omars Akte studierte, er ist nämlich dort zu Hause. Das Gebiet gilt als *die* Piratenhochburg. Der Name leitet sich übrigens von einem mythischen Goldland ab, das in der altägyptischen Sage beschrieben wird. Angeblich wurden dort die Schätze ...«

»Geschenkt.« Kunze winkte ab. »Eine somalische Piratenhochburg, wie? Nun, wenn das nicht perfekt zu unserem Gefangenen passt. Also horchen Sie den Kerl aus! Und denken Sie dabei an die Menschen im Flugzeug. Je mehr Informationen Sie sammeln, desto besser für die Polizei und damit für die Geiseln. Ich schlage vor, dass Sie sich sofort an die Arbeit machen.«

Das Jungengesicht wurde käseweiß. »Warum ich? Die Polizei hat ausgebildete Spezialisten ...«

»Papperlapapp! *Sie* sind der ideale Mann für diese Aufgabe! Schließlich haben Sie Omar bereits stundenlang verhört und inzwischen sogar weichgekocht, wie Sie mir vorhin versicherten.« Die Andeutung eines Lächelns umspielte seine Mundwinkel. »Folglich kennen Sie ihn, und er kennt Sie. Höchstwahrscheinlich hat er Sie sogar schon akzeptiert, sodass Sie leichtes Spiel haben. Nutzen Sie diesen Vorteil, und finden Sie heraus, wer ihn freibekommen will.«

»Ich ... ich kann das nicht«, stammelte Lohmann. »Sie müssen etwas wissen. Unbedingt! Es ist nämlich so, dass ich ...«

»Genug jetzt, hören Sie auf zu kokettieren!«

»Sie verstehen mich nicht!«, wand sich Lohmann verzweifelt.

»Doch, ich verstehe Sie sehr wohl. Sie haben gute Arbeit geleistet, und das weiß ich durchaus zu schätzen. Doch bevor ich Ihnen den verdienten Orden an die Brust hefte, gilt es, die einhundertvierundachtzig Passagiere an Bord des Fluges SWX 714 zu retten.«

Ehe Lohmann noch einmal versuchen konnte, die Wahrheit zu beichten, erschienen zwei Männer, einer in der Uniform der JVA, der andere in Zivil. Das äußere Erscheinungsbild des Zivilisten war wie aus dem sprichwörtlichen Ei gepellt: Maßanzug, Kaschmirmantel, im Gesicht einen preußischen Zwirbelschnurrbart mit akribischer Trimmung und militärisch ausgerichteten Enden.

»Ah, die Herren von der Staatsanwaltschaft«, stellte er nüchtern fest.

Kunze kniff misstrauisch die Augen zusammen. »Und wer sind Sie, wenn ich fragen darf?«

»Das ist Herr Wolf«, antwortete Lohmann anstelle des Schnurrbartträgers. »Er ist der Leiter des KK 21. Wir kennen uns flüchtig, da ich das Vergnügen hatte, im Sommer in seinem Kommissariat zu hospitieren. Ich war damals Frau Sturm zugeteilt.«

Wolf nickte knapp, dann kam er gleich zur Sache. Er war zweifellos ein Mann der Tat, wenngleich Lohmann den Eindruck hatte, dass ihn die Erwähnung Frau Sturms für einen Sekundenbruchteil aus dem Konzept gebracht hatte. Das war merkwürdig.

»Ich bin aus dem gleichen Grund hier wie Sie«, erklärte Wolf, »und der heißt Omar Aidid. Unter den gegebenen Umständen würde sich normalerweise die Verhandlungsgruppe mit ihm befassen, doch leider sind die Kollegen in einem anderen Einsatz gebunden, irgendwo im Ruhrgebiet. Es liegt auf der Hand, dass wir nicht warten können, bis sie wieder verfügbar sind. Deshalb bin ich hier. Sie sollten zudem wissen, dass ich vor meiner Zeit beim KK 21 bei der VG tätig war. Das ist zwar schon eine ganze Weile her, aber momentan fehlen uns die Alternativen.«

Lohmann machte in Gedanken drei Kreuze. Demnach würde sich Wolf des Somaliers annehmen. Gerettet!

Die Erleichterung währte nicht lange, denn auf einmal sah er wieder einen Zeigefinger auf sich gerichtet, diesmal jedoch nicht den des Eisenschädels, sondern den des Schnauzbartes.

»Ich habe mir vorhin die Videoaufzeichnungen der Verhöre angeschaut, die Sie mit Omar geführt haben«, erklärte Wolf. »Notgedrungen im Schnelldurchlauf, doch das, was ich gesehen habe, reicht mir für eine Beurteilung.«

Der Jungstaatsanwalt setzte ein dümmliches Grinsen auf, die Verlegenheit stand ihm ins Gesicht geschrieben. Verdammt, jetzt würde Kunze von einem Dritten die Wahrheit erfahren, noch dazu von einem Fremden! Er überlegte fieberhaft, wie er das Unvermeidliche doch noch verhindern konnte, kam jedoch zu keinem brauchbaren Ergebnis. Also schloss er die Augen in Erwartung der Katastrophe.

Doch dann, zu seinem größten Erstaunen, hörte er den Kriminalbeamten sagen: »Sie sind genau der Richtige, um Omar auszuhorchen. Ich schlage deshalb vor, dass Sie das Verhör übernehmen und ich mich im Hintergrund halte. Selbstverständlich werde ich Ihnen vorher noch ein paar Verhaltensregeln an die Hand geben, Erfahrungen aus der Praxis, aber insgesamt sehe ich keinen Grund, mich einzumischen.«

Er glaubte, nicht richtig gehört zu haben. Wahrscheinlich, so nahm er an, hatte Wolf bei seiner Schnelldurchsicht der Videoaufzeichnungen übersehen, wie Omar gleich beim ersten Verhör auf ihn losgegangen war und ihm einen Kopfstoß verpasst hatte, wie er ihm beim nächsten Mal vor die Füße uriniert hatte, wie er ihm den blanken Hintern entgegengestreckt hatte und schließlich nur noch mit Hand- und Fußfesseln und in einer Zwangsjacke vorgeführt werden konnte. Danach war er zu verbalen Mätzchen übergegangen. Aber konnte man das alles übersehen? Schwer vorstellbar.

Kunze machte derweil ein zufriedenes Gesicht. »Ich sehe«, konstatierte er, »dass ich hier nicht weiter von Nutzen bin. Also werde ich mich in mein Büro begeben und dort zur Verfügung halten. Sie beide möchte ich bitten, nach dem Verhör zum Flughafen zu fahren, am besten mit einem ganzen Sack voll neuer Erkenntnisse. Im Flughafen wurde eine Krisenzentrale eingerichtet. Man erwartet Sie.«

Wolf nickte, um sein Einverständnis zu signalisieren.

»Haben Sie sich die Aufzeichnungen wirklich angesehen?«, fragte Lohmann, nachdem der gestrenge Eisenschädel am Ende des Korridors verschwunden war.

»Natürlich«, antwortete Wolf knapp.

»Aber dann wissen Sie doch, wie Omar auf mich reagiert. Ich bin ein rotes Tuch für ihn. Wenn er mit mir spricht, dann nur, um mich zu beleidigen.«

»Stimmt. Und genau dort liegt der Vorteil. Er hält Sie für eine Witzfigur, das ist offensichtlich. Folglich behandelt er Sie überheblich, und das macht ihn unvorsichtig, achtlos, fahrlässig. Nennen Sie es, wie Sie wollen. Jedenfalls brauchen Sie ihm nur mit der richtigen Masche zu kommen, dann wird er Ihnen eine Menge verraten, ohne es zu merken. Ganz einfach.«

Lohmann staunte. »Aber … aber was ist die richtige Masche?«

»Das ist schnell erklärt. Spielen Sie nach seinen Regeln, begeben Sie sich auf sein Niveau. Mit Sachlichkeit und Korrektheit, so wie Sie es bisher versucht haben, kann man bei einem Menschen vom Schlage Omar Aidids nicht punkten. Sehen Sie, er stammt aus einem Land, in dem seit über zwanzig Jahren Krieg herrscht, das ist ein Großteil seines Lebens. Folglich kennt er nur ein Recht, nämlich das des Stärkeren.«

»Und was heißt das konkret?« Er begriff nicht, worauf Wolf hinauswollte.

»Benehmen Sie sich wie ein Holzhacker. Beschimpfen Sie ihn, brüllen Sie ihn an, provozieren Sie ihn. Sprechen Sie seine Sprache.«

»Sie meinen, ich soll ihn wirklich beleidigen?« Lohmann erschrak regelrecht, dann schüttelte er vehement den Kopf. »So etwas liegt mir nicht, ich kann das nicht. Außerdem ist es unkorrekt.«

Wolf stieß einen Laut der Verachtung aus. »Korrektheit ist etwas für Bürokraten. Sagen Sie ihm auf dem Kopf zu, dass er ein verdammtes Stück Dreck ist, das niemals aus diesem Gefängnis herauskommt, denn dafür würden Sie sorgen. Und dann reizen Sie ihn, indem Sie ihm vorhalten, dass es ohnehin keine Seele interessiert, ob er hier drinnen verrottet oder jemals seine Heimat wiedersieht. Sagen Sie ihm, zu Hause würde ihn niemand vermissen, nicht einmal die Schweine. Stattdessen wären alle froh, ihn endlich los zu sein. Wenn wir Glück haben, springt er genau darauf an.«

»Das verstehe ich nicht«, gestand Lohmann kleinlaut.

Der Kriminalbeamte blieb geduldig. »Er hält Sie für eine Witzfigur, schon vergessen? Das wird sich nicht ändern, nur weil Sie ihn anschreien. Aber, und das ist entscheidend, er wird sich dazu herablassen, mit Ihnen zu sprechen. Und dann wird er Ihnen höchstwahrscheinlich erklären, dass es sehr wohl Leute gibt, die ihn vermissen und die ein Interesse daran haben, dass er aus dem Gefängnis freikommt. Wenn wir ihn so weit haben, sollten wir ganz genau zuhören.«

Lohmann kratzte sich am Kinn. »Hm … das klingt einleuchtend. Was meinen Sie, wie stehen die Chancen, ihn auf diese Weise zu übertölpeln?«

»Ich glaube, die stehen gar nicht so schlecht. Wichtig ist nur, dass Sie ihm nicht versehentlich von der laufenden Befreiungsaktion erzählen. Falls doch, wird er sofort dichtmachen, dann erfahren wir nichts.« Er wandte sich an den Justizvollzugsbeamten, der bisher schweigend im Hintergrund gewartet hatte. »Befindet sich der Gefangene bereits im Verhörraum?«

»Nein, aber er wird gerade geholt. Im Moment ist Sportstunde, also dürfte er im Fitnessraum sein, und der liegt am anderen Ende des Gebäudes. Geben Sie den Kollegen noch fünf Minuten. Der Dolmetscher wartet bereits.«

Wolf berührte die Enden seines Schnurrbarts. »Gut.« Er nickte Lohmann zu. »Immer daran denken: Vergessen Sie Ihre gute Kinderstube.«

»Ich werde mich bemühen. Davon unabhängig, darf ich Ihnen eine Frage stellen?«

»Sicher.«

»Sie sagten gerade, dass mich Omar für eine Witzfigur hält. Sind Sie der gleichen Meinung?«

Der Kriminalbeamte tat einen tiefen Atemzug, der einem Seufzer gleichkam, dann streifte sein Blick die karierte Golfhose. »Nein, das tue ich nicht. Mara hat mir nämlich berichtet, dass Sie blitzgescheit sind und dass man sich auf Sie verlassen kann. Ich gebe eine Menge auf Maras Meinung. Auch wenn wir in der Vergangenheit nicht gerade freundschaftlich miteinander verbunden waren.« Den letzten Satz murmelte er kaum vernehmbar vor sich hin. Dann klatschte er in die Hände und bemühte sich um einen zuversichtlichen Tonfall. »Lassen Sie uns auf Piratenjagd gehen!«

Kapitel 18

Johannes Strasser hatte gegen seine eigene Regel verstoßen, und dafür würde er die Quittung kassieren. Wenn er die Lage richtig einschätzte, hatte er es mit sieben oder acht Typen zu tun, die ihn fertigmachen wollten. Verdammt!

Dabei verließ er seine Zelle normalerweise nur für den Gang zur Dusche oder wenn er besucht wurde, was nicht oft vorkam. Wobei *nicht oft* übertrieben war, denn außer seinem schmierigen Anwalt und Mara, die erst vor einer Stunde hereingeschneit war, um ihm ein paar Gemeinheiten an den Kopf zu werfen und demonstrativ auf sein Geld zu pfeifen, war noch keiner auf die Idee gekommen, sich bei ihm blicken zu lassen, erst recht keiner seiner angeblichen Freunde.

Von der Arbeitspflicht war er befreit, sodass dies ebenfalls kein Grund gewesen wäre, den Fuß vor die Zellentür zu setzen, und die Freizeitaktivitäten, die den Häftlingen angeboten wurden, schlug er aus, da er sich nicht mit dem ganzen Pack und Gesindel abgeben wollte, wie er seine Mitgefangenen nannte.

Aufgrund der beiden Haftstrafen, die er in der Vergangenheit bereits verbüßt hatte, wusste er nämlich, dass die beste Chance auf Ärger allzu reger Kontakt mit anderen war. Doch Ärger wollte er auf jeden Fall vermeiden, um seine Privilegien nicht zu gefährden. Und erst recht nicht seine schnellstmögliche Entlassung aus diesem Drecksloch, das sich JVA Köln-Ossendorf nannte. Also lautete das Motto: Füße stillhalten und den einsamen Wolf spielen.

Zu dumm, dass er an diesem Tag die Einsame-Wolf-Regel missachtet hatte, um während der sogenannten Sportstunde im Fitnessraum zu trainieren.

Dort, das wusste er von Rinderhälfte, war Omar Aidid Stammgast, auch wenn sich dessen Anwesenheit auf das Herumhängen und Palavern beschränkte anstatt auf ernsthaftes Hanteltraining, was ihm mit seiner verkrüppelten Linken – ihm fehlten drei Wichsgriffel – ohnehin schwergefallen wäre. Doch der Kerl interessierte Strasser, ohne dass er genau hätte sagen können, worauf dieses Interesse beruhte. Das Gequatsche um die angebliche Befreiung des Somaliers konnte nicht der Grund sein, denn das hatte sich schon bald als Ammenmärchen erwiesen, das Omar selbst in Umlauf gebracht hatte.

Diese Erkenntnis hatte Strasser im Übrigen drei *Bomben* und vier *Koffer* gekostet, wie es im Knastjargon hieß, also drei Pfund Kaffee und vier Päckchen Tabak. Er hatte das Zeug einem *Etagenboy* zukommen lassen, einem jener Häftlinge, die das Essen verteilten, den Flur putzten oder in der Küche, der Bücherei oder der Verwaltung aushalfen, wodurch sie stets bestens informiert waren, wenn sie sich nicht allzu dämlich anstellten. Laut Strassers Etagenboy hatte der Somalier das Gerücht um seine Befreiung selbst in die Welt gesetzt, höchstwahrscheinlich, um sich bei seinen Kumpanen im Fitnessraum wichtigzumachen. Dort hatte er lautstark getönt, dass sein Bruder eine ganz große Nummer in Somalia sei und dass dieser Bruder seine Macht nutzen würde, ihn, Omar Aidid, herauszuhauen, selbst wenn er dafür ein Loch in die Gefängnismauer sprengen und dutzendweise Wärter umbringen müsste. Dieses Geplärre hatte er so lange wiederholt, bis irgendeine Ratte damit zur Gefängnisleitung scharwenzelt war, weil sie sich durch ihren Verrat Vergünstigungen erhoffte.

Doch das Ganze war kompletter Schwachsinn, wie Strasser wusste, denn ein Kaffer, der in Somalia hauste und tagtäglich zum Wasserloch rennen musste, konnte niemals einen Strafgefangenen aus einer JVA irgendwo in Deutschland oder sonst wo in Mitteleuropa befreien. Wie sollte er das anstellen, das war ein Ding der Unmöglichkeit!

Laut Informationen des Etagenboys hielt die Gefängnisleitung einen Befreiungsversuch dennoch für möglich, weshalb die Sicherheitsvorkehrungen drastisch erhöht worden waren. Angeblich sollte Omar an einem der nächsten Tage sogar in eine andere Anstalt verlegt werden.

Wie auch immer, Strasser hatte den Fitnessraum nur deshalb aufgesucht, weil er sich das Bürschlein aus Afrika selbst ansehen wollte, um das in letzter Zeit so viel Wirbel veranstaltet wurde. Wie es hieß, war Omar ständig auf Krawall aus, und sogar die Wärter hatten Schiss vor ihm. Umso erstaunlicher war es, dass man ihm die Teilnahme an der Sportstunde noch nicht gestrichen hatte, was eine folgerichtige Disziplinarmaßnahme gewesen wäre.

Strasser nahm an, dass irgendein Gefängnispfaffe oder Psychologe – in der Häftlingssprache *Himmelskomiker* und *Dachdecker* genannt – der Ansicht war, Omar am besten mit der Gnade-vor-Recht-Taktik ruhigstellen zu können, in der Hoffnung, dass er vor lauter Dankbarkeit bereits ein schlechtes Gewissen bekam, wenn er nur laut furzte. Weichgespülte Sülze!

»Omar will nicht, dass du die Isomatte benutzt«, hörte er in diesem Moment einen Laufburschen Aidids sagen, einen Marokkaner oder Algerier, jedenfalls einen verdammten Araber, der vor ihm stand und dämlich grinste. Wenn er sich nicht verhört hatte, wurde der Typ von den anderen Tarik gerufen.

Omar und ein zweiter Marok hockten derweil am anderen Ende des Fitnessraums auf einer Hantelbank. Sie beobachteten Strasser, während sich vier oder fünf andere bereits um ihn herum verteilt hatten. Einer versperrte den Ausgang, zwei befanden sich in seinem Rücken, der Rest lungerte und lauerte im Hintergrund.

Vor wenigen Augenblicken hatte er sich eine Isomatte zurechtgerückt, als Unterlage für seine Bauchaufzüge, doch dann war Tarik gekommen und hatte seinen Omar-will-nicht-dass-du-Spruch heruntergeleiert, den gleichen, den jeder Neuling zu hören bekommen hätte, der dämlich genug war, sich ohne den Schutz einer mächtigen Bande in feindlich kontrolliertes Areal zu begeben. Die einzige Möglichkeit, keine Tracht Prügel zu kassieren, bestand dann darin, den Schwanz einzuklemmen und Danke zu sagen. Danke, lieber Omar, dass ich den Boden küssen darf, auf dem du gewandelt bist.

Und da Strasser die Regeln kannte, hatte er sie befolgt, als Tarik ihn zuvor auf die gleiche Tour von der Hantelbank vertrieben hatte und danach von den Kurzhanteln. Beide Male hatte er wortlos das Feld geräumt. Doch inzwischen ging ihm das mächtig auf den Sack! Schluss damit!

Er funkelte den Marokkaner streitlustig an. »Warum sagst du deinem Herrchen nicht einfach, dass er mich kreuzweise kann.« Er sprach laut, viel lauter, als nötig gewesen wäre, und unterstrich seine Worte mit einer anstößigen Geste.

Die letzten deutschen Häftlinge im Raum nahmen Reißaus, genauso wie die Polskis und Iwans und Albaner, da sie sich vorstellen konnten, was kommen würde, und keine Lust hatten, in etwas hineingezogen zu werden, das sie nichts anging. Wahrscheinlich würden sie draußen dafür sorgen, dass kein Schließer seine Nase in den Fitnessraum steckte, denn sollte zufällig einer vorbeischauen, würde es so aussehen, als hätten sie ihn gerufen. Das wiederum hätte sie als verräterische Ratten abgestempelt.

»Bleibt doch, bleibt doch!«, rief er den Flüchtenden hinterher. »Gleich gibt's was zu sehen.«

Jäh stampfte er mit dem Fuß auf den Boden, stieß einen Laut aus, der sich wie das Bellen eines Hundes anhörte, und machte einen Schritt auf Tarik zu.

Dieser taumelte erschrocken zurück, was Omar und den zweiten Marok veranlasste, sich blitzartig von der Hantelbank zu erheben. Der Rest der Bande kam langsam auf Strasser zu.

Er wusste, dass es kein Zurück mehr gab, und er wusste ebenfalls, dass er keine Chance hatte, die ganze verlauste Sippe auszuschalten. Auch wenn sie nichts weiter waren als rotznasige Dachpappen und Maroks und Döner, die kaum halb so alt waren wie er. Früher, zu Zeiten von *Dummse Tünn* und *Schäfers Nas*, waren die Knäste noch in deutscher Hand gewesen. Damals hatten die jüngeren Häftlinge Respekt vor den Alten gehabt. Doch das war längst Geschichte.

Der Ring um ihn herum zog sich enger, seine Gegner bewaffneten sich mit Kurzhantelstangen, keiner sprach ein Wort.

Strasser versuchte, sich in Richtung Wand zurückzuziehen, doch der Weg war bereits versperrt.

Er fixierte Omar, dieses magere Männlein mit dem lächerlich hohen Haaransatz, dem es in bemerkenswert kurzer Zeit gelungen war, sich zum Herrscher aufzuschwingen. Dass er das geschafft hatte, sprach eine deutliche Sprache und zeugte von enormer Brutalität. Wie man sich erzählte, war der Kerl hinterhältig und hatte vor nichts und niemandem Angst, trotz seiner verkrüppelten Hand. Das machte Eindruck. Außerdem hatte er per se die Moslems auf seiner Seite.

Strasser dachte an seinen letzten Knastaufenthalt '92. Damals hatte er eine Menge Nasenbeine gebrochen, was ihn ebenfalls binnen Wochenfrist in die Chefetage katapultiert hatte. Darauf war er noch immer stolz, und dieser Stolz war es, der ihn an diesem verdammten Tag und an diesem verdammten Ort in diese verdammte Lage gebracht hatte. Unwillkürlich musste er an seine Schwester denken. Die gab ebenfalls nie klein bei, auch wenn die Situation noch so aussichtslos schien. Doch bei Mara war der Grund dafür nicht Stolz, sondern Sturheit. Aus irgendeinem idiotischen Grund wünschte er sich plötzlich, sie in die Arme schließen zu können.

Er hob die Fäuste wie ein Boxer und setzte den rechten Fuß einen halben Schritt nach hinten. Die Typen lachten. Dämliche Rotzlöffel. Verdammt, wenn er doch nur an eine Hantelstange herankäme.

Omar sagte etwas, und Tarik übersetzte. Strasser war zu Ohren gekommen, dass der Hänfling kein Wort Deutsch sprach, sondern nur Somali und etwas Arabisch, was neben Somali die zweite Sprache in seiner Heimat war.

»Er will«, verkündete sein marokkanischer Knecht, »dass du ihm den Schwanz lutschst. Dann lässt er dich am Leben, und du darfst in Zukunft sein Schoßhündchen sein. Vielleicht.«

Der Somalier grinste, während seine gelben Augen gefährlich funkelten. Alle anderen lachten.

Strasser glaubte nicht, dass Omar Aidid schwul war und tatsächlich wollte, was er verlangte. Nein, hier ging es lediglich um Macht, um Erniedrigung, darum, auszuloten, wie weit der Unterlegene ging, um seinen Hals zu retten.

Na warte, das werde ich dir zeigen! In Gedanken rechnete er sich aus, dass er gute Chancen hatte, dem Mistkerl zumindest das Nasenbein zu zertrümmern und den Kiefer zu brechen, bevor ihm die anderen den Garaus machten. Nur ein, zwei schnelle Schritte, dann einen Ellenbogenschlag in die schwarze Visage und anschließend ein Trommelfeuer von Fausthieben … Was danach kam, war gleichgültig, denn seine Schwester hasste ihn, das hatte sie ihm deutlich zu verstehen gegeben. Alles andere war ohnehin egal. Eine merkwürdige Erkenntnis zu einem noch merkwürdigeren Zeitpunkt.

Er nahm Omar aufs Korn, verlagerte sein Gewicht auf das Hinterbein, spannte die Muskeln an und biss die Zähne zusammen.

»Jetzt!«, sagte er.

Kapitel 19

Mit zwei Einkaufstüten unter den Armen, roten Wangen und klammen Fingern schloss Mara die Wohnungstür auf. In Gedanken war sie immer noch bei ihrem blöden Bruder, der sich trotz goldener Geschenke abscheulich benahm.

Sie trat ein, stellte die Einkäufe in der Küche ab und schlüpfte in ihre Wohlfühlklamotten, da sie nicht vorhatte, an diesem Tag noch einmal das Haus zu verlassen. Das galt auch für den nächsten Tag und erst recht für den übernächsten. Und für den überübernächsten ebenfalls.

Am besten, überlegte sie, *werde ich nie wieder einen Fuß vor die Tür setzen.*

Bekleidet mit einem rosafarbenen Jogginganzug aus Nickiplüsch und extra kuscheligen Biene-Maja-Pantoffeln an den Füßen schlurfte sie ins Wohnzimmer, um sich mit dem neuen Handy zu beschäftigen, das sie soeben gekauft hatte. Allerdings verspürte sie dazu nicht die geringste Lust, weshalb sie sich mit dem Lesen der Kurzanleitung begnügte, doch selbst diese überflog sie nur. Dann galt es, die Nummern ihrer sämtlichen Bekannten zu speichern und anschließend allen eine Mitteilung zukommen zu lassen, sodass jeder ihre neue Erreichbarkeit hatte. Doch bereits nach der ersten Nummer, die ihrer Freundin Anne, die sie aus dem Büchlein auf der Telefonkommode in den Speicher des Handys übertrug, brach sie die Operation *Ich bin für jeden zu sprechen* ab.

»Ich werde morgen eine E-Mail an alle schreiben«, murmelte

sie im Selbstgespräch und ging in die Küche, um sich einen Türkischen Kaffee zu kochen. Oder einen Griechischen Kaffee oder Mokka, wie manche sagten. Sie wusste nicht genau, wie die richtige Bezeichnung lautete.

Was sie hingegen sehr wohl wusste, war, dass es nichts Herrlicheres gab als echten Mokka, denn im Vergleich damit schmeckte die normale Filterbrühe wie Spülwasser.

Apropos Spülwasser, zwischen all den Tellern und Tassen, die sie seit ihrer Rückkehr aus Afrika benutzt und noch nicht in den Geschirrspüler geräumt hatte, fand sie den *Ibrik*, ein langstieliges Kesselchen mit Messingbeschichtung, das eigens für die Zubereitung von Mokka bestimmt war. Das Mokkapulver und den Ibrik hatte sie bei Ali gekauft, wie der Türke um die Ecke von allen genannt wurde, obwohl der in Wirklichkeit Sinan hieß. Ali beziehungsweise Sinan war es auch gewesen, der ihr die Kniffe bei der Zubereitung verraten hatte.

Sie gab Mokkapulver, Wasser und Zucker in den Ibrik und beobachtete, wie der Sud aufkochte. Später würde sie noch eine Prise Zimt hinzugeben, um den Geschmack zu verfeinern.

»Die Kunst besteht darin«, hatte Ali ihr damals erklärt, »den Topf erst im allerletzten Moment vom Herd zu nehmen, eine halbe Sekunde, bevor alles überkocht. Lässt man den Topf zu lange auf dem Herd, brennt der Kaffee an, und es gibt überdies eine Riesensauerei. Nimmt man ihn zu früh runter, bildet sich nicht genug Schaum, doch genau der macht den einzigartigen Geschmack aus. Diesen Vorgang wiederholt man drei Mal.«

Das Klingeln des Telefons holte sie in die Gegenwart zurück. So schnell, wie es die Biene-Maja-Pantoffeln zuließen, sprintete sie ins Wohnzimmer, schnappte sich das schnurlose Gerät und eilte damit zurück in die Küche, um weiterhin das Kochen des Mokkas zu überwachen.

»Hallo?«, meldete sie sich.

Annes Stimme tönte aus dem Telefon. »Wie geht's dir, Liebes?«

»Gut.«

»Wirklich?«

»Nein. Ich habe mich vorhin mit meinem Bruder gezofft. Außerdem gehen mir eine Million Dinge durch den Kopf, und das macht mich verrückt.«

Während sie das Telefon mit der einen Hand hielt, nahm sie mit der anderen den Topf vom Herd. Für einen Sekundenbruchteil sah es so aus, als würde der tiefbraune Inhalt über den Rand schwappen, doch dann fiel die schaumige Pracht in sich zusammen. Ha, genau den richtigen Zeitpunkt erwischt!

»Das Grübeln bringt mich noch um den Verstand«, gab sie zu. »Also bin ich krampfhaft auf der Suche nach einer sinnvollen Beschäftigung. Im Moment besteht diese aus Kaffeekochen, wenn ich damit fertig bin, aus Kaffeetrinken und danach … Keine Ahnung. Ich hätte nie gedacht, dass mir meine Arbeit jemals so sehr fehlen würde.«

Anne bemühte sich um einen fröhlichen Tonfall. »Na, wenn es weiter nichts ist als Langeweile, kann ich vielleicht Abhilfe schaffen. Wie sieht's aus, möchtest du wieder als rasende Reporterin aktiv werden? Falls ja, musst du allerdings sofort loslegen.«

»Klingt interessant.« Noch vor wenigen Minuten hatte sie sich vorgenommen, nie wieder das Haus zu verlassen. »Worum geht's?«

»Um eine Flugzeugentführung, die angeblich hier bei uns in Köln stattfindet, genau in diesem Moment.«

»Was?« Wieder drohte der Mokka überzukochen, doch auch diesmal gelang es ihr haargenau, den richtigen Zeitpunkt abzupassen und den Ibrik vom Herd zu nehmen. »Leide ich unter Halluzinationen, oder hast du gerade tatsächlich *Flugzeugentführung* gesagt?«

»Nein, du hast keine Halluzinationen. Vor nicht ganz einer halben Stunde rief irgendein Wichtigtuer in der Redaktion an, der behauptete, mich unbedingt sprechen zu müssen und etwas von einer sensationellen Story faselte, die er ausschließlich mir anvertrauen könne. Er war derart hartnäckig und wohl auch überzeugend, dass mich der Redakteur vom Dienst zu Hause angerufen hat.«

»Und?«, fragte Mara neugierig. »Hast du Kontakt mit diesem geheimnisvollen Informanten aufgenommen?«

»Klar, ich habe auf der Stelle die Nummer angerufen, die er in der Redaktion hinterlassen hat. Es ist eine Handynummer, und der Besitzer dieses Handys behauptet, Hobbyfotograf zu sein und am Flughafen auf der Aussichtsplattform zu stehen. Von dort aus, so sagte er, wollte er ein paar Bilder von Starts und Landungen schießen. Und jetzt wird's interessant: Angeblich will er dabei mit seinem Teleobjektiv auf das Cockpitfenster einer gelandeten Maschine gezoomt haben und sah im Cockpit einen Mann mit Schusswaffe, der den Piloten bedrohte. Kurz darauf hätte sich sämtliches Bodenpersonal fluchtartig von der Maschine zurückgezogen.«

Mara stellte den Ibrik zum dritten und letzten Mal auf die Herdplatte. »Ich denke, der hat zu viele schlechte Filme gesehen. Hast du schon recherchiert, ob man von außen überhaupt durch so ein Cockpitfenster hindurchgucken kann? Ich meine nämlich irgendwo gelesen zu haben, dass die Dinger aus Spiegelglas bestehen und von außen undurchsichtig sind.«

»Guter Ansatz«, lobte Anne. »Nein, das habe ich noch nicht überprüft. Werde das sofort erledigen, wenn unser Gespräch beendet ist.« Sie räusperte sich. »Wie sieht's aus? Hast du Lust, zum Flughafen zu fahren, um vor Ort nachzuschauen? Unser Hobbyfotograf gibt vor, alles im Kasten zu haben, und will uns die Bilder verkaufen. Wenn es stimmt, was er behauptet, könnten wir sie in der Montagsausgabe bringen.«

»Wenn es stimmt, was er behauptet, möchte ich nicht mit den armen Schweinen in dem betreffenden Flieger tauschen«, versetzte Mara.

Sie dachte an Bernd, der an diesem Tag aus Kenia zurückkehren wollte, und obwohl sie nicht wirklich an eine Flugzeugentführung glaubte, war sie auf einmal nervös. Sie versuchte sich mit dem Gedanken zu beruhigen, dass es schon mit dem Teufel zugehen müsste, wenn ausgerechnet der Flieger, in dem Bernd saß …

»Äh … du hast natürlich recht«, hörte sie Anne sagen. »Ich wollte nicht herzlos klingen.«

Sie nahm den Ibrik vom Herd und schüttete den herrlich duftenden Mokka in den Ausguss. »Dann werde ich mich mal auf die Socken machen.«

»Prima. Warte, ich gebe dir noch die Handynummer unseres Hobbyfotografen. Am besten setzt du dich direkt mit ihm in Verbindung, sobald du am Flughafen eintriffst. Hast du etwas zu schreiben?«

Sie bejahte und schnappte sich den Block und den Bleistift, die immer neben der Mikrowelle lagen und eigentlich für Einkaufslisten bestimmt waren. Sie schrieb die Nummer auf, die Anne ihr diktierte, riss das Blatt an der perforierten Linie heraus und gab der Freundin im Gegenzug ihre neue Handynummer.

»Wann kannst du vor Ort sein, Liebes?«, wollte die Redakteurin wissen.

Mara zögerte, trat an das Küchenfenster, schaute hinaus. »Die Straßen sehen halbwegs trocken aus, also werde ich mich in meine Thermounterwäsche packen und den Wanderfalken nehmen. Damit schaffe ich es in einer halben Stunde.«

Der »Wanderfalke« war ihr Motorrad und zugleich ihre Leidenschaft, eine Suzuki MAB-Hayabusa Turbo, die sie von Jo zum fünfunddreißigsten Geburtstag geschenkt bekommen hatte. *Ha-*

yabusa war das japanische Wort für Wanderfalke, und dieses Tier galt als das schnellste der Welt. Folgerichtig war die MAB-Hayabusa Turbo der Wanderfalke unter den Motorrädern, ein schnelleres in Serie produziertes Gefährt mit Straßenzulassung gab es nicht.

»Ich werde mich sofort in die Redaktion begeben«, sagte Anne, »und dort auf deinen Anruf warten.«

Mara versprach, sich zu beeilen. So schnell es ging, tauschte sie den Nickianzug gegen ihre Goretex-Kombi und die Biene-Maja-Puschen gegen schwere Schnallenstiefel.

Als sie die Treppe hinunterpolterte, rief sie sich die Nummer des Fluges in Erinnerung, mit dem Bernd an diesem Tag aus Kenia zurückkehren wollte: SWX 714, geplante Ankunftszeit 9 Uhr 15.

Das herauszufinden hatte ihr keine Mühe bereitet, da es samstags lediglich eine einzige Verbindung von Mombasa nach Köln gab, während man die entsprechenden Informationen auf der Internetseite des Flughafens abrufen konnte.

Und genau das hatte sie getan, weil sie tatsächlich mit dem Gedanken gespielt hatte, Bernd am Gate zu empfangen. Wieso es letzten Endes bei dem bloßen Vorsatz geblieben war, wusste sie nicht.

Gerade, als sie ihren Helm anziehen wollte, lärmte das neue Mobiltelefon in der Jackentasche. Herrgott, der werksseitig eingestellte Klingelton war abscheulich.

»Ja?«

Wieder meldete sich Anne. »Mara, gut, dass ich dich noch erwische!« Ihre Stimme klang aufgeregt, und es hatte den Anschein, als könne sie sich nur mit Mühe beherrschen.

»Was ist passiert?«, wollte Mara wissen.

»Ich habe gerade ein wenig im Internet geforscht, um herauszufinden, ob die Cockpitscheiben von Jumbojets tatsächlich von außen verspiegelt sind. Doch dann kam mir etwas anderes in den Sinn, weshalb ich die Seite des Flughafens aufgerufen habe.«

Die habe ich heute Morgen auch schon besucht, hätte Mara um ein Haar gesagt. »Und was hast du dort entdeckt?«, fragte sie stattdessen.

»Etwas äußerst Merkwürdiges: In der Übersicht, in der die Starts aufgelistet sind, steht hinter jedem, aber auch wirklich jedem Flug die Bemerkung *annulliert*. Kommentarlos, ohne Erklärung. Und bei den Ankünften verhält es sich ähnlich mysteriös, dort heißt es überall *umgeleitet nach Düsseldorf … nach Frankfurt … nach Dortmund* oder weiß der Geier wohin. Seit etwa halb zehn ist kein Flieger mehr in Köln gelandet, obwohl sie um diese Uhrzeit für gewöhnlich alle paar Minuten reinkommen. Nur ein einziger steht anscheinend noch auf dem Rollfeld.«

Mara spürte, wie sich ein dicker Kloß in ihrem Hals bildete. »Bist du noch online? Kannst du kurz nachschauen, wie die Nummer dieses Fluges lautet?«

»Äh … ja, ich sitze noch am Rechner. Aber weshalb interessiert dich die Flugnummer?«

»Sag sie mir!«, forderte Mara aufgeregt.

»Sekunde … Ah ja, hier steht sie …«

Mara hielt die Luft an.

»Es ist ein Flieger aus Mombasa«, sagte Anne. »Die Nummer lautet SWX 714.«

Kapitel 20

Just in der Sekunde, in der sich Strasser auf den Somalier stürzen wollte, kam Rinderhälftes massige Gestalt in den Raum gestampft, gefolgt von drei weiteren Schließern.

Strasser hielt inne.

»Aidid!«, rief ein Beamter. »Mitkommen! Du sollst…« Er stockte, schaute in die Runde.

Auch Rinderhälfte ließ den Blick schweifen und sah Strasser mit erhobenen Fäusten dastehen, während ihn die übrigen Gefangenen mit Hantelstangen in den Händen umringten. Für einen winzigen Augenblick war er versucht, sich einfach umzudrehen, seinen Kollegen zu befehlen, ihm nach draußen zu folgen, und dann die Tür hinter sich abzusperren. Zehn Minuten später hätte er zurückkehren können, um Strassers Überreste einzusammeln und sie in einer Plastiktüte wegzutragen. Doch das war natürlich nur eine Wunschvorstellung.

Stattdessen nahm er das Funkgerät vom Gürtel. »Im Fitnessraum bahnt sich Ärger an. Ich wiederhole: Im Fitnessraum bahnt sich Ärger an. Wir brauchen vorsorglich Unterstützung.«

Nur wenig später hörte man weit entfernt das Rumpeln einer Tür, gefolgt von Füßen, die sich im Laufschritt näherten.

»Was wird hier gespielt?«, fragte er in die Runde.

Niemand sagte etwas, auch Strasser schwieg, denn schließlich war er keine Ratte.

»Was hier los ist, will ich wissen!«, beharrte der hünenhafte Schließer.

Immer noch keine Antwort. Die Häftlinge starrten zu Boden oder Löcher in die Luft.

»Aha, verstehe«, sagte Rinderhälfte. »Na gut. Die Sportstunde ist jedenfalls beendet. Alles sofort zurück in die Zellen! Eure Namen sind vorgemerkt, das wird Strafen hageln. Abmarsch!«

Die Verstärkung traf ein, vier atemlose Schließer stürzten in den Raum.

Die Hantelstangen polterten zu Boden, absichtlich fallen gelassen als Zeichen des Ungehorsams. Danach trottete die gesamte Schar in aufreizender Langsamkeit hinaus auf den Korridor.

»Du nicht, Aidid!«, rief Rinderhälfte und winkte den Somalier heran. »Du hast Besuch von der Staatsanwaltschaft.«

»Das brauchst du ihm nicht zu erklären«, mischte sich ein anderer Beamter ein, »der versteht dich sowieso nicht.«

»Der versteht mich verdammt gut«, entgegnete Rinderhälfte. »Los, Aidid! Herkommen!«

Der Somalier, der seinen Namen gehört und die Gestik des Riesen richtig gedeutet hatte, fügte sich. Teilnahmslos ließ er sich Hand- und Fußfesseln anlegen.

Strasser, der in der Tür stehen geblieben war, beobachtete das Schauspiel. Sein Blick und der des Somaliers trafen sich.

Da wusste er, dass er in Zukunft nie mehr seine Zelle verlassen konnte, wenn ihm sein Leben lieb war.

Kapitel 21

Die Schritte auf dem Korridor kamen näher, gespannt schaute Lohmann zur Tür.

Er hatte verfügt, dass die Vollzugsbeamten den Somalier ungefesselt in den Verhörraum bringen sollten. Das heißt, eigentlich stammte die Anweisung von Wolf, da der Kriminalbeamte davon ausging, dass sich Omar ohne Hand- und Fußfesseln noch stärker, noch unbesiegbarer fühlen würde, als das ohnehin schon der Fall war. Das wiederum würde es sehr viel einfacher machen, ihn zu provozieren und zu einem Fehler zu verleiten.

»Denken Sie daran, was ich Ihnen gesagt habe«, wiederholte Wolf eindringlich. »Lassen Sie sich nicht einschüchtern, treten Sie energisch auf, packen Sie ihn hart an. Und machen Sie ihm klar, dass sich keine Menschenseele für sein Schicksal interessiert. Das wird ihn garantiert aus der Reserve locken.« Er deutete zur Tür mit dem eingelassenen Sichtfenster. »Ich beobachte Sie genau. Sollte er handgreiflich werden, sind wir sofort zur Stelle.«

Zwei weitere Vollzugsbeamte waren inzwischen eingetroffen, und alle drei nickten bestätigend, doch Lohmann schaute drein wie ein Kind, dem man soeben offenbart hatte, dass es mutterseelenallein im dunklen Wald übernachten musste.

»Ich … ich dachte, Sie wären bei dem Verhör anwesend, zwar im Hintergrund …«

Wolf bedachte ihn mit einem abschätzigen Blick. »Der Mistkerl soll sich in seiner eigenen Überheblichkeit suhlen. Da ist es am besten, ihm nicht mit einer Übermacht gegenüberzutreten. Machen Sie sich keine Sorgen. Wie gesagt, ich behalte Sie im Auge.« Er klopfte ihm auf die Schulter. »Sollten Sie den Eindruck haben, dass Gefahr droht, sagen Sie laut und deutlich *Hafturlaub*. Das ist unser Signal, wir werden dann auf der Stelle eingreifen.«

»Hafturlaub«, wiederholte Lohmann und brachte ein dünnes Lächeln zustande.

Wolf und die Vollzugsbeamten verließen den Raum.

Kurz darauf erschien das fleischige Gesicht Rinderhälftes in der Tür, um dem Jungstaatsanwalt einen fragenden Blick zuzuwerfen. Lohmann war bemüht, sich seine Angst nicht anmerken zu lassen. Er nickte.

Der Somalier, aufsässig wie eh und je, wurde in den Raum geschoben, dann verschwand Hälfte wieder. Donnernd fiel die Tür ins Schloss; Lohmann, Omar Aidid und der Dolmetscher, der unruhig am Tisch saß, blieben als Einzige zurück.

Lohmann spürte, wie sich sein Puls beschleunigte. Der Schweiß ließ ihm das Hemd am Rücken kleben, und er fühlte sich, als wäre er in einem Raubtiergehege eingeschlossen. Dann mobilisierte er seinen gesamten Mut. Ohne Vorwarnung brüllte er Omar an. »Hinsetzen!«

Der Dolmetscher ließ vor Schreck den Kugelschreiber fallen, mit dem er herumgespielt hatte. Sogar Omar zuckte zurück, allerdings nur für einen Augenblick, bevor er sich zu seinem üblichen, mutwilligen Grinsen herabließ.

Der Dolmetscher übersetzte die Aufforderung zum Hinsetzen, doch der Pirat blieb stehen, baute sich sogar breitbeinig auf und verschränkte demonstrativ die Arme vor der Brust.

Lohmann holte tief Luft und schrie los, dass ihm die Blutgefäße zu platzen drohten: »Sind Sie taub? Setzen Sie sich gefälligst auf den verdammten Stuhl!« In Gedanken hatte er sich einen anderen Satz zurechtgelegt, der lautete: *Setz dich gefälligst auf deinen verdammten Arsch, du Sohn einer Sau!* Mit Letzterem konnte man einen Moslem tödlich beleidigen, doch so etwas wollte ihm partout nicht über die Lippen.

Trotzdem war der Ausbruch heftig genug, dass zumindest der Dolmetscher erneut zusammenfuhr, bevor er seiner Aufgabe nachgehen konnte.

Innerlich erwartete Lohmann, dass sich Omar, der nur knapp vier Schritte von ihm entfernt stand, auf ihn stürzen würde, doch der Angriff blieb aus. Stattdessen klatschte der Somalier höhnisch Beifall.

»Von mir aus«, murmelte Lohmann. »Dann steh dir doch die Beine in den Bauch.«

War der Kampf damit bereits verloren? Viel Eindruck hatte er mit dem Geschrei jedenfalls nicht gemacht. Er rief sich seinen Auftrag in Erinnerung, der darin bestand, möglichst viel über Omars Umfeld herauszubekommen. *Packen Sie ihn hart an!*, hatte Wolf vorgegeben. Verdammt, so etwas lag ihm einfach nicht!

»Vermissen Sie Ihre Familie?«, fragte er, einer plötzlichen Eingebung folgend.

»Was interessiert dich meine Familie?«, übersetzte der Dolmetscher die Entgegnung des Piraten.

Im Geiste vermerkte Lohmann, dass dies die erste halbwegs vernünftige Antwort war, die ihm der Somalier bisher gegeben hatte, auch wenn sie in Form einer Gegenfrage formuliert wurde. »Weil ich dafür sorgen kann, dass Sie Ihre Familie wiedersehen.«

Omar Aidid stieß einen amüsierten Grunzlaut aus. »Ach ja, kannst du das?«

Und schon wieder so etwas wie eine Antwort. Die Richtung stimmte anscheinend! »Haben Sie eine Frau?«, schlug er in die gleiche Kerbe. »Kinder?«

»*Eine* Frau?« Der Somalier grinste. »Ich kann jede Frau haben, die ich will!«

Davon bin ich überzeugt, dachte er, ohne darauf einzugehen. Stattdessen erkundigte er sich: »Sie kommen aus der Region Puntland, nicht wahr? Aus der Hafenstadt Boosaaso. Leben Sie dort allein oder mit Ihrer Familie? Haben Sie Schwestern? Brüder?«

Diese Frage musste einen empfindlichen Punkt berühren, denn augenblicklich wurde die Miene des Gefangenen zu Stein. Er kniff die Augen zusammen und erstach Lohmann mit seinem Blick. »Mein Zwillingsbruder ist euer schlimmster Albtraum!«, sagte er mit gefährlich leiser Stimme. »Er wird über euch kommen, auf euch spucken und euch für eure Überheblichkeit bestrafen. Wie könnt ihr es wagen, mich einzusperren? Mich, Omar Nuruddin Jibril Hassan Aidid. Dafür werdet ihr büßen, Allah ist mein Zeuge!«

Während er sprach, trat er auf seinen verhassten Widersacher zu, langsam und mit ausgestrecktem Zeigefinger, und das wirkte weitaus bedrohlicher als jeder noch so ungestüme Angriff.

Lohmann wich unwillkürlich zurück, bis er mit dem Rücken gegen die Wand stieß.

»Ich könnte dafür sorgen, dass man Ihnen Hafturlaub gewährt«, stieß er hervor. »Hafturlaub!«

Die Tür blieb geschlossen, die Retter kamen nicht.

»Hafturlaub«, wiederholte er ein weiteres Mal vergeblich. Fieberhaft überlegte er, ob er dem Somalier einfach einen Tritt zwischen die Beine verpassen sollte. Schwachsinn, der Kerl würde das bereits im Ansatz erkennen und vereiteln, immerhin war er als Straßenschläger aufgewachsen. Grundgütiger, wo blieb Wolf?

Der Zeigefinger kam näher, zielte auf sein Gesicht, auf seinen Augapfel. Himmel, wollte der Kerl ihm die Augen ausstechen? Der Geruch von Schweiß drang ihm in die Nase.

Dann verschwand der böse Zeigefinger. Stattdessen tauchte eine Hand vor Lohmanns Gesicht auf, Omars Linke, an der Mittel-, Ring- und kleiner Finger fehlten. Nur noch drei grässliche Stümpfe waren davon übrig.

»Mein Bruder hat drei Finger für mich gegeben«, zischte Omar. »So wie ich drei Finger für ihn gegeben habe. Zweifelst du wirklich daran, dass er mich hier herausholen wird?«

Die Stummelfinger verschwanden, und die unversehrte Rechte des Somaliers schoss heran, um Lohmanns Kragen zu packen. Dieser wurde sofort mächtig eng, der Druck auf den Kehlkopf ließ ihn augenblicklich würgen.

»Hilfe!«, krächzte er. »Hilfe!« Dann brachte er keinen Laut mehr zustande, weil Omar ihn würgte. Der Kerl war stark, selbst mit nur einer Hand. Verzweifelt versuchte Lohmann, ihn fortzustoßen. Vergebens.

Die Tür flog auf, Wolf stürmte herein, gefolgt von einem Rudel Uniformierter.

Lohmann röchelte, sah einen Zwirbelschnurrbart neben sich auftauchen, und dann, endlich, packten zwei riesige Pranken Omars Hand und bogen die Finger scheinbar mühelos auf. In der nächsten Sekunde wurde der Somalier unter einem Berg aus Leibern begraben.

»Alles in Ordnung?«, fragte der Kriminalbeamte.

Lohmann hustete und röchelte. »Ich … ich bin ein Waschlappen«, keuchte er schließlich, statt eine sinnvolle Antwort zu geben. »Ein erbärmlicher Waschlappen. Ich habe nicht einmal ernsthaft versucht, mich zu wehren.«

Wieder schüttelte ein Hustenanfall seine schmalen Schultern, während der Kriminalkommissar etwas Versöhnliches nuschelte über die Anforderungen, die man an einen Staatsanwalt stellte und zu denen Wehrhaftigkeit nicht zählte.

Dann geschah etwas Merkwürdiges.

Plötzlich riss Lohmann die Augen auf, und er glotzte, als wäre ihm gerade der Heilige Geist erschienen. »Sie kennt ihn«, stammelte er ungläubig. »Sie ist ihm begegnet. In Somalia.«

Wolfs Gesicht zeigte Verständnislosigkeit. »Was reden Sie da? Wer ist wem begegnet? Soll ich Ihnen einen Arzt rufen?«

»Nicht nötig, mir geht es gut. Sehr gut sogar.« Lohmann lächelte triumphierend. »Was denken Sie, wie viele Leute es gibt, denen drei Finger fehlen und die einen Zwillingsbruder haben, auf den das ebenfalls zutrifft?«

»Was reden Sie da?«

Seine Augen leuchteten vor Begeisterung. »Frau Sturm war in Somalia.«

»Mara?«, fragte Wolf verdattert. »Ich verstehe nicht …«

»Frau Sturm war in Somalia!«, sagte er abermals. »Erst gestern hat sie mir erzählt, dass sie dort einem Mann begegnet ist, einem irrsinnigen Warlord, der eine Bande von Milizen anführte und behauptete, falls nötig sein Leben für seinen Bruder zu opfern.«

Er rief sich ihren Bericht über den ehemaligen Fischer namens Asad in Erinnerung, der zum großen Anführer geworden war und sich mit »Hoheit« ansprechen ließ.

»Ihm fehlen drei Griffel«, hatte sie wortwörtlich gesagt. »Die hat er sich nämlich abgehackt.«

Er erinnerte sich an seine Reaktion. »Abgehackt?«, war es ihm entfahren.

Frau Sturm hatte genickt. »Ja, für seinen Bruder, dem man die gleichen Finger abgehackt hat, als er einem feindlichen Clan in die Hände fiel und man ihn folterte. Er hat mir seine Stummel vor die Nase gehalten und irgendetwas von Familienkodex und Ehre geschwafelt.«

Demnach war der größenwahnsinnige Guerillaführer, Asad der Fischer, kein Geringerer als Omars Bruder! Und wie es schien, war dieser Bruder tatsächlich vom Himmel herabgefahren, und zwar in einer Passagiermaschine aus Kenia, um Omars Freilassung zu erpressen. Es passte alles zusammen.

Lohmann erzählte dem Kriminalbeamten, was er wusste, und je länger er sprach, desto größer wurden die Augen über dem Zwirbelbart.

»Frau Sturm hat ihm gegenübergestanden!«, rief der Jungstaatsanwalt voller Begeisterung. »Sie hat mit ihm gesprochen, hat seine Stimme gehört, und sie hat umfangreiche Erkundigungen über ihn eingeholt. Wenn das nicht reicht für ein Täterprofil, dann will ich ab sofort Waldemar heißen.« Während er sprach, nahm er bereits das Mobiltelefon ans Ohr. Es verging eine halbe Minute, ehe er schimpfte: »Verdammt, da stimmt was nicht.«

»Wieso?«

»Ich habe ihre Nummer gespeichert, bekomme jedoch keine Verbindung. Nur eine blödsinnige Computerstimme, die behauptet, die Nummer wäre nicht vergeben.« Er schüttelte den Kopf. »Und Festnetz ist ebenfalls Fehlanzeige. Da springt sofort der AB an.«

»Das bedeutet also, dass sich unser unerwarteter Joker plötzlich in Luft aufgelöst hat«, stellte Wolf fest. »Und was nun?«

Kapitel 22

Bernd, der natürlich keine Ahnung hatte, dass der Anführer der Luftpiraten Asad Aidid hieß, nannte ihn gedanklich weiterhin Tyson.

Der Brutalo wandte sich wieder an Grietje und ließ sie per Lautsprecherdurchsage verkünden, dass er wünschte, ab sofort mit *Hoheit* angesprochen zu werden.

Bernd nahm diese völlig abstruse Anweisung nur beiläufig wahr, da er neben der Leiche des Easy Riders kauerte, deren Anblick ihm Übelkeit bescherte.

»Sie haben ihn umgebracht«, sagte er laut in Richtung des Geiselnehmers. Seine Unterlippe zitterte, in seiner Stimme hielten sich Wut und Angst die Waage.

Erneut krachte der Lauf der Maschinenpistole gegen seinen Kopf und fügte der Beule eine Platzwunde hinzu. Er zuckte zurück, riss reflexartig die Arme vor den Kopf, um sich zu schützen, und spürte Blut in sein Gesicht rinnen.

»Wie sollst du mich nennen?«, geiferte Tyson.

Der Afrikaner beugte sich zu ihm herunter. Das Weiße in seinen stechenden, hasserfüllten Augen war nicht wirklich weiß, sondern gelb.

Bernd schaute ihn verständnislos an.

»Wie sollst du mich nennen?«, schrie der Entführer abermals.

Bernd begriff immer noch nicht, was der Kerl von ihm wollte, doch dann raunte Grietje ihm zu: »Hoheit!«

Er war unfähig zu sprechen, gefangen vom Blick dieser gelbbraunen Augen.

»Hoheit!«, drängte die Stewardess. Ihr Tonfall war beschwörend, flehend.

»Sie haben diesen Mann totgeschlagen«, hörte er sich endlich sagen. Einen Moment war er versucht, seine Abscheu kundzutun, indem er mutwillig auf die abwegige Anrede verzichtete, doch schließlich lenkte er ein. Heldentum lag ihm nicht. »Sie haben den Mann totgeschlagen, Hoheit.«

Tyson zuckte mit den Schultern. »Na und? Jeder stirbt irgendwann«, meinte er lässig. Seine Gleichmut schlug blitzartig in Angriffslust um. »Was kümmert dich der Fettsack? Bist du sein verdammter Bruder?«

»Nein ... Hoheit«, sagte Bernd leise.

»Nein«, äffte Tyson ihn nach. »Was dann? Ein schwuler Pfarrer? Ein Missionar? Krankenschwester?«

»Ich bin Musiker.«

»Pah, Musiker. Welches Instrument spielst du? Maultrommel?«

»Violine.«

Diese Antwort rief ein verächtliches Lachen hervor sowie eine Reihe blödsinniger Gebärden, die wohl ein Geigenspiel imitieren sollten. Während der Afrikaner so tat, als wäre die MPi eine Geige, auf der er spielte, rief er etwas in seiner Heimatsprache in Richtung Cockpit, wo einer seiner drei Komplizen Wache hielt. Auch der lachte daraufhin, und es klang nicht weniger verächtlich.

»Wie heißt du, Geigenmann?«

Bernd wünschte sich, endlich in Ruhe gelassen zu werden. Für diese überflüssige Unterhaltung gab es nicht den geringsten Grund. Trotzdem antwortete er. »Bernhard, ich heiße Bernhard.« Seinen richtigen Vornamen hatte er schon seit einer

Ewigkeit nicht mehr gebraucht, und er konnte sich nicht erklären, warum er ihn ausgerechnet diesem widerlichen Totschläger verriet.

»Bernhard«, wiederholte der Geiselnehmer befremdet. »Hört sich an wie der Name einer Schwuchtel.«

Tyson, der die ganze Zeit Englisch sprach, verwendete für diese Beleidigung das Wort *faggot*, und Bernd kannte die Bedeutung nur deshalb, da er während seines Engagements an der *Royal Opera* für etwas mehr als vier Jahre in London gelebt hatte. Er erinnerte sich, dass die dortigen Bühnenbauer männliche Balletttänzer gelegentlich als *faggots* bezeichnet hatten, als Schwuchteln.

»Bist du eine verdammte Schwuchtel?«

»Nein, Hoheit.«

»Siehst aber aus wie eine. Du bist ab sofort mein Knecht. Rate, wie ich heiße!«

Was für ein dämliches Ansinnen, wie kann man so etwas erraten? »Ich habe keine Ahnung, Hoheit.«

Tyson klärte ihn auf. »Mein Name ist Asad, und das bedeutet Löwe, während Bernhard zweifellos ein anderes Wort für Schwuchtel ist. Und jetzt schaff mir den verdammten Kadaver aus den Augen, Schwuchtel!«

Damit war der Leichnam des Easy Rider gemeint.

»Wegschaffen? Wohin denn?«

Die Mündung der Maschinenpistole schwenkte in Richtung Tür. »Schmeiß ihn aufs Rollfeld. Dann sehen die Idioten dort draußen, dass ich es ernst meine.« Mit diesen Worten drehte er sich um und entfernte sich mit seinem leicht hinkenden Gang.

Bereits im nächsten Augenblick ertönte eine weitere Lautsprecherdurchsage, diesmal sprach Asad selbst ins Mikrofon. Er befahl den Passagieren, ihre Handys abzugeben. Danach wies er Grietje und das übrige Flugpersonal an, durch die Reihen zu gehen und die Mobilfunkgeräte einzusammeln.

Bernds Hände zitterten. Die Vorstellung, einen Leichnam zu berühren, ließ ihn schaudern. Voller Entsetzen betrachtete er das bartstoppelige Gesicht des Toten. Unter dem massigen Schädel hatte sich zwischenzeitlich eine Lache gebildet, die den groben Filzteppich im Mittelgang tränkte. Erstaunt und entsetzt zugleich registrierte er, dass es sich bei dieser Lache nicht um Blut handelte, sondern um eine Flüssigkeit, die durchsichtig war wie Wasser, jedoch einen eigenartigen, intensiven Geruch verbreitete. Unwillkürlich kam ihm der Gedanke, dass es Hirnflüssigkeit sein musste, obwohl er im Grunde keine rechte Vorstellung hatte, was das genau war. Hanna hätte es ihm vermutlich erklären können, denn als Neurochirurgin kannte sie sich mit solchen Dingen aus. Dann sagte er sich, dass Hanna in Wirklichkeit Tamara hieß und vermutlich gar keine Chirurgin war, auch wenn ihm das gefallen hätte. In ihrem Brief war sie jedenfalls nicht auf ihren Beruf eingegangen.

»Na, wird's bald!«, schnauzte Tyson alias Asad der Löwe.

Bernd nahm seinen ganzen Mut zusammen und packte den Toten bei den Schultern, um zunächst seinen Oberkörper aufzurichten. Er plante, ihn mit dem sogenannten Rautek-Griff wegzutragen, den er vor vielen Jahren bei einem Erste-Hilfe-Kurs gelernt hatte. Angeblich war dieser Griff die ideale Technik, um eine schwere Person zu bergen.

Irgendwie gelang es ihm, sich das Prozedere ins Gedächtnis zu rufen. Zunächst musste er seine Arme unter den Achseln des Toten hindurchschieben. Dabei kam er mit nacktem Fleisch in Berührung, das weich war und behaart und schwabbelig, aber zumindest nicht kalt, wie er erwartet hatte. Dann angelte er sich den linken Arm des Leichnams und legte ihn quer vor die massige Brust, sodass er genau über dem Harley-Davidson-Logo zu liegen kam. Schließlich packte er den zurechtgerückten Arm mit beiden Händen.

»So, jetzt nur noch hochheben«, murmelte er kaum hörbar.

Dass dies nicht leicht werden würde, hatte er erwartet, doch *so* schwer hatte er es sich nicht vorgestellt.

Nach wenigen Schritten, die er in der Rückwärtsbewegung bewältigte, mehr taumelnd als gehend und mit dem gewaltigen Leib auf den Oberschenkeln, verließen ihn die Kräfte. Er stolperte über seine eigenen Füße, verlor den Stand, polterte rücklings zu Boden.

Asad der Löwe lachte gehässig. Dabei konnte Bernd nichts Lustiges daran finden, unter einem toten, zwei Zentner schweren Fleischberg begraben zu werden, und noch weniger erheiternd war es, wenn aus dem eingeschlagenen Schädel dieses Berges irgendeine stinkende Flüssigkeit herauslief. Augenblicklich bildete sich ein dunkler Fleck auf Bernds hellblauem Hemd.

Er spürte, wie Brechreiz in ihm hochstieg, und nur mit knapper Mühe und Not konnte er verhindern, sich zu übergeben. Außerdem tat ihm das Hemd leid, denn das war eins seiner ältesten und liebsten, ein Geschenk seines verstorbenen Bruders.

»Du da«, hörte er Asad bellen. Der Kasernenhofton schien seine normale Art der Konversation zu sein. »Ja, genau du, dich meine ich. Hilf dem geigespielenden Schwuchtelkönig! Er ist zu schlapp, den Fettsack allein wegzutragen.«

Bernd, der sich inzwischen unter den erdrückenden Massen hervorgezwängt hatte, sah seinen Helfer wider Willen näher kommen.

Dieser war völlig ungeeignet, da er eine Sie war, noch dazu ein zierliches Persönchen von knapp einem Meter fünfzig Körpergröße, mit schwarzem Haar und bildhübschem Gesicht, das jedoch weiß war wie ein Laken. Er schätzte sie auf Ende zwanzig. In ihrer Nase steckte ein silberner Knopf, eins dieser Piercings, die er so verabscheute, und jeder ihrer Finger war beringt, nicht mit echtem Schmuck, sondern mit billigem Kitsch. Sie zitterte am ganzen Körper.

»Keine Angst«, flüsterte er ihr zu. Dabei ließ er seine Stimme zuversichtlich klingen, obwohl er in Wirklichkeit keinerlei Optimismus verspürte. »Wir überstehen das. Wir kommen hier heil wieder raus. Wie heißen Sie?«

»Ernestine«, hauchte sie so leise, dass es kaum zu verstehen war.

»Schöner Name, gefällt mir«, log er. »Kennen Sie den Rautek-Griff?«

»Ich glaube nicht.«

Er wies auf den Toten. »Egal. Ich werde ihn jetzt hochheben. Wenn Sie dann seine Beine nehmen könnten …«

Asads Geschrei unterbrach ihn, Ernestine zuckte zusammen. »Schluss mit dem Palaver, Geige! An die Arbeit! Das gilt auch für dich, Krähe!«

Dieser Spitzname musste sich auf ihr Haar beziehen, das kohlschwarz war und so sehr glänzte, dass es tatsächlich an das Gefieder eines Rabenvogels erinnerte.

Die junge Frau stieg hastig über den Leichnam hinweg, um zu seinen Füßen zu gelangen, wo sie in die Knie ging. Bernd richtete derweil erneut den Oberkörper des Toten auf und wendete den Rautek-Griff an, wie er es vorhin schon einmal getan hatte. Ächzend stemmte er sich mitsamt dem Ballast in die Höhe. »Nehmen Sie die Beine!«, wies er sie an.

Sie zögerte, und es schien, als würde sie in Tränen ausbrechen, doch dann packte sie beherzt zu, und es war verblüffend, wie viel Kraft diesem zierlichen Menschlein innewohnte. Gemeinsam gelang es ihnen, den toten Easy Rider in die Bordküche und vor den Ausstieg zu bugsieren. Als das vollbracht war, klebte ihm der Schweiß das Hemd an den Rücken.

»Gut gemacht, Geigenmann«, lobte Asad spöttisch. »Jetzt schmeiß ihn raus!«

»Ich weiß nicht, wie man die Tür öffnet, Hoheit.«

Er betrachtete das Schott und sah einen massiven Griff, der große Ähnlichkeit mit jenen Verriegelungen aufwies, die man aus Zügen oder Straßenbahnen kannte. Während er daran zog und zerrte, schimpfte der Afrikaner ohne Unterlass. So schwer könne es doch nicht sein, die verdammte Tür aufzumachen, nicht einmal für eine verdammte Geigenschwuchtel, ereiferte er sich. Das Gezeter verstummte erst, als ein Zischen verkündete, dass die Fummelei an dem Griff tatsächlich etwas bewirkte. Ein Spalt tat sich auf, durch den ein eisiger Wind hereinstrich.

In dieser Sekunde beschloss Bernd zu flüchten.

Der Gedanke bescherte ihm augenblicklich ein schlechtes Gewissen, da er sich einredete, Ernestine beschützen zu müssen, doch das war idiotisch. Nein, statt den edlen Ritter zu mimen und sein Leben zu verlieren, würde er rennen, wie er noch niemals gerannt war.

Geh endlich auf!

Das Zischen der Pneumatik erstarb, doch der Türspalt wurde nicht größer.

»Sie müssen den Rest von Hand erledigen«, hörte er Grietjes Stimme in seinem Rücken. Die Stewardess war auf ihn zugeschlichen, ängstlich und darum bemüht, den toten Easy Rider nicht zu berühren. »Einfach aufschieben, es ist kinderleicht.«

Er umklammerte den Griff, drückte ihn zur Seite, spürte, wie sich die schwere Tür bewegte. Sein Herz schlug ihm bis zum Hals.

Er warf einen hastigen Blick zurück. Die enge Bordküche, die man zwangsläufig passieren musste, um nach draußen zu gelangen, war ein unbezahlbarer Verbündeter. Grietje stand gleich hinter ihm und daneben Ernestine, sodass Asad höchstwahrscheinlich nicht einmal mitbekam, was bei der Tür vor sich ging. Und wenn er es schließlich doch bemerkte, würde er einige Mühe haben, sich an den beiden Frauen vorbei nach vorn zu quetschen, was zusätzlich durch den im Weg liegenden Leichnam erschwert würde. In der Zwischenzeit wäre Bernd längst die Gangway hinuntergesprintet und unter dem Rumpf des Flugzeugs abgetaucht. Wenn er das schaffte, war die schlimmste Gefahr vorüber, weil er sich dann nicht mehr in dem Bereich befand, den der Afrikaner mit seiner Maschinenpistole unter Beschuss nehmen konnte. Und verfolgen konnte er ihn ebenfalls nicht mit seinem Hinkebein. Bernd würde in die entgegengesetzte Richtung des Ausstiegs rennen und dann einen weiten Bogen schlagen, um zum Terminal zu gelangen.

Mit einem Ruck gab die Tür den Weg frei.

Die tief stehende Dezembersonne, die gerade durch das einzige Wolkenloch im grauen Himmel fiel, ließ ihn die Augen zusammenkneifen. Er holte Luft, spannte die Muskeln an, verlagerte sein Gewicht auf das Standbein. Ein letztes Mal fragte er sich, ob er das Wagnis eingehen sollte.

Natürlich sollst du! Bloß weg von diesem Wahnsinnigen!

Dann gewahrte er etwas, das seinen Fluchtplan mit einem Schlag zunichtemachte.

Kapitel 23

Just in dem Moment, in dem Mara den Flughafen erreichte, begann es zu regnen. Es war kein starker Niederschlag, eher ein feiner Nieselregen, doch da die Temperatur nur knapp über null lag und der Nachtfrost noch im Boden steckte, bestand die Gefahr einer halsbrecherischen Rutschpartie. Augenblicklich drosselte sie das Tempo bis zur Schrittgeschwindigkeit.

Während der Wanderfalke gemächlich auf das Ankunftsterminal zurollte, sah sie schon von Weitem überall Polizei. Uniformierte Kollegen waren in einer ganzen Phalanx von Mannschaftswagen vorgefahren und sprangen ins Freie. Das Geräusch von Schiebetüren klang zu ihr herüber und das Geschrei von hektischen Gruppenführern, die meinten, wenn sie nur laut genug brüllten, wäre jeder schneller auf seinem Posten.

Sie lenkte den Wanderfalken an den Fahrbahnrand, stoppte und nahm den Helm ab, dessen Visier außen mit Wassertropfen bedeckt war, während es innen anfing zu beschlagen. Interessiert beobachtete sie, wie keine fünf Meter entfernt die Zufahrt zum Terminal dichtgemacht wurde. Ein Polizei-Lkw hielt, die Plane über der Ladefläche wurde beiseitegeschlagen, fünf oder sechs Männer in Arbeitsoveralls kamen herbeigelaufen und bauten auf der Zufahrt zwei Absperrgitter auf. Das waren die gleichen Gitter, die auch bei Demonstrationen oder ähnlichen Großveranstaltungen zum Einsatz kamen, doch anders als dort wurden sie zusätzlich mit gelben Warnblinklichtern versehen sowie dem Verkehrsschild, das *Durchfahrt verboten* signalisierte.

Der Arbeitstrupp verschwand im Eiltempo. An seine Stelle traten zwei Beamte in der Uniform der Bereitschaftspolizei, deren Aufgabe offensichtlich darin bestand, die Absperrung zu bewachen und aufzupassen, dass sich niemand daran vorbeimogelte.

Wie sinnvoll das war, zeigte sich keine halbe Minute später, als eine schicke Limousine genau vor der Barriere anhielt, anstatt die deutlich sichtbare Sperrung zu akzeptieren und die unmittelbar davor befindliche Abfahrt zu benutzen.

Das Fenster auf der Fahrerseite senkte sich, ein gleichermaßen faltiges wie arrogant wirkendes Männergesicht kam zum Vorschein, die Nase wurde missbilligend gerümpft. »Ist hier gesperrt?«, kam es überflüssigerweise aus dem Mund unter dieser Nase.

Die Bereitschaftspolizisten nickten einträchtig.

»Und warum, wenn ich fragen darf?« Der Tonfall war ruppig, grenzte an Unverschämtheit. »Ich bin in Eile, habe einen wichtigen Termin in der Lufthansa Lounge. Wenn ich wegen Ihnen zu spät komme …«

»Ihr Termin wird leider nicht stattfinden«, fiel ihm einer der Beamten ins Wort. »Der Flughafen ist gesperrt und wird in den nächsten Minuten geräumt. Der Betrieb wurde komplett eingestellt, sämtliche Abflüge sind gestrichen, Ankünfte werden auf andere Flughäfen umgeleitet.«

»Das ist ja wohl die Höhe!«, kam es aus dem Auto. »Gesperrt? Warum denn das?«

»Aus Sicherheitsgründen«, gab der Beamte ausweichend Antwort.

»Und was, bitte schön, soll das heißen?«

»Das heißt, dass eine Flugzeugentführung im Gange ist.«

Mara spitzte die Ohren.

»Entführung?«, blaffte der Fahrer.

»Genau. Die betroffene Maschine steht derzeit auf dem Rollfeld.« Der Polizist deutete mit dem Daumen über die Schulter, in Richtung Terminal, hinter dem sich die Start- und Landebahnen anschlossen.

»Na fein, dann können Sie mich ja durchlassen. Ich beabsichtige nicht, mich in die Nähe des Rollfeldes zu begeben. Wie gesagt, ich habe einen Termin in der Lufthansa Lounge.«

Mara überlegte. Da die Information von der Entführung so freimütig preisgegeben wurde, war die Sache also offiziell, und es gab keinen Zweifel mehr daran, dass sich Flug SWX 714 tatsächlich in der Hand von Geiselnehmern befand. Folglich würden sich in Kürze die Pressesprecher von Flughafen und Polizei an die Medien wenden, und dann würde es im Radio und im Fernsehen kein anderes Thema mehr geben. *Nicht mehr lange*, dachte sie, *bis es hier vor Fernsehkameras nur so wimmelt.*

Der Mann in der Limousine schimpfte unterdessen munter weiter. »Also was ist jetzt? Kann ich durch?«

»Nein, tut mir leid. Wie ich schon sagte …«

»Ich habe gehört, was Sie gesagt haben. Weil ein einziges Flugzeug entführt wurde, muss der gesamte Flughafen lahmgelegt werden, wie?«

»Reine Vorsichtsmaßnahme.« Die Geduld der beiden Beamten war verblüffend, wenngleich ihre Mienen zunehmend verdrießlicher wurden. »Glauben Sie mir, die Sperrung ist nötig. Immerhin ist es denkbar, dass die Entführer Komplizen haben, die sich auf dem Flughafengelände befinden. Das wäre ein unkalkulierbares Risiko. Außerdem müssen Flucht- und Rettungswege frei bleiben und …«

»Was halten Sie davon, gleich die ganze Stadt zu sperren? Schließlich kann man nie wissen. Die Terroristen sind mitten unter uns.« Der Mann im Auto deutete auf das Absperrgitter. »Haben Sie sich diesen Schwachsinn ausgedacht?«

Die Polizisten waren einen Moment lang sprachlos, dann fragte der eine: »Wir? Nein, natürlich nicht. Das ist eine Entscheidung des Einsatzleiters.«

»Und wie heißt der Einsatzleiter?«

»Wie bitte?«

»Den Namen Ihres Einsatzleiters will ich wissen, ist das so schwer zu begreifen? Ich will mich bei ihm bedanken, für diesen Zirkus hier. Also, wie heißt der gute Mann?«

Ehe die Beamten antworten konnten, fuhr die Scheibe der Limousine hoch, dann wurde mit viel zu viel Gas umständlich gewendet, wobei der Wagen fast mit dem Heck das Absperrgitter gerammt hätte. Die Reifen drehten auf dem schlüpfrigen Asphalt durch.

»Denken Sie daran, dass dies eine Einbahnstraße ist!«, rief einer der Polizisten so laut er konnte über das Lärmen des aufheulenden Motors hinweg.

Der andere bedeutete dem Fahrer mit Handzeichen, die Abfahrt zu benutzen und nicht den Weg zu nehmen, den er gekommen war. »Dort lang!«

In diesem Moment randalierte es unter Maras Jacke. Sie hängte den Helm an den Lenker, streifte die Handschuhe ab, tastete mit klammen Fingern in ihren Innentaschen herum. Endlich fand sie das Mobiltelefon mit dem nervtötenden Klingelton.

Das wird Anne sein, vermutete sie.

Doch stattdessen meldete sich EKHK Wolf, ihr ehemaliger Kommissariatsleiter. Sofort wurde sie von der Hoffnung gepackt, sein Anruf diene dem Zweck, ihr die freudige Mitteilung zu machen, dass er ihre Reaktivierung durchgeboxt hatte.

Doch freudig klang er nicht, als er brüllte: »Wo, zur Hölle, steckst du? Wir reißen uns hier sämtliche Beine aus, um dich zu erreichen. Wenn wir nicht beim *Kurier* angerufen und uns Frau von Kalck nicht deine neue Nummer gegeben hätte…«

Sie schnitt ihm das Wort ab. »So ein Zufall, ich bin nämlich gerade für den *Kurier* unterwegs und stehe am Flughafen. Und da du gerade von der Hölle gesprochen hast: Die ist hier los! Polizei so weit das Auge reicht. Offenbar wurde eine Passagiermaschine entführt und die Insassen als Geiseln genommen.«

»Wissen wir längst«, entgegnete Wolf zu ihrem Erstaunen. »Genau deshalb rufe ich an.«

»Aha.« Erstaunt zog sie die Braue hoch. »Und wieso sprichst du andauernd von *wir*?«

»Weil ich bis gerade eben nicht allein war, sondern in Begleitung deines Freundes Bodo Lohmann. Er ist bereits auf dem Weg zum Flughafen.«

»Jetzt verstehe ich überhaupt nichts mehr. Was hast du mit Lohmann zu tun? Und woher wisst ihr von der entführten Maschine? Herrgott, diese Info ist brandneu, die kann unmöglich schon durch den Äther gegangen sein.« Sie fragte sich, ob der Anrufer, der sich beim *Kurier* gemeldet hatte, inzwischen noch andere Zeitungen kontaktiert hatte.

»Ich befinde mich derzeit in der JVA«, erklärte Wolf. »Hier bin ich Lohmann begegnet. Wir waren nämlich beide hier wegen eines ganz bestimmten Häftlings, wegen eines Mannes aus Somalia namens Aidid, Omar Aidid. Wie Lohmann mir erzählte, hast du unlängst seinen Bruder Asad kennengelernt.«

Die Erwähnung des Namens trieb ihr trotz der Kälte augenblicklich den Schweiß auf die Stirn.

Wolf berichtete in knappen Sätzen, was sich in der JVA zugetragen hatte, erzählte von dem Funkruf im Tower, von dem Geiselnehmer, der sich »Löwe von Puntland« nannte, und von seiner Forderung, Omar Aidid freizulassen.

Je länger er sprach, desto intensiver wurde der Schauer, der ihr über den Rücken kroch. Wenn es stimmte, was er sagte, wenn seine Schlussfolgerungen richtig waren, dann befand sich Asad

Aidid in diesem Moment höchstens einen oder zwei Kilometer von ihr entfernt. Sie hob den Kopf und spähte in Richtung Terminal, in der irrwitzigen Erwartung, dort irgendwo das entführte Flugzeug zu entdecken und durch das Spiegelglasfenster des Cockpits den Blick zweier gelber Augen einzufangen.

»Du befindest dich am Flughafen, sagtest du?«

Sie nickte unwillkürlich, zwang sich zu antworten. »Ja.«

»Lohmann und ich vermuten, dass Asad an Bord der Maschine ist. Wie gesagt: vermuten. Ein gewisser Rest an Unsicherheit bleibt. Wenn wir dir den Funkverkehr vorspielen, den er mit dem Tower gehabt hat und der aufgezeichnet wurde, könntest du ihn dann anhand seiner Stimme identifizieren?«

»Ja.«

»Bist du sicher?«

»Todsicher!«

»Gut. Dann begib dich bitte unverzüglich in die Leitstelle der Flughafensicherung, die befindet sich ganz in der Nähe des Towers. Gebäude F, Flur sieben, Raum zweihundertzwölf. Dort ist die Krisenzentrale untergebracht. Wie gesagt, Lohmann ist schon auf dem Weg, und ich werde mich jetzt ebenfalls auf die Socken machen. Alles Weitere besprechen wir dann. Bis gleich.«

Die Verbindung wurde getrennt, und in Maras Vorstellung erschienen wieder die gelben Augen, die sie nie in ihrem Leben vergessen würde.

Niemals!

Kapitel 24

Die Mündung der Pistole zeigte genau auf Maras Knie. Sie zweifelte nicht eine Sekunde daran, dass Asad ohne zu zögern abdrücken würde, wenn sie sich ihm weiterhin widersetzte.

»Komm schon!«, forderte er sie abermals auf. »Komm zu mir!«

Seine Bande drängte sich um ihn. Alle gafften sie an mit amüsierten, übermütigen, lüsternen Blicken.

Zögernd entfernte sie sich von dem Abgrund in ihrem Rücken, stieg über Bodos leblosen Körper hinweg und ging langsam auf Asad zu. Jeder Schritt, den sie tat, wurde vom rhythmischen Händeklatschen der Milizionäre begleitet. Das war unheimlich.

Yussuf lachte und kratzte sich am Hintern.

Zwei Schritte vor Asad blieb sie stehen. Der Kerl war hager, und seine Schultern schmal, doch dafür strahlte er eine ungemeine Brutalität aus.

»Näher!«, verlangte er.

Sie tat einen weiteren zaghaften Schritt auf ihn zu. Er fixierte sie mit seinen sonderbaren Augen, die in ihr die Vorstellung an ein Raubtier weckten, denn das Weiße darin war nicht wirklich weiß, sondern gelb.

»Noch näher!«

Sie gehorchte. Schließlich war sie so dicht bei ihm, dass sein warmer Atem ihr Gesicht streifte.

Ein Ausdruck unendlichen Triumphes umspielte seine Mundwinkel, doch davon abgesehen wirkte seine Miene wie versteinert. Ohne den Blick von ihr zu nehmen, stopfte er sich die Pistole hinten in den Hosenbund. Dann, vollkommen unverhofft, bellte er sie an wie ein Hund.

Sie zuckte erschrocken zurück, was augenblicklich für schallendes Gelächter sorgte. Die ganze Versammlung krakeelte, nackte Füße in Sandalen stampften vor Begeisterung auf den Boden.

»Auf die Knie mit dir!«, verlangte er.

»Und wenn ich mich weigere?«, gab sie mit einem letzten Aufflackern von Widerstandswillen zurück.

Der brach in sich zusammen, als seine Faust in ihr Gesicht krachte. Er erwischte sie nicht voll, sondern streifte lediglich ihre Wange, doch das reichte, um den Kopf zur Seite fliegen zu lassen und ihr einen gepeinigten Aufschrei zu entlocken.

Irgendjemand, wahrscheinlich Yussuf, äffte den Wehlaut nach, Zöllner flehte um Gnade, doch niemand achtete auf ihn.

Eilig kam sie dem Befehl nach und ließ sich auf die Knie nieder, sodass sein Hosenstall direkt in ihrem Gesichtsfeld auftauchte. *Verdammt, wäre ich doch gesprungen, als ich noch Gelegenheit hatte.* Sie schluchzte, kämpfte jedoch dagegen an, als sie hörte, dass ihre Verzweiflung für urwaldartige Geräusche des Pöbels sorgte.

Dann spürte sie, wie Asad ihren Zopf ergriff. Er spielte damit herum, nicht grob, sondern behutsam, ließ ihn durch die Finger gleiten, roch daran. »Mach dein Haar auf!«, befahl er.

Sie schaute zu ihm hoch. Aus ihrer Perspektive wirkte er riesig, und die Proportionen seines Gesichtes schienen nicht mehr zu stimmen. Das Kinn war monströs, die Stirn dagegen winzig und sah aus wie platt gedrückt. Sie verbannte das Zerrbild, indem sie den Kopf senkte und seine nackten Füße anstarrte. Die waren schmutzig, die Nägel gelb und verhornt.

»Na los, mach den verdammten Zopf auf! Ich will deine Mähne sehen.«

Mit zitternden Fingern löste sie das Haarband. Die kastanienfarbene Pracht öffnete sich und umschmeichelte ihre Schultern, und da sie vor Asad kniete, berührten die Haarspitzen den Boden.

»Schön«, sagte er.

Sie spürte seine Finger durch ihren Schopf fahren. Behutsam nahm er ein Büschel in die verstümmelte Hand, wickelte die Strähnen um seinen verbliebenen Zeigefinger, zog sanft daran, bis es unter Spannung stand. Und dann, wie auf ein geheimes Zeichen, fing die Meute an zu jubeln.

Ängstlich hob sie den Kopf und erblickte aufs Neue die verformte Visage mit den gelben Stechaugen hoch über sich. Außerdem sah sie die Schergen, die sie verhöhnten. Und sie nahm die Machete wahr, die Asad plötzlich in der Rechten hielt. Der Stahl sauste auf sie herab, ein Lichtreflex blitzte auf.

»Nein!«, schrie sie in Erwartung des Schlages, der ihr den Kopf vom Rumpf trennen würde. Noch vor Kurzem hatte sie ernsthaft an Selbstmord gedacht, da sie die Vorstellung an ein AIDS-Schicksal nicht ertragen konnte, doch in diesem Moment wollte sie leben.

Genau in der Sekunde, in der sie sich instinktiv zur Seite werfen wollte, spürte sie, wie die Klinge an ihrem Kopf vorbeifuhr und die Strähnen durchschnitt, die Asad um den Zeigefinger gewickelt hatte.

Ein kastanienfarbenes Büschel fiel vor ihr auf die Fliesen, dann noch eins und noch eins. Asad säbelte mit der übergroßen Klinge herum wie ein geisteskranker Pudelfriseur.

Schließlich war es vollbracht, und er reckte einen Haarstrang empor, als präsentierte er einem begeisterten Sportpublikum die hart erkämpfte Meisterschaftstrophäe.

Die Menge tobte, einer hob ein Büschel auf und presste es sich unter die Nase, um damit einen Schnurrbart zu imitieren.

Mara wimmerte leise und tastete nach ihrem Kopf. Ihre Hand zuckte zurück, als sie realisierte, was der Mistkerl angerichtet hatte. Der Pöbel, dieser Haufen rotznasiger Pimpfe in Tarnhosen und ausgelatschten Sandalen, skandierte einen Sprechchor auf Somali.

Sie kam sich vor wie skalpiert. Doch wenn sie geglaubt hatte, dass man sie damit in Frieden lassen würde, so hatte sie sich getäuscht. Das Schlimmste stand ihr noch bevor, denn Asad hatte Blut geleckt. Er wollte mehr. Viel mehr.

Starr vor Entsetzen sah sie, wie er seinen Hosenstall öffnete.

Kapitel 25

Bernd hätte heulen können, denn sein Fluchtplan löste sich mit einem Schlag in Wohlgefallen auf.

Das lag daran, dass die Gangway zwar bereitstand, aber noch nicht an das Flugzeug angedockt war. Zwischen dem Rumpf der Maschine und der Gangway klaffte ein Spalt von mindestens vier, wenn nicht sogar fünf Metern.

Erschrocken taumelte er zurück, gegen Ernestine und Grietje, als er sich klarmachte, dass es unmittelbar vor seinen Schuhspitzen in die Tiefe ging. Verdammt, dass der Ausstieg eines normalen Verkehrsflugzeuges derart hoch über dem Boden lag, hatte er sich früher nie bewusst gemacht. Das war fast wie der Blick vom Fünfmeterbrett im Freibad, den er aus der Erinnerung an seine Tage als Halbstarker kannte. Damals war er nur gesprungen, um sich vor seinen Freunden nicht lächerlich zu machen.

»Raus mit ihm!«, befahl Asad, während er sich an den Frauen vorbeizwängte. Gemeint war der Leichnam des Easy Rider. »Was ist los, Geigenmann? Worauf wartest du?«

»Da ist keine Gangway, Hoheit. Das heißt, sie steht bereit, ist aber noch nicht…«

»Was faselst du da? Mach Platz!«

Unvermittelt erhielt er einen Stoß ins Kreuz, der ihn in eine Vorwärtsbewegung zwang. Fatal, denn keinen halben Schritt entfernt war der Abgrund. Er schrie. Instinktiv versuchte er, nicht vornüberzukippen, indem er blitzschnell das rechte Bein nach hinten wegstreckte und wild mit den Armen ruderte. Das bremste den Vorwärtsdrang kaum, doch zumindest bekam er irgendwie den Griff zu fassen, mit dem der Türmechanismus betätigt wurde. Der war allerdings ein schlechter Rettungsring, da er aus gebürstetem Aluminium bestand, das glatt war und ihm durch die Finger rutschte.

Sein Oberkörper drohte vornüberzukippen.

In allerletzter Sekunde schoss eine Hand auf ihn zu. Sie hatte Ringe an jedem Finger und schwarz lackierte Nägel. Die Finger packten seinen Oberarm, krallten sich in den Stoff des Hemdes, bis die Nähte ächzten.

Kraftvoll zog ihn Ernestine in ihre Richtung. Das reichte, um ihm das Gleichgewicht zurückzugeben und vor dem Absturz zu bewahren.

»O Gott«, entfuhr es ihm, als er wieder festen Stand hatte. »O mein Gott!« Er bekreuzigte sich, obwohl er weder fromm war noch ein eifriger Kirchgänger.

Asad stieß einen mitleidigen Laut aus. »Der hätte dabei zugesehen, wie du dir sämtliche Knochen brichst. Bedank dich lieber bei der Krähe. Aber vorher wirst du den Kadaver entsorgen!« Er stieß den Leichnam mit dem Fuß an.

Bernd blinzelte in die Tiefe. Bis vor wenigen Minuten war er davon ausgegangen, dass er den Toten über die Gangway nach draußen tragen würde, doch das war hinfällig. Fragend schaute er den Afrikaner an. »Aber, Hoheit, bei allem Respekt, wir können ihn doch nicht einfach … hinunterwerfen.«

»Und wieso nicht?«

Weil das barbarisch ist, schoss es ihm in den Sinn, wohl wissend, dass Asad ihn für eine solche Antwort verhöhnt hätte.

»Weil …«

Ihm fehlten die Worte. In seiner Vorstellung sah er den dicken Leib auf das Pflaster schlagen und zerplatzen wie eine überreife Wassermelone. Er zitterte, und das lag gewiss nicht nur an dem eisigen Wind, der durch die offene Tür strich. In weiter Entfernung entdeckte er einen Hubschrauber, der gleich neben dem Tower schwebte. Dieser war spiegelverglast und hatte die Form eines Trichters. Ob der Hubschrauber Scharfschützen brachte, die auf dem Dach des Towers in Stellung gehen würden, um Asad durch die Fadenkreuze ihrer Präzisionsgewehre anzuvisieren?

Ein neuer Gedanke manifestierte sich in seinem Kopf, nämlich der Plan, den Verbrecher aus dem Flugzeug zu stoßen. Wie einfach es war, jemanden, der in der Türöffnung stand, nach draußen zu befördern, hatte er vor wenigen Augenblicken am eigenen Leib erfahren. Vielleicht konnte er den Schweinehund dazu bringen, genau diese Position einzunehmen …

»Da!«, hörte er sich plötzlich ausrufen. Wie von selbst ruckte sein Arm in die Höhe und deutete in Richtung Flughafengebäude, wo der Hubschrauber gerade aufsetzte. »Da ist ein Polizeiwagen! Er kommt geradewegs auf uns zu!«

Das war natürlich gelogen.

»Was? Lass mal sehen!«

Wie erwartet, nein, wie erhofft, zerrte Asad ihn nach hinten, um seinerseits den Platz in der ersten Reihe einzunehmen. Dort mühte er sich, die an einem Riemen über seiner Schulter baumelnde Maschinenpistole nach vorn zu schwingen, was ihm jedoch nicht auf Anhieb gelang. Er machte einen neuen Versuch, der sogar noch ungelenker war als der erste und seine volle Aufmerksamkeit in Anspruch nahm.

Bernd spürte, wie ihm der Puls vor Aufregung gegen die Schläfen hämmerte. Das war *die* Gelegenheit, den Mistkerl loszuwerden, und es war so verdammt einfach gewesen, sie herbeizuführen. Vor seinem geistigen Auge erschien eine Zeitung mit der Schlagzeile: *Der Held aus Köln Bernhard V. (43) vereitelt Flugzeugentführung im Alleingang*. Hanna würde sprachlos sein, wenn sie unter einem solchen Aufmacher sein Konterfei entdeckte.

Die aberwitzige Vision verschwand, als in ihm die Frage aufglomm, was wohl die übrigen drei Luftpiraten tun würden, wenn er Asad aus der Maschine warf. Einer von ihnen hielt im Cockpit Wache, während sich die anderen beiden im hinteren Teil der Maschine befanden. Doch irgendwann würden sie begreifen, dass etwas nicht stimmte, und ihre Reaktion würde keine freundliche sein. Mit der Pistole und diesen ekelhaften Hackmessern verfügten sie über ein mörderisches Waffenarsenal, und Bernd wollte nicht erleben, was geschah, wenn sie es zum Einsatz brachten.

Er warf Ernestine einen fragenden Blick zu. Die Frau mit dem kohlschwarzen Haar stand unbeirrt hinter ihm in der Enge der Bordküche. Auch Grietje war noch da. Die beiden erwiderten den Blick, und in ihren Gesichtern konnte er lesen, dass sie haargenau wussten, was er plante. Allerdings meinte er auch die gleichen Bedenken zu sehen, die ihm selbst durch den Kopf gingen. Keine von beiden sagte etwas, doch Ernestine schien kaum merklich den Kopf zu schütteln.

Plötzlich knallte es.

Er glaubte, seine Trommelfelle müssten platzen, so laut war die Salve, die Asad mit der Maschinenpistole abfeuerte. Die Mündung der Waffe zeigte nach draußen, in Richtung Tower, während die messingfarbenen Patronenhülsen durch die Bordküche sausten. Augenblicklich stieg Pulverrauch auf, der Hustenreiz verursachte und sich binnen weniger Sekunden zu einem regelrechten Nebel verdichtete. Doch schlimmer als der Rauch war der Krach, der ihn zwang, sich die Ohren zuzuhalten.

Asad hielt sich nicht die Ohren zu, sondern brüllte wie geisteskrank und ballerte immer weiter, wobei Bernd nicht die leiseste Ahnung hatte, *was* er da unter Feuer nahm. Der heranbrausende Polizeiwagen konnte es jedenfalls nicht sein, denn der war eine Erfindung gewesen, nur ein Vorwand, um den Verbrecher an die Tür zu locken. Das Rollfeld war vollkommen leer, die Flughafengebäude mindestens einen halben Kilometer entfernt. Wahrscheinlich, dachte Bernd, lagen die Nerven des Afrikaners blank, auch wenn er sich äußerlich gelassen gab. Demnach war ihm jedes Ventil recht, Dampf abzulassen, sodass ihm ein imaginärer Polizeiwagen gerade zupass kam. Oder er wollte mit der Ballerei einfach nur den starken Mann markieren.

Endlich war das Magazin leer.

Das Klingeln in den Ohren war noch nicht vorbei, als der Kerl aus dem Cockpit herbeistürzte. Asad versicherte ihm, dass alles in Ordnung sei, und schickte ihn sofort zurück auf seinen Posten.

Dann wandte er sich an Bernd. »Wie lange willst du mich noch warten lassen, Geigenschwuchtel?«

»Warten lassen? Worauf?«

Abermals stieß Asad den Leichnam mit dem Fuß an. »Du hast noch genau dreißig Sekunden. Wenn der Fettsack bis dahin nicht unten liegt, bist du noch vor ihm draußen. Mit einer Kugel im Schädel.«

Kapitel 26

Mara dirigierte den Wanderfalken ganz nahe an das Absperrgitter heran. So nahe, dass der Vorderreifen fast die Metallstreben berührte. Dann stellte sie den Motor ab.

»Hier ist gesperrt«, blaffte der jüngere Beamte, der nach dem Gespräch mit dem bonierten Limousinenfahrer offenbar nicht mehr einsah, warum er zu irgendjemandem freundlich sein sollte.

Sie lächelte. »Ist mir klar. Ich muss aber trotzdem durch. Man erwartet mich nämlich in der Krisenzentrale.«

Die Polizisten sahen einander an, dann wollte der Ältere wissen: »Und wer sind Sie, dass man Sie in der Krisenzentrale erwartet?«

»Mara Sturm, Kripo Köln, KK 21. Wir sind Kollegen.« Aus alter Gewohnheit griff sie nach ihrem Portemonnaie, in dem sie normalerweise den Dienstausweis aufbewahrte. Dann wurde ihr einmal mehr bewusst, dass die Verwaltung diesen im Zuge der Suspendierung eingezogen hatte. Das galt gleichermaßen für die Kriminalmarke.

Der ältere Polizist konnte sich das Grinsen nicht verkneifen, als er stattdessen einen Presseausweis in dem aufgeklappten Portemonnaie entdeckte. »Alles klar, netter Versuch. Ich schlage vor, dass Sie sich an unsere Pressestelle wenden. Das Prozedere dürfte Ihnen bekannt sein.«

Sie seufzte. »He, das ist nicht so, wie es aussieht. Okay, ich schreibe nebenbei für den *Kurier*, daher der Presseausweis. Davon abgesehen bin ich allerdings tatsächlich beim KK 21.« Sie verzichtete darauf, den Kollegen die Details ihres derzeitigen Status darzulegen. »Vorschlag: Ein simpler Funkruf zur Einsatzleitung wird alles aufklären. Staatsanwalt Lohmann befindet sich dort oder wird in ein paar Minuten eintreffen. Er hat mich ausdrücklich herbestellt.«

»Aha, der Herr Staatsanwalt wartet also auf Sie, was?«

Die beiden Beamten glaubten ihr kein Wort, trotzdem nickte sie eifrig. »Genau. Bodo Lohmann von der StA Köln.«

»Wenn das so ist, schlage ich vor, dass Sie den Herrn Staatsanwalt kurz anrufen, damit er jemanden schickt, der Sie hier abholt. Oder von mir aus kann er sich mit unserer Einsatzleitung in Verbindung setzen, dann werde ich Sie sogar persönlich zur Krisenzentrale geleiten. Einverstanden?«

Das klang vernünftig, hatte jedoch einen Haken. »Ich kann ihn nicht anrufen«, sagte sie.

Der Polizist runzelte die Stirn. »Wieso nicht?«

»Ganz einfach: Weil ich seine Nummer nicht habe. Das heißt, nicht mehr.«

Sie überlegte, ob es sinnvoll war, von ihrem nagelneuen Handy und den noch nicht gespeicherten Nummern zu berichten, entschied sich jedoch dagegen. Eine solche Geschichte hätte sie selbst nicht geglaubt. Dann dachte sie daran, Wolf anzurufen, doch der hatte sich die Unart zu eigen gemacht, sein Handy so einzustellen, dass seine Nummer nicht angezeigt wurde, wenn er jemanden anrief. Demnach war er vorhin als *Unbekannter Teilnehmer* angezeigt worden, und genau diese wenig hilfreiche Kennung befand sich nun im Speicher ihres Handys. Mist, wie abhängig man mittlerweile von diesen verdammten Dingern war. Früher hatte man sich die Telefonnummern seiner Bekannten einfach gemerkt oder in ein Notizbuch geschrieben.

Sie trommelte mit den Fingern auf den Lenker. Die Zeit

brannte ihr unter den Nägeln. Der Himmel mochte wissen, was Asad alles anrichtete, während sie untätig im Regen stand, mit zwei aufgebrachten Kollegen diskutierte und über Telefonnummern nachdachte. Sie beschloss, die Sache anders anzupacken.

Ohne ein weiteres Wort zu verlieren, setzte sie den Helm auf, zog die Handschuhe an und bugsierte den Wanderfalken ein Stück rückwärts, weg von dem Gitter.

Die beiden Beamten zuckten zusammen, als gleich darauf der Motor aufheulte und 316 irrwitzige Pferdestärken die Luft zum Vibrieren brachten. Mit einem Mal waren sie eingehüllt von einer weißen, nach Abgas stinkenden Qualmwolke.

Einen Wimpernschlag später war sie an der Absperrung vorbei. Im Rückspiegel sah sie, dass der jüngere Polizist den albernen Versuch startete, hinter ihr herzulaufen, während sein Kollege das Funkgerät aus der Brusttasche riss und hineinbrüllte.

Derweil raste der Wanderfalke auf das Flughafengebäude zu. Verdammt, was hatte Wolf vorhin am Telefon gesagt, wo sich diese dämliche Krisenzentrale befand? In der Nähe des Towers? Sie versuchte, sich zu orientieren.

Da tauchte ein Mannschaftswagen der Bereitschaftspolizei vor ihr auf, dicht gefolgt von einem zweiten. Martinshörner erklangen. Das taten sie nicht, um andere Verkehrsteilnehmer zu verscheuchen, denn die waren dank der Absperrung weit weg, sondern um bei dem Blockadebrecher Stress zu erzeugen.

Mara musste scharf bremsen, um dem ersten Mannschaftswagen nicht in die Seite zu rauschen. Dann löste sie die Bremse für einen Sekundenbruchteil und vollführte eine Lenkbewegung, weg von dem Hindernis. Das Hinterrad des Wanderfalken rutschte über die Fahrbahn, die Maschine geriet ins Trudeln, und nur mit Mühe konnte sie einen Sturz verhindern.

Ein weiterer Polizeiwagen brauste heran, außerdem näherte sich eine regelrechte Armee von Beamten zu Fuß. Alle rannten, brüllten, gestikulierten, wollten sich ihr in den Weg stellen oder versuchten sie vom Motorrad zu reißen.

Sie überlegte fieberhaft. Sicherlich wäre es vernünftig gewesen, die Sache auf der Stelle zu beenden und aufzugeben. Man hätte sie in Gewahrsam genommen, und dann hätte sich alles aufgeklärt. Doch um eine solche Entscheidung zu treffen, hätte es eines ruhigen Moments bedurft, einer kurzen Atempause, um einen klaren Gedanken zu fassen. Die aber blieb ihr verwehrt, da die Häscher immer rabiater wurden.

»Mist!«, stieß sie zwischen den Zähnen hervor. »Da haben wir nachher eine Menge zu erklären, Bodo.«

Sie riss am Gas, und das viel zu heftig, sodass sich das Vorderrad mindestens dreißig Zentimeter in die Luft erhob. Als es wieder der Schwerkraft gehorchte und den Boden berührte, machte der Wanderfalke einen eigensinnigen Satz nach vorn.

Ein paar Wortfetzen drangen an ihr Ohr, jemand brüllte: »Bescheuert oder was?«

Ein weiteres Blaulicht tauchte auf, raste ihr entgegen. Sie bremste wieder, schaute sich nach allen Seiten um. Geschwind lenkte sie die Maschine auf den Eingang des Terminals zu. Wie erwartet, öffnete sich die doppelflügelige Glastür, als die Reifen über eine Kontaktschleife im Boden rollten.

Im nächsten Moment war sie im Inneren des Flughafens, allerdings zum ersten Mal auf dem Motorrad.

Kurz darauf erfüllte das Plärren eines Martinshorns die leere Halle.

»Scheiße!«, zischte sie und gab Gas.

Kapitel 27

Der Auftritt war filmreif.

Acht Männer sprangen ins Freie, kaum dass die Kufen des Hubschraubers den Boden berührt hatten. Sie verloren keine Sekunde, sondern eilten in das Gebäude, während der Sturm, der von den Rotorblättern verursacht wurde, an ihren Mänteln zerrte.

Der Flughafenbedienstete, der die Landung des Hubschraubers beobachtet hatte, nahm die acht Männer in Empfang. Ein paar Worte wurden gewechselt, doch nur die allernötigsten. Dann ging es im Laufschritt durch ein Labyrinth aus Korridoren, Quergängen und Treppenhäusern, die allesamt gleich aussahen, bis das Ziel erreicht war: Gebäude F, Flur 7, Raum 212. An diesem Ort war die Leitstelle der Flughafensicherung untergebracht.

Das Chaos regierte.

Das heißt, nicht die Leitstelle selbst war vom Chaos befallen, sondern die Nebenräume, die als Zentrale im Krisenfall fungierten und die meiste Zeit des Jahres verwaist waren, außer wenn Übungen stattfanden, beispielsweise zusammen mit der Feuerwehr, dem Katastrophenschutz oder dem Technischen Hilfswerk. Bei diesen Gelegenheiten war schon so manches Horrorszenario heraufbeschworen worden, angefangen beim Bombenfund auf dem Gepäckband über den Brand eines kompletten Terminals und einen verheerenden Chemikalienunfall im Cargobereich bis hin zur Bruchlandung eines Jumbos.

Die Entführung einer Passagiermaschine war noch nie simuliert worden.

In dem Moment, da die acht die Krisenzentrale betraten, bevölkerten schätzungsweise drei Dutzend Polizeibeamte die Räumlichkeiten, und jeder von ihnen telefonierte, plärrte Befehle in Funkmikrofone oder hatte etwas Wichtiges kundzutun, das alle hören sollten.

Mittendrin in dem Tohuwabohu: ein vier mal vier Meter großer Kasten mit durchsichtigen Acrylwänden, der spöttisch *Aquarium* genannt wurde und dem Einsatzleiter samt seiner engsten Führungsriege als Büro diente.

Der Chef der acht, ein auffallend hagerer Mann mit grauen Augen und einem Gesicht, das noch verknitterter wirkte als sein Trenchcoat, hielt schnellen Schrittes auf das Aquarium zu. Ohne anzuklopfen, öffnete er die Tür. Die Männer drinnen, zwei Beamte in Uniform mit goldenen Sternen auf den Schulterklappen sowie ein Zivilist, drehten sich überrascht nach ihm um.

Ehe jemand imstande war, etwas zu sagen, ergriff der Knittergesichtige das Wort. Er sprach leise, so leise, dass man die Ohren spitzen musste, um ihn zu verstehen, und in seiner Stimme schwang ein Misston mit, als müsse er sich jeden Moment die Kehle freiräuspern.

»Mein Name ist Balthasar Grillo. Wer ist der Einsatzleiter?«

Der Zivilist erhob sich. Er trug einen schicken Anzug und machte einen tadellosen Eindruck. »Die Leitung obliegt Herrn Polizeidirektor Riedel.« Er deutete auf einen der Uniformträger. Dieser nickte irritiert. Dann fuhr der Zivilist fort. »Mein Name ist Bohne.« Dramatische Pause. »Ich bin der Polizeipräsident.« Er lächelte einnehmend.

»Schön«, sagte Grillo mit seiner leisen, merkwürdigen Räusperstimme, ohne das Lächeln zu erwidern. Er war kaum ein Meter fünfundsechzig groß, doch das hohe Amt seines Gegenübers schien ihn nicht im Geringsten zu beeindrucken. Mit dem Trenchcoat und den vielen Falten im Gesicht wirkte er wie eine Humphrey-Bogart-Karikatur. »Dann schlage ich vor«, sagte Humphrey Grillo, »dass Sie jetzt Ihre Leute zusammentrommeln und schleunigst verschwinden. Je schneller Sie weg sind, desto besser.« Er machte eine Handbewegung, welche die gesamte Mannschaft innerhalb und außerhalb des Glaskastens umfasste. »Es reicht, wenn Sie uns acht Mann hierlassen, die mit der Technik vertraut sind und uns zur Hand gehen können. Der Rest darf sich zurückziehen.«

Der Polizeipräsident (PP), Herr Dr. Waldemar Bohne, öffnete den Mund, brachte jedoch keinen Laut zustande. Auch die beiden Uniformierten musterten das hagere Männlein sprachlos.

Schließlich fing sich der PP wieder. »Ich fürchte, ich habe Ihren Namen nicht verstanden …«

»Grillo.«

»Und in welcher Eigenschaft …?«

»BKA. Verhandlungsgruppe. Und jetzt sehen Sie zu, dass Sie verschwinden, meine Zeit ist knapp bemessen, wie Sie sich vorstellen können.«

Der PP empörte sich. »Nicht in diesem Ton, werter Herr Grillo, nicht in diesem Ton!«

»Sparen Sie sich den Herrn, Grillo reicht vollkommen. Höflichkeit ist Zeitverschwendung. Sie ist nur etwas für schwache Gemüter.«

Herr Dr. Bohne schluckte. »Wie Sie wollen, Grillo. Aber nehmen Sie zur Kenntnis, dass auch meine Zeit knapp ist, denn wir haben es hier mit einer Flugzeugentführung zu tun. Allerdings handelt es sich dabei nicht um einen terroristischen Akt, sondern um den schlichten Versuch der Gefangenenbefreiung. Demnach dürfte die Zuständigkeit nicht beim BKA liegen, sondern ganz klar in unseren Bereich und …«

Er verstummte, da Grillo, der bis dahin in der Tür gestanden hatte, auf ihn zukam und ihm ein Handy vor die Nase hielt. »Möchten Sie das mit dem Bundeskanzleramt erörtern? Dort sieht man durch die Entführung nämlich den Rechtsfrieden der Bundesrepublik Deutschland bedroht. Wenn Sie die Kurzwahl drei betätigen, landen Sie direkt beim Staatssekretär, der mich instruiert hat, diesen Fall zu übernehmen. Ich bin überzeugt, er wird erfreut sein, mit Ihnen zu plaudern.«

Abermals verschlug es dem PP die Sprache. Als er sie wiederfand, hörte ihm Grillo bereits nicht mehr zu.

Stattdessen betrachtete er die Bilder, die mittels zweier Projektoren auf zwei große Leinwände außerhalb des Aquariums geworfen wurden. Die Kameras, die diese Projektoren mit Signalen versorgten, vermutlich via Funkübertragung, mussten weit entfernt sein, möglicherweise im Tower oder auf der Aussichtsplattform des Terminals. Offenbar konnte man sie fernsteuern, außerdem verfügten sie über gigantische Zoomobjektive, denn auf beiden Leinwänden war das Flugzeug zu sehen, und zwar so groß und detailliert, als stünde man unmittelbar davor.

An der Uhrzeit, die unten rechts eingeblendet war, erkannte Grillo, dass auf der rechten Leinwand ein Livebild dargestellt wurde, während auf der linken eine Aufzeichnung lief, die rund zehn Minuten alt war.

Er betrachtete die Aufzeichnung und sah, dass der vordere Einstieg der Maschine offen stand, obwohl die Gangway noch nicht angedockt war. Dann erschien ein Mann, der sich leicht nach vorn beugte und in alle Richtungen spähte. Dabei verlor er das Gleichgewicht und wäre um ein Haar aus dem Flugzeug gestürzt, doch irgendwie konnte er den Fall vermeiden. Kurz darauf nahm ein anderer Mann seinen Platz ein, um mehrere Salven aus einer Maschinenpistole abzugeben. Höchstwahrscheinlich wollte er damit die vorhandene Feuerkraft zur Schau stellen, denn ein wirkliches Ziel befand sich nicht in Schussweite. Dank der Vergrößerung konnte man deutlich sehen, dass der Schütze ein Farbiger war, während es sich bei dem ersten Mann um einen Weißen handelte.

Grillo löste sich von dem Anblick der Aufzeichnung. »Sie sind ja immer noch hier«, stellte er in Richtung des Polizeipräsidenten fest.

Dieser wollte zu einer Litanei des Protestes ansetzen, doch Grillo brachte ihn mit einer Geste seiner knochigen Finger zum Schweigen. »Wenn es Sie glücklich macht, dann bleiben Sie meinetwegen. Zum Streiten fehlt uns nämlich die Zeit, begreifen Sie das, Mann?«

Er rief seinen Leuten ein paar knappe Anweisungen zu, woraufhin sie auseinanderstoben wie ein vom Platzregen überraschtes Jahrmarktspublikum. Jeder wusste, was er zu tun hatte.

Grillo ließ sich auf einem Stuhl nieder, ohne vorher den Trenchcoat auszuziehen. Er wandte sich an den Einsatzleiter, den der PP vorhin als Polizeidirektor (PD) Riedel vorgestellt hatte. »Beurteilung der Lage?«

Riedel warf Herrn Dr. Bohne einen verstohlenen Blick zu, doch der stierte schmollend in eine andere Richtung.

»Nun«, begann der Einsatzleiter, »gegen neun Uhr zwanzig meldete sich der Pilot einer bereits gelandeten Boeing 737-800 beim Tower und teilte mit, dass ein Unbekannter, der sich ›Löwe von Puntland‹ nennt, die Maschine in seine Gewalt gebracht habe. An Bord befinden sich einhundertvierundachtzig Passagiere sowie sechs Besatzungsmitglieder. Puntland fordert zehn Millionen Euro in bar, die Betankung des Flugzeugs sowie die Freilassung Omar Aidids. Das ist ein somalischer Pirat, müssen Sie wissen, der gegenwärtig in Haft …«

»Geschenkt«, unterbrach Grillo. »Anzahl der Geiselnehmer?«

»Unbekannt«, gab Riedel zu. »Die Fluggesellschaft, eine südafrikanische Bananen-Airline, wie mir scheint, war bisher noch nicht in der Lage, uns die Passagierlisten zukommen zu lassen. Ich versichere Ihnen aber, dass wir mit Hochdruck…«

Erneut zückte Grillo sein Handy, bei dem es sich nicht um ein herkömmliches Mobiltelefon handelte, sondern um ein sogenanntes *Smartphone*, also um einen Minicomputer in Handygestalt, der schätzungsweise eine Million Funktionalitäten zur Verfügung stellte und mit dem man so ziemlich alles anstellen konnte außer Kaffeekochen.

Grillo schaute auf das Display des Wundergerätes. »Ich habe die Passagierliste vorliegen. Demnach sollten wir von vier Entführern ausgehen.«

Der PP, immer noch Luftlöcher starrend, stieß einen Grunzlaut aus.

Grillo beachtete ihn nicht. »Diese vier haben in Mombasa eingecheckt und sind somalische Staatsangehörige. Einer von ihnen heißt Asad Aidid. Zufall oder ein Verwandter Omar Aidids? Vielleicht sein Bruder. Leider wissen wir rein gar nichts über ihn und die drei anderen, da sie in den Datenbeständen von Interpol nicht auftauchen. Entweder weil sie noch nie geschnappt wurden oder weil es brave Bürger sind.« Er nickte in Richtung der Leinwände. Auf der linken wurde in einer Endlosschleife die Sequenz wiederholt, in der anfangs der Mann zu sehen war, der fast aus dem Flugzeug gestürzt wäre, und danach derjenige, der mit einer Maschinenpistole feuerte. »Was wissen Sie über die Bewaffnung der Geiselnehmer? Außer der Maschinenpistole, meine ich.«

Wieder musste Riedel einräumen, diesbezüglich noch keine Informationen vorliegen zu haben. »Wir vermuten«, legte er unbehaglich dar, »dass die Entführer die Waffen nicht an Bord geschmuggelt haben, sondern dass sie bereits *vor* Flugantritt dort deponiert wurden, vielleicht von bestochenem Reinigungspersonal oder vom Catering-Service. Die Maschine kommt aus Kenia, und die dortigen Sicherheitskontrollen entsprechen keinesfalls hiesigen Standards.«

Grillo ließ nicht erkennen, was er von dieser Theorie hielt. Stattdessen berührte er mit dem Zeigefinger den Touchscreen seines Smartphones, wodurch eine Aufzeichnung abgespielt wurde.

»*Hier spricht der Löwe von Puntland!*«, war eine herrische Stimme zu vernehmen. Sie sprach Englisch, makelloses Englisch, und sie gehörte ohne Zweifel dem Entführer, wie Riedel sofort erkannte, da er sich die Aufzeichnung des Funkspruchs, der ursprünglich beim Tower eingegangen war, vorhin mindestens ein halbes Dutzend Mal angehört hatte. Demnach war das, was da soeben aus Grillos Smartphone kam, ein Mitschnitt eben jenes Funkspruchs. »Dieses Flugzeug befindet sich in meiner Gewalt. Ich wiederhole: Dieses Flugzeug befindet sich in meiner Gewalt!«

Riedel stand das Erstaunen ins Gesicht geschrieben. Zweifellos fragte er sich, wie die Aufzeichnung in Grillos Besitz kam.

Dieser beendete die Wiedergabe mit einem erneuten Fingertippen auf den Touchscreen. »Ich spreche sehr gut Englisch«, sagte er übergangslos. »Fast fließend. Allerdings kann ich in puncto Aussprache nicht mithalten mit diesem Mann, der sich ›Löwe von Puntland‹ nennt. Halten Sie mich nicht für fantasielos, aber das passt so gar nicht zu meiner Vorstellung eines somalischen Piraten.« Er zuckte mit den Schultern. »Befindet sich da möglicherweise noch ein fünfter Entführer im Flugzeug, von dem wir nichts ahnen? Etwa der Mann, der fast aus dem offenen Einstieg gestürzt wäre? Was denken Sie, Herr Doktor Bohne?« Der Titel wurde besonders betont, was ungemein sarkastisch klang.

Der PP war so überrascht, dass er auf die Schnelle keine Antwort fand, und als er sich endlich eine zurechtgelegt hatte, klingelte das Telefon.

Das musste ein wichtiges Gespräch sein, denn Belanglosigkeiten wurden bereits außerhalb der durchsichtigen Wände abgeblockt.

Der zweite Uniformierte, der bisher noch kein einziges Wort gesagt hatte, warf Riedel einen Erlaubnis heischenden Blick zu. Dieser machte eine bestätigende Geste.

»Einsatzleitung, Polizeirat Hasewinkel am Apparat.«

Er verstummte augenblicklich, hörte mehr als eine Minute schweigend zu, wobei er zuerst überrascht und dann missbilligend die Stirn runzelte. Je länger er lauschte, desto intensiver wurde das Stirnrunzeln.

Derweil rief sich Herr Dr. Bohne den Moment in Erinnerung, da Grillo vor wenigen Minuten so unverhofft hereingeplatzt war. Der PP war überzeugt davon, dass er sich mit seinem Nachnamen vorgestellt hatte, Bohne, und mit seiner Amtsbezeichnung, Polizeipräsident. Seinen Titel hatte er mit keiner Silbe erwähnt. Wie also kam dieser verdammte Grillo auf die Idee, ihn spöttisch mit *Herr Doktor* anzusprechen? Anscheinend gab es nichts, über das der Kerl nicht Bescheid wusste.

Hasewinkel hatte indes genug gehört. Er forderte den Anrufer auf zu warten und wandte sich an Riedel. »Da ist ein Kollege von der Flughafenwache in der Leitung. Er sagt, neben ihm stehe eine Frau, die behauptet, Polizistin zu sein, doch anstelle eines Dienstausweises hat sie lediglich einen Presseausweis bei sich. Dennoch verlangt sie, unverzüglich mit dem Einsatzleiter zu sprechen.«

Riedel winkte genervt ab. »Pah, eine Reporterin! Hat uns gerade noch gefehlt. Der Kollege von der Flughafenwache soll sie an die Pressestelle verweisen.«

Hasewinkel räusperte sich. »Wie ich schon sagte, sie besteht darauf, mit dem Einsatzleiter persönlich zu sprechen. Das hat sie wohl auch gegenüber den Kollegen geäußert, die an der Absperrung stehen, doch die wollten sie nicht durchlassen. Daraufhin hat sie die Absperrung durchbrochen.«

Grillo, der bisher schweigend zugehört hatte, mischte sich ein. »Die Absperrung durchbrochen?«

Hasewinkel nickte. »Ja, auf einem Motorrad. Damit ist sie geradeswegs in die Ankunftshalle gefahren, und es war ein ganzer Zug Bereitschaftspolizei nötig, sie … nun, sagen wir, einzufangen.«

»Interessant. Wie das?« Grillos Stimme hörte sich immer noch so an, als müsste er sich räuspern.

Hasewinkel lächelte, blickte jedoch in ein versteinertes Gesicht. »Die Kollegen haben sie mit den Mannschaftswagen verfolgt.«

»Durch die Flughafenhalle?«

»Durch das gesamte Terminal. Die Hatz endete erst, als sie mit dem Motorrad die Rolltreppe genommen hat. Oder nehmen wollte, besser gesagt, denn dabei ist sie gestürzt, sodass sie überwältigt werden konnte.«

»Ist sie nicht mehr ganz dicht?«, fragte Grillo.

Inzwischen war auch Herr Dr. Bohne auf die abenteuerliche Geschichte aufmerksam geworden. Als er das Wort *Motorrad* aufschnappte, knirschte er kaum merklich mit den Zähnen. Interessiert und alarmiert zugleich spitzte er die Ohren, hielt sich ansonsten jedoch zurück. Grillo bemerkte das sehr wohl.

»Die Frau behauptet«, fuhr Hasewinkel fort, »den Anführer der Luftpiraten zu kennen. Persönlich zu kennen, da sie ihm vor kurzer Zeit begegnet ist, was auch immer das heißen mag. Und sie versichert, ihn zweifelsfrei identifizieren zu können, wenn sie seine Stimme hört.«

»Er soll sie wegschicken«, befahl Riedel. »Ich denke, wir sind uns einig, dass wir es mit einer Verrückten zu tun haben.«

»Ganz recht«, bekräftigte der Polizeipräsident.

Grillo widersprach. Seine Stimme war leise, doch sein Tonfall dafür umso schärfer. »Er soll sie *auf keinen Fall* wegschicken! Ich gebe Ihnen recht, dass sie wahrscheinlich eine Schraube locker hat. Doch bevor das amtlich ist, will ich mir persönlich anhören, was sie zu sagen hat. Die Frau soll unverzüglich hergebracht werden!«

Herr Dr. Bohne wollte widersprechen, als das Smartphone des zerknitterten Wichts dudelte. Grillo warf einen Blick auf das Display und verdrehte die Augen. Dann nahm er es ans Ohr.

»Ja, Grillo hier, was kann ich für Sie tun, Herr Staatssekretär?«

Kapitel 28

Während Grillo ein scheinbar endloses Gespräch mit dem Staatssekretär führte, klingelte erneut das Telefon auf dem Tisch.

Diesmal nahm Riedel ab. »Ich komme sofort«, versprach er dem Anrufer nach einem knappen Wortwechsel. Dann wandte er sich an die anderen. »Es ist die Verrückte mit dem Motorrad. Sie wartet draußen im Vorraum. Zwei Beamte der Bundespolizei haben sie gerade hergebracht.«

Er verließ das Aquarium und durchquerte die Einsatzzentrale, als er bemerkte, dass Herr Dr. Bohne ihm folgte.

»Dann wollen wir uns die geheimnisvolle Dame einmal näher ansehen, was, Riedel?« Er bemühte sich um sein berühmtes Siegerlächeln, mit dem er die meisten Leute im Handumdrehen für sich einnahm. Doch seit Grillo ihn abgekanzelt hatte wie einen dummen Jungen, wirkte es ein wenig dünn.

Genau in dem Moment, in dem sie den Ausgang erreichten, öffnete sich die Tür und drei Personen betraten den Raum, ein Mann und eine verdrießlich dreinblickende Frau in der Uniform der Bundespolizei sowie eine zweite Frau, die schwarze Motorradkluft trug. Sie hinkte, während die silberfarbenen Schnallen an ihren schweren Stiefeln bei jedem Schritt klirrten.

Riedel bedeutete den Uniformierten mit einer Geste, sich zurückzuziehen. »Bitte warten Sie draußen!«, rief er ihnen nach.

Dann wandte er sich der Frau in der schwarzen Motorradkluft zu, und obwohl er keine rechte Vorstellung von der Verrückten gehabt hatte, die behauptete, noch vor Kurzem einem Flugzeugentführer begegnet zu sein, hatte er *das* ganz sicher nicht erwartet: Sie sah umwerfend aus! Ihr Gesicht war hübsch, der Blondschopf ungezähmt, und die schwarze, enge Kleidung verlieh ihrem Äußeren etwas Frivoles. Der Gedanke ließ ihn umgehend rot werden, weil das so gar nichts über diese Frau aussagte, sondern viel mehr über seine eigene Fantasie. Er musterte sie erneut, versuchte diesmal objektiv zu bleiben und kam zu der Einschätzung, dass sie kein bisschen verrückt aussah, dafür aber hellwache, grüne Augen hatte.

Mit einem Seitenblick nahm er wahr, dass der Polizeipräsident sie anstarrte wie vom Donner gerührt. Er war stehen geblieben, als wäre er gegen eine Mauer gelaufen, schnappte nach Luft, wich einen Schritt zurück.

»Sie!«, bellte er die Frau an. Er schien sie zu kennen, und die unverhoffte Begegnung brachte ihn sichtlich aus der Fassung. Mehr noch, er war regelrecht aus dem Häuschen. »Ich hätte es mir denken können, als ich von einer außer Rand und Band geratenen Person hörte, die eine Straßensperre durchbricht und mit dem Motorrad durch die Flughafenhalle rast. Sind Sie noch bei Trost?«

Die Frau war mindestens genauso aufgebracht wie der PP. Ihre Körpersprache signalisierte pure Angriffslust. »Ob ich noch bei Trost bin?«, erwiderte sie schnippisch und ohne Respekt.

Ein paar Beamte hoben neugierig die Köpfe.

»Die Frage gebe ich gerne zurück«, sagte sie. »Was fällt Ihnen ein, mich einfach aus dem Verkehr zu ziehen und gleichzeitig im KK 21 zu behaupten, ich wäre ordnungsgemäß versetzt worden? Kein Mensch wusste davon, nicht einmal die Personalabteilung. Und dann die Sache mit Ihrem Neffen, den Sie mir als Spitzel auf den Hals gehetzt haben! Das war der Gipfel!«

»Ich habe nicht die leiseste Ahnung, was Sie da faseln, Sie unverschämte Person!«

»Lügner! Verdammter Lügner!«

Die Situation war peinlich und verwirrend zugleich. Riedel schaute befremdet zwischen den Streithähnen hin und her. »Darf ich fragen, wer Sie sind?«, erkundigte er sich schließlich bei ihr.

Der PP kam ihr zuvor. Er schäumte vor Wut, seine Augen schienen ihm aus den Höhlen zu quellen. »Das, mein lieber Riedel, ist Kriminaloberkommissarin Sturm, die Zierde unserer Behörde«, platzte er heraus. »Ich habe sie vom Dienst suspendiert, wegen Insubordination, aber wie wir inzwischen wissen, hat sie nichts Besseres zu tun, als mit ihrer Höllenmaschine den Flughafen unsicher zu machen. Ein Wunder, dass dabei niemand zu Schaden gekommen ist.«

Die erstaunliche Frau, Kriminaloberkommissarin Sturm, hatte inzwischen ihre Beherrschung wiedergefunden. Sie lächelte den PP müde und freudlos an. »Doch«, widersprach sie, »es ist jemand zu Schaden gekommen. Ich. Auf der Flucht vor Ihrer Meute bin ich gestürzt und habe mir den Knöchel verknackst, fürchte ich.«

Sie tippte mit dem rechten Fuß auf den Boden, ganz sachte, was ihr dennoch Schmerzen bereitete, denn ihr hübsches Gesicht verwandelte sich für einige Sekunden in eine Grimasse.

»Stimmt es«, fragte Riedel, der froh war, dass nicht mehr geschrien wurde, »dass Sie dem Geiselnehmer schon begegnet sind? Wie kann das sein?«

»Ja, ich bin ihm begegnet«, sagte sie knapp.

»Hört, hört!«, blaffte der PP.

Sie sah ihn an und zog dabei die rechte Braue hoch. »Ich *bin* ihm begegnet!« Das klang eher stur als überzeugend.

»Vielleicht hätten Sie die Güte, uns mit einer Schilderung dieses Treffens zu erfreuen«, stichelte Herr Dr. Bohne. »Am besten noch heute, wir sind nämlich in Eile.« Es war ihm anzusehen, dass er ihr kein Wort glaubte. Das Einzige, was ihn interessierte, war, sie loszuwerden.

Oberkommissarin Sturm wollte zu einer Erwiderung ansetzen, doch dann entdeckte sie die beiden Leinwände. Einer der Projektoren war inzwischen abgeschaltet worden, sodass die linke Leinwand schwarz blieb. Auf der rechten war jedoch nach wie vor das Live-Bild zu sehen.

Sie murmelte etwas, das sich für Riedel anhörte wie: »Ich glaub, mein Schwein pfeift. Das gibt's doch nicht!«

»Was ist los?«, wollte er wissen.

Sie gab keine Antwort, sondern humpelte wie hypnotisiert auf die Leinwand zu. Riedel und der Polizeipräsident folgten ihr.

Ein paar Meter vor der Leinwand blieb sie stehen.

Der geöffnete vordere Einstieg des Flugzeugs war ganz nah herangezoomt worden, und dank der bestechend hohen Auflösung konnte man selbst feinste Details erkennen.

»Das ist der Easy Rider«, murmelte sie wie im Selbstgespräch.

»Wie bitte? Der Easy *wer?*«

Sie schwieg und starrte.

Zu sehen war ein dickleibiger, langhaariger Mann, der mit baumelnden Beinen im Ausstieg des Fliegers saß. Er schien zu schlafen oder das Bewusstsein verloren zu haben, denn das Kinn war ihm auf die Brust gesackt, sodass sein Gesicht nicht zu sehen war. Sein Oberkörper wirkte schlaff und drohte immer wieder zur Seite zu kippen, was jedoch nicht geschah, da hinter ihm jemand hockte, der ihn festhielt und mit dem eigenen Körper abstützte. Auch das Gesicht des Hintermannes blieb verborgen, da es durch den voluminösen Schädel des Dickleibigen verdeckt wurde.

»Kein Zweifel«, murmelte sie erneut, »das ist der Easy Rider.«

»Das sagten Sie bereits«, zischte der PP. »Vielleicht wären

Sie so gütig, uns aufzuklären, wer sich hinter diesem Pseudonym verbirgt.«

»Ich habe keine Ahnung, wie er wirklich heißt«, erklärte sie stoisch. »Wir haben ihn immer Easy Rider genannt, wegen seines Harley-Davidson-Shirts. Schauen Sie, er trägt es immer noch. Darüber haben wir uns lustig gemacht.«

»Wir?«, fragte Riedel.

»Ja, wir. Bernd und ich.«

»Und wer ist Bernd?«, drängte der Polizeipräsident. »Herrgott, Sturm, lassen Sie sich nicht jedes Wort einzeln aus der Nase ziehen.«

Sie starrte unverändert auf die Leinwand. Tränen füllten ihre Augen. Ihr schlanker Zeigefinger hob sich. »*Das* ist Bernd.«

Der Hintermann des angeblichen Easy Riders hatte sich inzwischen erhoben, sodass man sein Gesicht erkennen konnte. Es war derselbe Mann, der vorhin fast aus dem Flugzeug gestürzt wäre, stellte Riedel in Gedanken fest. Sein Gesicht war gescannt und mit sämtlichen Fahndungsdateien verglichen worden, doch das hatte zu keinem Ergebnis geführt.

»Was macht der da?«, fragte irgendjemand.

»Sieht so aus, als würde er den Dicken hinauswerfen«, gab ein anderer Antwort.

Mittlerweile waren alle Augen auf die Leinwand gerichtet und verfolgten das Geschehen.

Und es passierte tatsächlich.

Der Mann hinter dem Dicken sah verzweifelt aus. Er bekreuzigte sich, dann versetzte er dem massigen Leib einen Stoß.

Für die Dauer eines Wimpernschlages herrschte absolute Stille.

Im nächsten Moment erhob sich ein entsetztes Raunen, als der Easy Rider auf das Rollfeld schlug, wo er bäuchlings liegen blieb.

»Schwenken Sie die Kamera!«, verlangte eine panische Stimme. »Zoomen Sie näher heran!«

»Himmel, wir müssen einen Rettungswagen schicken!«

»Bernd«, flüsterte sie.

»Wer, zur Hölle, ist Bernd? Gehört er zu den Geiselnehmern? Verdammt, Sturm, reden Sie!«

»Er ist ein liebenswerter Mensch, ein Musiker. Violinist. Er hat schon in London mit Elton John zusammengespielt.« Sie schluckte. »Ich liebe ihn.«

Der angebliche Bernd verschwand aus der geöffneten Tür ins Innere des Flugzeugs.

Riedel musterte sie, während sie wie in Trance auf die Leinwand starrte. Zugegeben, die Frau sah nicht wie eine Verrückte aus, aber allmählich glaubte auch er, dass sie den Verstand verloren hatte. Dieses zusammenhanglose Gerede von einem Easy Rider und einem Violinisten, den sie liebte und der mit Elton John in London musiziert hatte, ergab jedenfalls keinen Sinn.

Offenbar kam sie just in diesem Moment ebenfalls zu dem Schluss, dass man sie für komplett durchgedreht halten musste, denn ihr Blick klarte schlagartig auf.

»Hören Sie«, appellierte sie im Tonfall liebenswürdiger Vernunft, »ich weiß, dass ich mich bis jetzt wenig hilfreich verhalten habe. Das tut mir leid, aber ich wurde von den Ereignissen schlichtweg überrollt. In letzter Zeit ist einiges passiert in meinem Leben. Dennoch kann ich Ihnen alles erklären.«

Sie lächelte verlegen, und das sah so ehrlich aus, so vernünftig, dass Riedel nicht anders konnte, als ihr zu glauben. Er erwiderte das Lächeln, nickte ihr aufmunternd zu.

Sie tat einen tiefen Atemzug. »Also, da ich suspendiert wurde, habe ich versucht, mich anderweitig zu beschäftigen, und zwar als freie Journalistin für den *Kurier*. Dadurch ergab es sich, dass ich nach Südafrika …«

Die versprochene Erklärung endete, ehe sie richtig begonnen hatte. Ihr Blick schweifte abermals ab, in ein anderes Universum. Erneut starrte sie mit offenem Mund auf die Leinwand.

»Das ist er!«, rief sie so laut, dass sich alle nach ihr umdrehten.

Der Schwarzafrikaner, der vorhin mit der Maschinenpistole geschossen hatte, war an die Stelle des mysteriösen Musikers getreten. Er glotzte in die Tiefe, wo der ebenso mysteriöse Easy Rider lag.

»Das ist er, das ist der Verbrecher! Ich habe ihn in seinem Unterschlupf getroffen, und er hat mir die Haare abgeschnitten, mit einer Machete. Und dann hat er mich gezwungen, vor ihm niederzuknien und mich …« Sie zögerte, ihre Stimme zitterte. »Er hat mich … angepinkelt.«

Riedel und der Polizeipräsident nickten einander zu.

»Danke, Frau Sturm«, sagte Riedel. »Ich danke Ihnen, dass Sie sich die Zeit genommen haben, herzukommen. Allerdings fürchte ich, dass Sie uns nicht helfen können. Ich schlage vor, dass Sie uns jetzt wieder verlassen. Sie sagten, es sei viel passiert in Ihrem Leben? Das glaube ich gern. Deshalb sollten Sie versuchen, sich zu entspannen. Gehen Sie nach Hause und legen Sie sich …«

»Sie glauben mir nicht?«, fiel sie ihm ins Wort. In ihren Augen flackerte Verzweiflung.

Herr Dr. Bohne lächelte. Im gleichen Maße, in dem sie die Fassung verlor, kehrte seine gewohnte Souveränität zurück. »Beruhigen Sie sich, Sturm, beruhigen Sie sich. Riedel hat recht, Sie sollten nach Hause gehen und sich ausruhen.«

Er ergriff ihren Arm, um sie mit sanfter Gewalt in Richtung Tür zu bugsieren, doch sie schlug die Hand weg. »Fassen Sie mich nicht an!«

»Jetzt reicht's!«, blaffte der PP. »Offenbar wollen Sie uns auch weiterhin dazwischenfunken und damit unsere Arbeit behindern! Also lasse ich Sie einsperren, und zwar so lange, bis diese unselige Flugzeugentführung beendet ist!«

Das war eine legitime Maßnahme des Polizeirechts, keine Verhaftung, sondern eine sogenannte Ingewahrsamnahme, die für den Eingesperrten ohne Konsequenzen blieb, abgesehen davon, dass er für maximal vierundzwanzig Stunden aus dem Verkehr gezogen war. Den Klassiker unter den Ingewahrsamnahmen stellte die Ausnüchterung dar, bei der ein alkoholisierter Randalierer so lange eingesperrt wurde, bis er wieder klar im Kopf war.

Riedel sah der Frau an, dass für sie eine Welt zusammenbrach. Obwohl sie suspendiert war, verstand sie sich offensichtlich immer noch als Polizistin. Umso unbegreiflicher kam es ihr vor, dass man sie behandelte wie einen x-beliebigen Rabauken, der zu tief ins Glas geschaut hatte. Ihr Gesicht, das maßlose Enttäuschung widerspiegelte, weckte augenblicklich Mitleid in ihm, obwohl er natürlich wusste, dass die Entscheidung des Polizeipräsidenten richtig war.

Er bat die Bundespolizisten herein, die im Vorraum gewartet hatten. Oberkommissarin Sturm ließ sich widerstandslos von ihnen abführen. Sie humpelte immer noch.

Der PP rief den Beamten nach: »Ich möchte, dass sie für mindestens zwölf Stunden eingesperrt bleibt, klar? Das gibt ihr Gelegenheit, über ihr unerhörtes Verhalten nachzudenken. Vielleicht begreift sie dann, dass man keine Polizeiabsperrungen durchbricht! Vollkommen verrückt geworden, das Weib. Easy Rider, Elton John … Lächerlich!« Er hob die Stimme. »Wenn das hier vorbei ist, Sturm, werde ich mit Nachdruck Ihre Entlassung betreiben, darauf können Sie Gift nehmen.«

Kapitel 29

Mara krümmte sich am Boden wie ein Wurm.

Die Bubis in Tarnhosen hatten einen Kreis um sie gebildet. Alle lärmten und krakeelten, als wären sie Zuschauer bei einem Hahnenkampf.

Über ihr stand Asad, selbstgefällig bis zum Gehtnichtmehr, und fingerte an seinem Hosenstall herum. Dabei stimmte er ein Lied an, auf Somali, und die Horde grölte mit.

Sie versuchte fortzukriechen, doch die sinnlose Flucht endete an einem Wall aus tarnbehosten Beinen, die in Sandalen mündeten.

Asad hatte mittlerweile blank gezogen, und sie erwartete, dass er jeden Moment über sie herfallen würde. In Gedanken sah und hörte sie bereits, wie die halbwüchsige Meute den Takt klatschte, während er zustieß. Die bloße Vorstellung rief Angst und Ekel und Scham in ihr hervor. Sie bemühte sich, auf die Füße zu kommen und wegzulaufen, doch kaum dass sie sich aufgerichtet hatte, fegte ihr jemand das Standbein weg, sodass sie der Länge nach hinschlug.

Die Bauchlandung tat weh.

Die Bauchlandung sorgte für frenetischen Jubel.

Die Bauchlandung ließ sie das Springmesser in der Beintasche ihrer Hose spüren.

Asad machte keine Anstalten, sich zu ihr auf den gefliesten Boden herabzulassen. Stattdessen spürte sie, wie etwas Warmes auf ihren skalpierten Kopf prasselte, etwas, das sich anfühlte wie ein Regenschauer. Der Schauer perlte über ihr Gesicht, verursachte Salzgeschmack auf den Lippen, floss hinab über Nacken und Schultern, tränkte ihr T-Shirt und stank entsetzlich.

Da begriff sie, dass er auf sie urinierte.

Sie schrie, doch der Laut ging unter im Gebrüll des Publikums. Sie versuchte zu entkommen, indem sie auf allen vieren umherkroch, mal hierhin, mal dorthin, doch der Strahl verfolgte sie. Sie blinzelte nach oben, sah grinsende Visagen mit gebleckten weißen Zähnen. Einer hielt eine Flasche *Jack Daniel's* in den Händen. Er hatte den Verschluss abgeschraubt und tat so, als würde er Whisky pissen, indem er sich die Flasche zwischen die Beine hielt und den Inhalt auslaufen ließ. Der scharfe Geruch des Whiskys mischte sich mit dem Gestank des Urins.

Plötzlich brüllte Asad wie am Spieß.

Das war so laut und unerwartet, dass alle anderen sofort verstummten.

Der warme Strahl versiegte abrupt.

Seine Augen waren weit aufgerissen, genau wie sein Schlund. Er schrie wie ein wahnsinniger Dämon, der kurz davorstand, loszurennen und zu töten. Die Horde zuckte regelrecht zusammen und wich ängstlich zurück.

Mara nutzte den Augenblick der Verwirrung, der nicht lange anhalten würde.

Sie ließ das Springmesser fallen, das sie dem Mistkerl in den Fuß getrieben hatte, und rappelte sich blitzschnell auf. Zu dumm, dass sie mit der Klinge abgerutscht war, weil sie ausgerechnet die Schnalle auf dem Spann von Asads Sandale getroffen hatte. Wäre der Stich nicht abgelenkt worden, hätte sie seinen Fuß glatt an die Fliesen genagelt, so hart und kraftvoll hatte sie zugestoßen. Doch auch der abgelenkte Treffer reichte, um ihm schreckliche Pein zu bereiten.

Sie rammte einem jungen Burschen, der ihr im Weg stand und

mit offenem Maul zwischen ihr und Asad hin und her glotzte, den Ellenbogen in die Rippen.

Dann sprintete sie auf das niedrige Mäuerchen zu, das die Terrasse umgab. Dahinter war die Klippe, rund dreißig Meter über den Wellen des Golfs von Aden. Sie machte einen Satz auf die Krone der Mauer.

Ohne zu zögern stürzte sie sich hinab.

Kapitel 30

Die Sitzordnung im Flugzeug hatte sich geändert, zumindest was die ersten drei Reihen betraf, denn dort waren von achtzehn Plätzen nur noch fünf besetzt.

Und diese wurden eingenommen von Bernd und Ernestine, die in der ersten Reihe saßen, linker Hand des Ganges. Die drei Plätze rechts davon besetzten Grietje, ihre hübsche junge Kollegin namens Frederieke sowie der Co-Pilot. Die Sitzreihen zwei und drei schließlich waren komplett leer, nachdem Asad sämtliche Passagiere von dort verscheucht hatte. Da die Maschine so gut wie ausgebucht war, mussten sie sich irgendwo dazuquetschen. Doch niemand wagte, sich zu beschweren.

Der Co-Pilot, der in der Reihe mit den beiden Stewardessen den Fensterplatz innehatte, stöhnte von Zeit zu Zeit. Er trug einen Kopfverband, den Grietje ihm mit Verbandszeug aus der Bordapotheke angelegt hatte und der inzwischen durchgeblutet war. Neben der Platzwunde, die ihm Asad gleich bei der Erstürmung des Cockpits beigebracht hatte, bescherte ihm außerdem eine Gehirnerschütterung heftiges Unwohlsein, was zu ständigem Erbrechen führte. Zum Glück waren gefaltete Papiertüten reichlich vorhanden, und jedes Mal wenn er fertig war, wurde Bernd angewiesen, die Tüten in der Toilette zu entsorgen.

Asad fand das offenbar endlos amüsant.

Bernd überhaupt nicht, denn die Tüten fühlten sich warm an in seinen Fingern, und der gallige Gestank sorgte dafür, dass es ihm beinahe selbst hochkam.

Vor wenigen Augenblicken war es wieder einmal so weit gewesen, und nachdem er alles zur Zufriedenheit erledigt hatte, durfte er sich auf seinen Platz neben Ernestine setzen.

Die Cockpittür stand offen, sodass er Asad sehen konnte, der sich im Sessel des Co-Piloten flegelte, während einer seiner Kumpane auf dem Notsitz hinter dem Piloten hockte. Diesem hatte man die Arme mit Klebeband an die Lehnen seines Sitzes gefesselt.

Asads Kumpan war genauso ein Albtraum wie der selbsternannte Löwe, vielleicht drei oder vier Jahre jünger, doch ihm fehlten bereits alle Schneidezähne. Anscheinend beabsichtigten die beiden, in nächster Zukunft mit dem Tower zu sprechen, denn sie ließen sich vom Piloten die Handhabung des Funkgerätes erklären.

»Ich möchte mich noch bei Ihnen bedanken, dass Sie mich vorhin gerettet haben«, flüsterte Bernd. »Ohne Ihr Eingreifen hätte ich mir nämlich den Hals gebrochen und läge jetzt draußen neben dem Easy Rider auf dem Rollfeld.« Adressat des Dankes war Ernestine.

»Easy Rider?«, gab sie zurück, und zwar so leise, dass er sie kaum verstehen konnte.

In knappen Sätzen erklärte er ihr, dass *eine Freundin* dem Toten diesen Spitznamen verpasst hatte. Anschließend bedankte er sich ein zweites Mal bei Ernestine für die Rettung vor dem Sturz aus dem Flugzeug.

Sie ging nicht darauf ein. Stattdessen fragte sie ihn nach der Bedeutung des Wortes *faggot*, das sie nicht kannte, da ihr Englisch ziemlich schlecht war, wie sie einräumte. Dennoch war ihr aufgefallen, dass Asad es stets benutzte, wenn er Bernd herumkommandierte.

Er wurde rot, gab ihr jedoch die gewünschte Auskunft. »Faggot bedeutet… Schwuchtel.«

Sie streifte ihn mit einem kurzen Seitenblick. »Wieso nennt er Sie so?«

Er zuckte mit den Schultern.

»Sind Sie Geschäftsmann?«, fragte sie übergangslos.

»Nein. Wie kommen Sie denn auf diese Idee?«

»Weil Sie so gut Englisch sprechen.«

»Berufsmusiker«, gab er knapp zurück. Es wäre ihm lieber gewesen, wenn sie geschwiegen hätte. Nicht, weil er sich nicht mit ihr unterhalten wollte, im Gegenteil, sondern weil er Angst hatte, dass Asad einen Wutanfall bekam, wenn er bemerkte, dass sie ein Schwätzchen hielten. Doch der Geiselnehmer war abgelenkt, da sein Interesse inzwischen vom Funkgerät auf die gesamte Bordelektronik übergesprungen war und er sich gerade alle möglichen Schalter und Hebel und Knöpfe im Cockpit erklären ließ. Dazu hatte er den Piloten von seinen Klebeband-Fesseln befreit.

Bernd fragte sich, wozu die Unterweisung gut sein sollte. Der Kerl musste doch wissen, dass er den Jumbo unmöglich selbst fliegen konnte, selbst wenn er sich noch so genau nach der Bedeutung der einzelnen Armaturen erkundigte.

Ernestine gab keine Ruhe. »Berufsmusiker? Muss man dafür Englisch können?«

Wieder sah er sich ihrem Seitenblick ausgesetzt. »Ich habe über vier Jahre in London gelebt«, raunte er ihr zu. »Da bekommt man einiges mit. Ich war dort an der *Royal Opera* engagiert.«

»Wow!«, machte sie leise. Dann erklärte sie: »Ich bin ebenfalls Künstlerin. Schauspielerin. Habe mich voll reingehängt und sogar die *Alanus Hochschule für Kunst und Gesellschaft* in Bonn besucht. Habe dort mit dem Schauspieldiplom abgeschlossen. Doch leider ist der Weg zur großen Karriere steinig, und so spiele ich derzeit fünfmal in der Woche das Rotkäppchen in einer zum Theater umgebauten Grundschule.«

Nun wandte er den Kopf, um sie anzustarren. Sie war durchaus attraktiv, allerdings auf eine unkonventionelle, ausgeflippte Art. Ihre Haut war schneeweiß, ihr Haare kohlrabenschwarz, und mit den unzähligen Ringen an den Fingern und den schwarzen Klamotten erinnerte sie ihn unweigerlich an Lisbeth Salander, die exzentrische Heldin aus den Stieg-Larsson-Krimis, die er vor Kurzem gelesen hatte. Fehlte nur der Nasenring. Unmöglich, sich diese Frau im Rotkäppchen-Kostüm vorzustellen.

Sie wollte noch etwas hinzufügen, doch er bedeutete ihr, zu schweigen, denn in diesem Moment rief Asad den Tower und verlangte, mit dem Einsatzleiter der Polizei zu sprechen.

Bernd spitzte die Ohren.

»Mein Name ist Grillo«, tönte es nach einer ziemlich langen Wartezeit aus dem Lautsprecher.

Der Afrikaner schnaubte. »Hast du etwas zu sagen, Grillo?«

Die Antwort klang fast gelangweilt. »Ich bin berechtigt, mit Ihnen zu verhandeln. Wer sind Sie? Sind Sie derjenige, der sich ›Löwe von Puntland‹ nennt? Wie soll ich Sie ansprechen? Stammen Sie aus Somalia?«

Die Frage nach der Herkunft wurde überhört. »Du kannst mich mit Hoheit ansprechen«, verkündete Asad.

Grillo schien nicht überrascht angesichts dieser bizarren Forderung, sondern willigte sofort ein. Seine Stimme klang belegt, was an der Funkübertragung liegen mochte, doch Bernd hatte vielmehr den Eindruck, dass in seinem Hals ein Räuspern feststeckte.

»Was halten Sie davon, Hoheit«, schlug Grillo vor, »wenn wir unsere Zusammenarbeit damit beginnen, dass Sie… sagen wir, fünfzig Geiseln freilassen?«

»Leck mich, Schwuchtel!«, ätzte Asad ins Mikro. »Wir arbeiten überhaupt nicht zusammen. Ich befehle, und ihr macht, was ich sage, kapiert?«

Grillo überging die Beleidigung. Der Klang seiner unangenehmen Stimme blieb ruhig, als er sagte: »Selbstverständlich, Hoheit.«

»Wenn das so selbstverständlich ist, dann frage ich mich, wo meine zehn Millionen bleiben und wieso die Maschine noch nicht betankt ist. Ich warne dich, meine Geduld hat Grenzen. Was ist mit Omar Aidid? Befindet er sich bereits auf dem Weg?«

»Noch nicht, Hoheit. Die Entlassung eines Strafgefangenen ist an Formalitäten gebunden. Der Vorgang muss vom Justizminister genehmigt werden. Aber ich versichere Ihnen, dass wir alles tun …«

Asad fiel ihm ins Wort. »Gewäsch! Erspar mir das! Wenn du für jeden Furz um Erlaubnis fragen musst, Grillo, dann hole mir denjenigen ans Funkgerät, der die Erlaubnis erteilt. Ich verhandele nicht mit Lakaien.«

»Sie können mit mir verhandeln«, versicherte Grillo nachdrücklich. »Ich habe alle Befugnisse.«

»Dann beweise es!«

»Wie?«

»Indem du mir vierzig volle Benzinkanister bringen lässt. Ich will Zehn-Liter-Kanister aus Plastik.«

»Was denn für Benzin?«, fragte Grillo erstaunt. »Flugzeugbenzin oder …?«

»Ganz normales Benzin«, fiel ihm Asad ins Wort. »So, wie du's in dein Auto kippst. Bleifrei oder nicht, normal oder super, scheißegal. Ich will vierzig Zehn-Liter-Kanister davon. Sie sollen auf diesen Gepäckwagen herangeschafft werden, die von Urlaubern für ihre Koffer benutzt werden, damit ich schon von Weitem erkennen kann, ob ihr mir ein faules Ei ins Nest legen wollt. Sieh zu, dass die Gangway angedockt wird, dann lass das Zeug daneben abstellen und pfeif deine Leute zurück. Und versuche nicht, mich zu verarschen.«

»Vierhundert Liter Benzin?«, ließ sich die Räusperstimme vernehmen. »Was haben Sie damit vor, Hoheit?«

Das fragte sich Bernd ebenfalls, und in seiner Vorstellung sah er bereits das gesamte Flugzeug in hellen Flammen stehen. Was sonst sollte der Verbrecher mit 400 Litern Benzin anstellen, außer etwas in Brand zu stecken? Andererseits würde er sich den Fluchtweg verbauen, wenn er die Maschine abfackelte, und das wiederum konnte Bernd nicht glauben.

Grillo war offenbar ebenfalls beunruhigt, denn er fragte abermals: »Wozu benötigen Sie das Benzin?«

Asad ignorierte die Frage. »Außerdem will ich mit Omar Aidid sprechen.«

»Das lässt sich einrichten. Allerdings möchte ich erst wissen, was Sie mit dem Benzin vorhaben? Anschließend können wir in Ruhe …«

Dem Afrikaner riss der Geduldsfaden. Er brüllte in das Mikrofon. »Hör auf, mich hinzuhalten! Ich bin nicht dämlich! Denkst du, ich merke nicht, was du abziehst? Wenn ich in zehn Minuten nicht die Kanister sehe, wird eine Geisel sterben.« Er warf einen Blick auf seine Armbanduhr. »Zehn Minuten. Die Zeit läuft.«

Zum ersten Mal seit Gesprächsbeginn klang Grillos Stimme nicht mehr gelassen. »Hoheit, ich bitte Sie, lassen Sie uns verhandeln. Ich bin bereit …«

Wozu er bereit war, interessierte Asad nicht. Wutentbrannt schleuderte er das Mikrofon von sich, dann schnappte er sich den kleinen Feuerlöscher, der in einer Halterung neben dem Pilotensitz angebracht war, und hieb damit auf das Funkgerät ein. Als es sichtlich ramponiert war, sprang er auf, immer noch mit dem Feuerlöscher in der Hand, der in etwa die Größe einer Thermoskanne hatte. Im nächsten Moment flog er durch die Luft, krachte gegen die Wand der Kabine, und zwar in Höhe der dritten Sitzreihe, die gottlob leer war.

Bernd zuckte zusammen.

Asad trat wütend gegen die Tür der Bordtoilette. Sein Kumpan mit den fehlenden Schneidezähnen versuchte ihn zu beruhigen, redete auf ihn ein und legte ihm die Hand auf die Schulter. Vergebens.

Plötzlich hielt der Löwe von Puntland die Maschinenpistole in den Händen und richtete die Mündung auf die beiden Stewardessen und den Co-Piloten.

»In zehn Minuten wird einer von euch tot sein!«, bellte er.

Die drei saßen stocksteif da und wagten kaum zu atmen.

Bernd ertappte sich bei dem niederträchtigen Gedanken: *Besser einer von denen als ich*. Dafür schämte er sich sogleich. *Besser keiner als irgendjemand!*

Da ließ Asad unerwartet von der Dreiergruppe ab. Der Lauf der Maschinenpistole schwenkte herum, Bernd sah die Mündung auf sich zukommen, nahe, ganz nahe, bis sie scheinbar riesengroß vor ihm schwebte. Dann berührte Metall seine Stirn, wanderte über den Hals hinab bis zum Brustkorb. Bernd verkrampfte.

Asad rammte ihm den Lauf in die Rippen. Er schielte auf das Ziffernblatt seiner Uhr. »Noch neun Minuten, Schwuchtel«, sagte er mit Grabesstimme. »Kannst du beten?«

Und Bernd betete.

Kapitel 31

Mara hinkte. Außerdem dachte sie an O Soto Gari.

»Bitte, nicht so schnell«, sagte sie, als sie von den Bundespolizisten durch den inzwischen entvölkerten Flughafen geführt wurde, in Richtung Wache, wo man sie in eine Zelle sperren würde. Die Beamten hatten sie in ihre Mitte genommen, und jedes Mal, wenn sie kurz stehen bleiben wollte, wurde sie unsanft vorwärtsgeschoben. Das heißt, eigentlich schob nur die Frau, eine Kommissarin, wie man an dem Silberstern auf ihrer Schulter erkennen konnte, während ihr Kollege ein recht umgänglicher Zeitgenosse zu sein schien. Allerdings hatte er nichts zu sagen, denn die drei Sterne auf seiner Uniform hatten noch nicht den Edelmetallstatus erreicht, sondern waren blau.

Die Schritte des Trios verursachten ein Echo in der gespenstischen Leere des Terminals.

Mara biss die Zähne zusammen. »Mein Knöchel steht in Flammen. Hoffentlich ist da nichts gebrochen. Ich kann kaum noch auftreten.«

Die Polizistin machte keine Anstalten, das Tempo zu verlangsamen. »Habe ich das vorhin richtig mitbekommen?«, wollte sie wissen, während sie die Gefangene weiterdrängte. »Du hast versucht, eine Rolltreppe mit dem Motorrad zu nehmen?«

»Ja, leider«, gab Mara zu. »Dabei habe ich mich hingelegt.«

»Dann bist du selber schuld.«

Vielen Dank, Zicke!

Die Zicke gehörte zur Gott sei Dank seltenen Spezies jener

Polizisten, die nahezu alle Leute wie selbstverständlich duzten, mit denen sie in Ausübung ihres Amtes zu tun hatten. Mara kannte diese Unart von einem ihrer eigenen Kollegen, und obwohl sie selbst stets locker auftrat, fand sie ein solches Verhalten vollkommen daneben. So auch in diesem Moment. Trotzdem ließ sie sich nichts anmerken.

Wieder kam ihr O Soto Gari in den Sinn, genauso wie der Plan, den sie sich im Geiste zurechtgelegt hatte, um Asad zur Strecke zu bringen. Allerdings hatte dieser Plan Schwachstellen, war gefährlich und verrückt, so verrückt, dass sich kein vernünftiger Mensch jemals darauf eingelassen hätte. Trotzdem war sie entschlossen, das Wagnis einzugehen, denn obwohl sie Asad fürchtete, sann sie auf Rache. Merkwürdig, dass sie dieses Verlangen zuvor nicht gespürt hatte. Doch dann war eine Chance vom Himmel gefallen, es dem Drecksack heimzuzahlen, und die wollte sie nutzen. Deshalb musste sie verhindern, für die nächsten zwölf Stunden in eine vier mal vier Meter große Zelle gesperrt zu werden. Die Frage war, wie sich das bewerkstelligen ließ.

Sie verließen das Terminal, stiegen in einen Streifenwagen und erreichten keine zwei Minuten später die Flughafen-Hauptwache. Außer uniformierten Beamten hinter Absperrgittern hatten sie unterwegs keine Menschenseele zu Gesicht bekommen.

»Aussteigen!«, befahl die Zicke. »Wir sind da.«

Mara registrierte, dass kein einziges Polizeifahrzeug zu sehen war, die Stellplätze vor dem Gebäude waren allesamt leer. Vermutlich, überlegte sie, wurde das gesamte verfügbare Personal für die Räumungs- und Absperrmaßnahmen benötigt. Zicke und ihr Kollege schienen die Einzigen zu sein, die noch für das normale Tagesgeschäft zur Verfügung standen. Hoffnung regte sich in ihr.

Die Wache war hässlich. Untergebracht in einem grauen,

plattgedrückten Betonklotz, der aus den 1970er Jahren stammen musste und seitdem nicht mehr renoviert worden war, lag sie rund fünfhundert Meter entfernt vom eigentlichen Flughafengebäude, flankiert von Parkhäusern für Urlauber sowie von Brachfeldern, die um diese Jahreszeit, im Winter, besonders trostlos wirkten.

»Mach schon, Beeilung!«, befahl Zicke, die offenbar gern herumkommandierte.

»Sie haben gut reden, ich kann kaum stehen, geschweige laufen.«

»Musst du auch nicht. In unseren Zellen gibt's Pritschen, auf denen man sitzen oder liegen kann, ganz nach Wunsch.«

Mara machte sich mittlerweile einen Spaß daraus, die Beamtin zu siezen, obwohl diese sie konsequent duzte. Das mutete umso abstruser an, da die Zicke in Uniform gut zehn Jahre jünger war als sie selbst. Der Polizist hatte bisher noch kein einziges Wort gesprochen. Allerdings deutete sein missmutiger Gesichtsausdruck darauf hin, dass er seine Kollegin nicht sonderlich mochte und ihr Benehmen noch weniger.

Sie betraten das Gebäude und gingen durch einen kurzen Flur, an dessen Ende sich eine Panzerglasscheibe befand. Hinter der saß normalerweise ein Beamter, der entschied, wer hineingelassen wurde und wer nicht. Doch der Platz hinter der Scheibe war verwaist, und so musste Zicke einen Zugangscode in das elektronische Schloss neben der Tür eingeben. Ein Brummen ertönte, dann schwang die Tür auf.

Maras Hoffnung erhielt zusätzliche Nahrung, als sie durch leere Gänge geführt wurde, vorbei an leeren Büros in einen fast leeren Wachraum.

Dort befand sich nur eine Person, ein ungemein beleibter Beamter, der hinter einem Pult thronte, das mit modernster Technik vollgestopft war, darunter nicht weniger als vier Flachbildschirme und ebenso viele Telefone, außerdem ein Funkgerät, das von Zeit zu Zeit ein Rauschen von sich gab.

Als er seine beiden Kollegen erblickte, erhob er sich schwerfällig. »Da seid ihr ja endlich. Kann einer von euch kurz auf den Funk aufpassen? Ich habe heute noch nichts gegessen und möchte mir schnell ein paar Eier in die Pfanne hauen.«

»Ist denn sonst keiner mehr hier?«, fragte die Zicke.

»Nee, alle ausgeflogen. Wir drei sind die letzten Mohikaner.« Er bedachte Mara mit einem abschätzigen Blick. »Wer ist das? Neuzugang?«

Zicke nickte und wandte sich an ihren Begleiter, der immer noch kein Wort gesprochen hatte. »Übernimm du den Funk, dann kann Anselm etwas essen, bevor er uns vom Fleisch fällt. Ich kümmere mich um die hier.«

Mit *die hier* war Mara gemeint.

Anselm runzelte die Stirn. »Bist du sicher, dass du das allein …«

Zicke winkte ab. »Klar, die ist vollkommen harmlos. Lass es dir schmecken.«

Das war ein klarer Verstoß gegen die Gewahrsamsordnung, denn dort war unmissverständlich festgeschrieben, dass beim Umgang mit einem Gefangenen mindestens zwei Beamte anwesend sein mussten. Ausnahmen sah die Gewahrsamsordnung nicht vor.

Anselm bedankte sich überschwänglich. »Moni, du bist ein Schatz!« Sprach es und verschwand im Aufenthaltsraum, wo eine schicke Küchenzeile eingebaut war, wie Mara durch die offene Tür sehen konnte.

Dann wurde sie von Moni in den Gewahrsamstrakt geführt.

Der beherbergte acht Zellen, von denen sechs belegt waren, wie man an den Schuhen der Insassen erkennen konnte, die vor den Türen standen. Neben der letzten Zelle befand sich der Visitationsraum, ein kleines fensterloses Zimmerchen, in dem die Gefangenen vor dem Wegschluss durchsucht wurden. Das diente vor allem dazu, sicherzustellen, dass sie keine Gegenstände mit sich führten, die dazu geeignet waren, sich oder andere zu verletzen.

Moni ließ sich auf einem Höckerchen nieder, das zusammen mit einem winzigen Tisch das einzige Mobiliar darstellte. Auf dem Tisch lag ein Stapel mit Formularen, daneben standen drei Plastikbehälter.

»Nimm dir einen Korb«, befahl sie, »und tu den Inhalt deiner Taschen hinein. Alles leer machen, Taschen auf links drehen! Ich werde die Sachen hier auflisten. Anschließend erhältst du einen Durchschlag, den du unterschreiben wirst.«

»Wozu das?«, fragte Mara, obwohl sie die Antwort genau kannte.

Moni atmete schwer. Genervt erklärte sie: »Damit du nicht hinterher behauptest, die böse Polizei hätte dir was geklaut. Und jetzt beeil dich! Wie viel ist in dem Portemonnaie drin? Auf den Cent genau!«

Das Formular füllte sich, während Maras Taschen leerer wurden. »Tut mir leid, dass ich Ihnen solche Umstände mache«, entschuldigte sie sich.

Moni stieß einen Grunzlaut aus, der sich beinahe wohlwollend anhörte.

Zum Schluss musste Mara ihren Gürtel und die Stiefel ausziehen, genauso wie die schwere Motorradjacke.

»Das war's?«, fragte Zicke. »Keinen Schmuck vergessen? Oder ein Piercing?«

»Nein, nur die Ohrringe.«

Diese waren aus billigem Blech gefertigt und lagen inzwischen neben den anderen Gegenständen in dem Plastikbehälter. Mara mochte die Ohrringe, von denen der erste einer Giraffe nachempfunden war, während der zweite ein Nashorn darstellte. Das war kitschig und überschritt wahrscheinlich die Grenze zum Geschmacklosen, doch Bernd hatte ihr die Ohrringe in Mombasa gekauft, am Tag nach der herrlichen Safari im Tsavo-Nationalpark.

»Gut«, sagte Moni. »Dann einmal hier quittieren.« Sie schob das Formular über die Tischplatte.

Mara hielt inne. »Wollen Sie mich denn nicht durchsuchen? Ich glaube, das gehört dazu. Oder?«

»Sag du mir nicht, wie ich meine Arbeit zu machen habe! Und jetzt unterschreib den verdammten Wisch!«

Zweiter Verstoß gegen die Gewahrsamsordnung. Normalerweise musste sich der Gefangene vor dem Einschluss nackt ausziehen, dann wurden seine Kleidungsstücke unter die Lupe genommen und, so unerfreulich das auch sein mochte, in die natürlichen Körperöffnungen geschaut. Das war notwendig, da insbesondere der Platz zwischen den Gesäßbacken ein sehr beliebtes Versteck für alles Mögliche war, etwa für Drogen oder gar Rasierklingen. Erst wenn die Visitation erfolgt war, durfte sich der Gefangene wieder anziehen und wurde in die Zelle gesperrt.

Mara quittierte die vorübergehende amtliche Verwahrung ihrer Wertgegenstände.

»Okay, Zelle acht«, sagte Moni und wies ihr den Weg, indem sie voranging.

Dritter Verstoß gegen die Gewahrsamsordnung: Kehre niemals dem Delinquenten den Rücken zu! Schon gar nicht, wenn du in deiner Überheblichkeit denkst, er wäre harmlos und du würdest allein mit ihm fertig (siehe erster Verstoß).

»Moment, nicht so schnell«, bat Mara, die auf Strümpfen hinterherhumpelte. Der Schmerz in ihrem Knöchel war höllisch, und nun, da der Stiefelschaft das Fußgelenk nicht mehr stützte, konnte sie kaum noch auftreten. Ein gepeinigter Laut entstieg ihr, gefolgt von einem Fluch.

Moni blieb stehen und drehte sich nach ihr um. »Komm schon, noch drei Meter, dann hast du's geschafft und kannst dich auf die Pritsche legen.«

Vierter Verstoß gegen die Gewahrsamsordnung: Spätestens jetzt hätte Moni einen Arzt rufen müssen, um die Haftfähigkeit der Gefangenen prüfen zu lassen. Sicher, an einem verknacksten Knöchel war noch niemand gestorben, doch was, wenn bei dem Sturz vom Motorrad Schlimmeres passiert war, wenn sie sich beispielsweise eine Quetschung zugezogen hatte, die zu einem Blutgerinnsel führte?

»Kennen Sie O Soto Gari?«, fragte Mara mit vor Schmerz verkniffenem Gesicht.

»Hä? Wer soll das denn sein?«

»Nicht so wichtig.«

Sie humpelte weiter, in Monis Richtung, wackelig und darauf bedacht, den verletzten Fuß so wenig wie möglich zu belasten. Dabei geriet sie ins Straucheln, stolperte, versuchte, irgendwo Halt zu finden. Sie fand ihn, indem sie Moni regelrecht in die Arme fiel.

Deren erschrockene Reaktion war ein Schritt zurück, wodurch sie ihr Gewicht auf das hintere Bein verlagerte.

Das war der perfekte Moment für O Soto Gari, eine äußerst effektive Judo-Wettkampftechnik.

Während Mara die innige Umarmung verstärkte, drängte sie gleichzeitig mit dem rechten Bein an Monis Standbein vorbei. Einen Wimpernschlag später ließ sie das Bein vehement zurückschwingen und säbelte damit Monis Standbein weg. Oder *sichelte* es weg, denn O Soto Gari war Japanisch und bedeutete *Große Außensichel*.

Das entsetzte Gesicht der Fallenden war zum Totlachen, der Bund mit den Zellenschlüsseln, den sie in der Hand gehabt hatte, fiel zu Boden.

Moni folgte. Der Aufprall trieb ihr die Luft aus den Lungen. Sie japste erbärmlich. Derweil hatte Mara bereits ihre Arme gepackt, um sie ihr mit den eigenen Handschellen auf den Rücken zu fesseln. Dann langte sie abermals energisch zu, ergriff Moni am Gürtel, und schleifte sie die wenigen Schritte zur Zelle hinüber, deren Tür passenderweise offen stand.

»Zelle acht ist richtig, stimmt's?«, fragte sie sarkastisch.

Moni war immer noch benommen und ließ sich die Waffe aus dem Holster ziehen.

Letzter Verstoß gegen die Gewahrsamsordnung. Waffen hatten im Zellentrakt und deren gesamtem Umfeld nichts zu suchen, sondern mussten vor dem Betreten in eigens dafür vorgesehenen Schließfächern deponiert werden. Wie sinnvoll diese Vorschrift war, zeigte sich in diesem Augenblick.

Krachend fiel die Zellentür ins Schloss. Seit O Soto Garis großem Auftritt waren keine dreißig Sekunden vergangen.

Moni hatte endlich ihre Sinne wieder beisammen und schrie wie eine Besessene um Hilfe. Das war natürlich zwecklos, denn selbst wenn ihr Geschrei bis in den Wachraum zu hören war, würde sich niemand darum scheren, da es keine Seltenheit war, dass Gefangene herumpöbelten und brüllten.

Das Geschrei wirkte offenbar ansteckend, denn auch die übrigen Zelleninsassen fingen an, *Bambule zu machen*, wie es in der Gaunersprache hieß.

Blitzschnell rannte Mara in den Visitationsraum, um ihre Sachen an sich zu nehmen, insbesondere die Ohrringe. Ihr verletzter Knöchel war geheilt. Das heißt, er schmerzte, da er bei dem Sturz vom Motorrad tatsächlich etwas abbekommen hatte, doch das war nicht halb so schlimm, wie sie vorgegeben hatte.

Mit gezogener Waffe stürzte sie in den Wachraum.

Dort saß Monis Begleiter am Funktisch, während sich Anselm daneben einen Stuhl zurechtgerückt hatte und kaute.

»Keine Bewegung, ihr Flachpfeifen!«, schnauzte sie. »Sonst knallt's!«

Obwohl sie nichts gegen die Beamten hatte, natürlich nicht, musste sie dennoch den Eindruck grimmiger Entschlossenheit erwecken. Entsprechend ruppig war ihr Auftreten.

Nur wenige Minuten später hatte Zelle acht zwei weitere Insassen und Mara zwei weitere Dienstpistolen, die sie gemeinsam mit der von Moni erbeuteten auf den Funktisch legte. *In Zukunft*, dachte sie, *wird man auf dieser Wache mehr Gewicht auf die Einhaltung der Gewahrsamsordnung legen.*

Dann eilte sie hinaus.

Zum Rendezvous mit Asad Aidid.

Kapitel 32

Wie erwartet, hatte das Funkgerät Asads Wutausbruch nicht überstanden, und als er das herausfand, war das der Auslöser für einen weiteren Wutausbruch gewesen.

Inzwischen hatte er sich halbwegs wieder beruhigt. Er stand in der Bordküche, breitbeinig, den Blick nach unten gerichtet, die Maschinenpistole in den Händen. Vor ihm, auf den Knien, kauerte ein Häuflein Mensch, das zitterte wie Espenlaub.

Noch drei Minuten bis zum Ablauf des Ultimatums, doch von einem Gepäckwagen mit Benzinkanistern war weit und breit nichts zu sehen. Das wusste er genau, da er in den letzten Minuten im Dreißig-Sekunden-Takt ins Cockpit gestürmt war und aus dem Fenster gespäht hatte.

Fluchend griff er in den Rucksack, der einmal das Handgepäck eines Passagiers enthalten hatte. Mittlerweile befanden sich darin die Mobiltelefone der Fluggäste, die zuvor von Grietje und ihrer Kollegin eingesammelt worden waren. Er fischte das erstbeste Gerät heraus, schaltete es ein und fragte Ernestine nach der Telefonnummer der Polizei.

»Eins-eins-null«, lautete die Antwort. »Aber Sie müssen …«

Mit einer herrischen Handbewegung gebot er ihr zu schweigen. Dann hantierte er ungelenk an dem Gerät herum, bis er herausgefunden hatte, wie der Lautsprecher aktiviert wurde. Als das geschafft war, drückte er drei Zifferntasten und steckte das Gerät anschließend in die Brusttasche seines Hemdes.

»Polizei-Notruf«, meldete sich eine angenehme Frauenstimme.

»Ich will mit Grillo sprechen«, verlangte Asad auf Englisch.

Kurzes Zögern, bevor es in schlechtem Englisch zurückkam. »Wer ist Grillo? Und wer sind Sie? Möchten Sie einen Notfall melden?«

Es lag auf der Hand, dass die Beamtin nicht in der Krisenzentrale des Flughafens saß und auch nicht in der Flughafenwache, sondern in der Einsatzleitstelle des nächstgelegenen Polizeireviers. Dort wusste man in groben Zügen um die Vorgänge auf dem Köln Bonn Airport, doch dass der Einsatzleiter Grillo hieß, war nicht bekannt.

Asads Nerven lagen blank. »Nein, ich will keinen verdammten Notfall melden, du blöde Kuh! Ich will mit Grillo sprechen, und zwar plötzlich! Sag der Schwuchtel, dass die Zeit allmählich knapp wird! Er hat noch … zwei Minuten!«

»Was ist passiert?«, vernahm man eine offenkundig verunsicherte Beamtin, die bestenfalls die Hälfte von Asads Worten verstanden hatte. »Wer sind Sie? Nennen Sie Ihren Namen!«

Da schaltete sich der Pilot ein, der unverändert im Cockpit auf seinem Platz saß und alles mitbekam. Auf Deutsch rief er dazwischen: »Mein Name ist Christiaan van de Merwe, ich bin der Pilot des entführten Flugzeuges. Ich flehe Sie an, stellen Sie zur Einsatzleitung des Airports durch. Der Verantwortliche dort heißt Grillo. Schnell!«

Man hörte das laute Atmen der Polizistin. »Ich kann nur hoffen, dass dies kein Scherz ist«, sagte sie. »Bleiben Sie dran!«

Inzwischen waren noch knapp neunzig Sekunden übrig, doch außer Knacken und Rauschen blieb der Lautsprecher des Telefons stumm.

Dann endlich meldete sich Grillos Räusperstimme. »Hoheit?«

»Wurde auch Zeit, Schwuchtel!«

Er bedeutete der Geisel zu seinen Füßen, sich nicht zu rühren.

Anschließend rannte er abermals ins Cockpit, um einen Blick aus dem Fenster zu werfen. Das Bild war unverändert.

»Ich sehe nirgends einen Gepäckwagen mit Benzinkanistern, Grillo. Willst du mich zum Narren halten?« Er kehrte zu der Geisel zurück und drückte ihr die Mündung der MPi gegen die Stirn.

»Nein«, beteuerte Grillo, »will ich nicht. Ich will verhandeln. Und dazu gehört Geben und Nehmen. Sie aber wollen nur nehmen. Doch wenn ich Ihnen das Benzin geben soll, müssen Sie mir ebenfalls etwas anbieten.«

Anstatt erneut aufzubrausen, senkte Asad die Stimme, bis er fast flüsterte. Das klang noch gefährlicher als sein ständiges Gebrüll. »Grillo, du bist ein verdammter Karussellfahrer, weil du dich andauernd im Kreis drehst. Geht es dir nicht allmählich selbst auf den Sack, dich ständig zu wiederholen? Kapier endlich, dass ich mit dir nicht verhandeln werde. Ich bestimme, und du gehorchst, so läuft das. Vor mir hockt ein schlotterndes Nichts, das jetzt noch genau fünfundvierzig Sekunden zu leben hat.« Plötzlich schrie er wieder. »Du sollst beten, Schwuchtel!« Diese Worte galten offenbar dem Nichts.

Atemlose Stille.

»Der Lauf meiner Maschinenpistole zeigt genau auf den Kopf eines schwulen Geigers«, verkündete Asad. »Wenn ich den Finger krümme, spritzt sein Gehirn gegen die Wand. Ich will das Benzin!«

Grillo zögerte. »Sie sind Asad Aidid, richtig? Omar Aidids Bruder. Hören Sie, schlagen Sie sich den Gedanken aus dem Kopf, dass ich Ihnen vierhundert Liter Benzin gebe, damit Sie ein Inferno entfachen können. Ich bin nicht erpressbar. Das ist mein letztes Wort.«

Als Lohmann die Krisenzentrale betrat, herrschte Totenstille.

Alle lauschten gespannt, manche kauten an den Fingerknöcheln, andere spitzten mit schräg gelegten Köpfen die Ohren. Einer spielte mit seinem Kugelschreiber herum, der ihm dabei entglitt und zu Boden fiel. Das bescherte ihm ein halbes Dutzend giftiger Blicke.

Eine Stimme, die aus einem Lautsprecher kam, erfüllte den Raum: »Habt ihr also herausgefunden, dass ich Omars Bruder bin! Schön für euch. Das ändert allerdings nicht das Geringste! Ich will die Kanister, und ich will mit meinem Bruder sprechen. Außerdem ist die Zeit jetzt abgelaufen. Also was ist, Grillo? Bleibst du dabei, dass du nicht erpressbar bist?«

Lohmanns Mund klappte auf, als er begriff, dass die Stimme aus dem Lautsprecher dem ehemaligen Fischer gehörte, der auf Pirat umgeschult hatte und offenbar auch noch auf Highjacker. Er schauderte und bemerkte, dass alle Augen auf einen kleinen, mageren Mann im Trenchcoat gerichtet waren, der an einem Schreibtisch stand. In der einen Hand hielt er einen Telefonhörer, mit der anderen massierte er sich die Stirn. Das musste der Einsatzleiter sein.

Dann entdeckte er seinen Onkel, den Polizeipräsidenten, der neben dem kleinen Mann stand und ihn beinahe flehend ansah. Auf seiner Stirn glänzten Schweißperlen.

In diesem Moment traf Wolf ein. Er schaute sich um, entdeckte Lohmann und hielt geradewegs auf ihn zu. »Wo ist Mara?«, fragte er im Flüsterton. »Sie hat mir versprochen, sofort herzukommen, und müsste längst da sein.«

»Demnach haben Sie sie erreicht?«

»Ja, gleich nachdem Sie fort waren. Da befand sie sich bereits am Flughafen. Verdammt, wo steckt dieses Weib?«

Lohmann zuckte mit den Schultern und sah betreten drein. »Vielleicht wurde sie aufgehalten …«

Wolf schnitt eine Grimasse, dann griff er zum Handy, um die Vermisste anzurufen.

Der kleine Mann im Trenchcoat bedeckte derweil die Sprechmuschel des Telefonhörers mit der freien Hand. »Er blufft«, erklärte er mit unangenehmer Stimme, die kühl und berechnend klang. »Die Tatsache, dass wir seine Identität kennen, ist ein Schock für ihn. Er hielt sich für übermächtig, doch nun weiß er, dass er uns nicht auf der Nase herumtanzen kann. Wir sollten die Gelegenheit nutzen ...«

Da brauste ein Orkan auf.

Es war eine Folge von Schüssen, die dicht aufeinander folgten, eine Salve, die den Lautsprecher zum Scheppern brachte und Lohmanns Trommelfell malträtierte. Erschrocken zuckte er zusammen.

Er hatte noch nicht begriffen, was geschehen war, als das Stakkato verstummte und wieder Stille einsetzte, doch nur für die Dauer eines Augenblinzelns. Dann war ein vielstimmiger Schrei des Entsetzens zu hören. Ein Kind kreischte wie von Sinnen, irgendjemand schien sich lautstark zu übergeben, eine Frau rief immer wieder hysterisch aus: »Heilige Mutter Gottes, heilige Mutter Gottes, heilige ...«

Der Chor des Grauens wurde leiser, bis nur noch ein verängstigtes Murmeln übrig blieb.

»Hier ist van der Merwe, der Pilot«, war auf einmal eine andere Stimme zu hören. Er bemühte sich um Fassung, scheiterte jedoch kläglich. »Allmächtiger, er hat es getan. Er hat es wahrhaftig getan. Hier ist überall Blut und ... Ich flehe Sie an, geben Sie ihm, was er verlangt! Oder wollen Sie, dass er uns alle umbringt?«

Die Miene des kleinen Mannes mit dem Trenchcoat und den vielen Falten im Gesicht war wie versteinert. Sein Adamsapfel schien zu hüpfen, als er einen unsichtbaren Kloß hinunterschluckte. Er hatte sich verspekuliert, hatte falschgelegen mit der Einschätzung, dass Asad bluffte, und er wusste es.

»Was ist, Grillo? Immer noch nicht erpressbar?« Das war wieder Asad. Er war tatsächlich abgeschmackt genug, zu lachen. »Jetzt sag nicht, ich hätte dich nicht gewarnt. *Du* bist an allem schuld. Allerdings solltest du vor lauter Schuldgefühlen nicht meine Forderungen vergessen. Ich verlange, dass Omar freigelassen und hergebracht wird. Bis es so weit ist, gebe ich mich mit den Benzinkanistern zufrieden.«

Lohmann sah, wie der kleine Mann, Grillo, erneut die Hand auf die Sprechmuschel legte. »Ich brauche eine Verbindung zum Staatssekretär«, wies er an. »Beeilung. Legen Sie das Gespräch auf den Apparat in dem Glaskasten!« Dabei deutete er mit dem Kinn zu einem Büro mit durchsichtigen Wänden. Dann nahm er die Hand von der Sprechmuschel. »Asad, hören Sie mich?«

»Natürlich höre ich dich. Denkst du, ich bin plötzlich taub geworden?«

»Gut.« Grillo zögerte eine Sekunde, bevor er fortfuhr. »Sie werden von mir keine Benzinkanister bekommen!«

Gemurmel setzte in der Krisenzentrale ein, aufgeregtes Murren und Unmut. Die Blicke aller Anwesenden durchlöcherten Grillo, der Polizeipräsident schnappte nach Luft.

Asad ebenfalls. Doch dann fing er sich wieder. »Wenn du es so haben willst, von mir aus. Ich habe gerade eine Geisel erschossen, und ich kann das noch über hundertfünfzig Mal tun. Bis zur nächsten Leiche bleiben dir diesmal allerdings nur noch fünf Minuten. Die Zeit läuft.«

Es knackte im Lautsprecher, dann war die Leitung tot.

Es war grauenhaft.

Der leblose Körper hing in dem Sitz wie hingegossen, schlaff, kraftlos, mit ungelenk ausgestreckten Gliedern. Pulverschwaden schwängerten die Luft, weißer Nebel, der die Augen tränen ließ.

Asad hatte das gesamte Magazin leer geschossen und danach seelenruhig ein neues in die Maschinenpistole eingeführt.

Das Blut hatte seine Hose besudelt, war emporgespritzt bis zum Gürtel und noch weiter bis hinauf zum Kragen. Überall war Blut, auf den Sitzen, an den Wänden, auf dem Teppich, auf den Gesichtern und Kleidern der Geiseln in der ersten Reihe. Zwischen all dem Blut: Schaumstoffflocken, die einst das Polster des Sitzes gewesen waren. Und Patronenhülsen aus Messing.

Die Augen des Leichnams waren weit aufgerissen, genauso wie seine Brust, die von vierzig Projektilen regelrecht zerfetzt worden war.

Bernd hatte das Gefühl, jeden Moment den Verstand zu verlieren. Vor seinem geistigen Auge durchlebte er noch einmal die Sekunden, in denen Grietje, die sympathische Stewardess mit dem albernen Schiffchen auf dem Kopf, im Hagel der Geschosse gestorben war. Zuerst hatte es so ausgesehen, als wäre es ihr gelungen, sich zu erheben, als würde sie von ihrem Platz aufstehen und einfach weglaufen. Doch anstatt zu laufen, war sie geblieben, wo sie war. Ihr Körper hatte sich geschüttelt, heftig und immer wieder, als wäre elektrischer Strom hindurchgeleitet worden. Ihr Mund hatte sich weit geöffnet zu einem Schrei, doch außer dem Getöse der MPi war kein Laut zu hören gewesen.

In Bernds Ohren klingelte es immer noch, während er unverändert im Mittelgang vor Asad kniete, die Hände zum Gebet gefaltet.

Erst im allerletzten Augenblick hatte der Verbrecher den Lauf der Waffe herumschwenken lassen, weg von Bernd, und hatte zunächst auf Ernestine gezielt, dann auf den Co-Piloten mit dem Kopfverband, anschließend auf Grietjes hübsche Kollegin Frederieke und zum Schluss auf Grietje selbst.

Und dann hatte er abgedrückt.

Bernd wurde übel, doch Frederieke fühlte sich offenbar noch elender, denn sie würgte lautstark.

Asad und sein Kumpan mit den fehlenden Schneidezähnen zeigten keine Regung. Sie betrachteten Grietjes Leiche, wie man einen Gebrauchtwagen betrachtet, der zum Verkauf angeboten wird.

Asad warf einen Blick auf die Uhr. »Wer will der Nächste sein?«, fragte er mit geradezu abscheulich guter Laune. Diese war todsicher nur gespielt, denn der Stress stand ihm ins Gesicht geschrieben, doch das machte sein Gebaren keinen Deut besser. »Ich bin gnädig, ihr dürft selbst bestimmen, wer als Nächster stirbt. Wer meldet sich freiwillig?« Er streifte Bernd mit einem verächtlichen Blick. »Du ganz sicher nicht, Schwuchtel, habe ich recht? Setz dich wieder auf deinen Platz! Was ist mit dir, Krähe? Bereit, vor deinen Schöpfer zu treten?«

Der Typ ohne Schneidezähne feixte.

Bernd rührte sich derweil nicht von der Stelle. Er schielte zu Asad und seinem Kumpan empor, die ihn für einen Feigling hielten. Dabei hatte er nichts Feiges getan, zumindest nichts, das feiger gewesen wäre als das, was alle anderen taten. Die Erkenntnis, für einen Waschlappen gehalten zu werden, verletzte ihn, ganz tief in seinem Inneren, obwohl ihn sein Verstand sogleich gemahnte, darauf zu pfeifen.

»Was ist, Schwuchtel?«, blaffte Asad. »Hat dein Gehör gelitten? Du sollst deinen Arsch zurück auf deinen Platz verpflanzen, hab ich gesagt. Wird's bald? Weg mit dir!«

Bernd widersetzte sich. »Ich bin der Nächste«, krächzte er. »Lassen Sie Ernestine in Ruhe.« Seine Stimme versagte ihm fast den Dienst, doch der Trotz, diese mutwillige Auflehnung, gab ihm ein gutes Gefühl. Allmächtiger, war er hysterisch oder einfach nur bescheuert?

Der Geiselnehmer grinste anzüglich. »Ernestine, interessant. Ihr habt euch also schon bekannt gemacht. Reizend, du opferst dich für deine kleine Freundin. Vielleicht hätte sie sogar die Beine für dich breitgemacht.«

Sein Kumpan unterstrich die Bemerkung mit einer entsprechenden Geste.

»Was ist mit Ihrer Hand passiert, Hoheit?«, fragte Bernd unvermittelt.

Dass dem Verbrecher drei Finger fehlten, war ihm vorhin aufgefallen, als er mit dem Mobiltelefon herumhantiert hatte. Um zu wählen, hatte er sich die Maschinenpistole über die Schulter gehängt, dann das Telefon mit Daumen und Zeigefinger der Linken gepackt und mit der Rechten die Tasten gedrückt. Auch das Nachladen der Waffe hatte ihm Schwierigkeiten bereitet. Das Hinkebein war demnach nicht sein einziges Manko.

Die gelben Augen sprühten plötzlich Funken. Für die Dauer eines Wimpernschlages befürchtete Bernd, dass der Kerl ihm auf der Stelle das Lebenslicht ausblasen und nicht bis zum Ablauf der Frist warten würde, doch dann entspannte er sich wieder.

»Was mit meiner Hand passiert ist, willst du wissen?« Seine Stimme klang gelassen. »Das hat etwas mit Ehre zu tun. Ich bezweifele allerdings, dass eine Geigenschwuchtel wie du etwas von Ehre versteht. Nun, das ist ohnehin nicht mehr wichtig, da du nur noch … drei Minuten zu leben hast. Am besten, du fängst wieder an zu beten.«

Also betete Bernd. Zum zweiten Mal binnen kürzester Zeit.

Lohmann und Wolf versuchten abwechselnd, Mara zu erreichen, allerdings ohne Erfolg.

»Wieso geht sie nicht ran, verdammt noch eins?«, grollte Wolf.

Abgesehen von Schimpfen und Telefonieren hatten sie nichts zu tun, zumal ihnen niemand Beachtung schenkte.

Stattdessen wurde in der Einsatzzentrale hitzig diskutiert. »Wir könnten doch so tun, als würden wir auf seine Forderung eingehen«, schlug jemand vor, »und die Kanister mit Wasser füllen.«

»Das würde er sehr bald herausfinden«, widersprach ein anderer. »Wenn er sich hintergangen fühlt, wird er noch unberechenbarer.«

»Was will er mit den Benzinkanistern anstellen?«

»Auf keinen Fall etwas Gutes, so viel steht fest. Mit vierhundert Litern lässt sich ein Inferno entfesseln.«

»Das schon, allerdings haben wir es nicht mit Terroristen zu tun, die sich in freudiger Erwartung auf die Jungfrauen im Paradies selbst abfackeln wollen, sondern mit hundsgemeinen Verbrechern, die einen Gefolgsmann freipressen wollen, um dann möglichst schnell zu verschwinden.«

»Guter Punkt«, pflichtete Polizeipräsident Dr. Bohne bei. Es waren seine ersten Worte, seit Grillo ihn so rüde zurechtgestutzt hatte. »Sehr guter Punkt. Haben Sie gehört, was der Kollege gerade gesagt hat, Grillo? Keine Terroristen, nur Erpresser. Die werden einen Teufel tun, sich selbst anzuzünden. Ich verlange deshalb, dass Sie Asad die Kanister geben, bevor eine weitere Geisel erschossen wird!«

Grillo schüttelte kaum merklich den Kopf. Sein faltiges Gesicht wirkte mittlerweile unendlich müde. »Es interessiert mich nicht, was Sie verlangen«, sagte er ruhig. »Sie können sich glücklich schätzen, dass ich Ihre Anwesenheit dulde.«

Lohmann sah seinen Onkel nach Luft schnappen. Die angeborene Selbstsicherheit, die er stets an ihm bewundert hatte, war vollkommen verschwunden. Kaum zu glauben, dass er seinen Meister in einem 1 Meter 65 großen Hutzelmännlein gefunden haben sollte.

Der PP echauffierte sich. »Ich werde mich über Sie beschweren, Grillo! So können Sie nicht mit mir umspringen! Auch ich habe Beziehungen. Beziehungen nach ganz oben! Einflussreiche …«

Das Männlein starrte ihn aus zusammengekniffenen Augen an, nur für die Dauer einer Sekunde, doch das brachte ihn zum Schweigen. »Halten Sie die Luft an, Bohne! Begreifen Sie nicht, dass dies der ungünstigste Zeitpunkt ist, um Schwanzlängen zu vergleichen? Als '77 die *Landshut* entführt wurde, hatten die Terroristen bereits alle Vorkehrungen getroffen, die Maschine in eine Flammenhölle zu verwandeln. Als Brandbeschleuniger wollten sie hochprozentigen Alkohol aus Bordbeständen benutzen sowie die Nylonstrumpfhosen der weiblichen Passagiere. Ich denke, wir sind uns einig, was passiert wäre, wenn sie die Lunte angezündet hätten.« Er hielt inne, atmete tief und schwer. »Sicher, Asad Aidid ist kein Terrorist, trotzdem ist er unberechenbar. Er ist bereit, bis zum Äußersten zu gehen, das hat er bewiesen. So einem Kerl werde ich keine Lunte in die Hand geben und zusehen, was er damit anstellt. Oder wollen Sie der Erste sein, der in den Überresten eines ausgebrannten Flugzeugwracks nach verkohlten Leichenteilen sucht?«

»Aber …«, stammelte der PP. »Aber wir wissen doch jetzt, dass der Kerl nicht blufft. In weniger als drei Minuten wird er die nächste Geisel hinrichten.«

Grillo nickte. »Wahrscheinlich, und das ist eine Tragödie. Allerdings wird er das nicht einhundertneunzig Mal wiederholen, irgendwann wird er begreifen, dass er damit nichts erreicht. Und besser zehn Opfer oder zwanzig als ein Totalverlust.«

»Irgendwann wird er begreifen?«, schnappte der PP. »Sie haben vielleicht Nerven! Und was gedenken Sie, in der Zwischenzeit zu tun?« Der zänkische Unterton war aus seiner Stimme gewichen. An seine Stelle war Verzweiflung getreten.

Der kleine Mann vergrub das Gesicht in den Händen, rieb

sich die Stirn, ließ den Atem geräuschvoll entweichen. Genau wie der Polizeipräsident wirkte er nicht mehr streitbar, sondern einfach nur noch bemitleidenswert. Die Bürde der Verantwortung, die auf seinen mageren Schultern lastete, drohte ihn zu erdrücken.

»Da ich nicht den Eindruck habe«, sagte er leise, »dass wir mit Verhandlungen bei diesem Mann irgendetwas erreichen, werde ich dem Staatssekretär vorschlagen, die Maschine stürmen zu lassen. Die GSG 9 wird das übernehmen, das Hauptquartier in Hangelar wurde bereits informiert, die Vorbereitungen laufen, sind jedoch noch nicht abgeschlossen. Bis dahin werde ich versuchen, ihn hinzuhalten.« Er wandte sich an einen seiner Mitarbeiter. »Nehmt Kontakt mit der JVA auf. Sie sollen Omar Aidid in ein gepanzertes Transportfahrzeug setzen und bei laufendem Motor zehn Minuten warten lassen. Danach sollen sie ihn wieder aus dem Fahrzeug holen und so schnell wie möglich zu einem Telefon bringen. Ich werde Asad inzwischen glauben machen, dass wir Omars Auslieferung zustimmen. Wenn die beiden anschließend miteinander telefonieren, wird Omar bestätigen, dass seine Freilassung bereits in die Wege geleitet wurde. Ich hoffe, dass sich sein schießwütiger Bruder auf diese Weise halbwegs beruhigen lässt.«

Lohmann sah seinen Onkel kurz zucken, als wollte er erneut protestieren. Doch dann nickte er.

»Die Helden von Mogadischu sollen es also richten, wie? Darf ich darauf hinweisen, dass unsere SEK genauso gut ausgebildet sind? Ich könnte auf der Stelle ein Kommando alarmieren. Vielleicht wäre man bei der GSG 9 sogar für etwas Unterstützung dankbar.«

Grillo musterte den PP lange, dann huschte die Andeutung eines Lächelns über sein faltiges Gesicht. »Guter Vorschlag. Ich habe keine Einwände. Wenn Sie das in die Wege leiten möchten, nur zu.«

Dr. Bohne nickte, machte auf dem Absatz kehrt und durchschritt den Raum, um sich sodann am erstbesten freien Platz niederzulassen. Dort griff er zum Telefonhörer. Riedel, der ursprüngliche Einsatzleiter, der mittlerweile gar nichts mehr zu sagen hatte, dackelte hinterher.

Da bemerkte Lohmann, dass Grillo ihn taxierte und schnellen Schrittes auf ihn zukam.

»Und was, zum Kuckuck, haben Sie hier zu suchen?«, wollte er schroff wissen.

»Äh … ja … wir suchen Frau Sturm.«

»Frau Sturm? Schön für Frau Sturm. Und wer ist das? Oder nein, noch besser gefragt: Wer sind *Sie?*«

»Verzeihen Sie, dass ich mich nicht vorgestellt habe. Ich bin Bodo Lohmann. Staatsanwalt Lohmann, der Neffe des Polizeipräsidenten. Sehr erfreut.« Er wollte Grillo die Hand geben, bemerkte jedoch, dass dieser keine Anstalten machte, den Handschlag zu erwidern. Deshalb vollführte er eine fahrige Bewegung, um so zu tun, als hätte er von Anfang an beabsichtigt, sich ein Staubkorn vom Sakko zu klopfen. Dann deutete er auf den Zwirbelbärtigen. »Das ist EKHK Wolf. Er war früher einmal Mitglied der Verhandlungsgruppe. Wir kommen geradewegs aus der JVA, wo wir Omar Aidid verhört haben.«

Grillos Miene verriet Skepsis. »Und?«

Lohmann lächelte verlegen. »Wie sich herausgestellt hat, weiß Frau Sturm sehr gut über Asad Aidid Bescheid. Sie kann uns eine Menge über ihn erzählen, möchte ich meinen. Sie ist ihm nämlich begegnet, vor ein paar Wochen, in Somalia.«

Grillos Augen verengten sich zu schmalen Schlitzen. »Moment mal. Eine Frau, die behauptet, dem Entführer begegnet zu sein … Das habe ich heute doch schon einmal gehört. Diese Frau wollte unbedingt den Einsatzleiter sprechen. Hat dafür sogar mit ihrem Motorrad eine Polizeiabsperrung durchbrochen.«

Er sah sich ostentativ um. »Wieso entdecke ich diese mysteriöse Person nirgends?«

Lohmann und Wolf schauten ratlos drein. »Sie sollte eigentlich längst hier sein«, sagte der Jungstaatsanwalt kläglich. »Wir versuchen schon seit geraumer Zeit, sie über ihr Handy zu erreichen.«

Wie um seine Worte zu bekräftigen, hob er das Mobiltelefon und drückte die Wahlwiederholung. Zu seinem großen Erstaunen ging Frau Sturm bereits nach dem ersten Rufzeichen ran, doch noch bevor er auch nur eine Silbe hervorbringen konnte, hörte er sie sagen: »Verrate keiner Menschenseele, dass ich am Apparat bin!«

Hastig zog er sich in eine Ecke zurück und flüsterte. »Äh ... wieso nicht? Ihre Anwesenheit ...«

Er verstummte, weil sich Asad wieder meldete. Grillo eilte zum Telefon und schaltete den Lautsprecher ein.

»Noch zwei Minuten!«, verkündete der Verbrecher.

»Neunzig«, zählte Asad die Sekunden herunter, »und immer noch keine Kanister in Sicht.«

Er seufzte, Grillo schwieg, Bernd zitterte wie Espenlaub.

Die Mündung der MPi drückte erneut gegen seine Stirn. Kurzzeitig regte sich in ihn der Impuls, Widerstand zu leisten, denn verschlimmern konnte er wahrlich nichts mehr. Inzwischen bereute er es, sich selbst als nächstes Opfer angeboten zu haben. Das war nicht heldenhaft gewesen, sondern schlichtweg idiotisch. Kein vernünftiger Mensch hätte so etwas getan, höchstens eine Mutter für ihr Kind oder ein Liebender für seinen Partner. Doch er war ins Verderben gerannt, um etwas zu beweisen, sich selbst und dem Mann, den er inzwischen hasste, wie er noch nie in seinem Leben jemanden gehasst hatte. Das war erstaunlich, denn erst kurz vor seinem Keniaurlaub hatte er im *Kurier* einen sehr interessanten wissenschaftlichen Artikel über das sogenannte Stockholm-Syndrom gelesen. Dahinter verbarg sich ein Kuriosum aus der Psychologie, welches bewirkte, dass Geiseln nicht selten freundschaftliche Gefühle für ihre Geiselnehmer entwickelten. Bernd empfand nichts als Hass für Asad.

»Noch achtzig Sekunden«, rief dieser.

Neben dem kranken Wunsch, sich beweisen zu müssen, hatte Bernd sich in der Vorstellung gesuhlt, Tamara würde ihn heimlich beobachten und seinen Mut bewundern. Was für ein ausgemachter Blödsinn! Nun, zumindest war es ihm gelungen, einer schwarzhaarigen Schauspielerin, die aussah wie Lisbeth Salander, eine Gnadenfrist zu erkaufen, dummerweise mit dem eigenen Leben.

»Noch siebzig Sekunden!«

Grillo schwieg immer noch beharrlich. Der Mistkerl würde ihn glatt über die Klinge springen lassen. Bernd glaubte, sein Atmen zu hören, das aus dem Lautsprecher des Mobiltelefons in Asads Brusttasche kam. Doch warum sagte er nichts? Warum bereitete er diesem Wahnsinn kein Ende?

Er lachte. Seit mehr als 15 Jahren träumte er von einer Frau, mit der er Kinder haben und gemeinsam alt werden konnte, doch meistens hatte er sich zu dusselig angestellt, um die passenden Kandidatinnen überhaupt erst kennenzulernen. Und dann, in einem Urlaub, zu dem ihn sein bester Freund überreden musste, hatte er die Richtige gefunden, und sie hatte ihn gefunden. Doch ausgerechnet diese Frau war sterbenskrank. Mehr noch, sie war hoch ansteckend, verseucht mit einem tödlichen Virus, das durch ihre Venen pulsierte und ein gemeinsames Altwerden unmöglich machte. Aber das war inzwischen egal, denn er war genauso todgeweiht. Verdammter Mist! Sein Lachen wurde lauter, immer lauter und wilder und viehischer.

»Hör auf!«, schnauzte Asad.

Bernd gehorchte nicht, sondern lachte und feixte und kreischte wie irre. Sein Körper bebte, Tränen liefen ihm über die Wangen.

»Du sollst aufhören, habe ich gesagt!«, schrie der Entführer.

»Ich bin sowieso tot!«, prustete Bernd außer Rand und Band. »Womit wollen Sie mir da noch drohen? Mich zweimal zu erschießen? Haha. Sie sind ein blöder Hund. Ein dämliches Arschloch!«

Asad rammte ihm das Knie ins Gesicht, und das tat höllisch weh. Bernd kippte nach hinten, stöhnte vor Schmerz, hielt sich die blutende Nase. Und kicherte leise.

»Verdammt, Grillo!«, blaffte der Entführer. »Du hast noch fünfzig Sekunden, dann werde ich diesem Schwachkopf vor meinen Füßen den verdammten Schädel wegblasen! Hör gefälligst mit dem dämlichen Gekicher auf, du Idiot!«

Endlich ließ sich Grillo dazu herab, etwas zu sagen. »Dazu gibt es keinen Grund mehr, Hoheit«, gab er enthusiastisch bekannt. »Ich habe gute Nachrichten. Der Justizminister hat zugestimmt, Ihren Bruder freizulassen, Omar wird in Kürze hergebracht. Außerdem hat der Staatssekretär sein Einverständnis erklärt, Ihnen das Geld zu überlassen, das Sie verlangt haben. Ein Bote ist bereits hierher unterwegs. Ich schlage vor, dass Sie im Gegenzug die Hälfte der Geiseln freilassen und die andere Hälfte, bevor wir mit dem Betanken des Flugzeugs beginnen.«

Bernd, der sich am Boden krümmte und dem das Blut aus der Nase lief, schielte zu Asad empor.

Ein wölfisches Grinsen huschte über dessen Züge, ein Ausdruck unendlichen Triumphes. Er hatte gewonnen, und das brüllte er laut hinaus, in seiner Heimatsprache, die nur sein Kumpan im Cockpit und die beiden im hinteren Teil der Maschine verstanden. Begeisterter Jubel war die Antwort.

»Wann wollen Sie die ersten Geiseln freilassen?«, fragte Grillo.

Wieder grinste Asad. »Sobald du mir meine Kanister gebracht hast.« Nun ging es ihm darum, seinen Sieg komplett zu machen. »Die Zeit ist fast abgelaufen. Noch dreißig Sekunden.«

»Ka–Kanister«, stammelte Grillo. »Sie haben erreicht, was Sie wollten. Wozu dann noch die Kanister?«

»Weil es mir so gefällt. Zwanzig Sekunden.«

Bernd klopfte das Herz bis in den Hals.

Lohmann presste das Handy ans rechte Ohr, während er sich das linke zuhielt.

»Was ist da los bei dir?«, wollte Frau Sturm wissen, als sie das hektische Durcheinander im Hintergrund vernahm.

Er lachte freudlos. »Ich befinde mich in der Krisenzentrale. Ihr alter Bekannter, Asad der Fischer, hat vor fünf Minuten eine Geisel erschossen. In wenigen Augenblicken will er die nächste hinrichten.«

»Großer Gott!«, murmelte sie. »Da ist ein… Freund von mir an Bord.« Ihre Gedanken schienen weit weg zu sein, in einem anderen Universum. »Hoffentlich ist ihm nichts zugestoßen. Hör zu, es wird allerhöchste Zeit, Asad zu stoppen. Ich habe einen Plan, aber dazu bin ich auf deine Hilfe angewiesen.«

»Ein Freund von Ihnen ist an Bord des entführten Flugzeugs? Was für ein Freund?«

»Ein Freund eben«, gab sie ausweichend Antwort. »Ein Bekannter.«

Der Klang ihrer Stimme hatte sich verändert, und er konnte sich des Eindrucks nicht erwehren, dass diese Person, von der sie da sprach, der Freund oder Bekannte, weit mehr war, als sie vorgab. Vielmehr schien er jemand zu sein, der Abdrücke auf ihrer Seele hinterlassen hatte. Das machte ihn neugierig und eifersüchtig zugleich.

»Was ist jetzt?«, schnappte sie. »Hilfst du mir oder nicht?«

»Warten Sie! Hier nimmt gerade eine Tragödie ihren Lauf.«

Grillo hatte inzwischen wieder den Platz eingenommen, von dem aus er zuvor schon mit Asad telefoniert hatte. Abermals war der Lautsprecher eingeschaltet, damit alle den Geiselnehmer hören konnten.

»Ka–Kanister«, stammelte Grillo. »Sie haben erreicht, was Sie wollten. Wozu dann noch die Kanister?«

»Weil es mir so gefällt«, schrie Asad aufgeregt. »Zwanzig Sekunden.«

Lohmann starrte Grillo an. Jeder tat das.

Riedel, der abgesägte Einsatzleiter, war neben den kleinen Mann getreten. »Warum gehen Sie nicht zum Schein auf seine Forderung ein?«, flüsterte er hastig, fast hysterisch. Niemand wusste, ob er die Frage aus eigenem Antrieb stellte oder auf Weisung des Polizeipräsidenten. »Wo ist der Unterschied, ob Sie ihm die Freilassung seines Bruders versprechen und sich nicht daran halten oder ein paar Benzinkanister? Um Himmels willen, sagen Sie einfach Ja und brechen Sie dann Ihr Wort. Ist das so schwer?«

Grillo schüttelte vehement den Kopf. »Unmöglich«, flüsterte er zurück. »Omar herzukarren dauert seine Zeit, das sieht selbst Asad ein und wird sich eine Weile gedulden. Wohlgemerkt: eine Weile. Ich hoffe, dass die Maschine längst gestürmt ist, bevor ihm der Geduldsfaden reißt. Das Benzin will er jedoch sofort, und mir fällt verdammt noch mal kein Grund ein, wie ich ihn damit eine Stunde oder länger hinhalten könnte. Wissen Sie einen?«

»Noch zehn Sekunden, Grillo!« Asad schien unendlich erregt.

Natürlich wusste Riedel keinen Vorwand, mit dem sich glaubhaft erklären ließ, warum die Beschaffung von ein paar simplen Kanistern ewig dauern sollte. Niemand wusste einen solchen Vorwand. Was jedoch jeder einsah, war, dass 400 Liter Benzin in den falschen Händen zwangsläufig zu einer Katastrophe führen mussten.

»Neun!«

Grillo schloss die Augen, während er mit dünnen, behaarten Fingern den Krawattenknoten an seinem Hals lockerte.

»Acht!«

Plötzlich war ein Laut zu hören, das Weinen eines Mannes. Das war vermutlich die Geisel, die in wenigen Augenblicken tot sein würde.

»Sieben!«

Lohmann hielt die Luft an. Unwillkürlich kam ihm wieder die Frage in den Sinn, wer dieser Freund an Bord der Maschine war, den Frau Sturm erwähnt hatte.

»Sechs!«

Das Weinen der Geisel wurde lauter, verzweifelter.

»Fünf!«

Grillo öffnete die Augen.

»Vier!«

»Warten Sie, Hoheit!«, hörte Lohmann ihn rufen. »Bitte warten Sie! Ich gebe Ihnen die verdammten Kanister, ich gebe Ihnen das Benzin! Außerdem können Sie in Kürze mit Ihrem Bruder telefonieren, er wird bestätigen, dass seine Freilassung genehmigt wurde!«

»Gut«, sagte Asad, und obwohl er natürlich nicht zu sehen war, quoll sein breites Grinsen förmlich aus dem Telefon. »Gut. Warum nicht gleich so? Aber beeil dich mit den Kanistern, ich werde mich auf keinen Fall hinhalten lassen.«

»Das ist mir klar, Hoheit.«

Lohmann atmete tief durch, und ein erleichtertes Raunen ging durch die Krisenzentrale, obwohl jeder wusste, dass Asad einen Sieg errungen hatte.

»Bodo?«, hörte er Frau Sturms Stimme.

»Ja, ich bin noch dran. Die Hinrichtung wurde verschoben. Doch dafür bekommt Asad in Kürze 400 Liter Benzin.«

»Was? Das ist doch Wahnsinn! Ist dein Onkel völlig von Sinnen, sich auf so etwas einzulassen?«

»Mein Onkel hat nichts mehr zu sagen. Das BKA führt jetzt das Kommando.«

Sie schnaubte, was alles Mögliche bedeuten konnte. »Wie auch immer, jedenfalls habe ich mir überlegt, wie wir Asad drankriegen können, doch dazu brauche ich deine Hilfe.«

»Drankriegen? Ich verstehe nicht…«

»Musst du auch nicht. Tu einfach, was ich dir sage, dann wird die Sache funktionieren.« Sie schien einen Moment nachzudenken. »Als Erstes musst du sofort herkommen, Terminal 1, Flugsteig C 27. Da ist ein Klamottenladen, steht groß ›Dresscode‹ drüber, nicht zu übersehen. Ich warte auf der Damentoilette gegenüber.«

Er glaubte, sich verhört zu haben. »Auf der Damentoilette? Das ist wohl kaum der richtige Ort, um Kriegsrat zu halten. Wieso kommen Sie nicht in die Krisenzentrale, so wie es vereinbart war? Hier mangelt es weder an technischen Hilfsmitteln noch an…«

Sie fiel ihm ins Wort, und er kannte sie gut genug, um zu erkennen, dass sie kurz davor stand, die Geduld zu verlieren. »In spätestens fünfzehn Minuten ist mir die gesamte Bundespolizei auf den Fersen«, zischte sie. »Also hör gefälligst auf zu lamentieren, sondern setz deinen Hintern in Bewegung, verdammt! Aber sieh zu, dass keiner etwas mitbekommt. Du hast mich nicht gesehen, nichts von mir gehört, und du hast nicht den leisesten Schimmer, wo ich stecken könnte. Kapiert?«

Er senkte die Stimme. »Aber wieso? Was ist geschehen?«

»Das erkläre ich dir, wenn du hier bist. Jetzt beeil dich!«

»Ich halte das für eine Schnapsidee. Ein Treffen auf der Damentoilette … Was soll diese Geheimnistuerei? Und überhaupt, ich kann doch nicht auf die Damentoilette …«

Sie hatte das Gespräch längst beendet.

Er schaute sich verstohlen um. Wolf führte eine erregte Diskussion mit einer Gruppe Uniformierter, die wie er auf die Leinwand starrten, auf der das Flugzeug zu sehen war. Auch sonst achtete niemand auf den Jungstaatsanwalt, außer vielleicht Grillo, der telefonierte und ihm einen flüchtigen Blick zuwarf. Doch dann konzentrierte sich der kleine Mann auf sein Gespräch.

Lohmann nutzte die Gunst des Augenblicks, um sich abzusetzen, und wenig später lief er durch menschenleere Korridore.

Denn er wurde erwartet. Auf der Damentoilette.

Kapitel 33

Maras Nerven waren zum Zerreißen gespannt. »Verdammt, wo bleibt diese kleine Kröte?«

Gemeint war Bodo Lohmann, während als Adressat der Frage ihr Spiegelbild über dem Waschbecken in der Flughafentoilette herhalten musste. Die wenig schmeichelhafte Anrede für Lohmann war indes nicht böse gemeint, sondern einzig ihrer Nervosität zuzuschreiben, denn in Wirklichkeit mochte und schätzte sie Bodo, den stockkonservativen und zuweilen etwas einfältigen, aber gleichzeitig auch blitzgescheiten und liebenswerten Erbsenzähler.

Sie streckte ihrem Spiegelbild die Zunge heraus. Die kurzen blonden Haare gefielen ihr nicht besonders, obwohl die neue Frisur durchaus Vorteile hatte, beispielsweise beim Waschen, Kämmen und vor allem unter dem Motorradhelm.

»Heiland, siehst du kaputt aus«, verhöhnte sie die Blondine im Spiegel. »Außerdem bekommst du allmählich Falten. Hässliche Kuh!« Sie schnitt Grimassen, doch dann wirbelte sie herum, nachdem sie draußen Schritte vernommen hatte.

Das musste Lohmann sein. Oder eine Patrouille der Bundespolizei. Ob inzwischen ein Streifenwagen zur Flughafenwache zurückgekehrt war? Dann würde man mit Sicherheit nach ihr suchen.

Sie presste das Ohr gegen die Tür und lauschte. Die Schritte kamen eindeutig näher, wobei sie einen befremdlichen Hall im menschenleeren Terminal verursachten. Einen höchst befremdlichen Hall! Irgendwie wurde sie den Eindruck nicht los, dass sich da jemand anschlich. Doch warum sollte Lohmann das tun?

Nach einer Weile entfernten sich die Schritte wieder, und sie öffnete vorsichtig die Tür, nur einen Spalt, um hinauszuspähen.

Nichts.

Sie ging zurück zum Spiegel. Abermals richtete sie das Wort an ihr Abbild. »Wenn er in einer Minute nicht hier ist, kann er was erleben!« Da er sie vorhin angerufen hatte, kannte sie nun seine Nummer. Das heißt, ihr Handy kannte seine Nummer.

Wieder vernahm sie von draußen sich nähernde, leise pirschende Schritte. Das war unerklärlich und vor allem unheimlich.

Verdammt, was ist das für ein Schleicher?

Plötzlich stand jemand vor der Tür. Mara sah ihn nicht und hörte ihn nicht, aber ihr Instinkt sagte ihr, dass er da war. Blitzschnell huschte sie in eine der Toilettenkabinen.

Gerade rechtzeitig, denn im nächsten Moment wurde die Klinke nach unten gedrückt.

Sie hielt die Luft an. Über sich, an der Decke, entdeckte sie einen Lüftungsschacht. In ihrer Fantasie sah sie sich bereits durch düstere, staubige Röhren kriechen wie der junge Bruce Willis im ersten Stirb-Langsam-Film. Dann tat sie den Einfall als den Unsinn ab, der er war.

Jemand trat ein, ging ein paar Schritte, stockte, blieb reglos stehen.

»Hallo? Frau Sturm, sind Sie hier?« Lohmanns Stimme hallte von den gefliesten Wänden wider.

Mit einem Seufzer, der sowohl Genervtheit als auch Erleichterung verriet, verließ sie ihr Versteck. »Bodo, endlich! Ich habe schon befürchtet, du wärst eine Streife der Bundespolizei. Ich habe doch gesagt, du sollst dich beeilen, stattdessen trödelst du herum. Und wieso, zur Hölle, schleichst du dich an?«

Der Jungstaatsanwalt war empört. »Anschleichen? Ich? Keine Spur! Und von Trödeln kann erst recht keine Rede sein. Allerdings habe ich mich ein wenig … äh, verlaufen. Wissen Sie, wie unübersichtlich dieses ganze Gewirr aus Korridoren …«

»Lass gut sein«, unterbrach sie ihn und lächelte. »Danke, dass du gekommen bist.«

Er schaute sich ostentativ um. »Wieso haben Sie mich hierherbestellt? Wieso müssen wir uns ausgerechnet auf dem Klo treffen?«

»Gefällt's dir nicht? Ist fast wie bei euch, nur ohne Pinkelbecken.« Sie wurde schlagartig ernst und berichtete in groben Zügen von der Ingewahrsamnahme durch seinen Onkel sowie von ihrer anschließenden Flucht aus der Flughafenwache.

Seine Augen wurden immer größer, je länger sie sprach. »Das glaube ich nicht«, platzte es schließlich aus ihm heraus. »Sind Sie noch zu retten? Sie können doch nicht einer Polizistin die Waffe abnehmen! Wissen Sie …«

Sie fiel ihm erneut ins Wort. »Halt die Luft an. Bevor du explodierst, solltest du dir unbedingt meinen Anti-Asad-Plan anhören. Danach hast du einen wirklichen Grund auszuflippen.«

Er blies die Backen auf, lehnte sich mit dem Hinterteil gegen ein Waschbecken und schaute sie lange an. Dann verschränkte er die Arme vor der Brust. »Und wie lautet Ihr Anti-Asad-Plan?«

Sie sprach fast zwei Minuten, in denen sie ihm einen völlig abstrusen Irrsinn auftischte, von dessen Erfolgschancen sie selbst nicht im Geringsten überzeugt war, wie sie sich im Stillen eingestand. Schlimmer, je länger sie darüber redete, desto illusorischer kam ihr das Ganze vor. Trotzdem war sie entschlossen, das Wagnis einzugehen.

Seine Reaktion bestand in einem freudlosen Lachen. »Das ist nicht Ihr Ernst, oder?«

»Doch.«

»Sie spinnen! Das können Sie unmöglich tun! Nur über meine Leiche! Herrje, erstens ist es illegal, was noch schwerer wiegt, da Sie Polizistin sind und ich Staatsanwalt. Zweitens ist es viel zu gefährlich. Überlegen Sie doch, mit was für einem Kaliber von Verbrecher wir es hier zu tun haben. Der Kerl hat soeben eine Geisel erschossen und um ein Haar noch eine zweite. Ich habe das quasi live miterlebt. Anscheinend machen Sie sich keine Vorstellung davon, wie gefährlich dieser Typ ist. Der ist mindestens zwei Nummern zu groß für Sie und mich!«

»Ich weiß haargenau, wie gefährlich Asad Aidid ist«, schrie sie ihn plötzlich an, und ihre grünen Augen schienen zu funkeln.

Er runzelte die Stirn. »Was ist eigentlich wirklich passiert in Somalia? Allmählich glaube ich, dass Sie Asad nicht bloß interviewt haben. Da ist doch noch mehr vorgefallen. Viel mehr, wie mir scheint.«

»Hilfst du mir oder nicht?«

»Was ist passiert?«, beharrte er.

Sie flüsterte. »Ich will den Wichser fertigmachen! Hilf mir!«

Er musterte sie lange und versuchte, in ihren Augen zu lesen. Ihr Tonfall, ihre abscheuliche Wortwahl, ihr Mienenspiel jagten ihm einen Schauer über den Rücken. Anscheinend war sie bereit, bis zum Äußersten zu gehen, und er fragte sich warum. »Was ist passiert in Somalia?«, wiederholte er.

Sie setzte zu einer Antwort an, doch dann legte sie den Kopf schräg und lauschte. »Hast du das gehört?«

Er schüttelte den Kopf. »Was soll ich gehört haben?«

»Schritte.«

Da wurde die Tür aufgestoßen.

Kapitel 34

Mara stürzte sich in die Tiefe, nicht kopfüber, sondern mit den Füßen voran, doch das machte den Sprung kaum weniger waghalsig.

Über ihr war das Geschrei der Milizen zu hören, unter ihr das Tosen der Wellen, die sich an der Steilwand brachen. Nackte Angst erfüllte sie, als ihr der Gedanke durch den Kopf raste, auf einem Fels aufzuschlagen. Oder in einen Strudel zu geraten, der sie auf den Meeresgrund hinabzog. Oder von der Brandung gegen die Klippen geschmettert zu werden.

Das Wasser war grün mit weißen Kronen.

Dann kam der Schock, als die Wellen über ihrem Kopf zusammenschlugen.

Im nächsten Moment war sie von Stille umgeben, während sich ein salziger Geschmack in ihrem Mund ausbreitete. Die Welt um sie herum wurde zu einem olivfarbenen, düsteren Gurgeln, das mindestens Badewannentemperatur hatte. Wie von selbst begannen ihre Arme und Beine Schwimmbewegungen zu vollführen, doch das half wenig, da sie wie ein Stein sank. Irgendetwas Kaltes, Glitschiges berührte ihren nackten Arm, während ihre Lungen allmählich nach Sauerstoff lechzten.

Schließlich griff ein vor vielen Jahren antrainierter Reflex ein und sorgte dafür, dass sie Schuhe und Strümpfe abstreifte sowie sich der Hose entledigte. Diese Reaktion war ein Überbleibsel aus ihrer Polizeiausbildung, denn damals hatte regelmäßig *Schwimmen und Retten* auf dem Stundenplan gestanden, sehr zur

Belustigung der Auszubildenden, von denen kein einziger auf eine Karriere bei der Wasserschutzpolizei scharf gewesen war. Doch seither wusste sie, wie schwer es war, sich mit vollgesogener Kleidung über Wasser zu halten, selbst wenn es sich dabei nur um leichte Sommergarderobe handelte.

Als sie den Ballast los war, gelang es ihr mit hastigen, aber kraftvollen Schwimmbewegungen, die Oberfläche zu erreichen.

Ein Rauschen und Pfeifen und Tosen begrüßte sie sowie eine von der Felswand zurückschwappende Welle. Sie schluckte Wasser, hustete, was zu unkontrolliertem Strampeln führte und zu noch mehr Wasser in der Kehle und zu noch mehr Husten. Für einen bangen Moment fürchtete sie, zu ertrinken, doch dann bekam sie etwas zu packen, an dem sie sich festklammern konnte: ein leeres Fass, das vermutlich zuvor eine provisorische Boje gewesen war, die sich irgendwo losgerissen hatte.

Sie lachte wild. Erst vor Kurzem hatte das Schicksal ihr Leben verkürzt, und nun setzte Fortuna alles daran, dieses Leben zu erhalten, indem sie ihr eine Art Rettungsring zuwarf.

Die Erkenntnis, sich mit Hilfe des Fasses einige Zeit über Wasser halten zu können, senkte den Adrenalinspiegel in ihrem Blut. Endlich übernahm der Verstand die Kontrolle.

Das Erste, was dieser bewusst registrierte, war die Tatsache, dass die Brandung wesentlich schwächer war als befürchtet. Die Sorge, mit an den Klippen zerschmetterten Knochen als Fischfutter zu enden, erwies sich als unbegründet. Doch dafür gab es ein anderes Problem, nämlich die Länge der Steilküste, die sich in beide Richtungen bis zum Horizont erstreckte und wie ein Dom am strahlend blauen Himmel kratzte. Eine flache Stelle, die sich eignete, um an Land zu gehen, war nirgends in Sicht.

Plötzlich erscholl über ihr ein gewaltiges Getöse. Sie blinzelte in Richtung Felskuppe, wo sie ein Gewimmel aus zappelnden Leibern und gestikulierenden Armen entdeckte. Die ganze

Bande hielt Ausschau nach ihr, nur Asad war nicht auszumachen, da ihn höchstwahrscheinlich die Höhenangst vom Abgrund fernhielt und der Schmerz in seinem Fuß.

Im nächsten Augenblick erhoben sich überall um sie herum kleine Wasserfontänen, gefolgt vom hektischen Rattern mehrerer automatischer Waffen, das an ihr Ohr drang.

Verdammt, sie musste tauchen, und zwar so schnell und so tief wie möglich. Doch dazu musste sie das Fass aufgeben. Das wiederum bedeutete den Tod, da sie es vermutlich nicht schaffen würde, aus eigener Kraft einen Küstenabschnitt zu erreichen, der flach genug war, um an Land zu klettern.

Sie heulte vor Wut und Verzweiflung, doch da griff Fortuna abermals ein und schickte ihr eine Möwe.

Diese schien aus dem Felsen zu kommen, genau vor ihr, aus einem Riss in der Steilwand. Der Vogel protestierte lautstark gegen die wilde Schießerei und ließ vor Nervosität Kot ab, dann erhob er sich in die Lüfte.

Mara hielt sofort auf die Öffnung zu, was ihr leichtfiel, da sie von einer Welle getragen wurde. Zusammen mit ihrem Fass wurde sie in einen Hohlraum gespült, in einen kalten, nassen, glitschigen Felsspalt, den das Meer drei oder vier Meter tief ins Gestein gewaschen hatte.

Dort gelang es ihr, aus dem Wasser zu klettern und sich in eine Ecke zu kauern. Sie zog die Knie an und hielt sie mit den Armen umschlungen. So weinte sie, bis die Sonne unterging. Von ihren Häschern, die mit Motorbooten nach ihr suchten, nahm sie kaum Notiz. Sie hob nicht einmal den Kopf, als ein Boot nur wenige Meter von ihrem Versteck entfernt vorbeifuhr.

Tausend Jahre später, als sich der Mond auf der Wasseroberfläche spiegelte, war sie so durstig, dass sie an nichts anderes mehr denken konnte als an eisgekühlte Coca-Cola. Sie warf das Fass ins Wasser und sprang hinterher. Dann schwamm sie. Die ganze Nacht spürte sie ihre aufgeplatzten Lippen und den Brand in ihrer Kehle. Und sie dachte an Haie und an Aidid und an Bodo, der inzwischen im Hundeparadies war.

Wieder tausend Jahre später wurde sie im Morgengrauen an eine malerische Küste gespült. Ein Fischerboot lag auf einem weißen Sandstrand, während ein alter Mann und ein Junge, der vielleicht sein Neffe war, es mit Netzen und Proviant beluden.

Sie schleppte sich aus dem Wasser, bekleidet mit nichts weiter als einem Slip und einem triefnassen Karohemd. Darunter trug sie einen Brustbeutel um den Hals, der ihren Personalausweis und ihren Führerschein enthielt, aber kein Geld. Auch ihr Handy war zusammen mit der Hose im Golf von Aden versunken, sodass sie nicht nur mittellos war, sondern zudem niemanden anrufen konnte, der sie rettete. Ein Glück, dass sie zumindest die mit dem Handy geschossenen Fotos beizeiten an ihre Mailadresse verschickt hatte.

Mit einer Haut, die an eine verschrumpelte Backpflaume erinnerte und sich auch so anfühlte, ging sie auf die Einheimischen zu. Diese musterten sie wie einen Wassergeist.

Sie lächelte. Dann brach sie zusammen und ließ sich von der Ohnmacht in eine bessere Welt tragen, in der es weder blutrünstige Warlords gab noch AIDS.

Kapitel 35

Das Türblatt krachte gegen die Wand, und der dumpfe Laut, der dabei entstand, rollte durch das menschenleere Terminal und pflanzte sich scheinbar unendlich fort.

Lohmann wich einen Schritt zurück, Mara starrte den kleinen, faltigen Wicht an, der plötzlich in der Tür stand. Mit knochigen Fingern schlug er seinen Trenchcoat zur Seite, demonstrativ, wodurch die Pistole in dem Schulterholster zum Vorschein kam. Seine Hand griff nach der Pistole, ohne sie jedoch zu ziehen. Die Drohung war dennoch unmissverständlich.

»Herr Grillo!«, entfuhr es Lohmann. Sein Gesichtsausdruck glich dem eines Zwölfjährigen, der von seiner Mutter mit einem Pornoheft erwischt worden war. »Das … das ist Herr Grillo, der Einsatzleiter«, stammelte er in Maras Richtung.

»Sparen Sie sich den Herrn. Grillo reicht vollkommen. Höflichkeit ist pure Zeitverschwendung. Sie ist nur etwas für schwache Gemüter.« Er würdigte Lohmann keines Blickes und fixierte Mara aus zusammengekniffenen, intelligenten, eiskalten, grauen Augen. »Vor wenigen Minuten habe ich eine bemerkenswerte Geschichte gehört, in der die Flughafenwache eine Rolle spielt sowie eine Gefangene und drei Polizeibeamte. Angeblich ist diese Gefangene jetzt flüchtig. Soweit ich weiß, ist das eine Straftat.«

»Blödsinn!«, schnappte sie angriffslustig. »Was ich getan habe, ist nicht vorwerfbar. Sie können mir gar nichts.«

Das stimmte, zumindest prinzipiell, denn weder im Strafgesetzbuch noch in seinen zahlreichen Nebengesetzen existierte eine Norm, die das Entweichen aus dem Gewahrsam oder aus der Haft, wie es im Juristendeutsch hieß, unter Strafe stellte. Fing man den Flüchtigen wieder ein, musste er lediglich seine ursprüngliche Strafe absitzen, während die Flucht als solche ohne Sanktionen blieb.

Grillo zeigte sich unbeeindruckt. »Die Geschichte von der Gefangenen geht noch weiter«, sagte er gefährlich leise. »Um ihre Flucht zu erzwingen, hat sie nämlich eine Polizistin überwältigt und ihr die Waffe abgenommen. Anschließend wurden zwei andere Polizisten mit eben dieser Waffe bedroht. *Das* wiederum ist sehr wohl vorwerfbar.«

Diese Behauptung stimmte ebenfalls, denn selbstverständlich blieb das Entweichen aus dem Gewahrsam für den Flüchtigen nur dann ohne Folgen, wenn er dabei nicht gegen das Gesetz verstieß, etwa, indem er Menschen verletzte, Geiseln nahm oder Sachen beschädigte. Oder Polizisten mit Schusswaffen bedrohte.

Grillos Finger schlossen sich fester um den Pistolengriff. »Plant die Gefangene noch weitere Kunststücke dieser Art?«

Sie lächelte gezwungen. »Die Waffe, mit der diese mysteriöse Gefangene die Flucht erzwang, war nicht geladen. Die Munition hatte sie nämlich vorher herausgenommen und im Visitationsraum auf den Tisch gelegt, versteckt unter den Formularen, die normalerweise dazu verwendet werden, die Wertsachen der Gefangenen aufzulisten. Und da liegt sie vermutlich jetzt noch. Überprüfen Sie das, wenn Sie wollen.«

Der kleine Mann verzog keine Miene. Er richtete das Wort an Lohmann, als ob Mara nicht anwesend wäre. »Ist das die Frau, die behauptet, Asad Aidid zu kennen?«

Der Jungstaatsanwalt nickte eifrig. »Das ist sie. Frau Sturm.«

Grillo musterte sie abschätzig. »Frau Sturm. So, so.«

Sie nickte. »Sparen Sie sich die Frau, Mara reicht vollkommen. Höflichkeit ist pure Zeitverschwendung. Sie ist nur etwas für schwache Gemüter.«

»Ich habe von Ihnen gehört«, sagte er, ohne auf die Provokation einzugehen. Stattdessen setzte er die Musterung ihrer Person fort, und zwar so intensiv, dass es an Unverschämtheit grenzte. »Die Geschichte von der Flucht aus der Flughafenwache war nicht die erste und einzige Räuberpistole, die man sich über Sie erzählt, *Frau* Sturm.« Die Anrede betonte er besonders. »Da kursieren noch eine ganze Reihe anderer Anekdoten. Geradezu haarsträubende Anekdoten.«

Sie fragte sich, was das für Anekdoten sein mochten.

»Der Polizeipräsident hält Sie übrigens für gefährlich«, fuhr er fort. »Der gute Mann verabscheut Sie.«

»Tatsächlich? Ist mir noch gar nicht aufgefallen. Vielen Dank für den Hinweis.«

Wieder ignorierte er den offensichtlichen Spott. Er ließ den Pistolengriff los und nahm eine entspannte Haltung ein. »Was soll der Zirkus? Was haben Sie an diesem Ort zu suchen?«

»Das geht Sie nichts an!«, versetzte sie gallig.

Lohmann schnappte entsetzt nach Luft, doch Grillo verzog keine Miene.

»Das geht mich nichts an«, wiederholte er gleichmütig. »Dann darf ich wohl davon ausgehen, dass Sie beide ein verhindertes Liebespaar sind, das sich zum Schäferstündchen an diesem wunderschönen Ort verabredet hat?« Lohmann wollte protestieren, doch Grillo brachte ihn mit einer herrischen Geste zum Schweigen. »Warum will ich das nicht recht glauben? Warum werde ich den Verdacht nicht los, dass dieses Treffen keineswegs romantischer Natur ist, sondern mit den Ereignissen an Bord eines ganz bestimmten Flugzeuges zu tun hat?«

Sie zuckte mit den Schultern. »Weil Sie ein schlaues Kerlchen sind?«

Abermals prallte ihr Spott von ihm ab, und das verstärkte die Hilflosigkeit, die sie ihm gegenüber empfand, denn trotz seiner wenig imposanten Erscheinung fühlte sie sich ihm unendlich unterlegen. Grillo war zynisch, intelligent und humorlos, und höchstwahrscheinlich hatte er stets einen Notfallplan in der Hinterhand. Genau wie der blöde Hund, der ihr Bruder war und den sie verabscheute und gleichzeitig liebte. Die Jahre mit Jo hatten sie etwas gelehrt. Nämlich dass Typen seines Schlages die schlimmsten Feinde sein konnten oder die besten Verbündeten, je nachdem, ob man für sie war oder gegen sie. Grillo hatte den gleichen Charakter wie Jo. Also beschloss sie, sich mit ihm zu verbünden, und weihte ihn lückenlos in ihren Anti-Asad-Plan ein.

Er unterbrach sie nicht ein einziges Mal, sondern hörte schweigend zu. Dabei betrachtete er seine Schuhe.

Als sie geendet hatte, hob er den Kopf. »Nettes Hirngespinst. Leider vollkommen unbrauchbar. Um diesen Plan durchzuführen, müssten Sie an Bord der Maschine gelangen. Wie wollen Sie das anstellen?«

Lohmann platzte dazwischen. »Oh, darin ist sie ganz groß. Irgendwo einzudringen, meine ich, wo es von bewaffneten Schwerverbrechern nur so wimmelt und wo sie nichts zu suchen hat.«

Zum ersten Mal huschte etwas über Grillos Züge, das man mit viel Wohlwollen als Lächeln bezeichnen konnte. Dann klingelte das Mobiltelefon in der Tasche seines Trenchcoats. Er kramte es hervor, drückte auf die Verbindungstaste und hörte lange zu, ohne etwas zu sagen, bevor er das Gespräch mit dem knappen Hinweis beendete, in ein paar Minuten wieder in der Krisenzentrale zu sein.

Er sah Mara nachdenklich an. »Das Bundeskanzleramt hat die Stürmung der Maschine genehmigt. Also schlagen wir zu, sobald die GSG 9 bereit ist. Das wird in spätestens einer Stunde der Fall sein.«

Lohmann atmete bedeutungsschwer aus. »Birgt eine solche Erstürmung nicht immense Risiken?«

»Eine Erstürmung ist immer der letzte Ausweg«, gab ihm der kleine Mann recht. »Eine Verzweiflungstat, die erst dann erfolgt, wenn man den Verhandlungspoker verloren hat. Doch da Asad nicht pokert, sondern lieber Geiseln erschießt, bleibt uns keine Wahl. Die Gangway wurde inzwischen angedockt, und der Schweinehund ist jetzt im Besitz von vierhundert Litern Benzin.« Er machte eine lange, bedeutungsvolle Pause, während der er Mara tief in die Augen blickte. »Wollen Sie Ihren wahnsinnigen Plan immer noch in die Tat umsetzen?«

Sie schluckte und spürte die Anspannung, die plötzlich von ihr Besitz ergriffen hatte. »Ich weiß nicht. Wahrscheinlich ja.«

Er leckte sich über die Lippen. »Aus Freude über das Benzin hat Asad in seiner unermesslichen Güte eingewilligt, einen Arzt und zwei Sanitäter an Bord zu lassen, die sich um die Geiseln kümmern dürfen.«

Sie schluckte erneut, dann nickte sie kaum merklich. »Ich verstehe …«

»Was war das gerade?«, fragte Lohmann entsetzt. Er war völlig aus dem Häuschen und reckte theatralisch die Fäuste gen Himmel. Oder gen gekachelter Toilettendecke, besser gesagt. »Ich glaube das nicht. Ich will das einfach nicht glauben. Sie sind doch wahnsinnig. Alle beide sind Sie wahnsinnig, komplett verrückt. Das können Sie nicht tun. Ich bitte Sie, ich appelliere an Ihren Verstand! Ich flehe Sie an, Herr Grillo: Lassen Sie nicht zu, dass diese wild gewordene Rockerbraut als Sanitäterin verkleidet an Bord eines Flugzeuges geht, in dem ein Irrer das Kommando führt, der eindeutig noch durchgedrehter ist als sie selbst!«

»Danke für das nette Kompliment. Es ist immer schön, einen guten Freund an seiner Seite zu wissen.«

Ihm kamen fast die Tränen. »Ich … ich mache mir doch nur

Sorgen. Was Sie da vorhaben, ist lebensgefährlich. Und der Erfolg ist keineswegs garantiert. Ach, was rede ich da, wenn Sie damit Erfolg hätten, wäre das wie ein Sechser im Lotto. Sie werden für nichts und wieder nichts sterben.«

Sie schwieg.

Auch Grillo stierte nachdenklich vor sich hin, ohne etwas zu sagen. Nach einer Weile schaute er Lohmann fragend an. »Helfen Sie ihr?«

Der Jungstaatsanwalt vergrub das Gesicht in den Händen. »Ja«, keuchte er. »Natürlich helfe ich ihr.«

Sie warf ihm einen dankbaren Blick zu, doch den sah er nicht oder wollte ihn nicht sehen.

»Gut«, stellte Grillo lapidar fest. »Wenn Sie scheitern, Frau Sturm, dann sind Sie und Ihr junger Freund für alle Zeiten erledigt. Dann werden nämlich Geiseln sterben und Sie beide …«, er deutete mit seinem Zeigefinger erst auf Mara, dann auf Lohmann, »… werden eine verdammt lange Zeit hinter Gittern verbringen. Das ist Ihnen doch klar?«

»Wir beide?«, fragte Lohmann verwirrt. »Und was ist mit Ihnen?«

Grillo hob abwehrend die Hände. »Ich halte mich schadlos. Normalerweise würde ich Sie beide festnehmen lassen, doch das tue ich nicht, weil ich denke, dass dieser abstruse Anti-Asad-Plan funktionieren könnte. Er ist schlecht, aber nicht ganz so schlecht wie die Erstürmung. Doch wenn es hart auf hart kommt, werde ich bestreiten, jemals auch nur eine Silbe davon gehört zu haben.« Er nickte Mara zu. »Haben Sie eine Uhr? Ich werde dafür sorgen, dass die Stürmung in exakt neunzig Minuten erfolgt. Wenn Sie Asad bis dahin erledigt haben, wird man Sie hinterher feiern. Wenn nicht …«, er zuckte mit den Schultern, »… sind Sie im Eimer.«

Kapitel 36

Noch 88 Minuten bis zur Stürmung von Flug SWX 714

Strassers Luxuszelle hatte im Gegensatz zu allen anderen Zellen zwei Fenster, wobei diese natürlich ebenfalls vergittert waren und kaum größer als ein Toilettendeckel. Dennoch boten sie ihm eine gewisse Ablenkung, da er durch das eine in den inneren Gefängnishof schauen konnte, während durch das andere der Verwaltungstrakt mit der daneben befindlichen Fahrzeugschleuse zu sehen war, die nach draußen führte.

Und genau dort war vorhin etwas geschehen, das er sich nicht erklären konnte.

Ein ganzes Rudel von Schließern hatte den kleinen, miesen Somalier in einen gepanzerten Personentransporter verfrachtet, der dann langsam auf die Schleuse zugerollt war. Die inneren Tore hatten sich geöffnet, doch der Wagen war nicht in die Schleuse gefahren. Stattdessen hatten sich die Tore wieder geschlossen, und der Somalier war ins Gebäude zurückgebracht worden.

Strasser hätte dieser Witzfigur für sein Leben gern die Fresse poliert, so wie ein halbes Dutzend andere Fressen, die ihm ebenfalls verhasst waren.

Eine davon erschien passenderweise in diesem Moment in der Tür, nachdem sich der Schlüssel geräuschvoll im Schloss gedreht hatte.

»Telefon für Sie«, sagte Rinderhälfte.

Normalerweise stand den Häftlingen nur eine streng begrenzte Anzahl an Telefonaten zu, in der Regel eins pro Woche, wobei die Sprechzeiten vorgegeben waren und sich außerdem stets ein Schließer in Hörweite befand, der darauf achtete, was gesprochen wurde. Im Gegensatz zu seinen Mithäftlingen durfte Strasser einen Anruf *pro Tag* tätigen und so viele Gespräche entgegennehmen, wie er wollte.

»Telefon?« Strasser erwartete keinen Anruf. Der Einzige, der sich von Zeit zu Zeit bei ihm meldete, war sein Anwalt, doch der rief niemals vormittags an. Um ein Haar hätte er Rinderhälfte gefragt, wer am Apparat war. Dann besann er sich darauf, dass es dem fetten Schließer ein Vergnügen gewesen wäre, ihm die Auskunft zu verweigern, also schwieg er.

Das Telefon für die Häftlinge befand sich im Verwaltungstrakt, sodass fast fünf Minuten vergingen, bis er erfuhr, wer ihn sprechen wollte.

»Mara?«, trompetete er ungläubig in den Hörer. »Jetzt hol mich aber der Teufel! Sind dir noch ein paar Dinge eingefallen, die ich falsch gemacht habe und die du mir an den Kopf schmeißen willst?«

Sie ging mit keiner Silbe auf die Vorhaltungen ein. »Kannst du frei sprechen?«, wollte sie in forschem Tonfall wissen.

Er grinste. »Tja, da ist der liebe Herr Schmitz, auch bekannt als Rinderhälfte, der es sich nicht nehmen lässt, in Hörweite herumzulungern, selbst wenn ich ein noch so privates Privatgespräch …«

»Hör auf mit dem Mist!«, fauchte sie. »Wird das Gespräch abgehört?«

»Nein. Das heißt, ich weiß es nicht. Schließlich kann man nie wissen, was diese Verbrecher in Uniform …«

»Du musst mir helfen«, unterbrach sie ihn abermals.

»Aha. So ändern sich die Zeiten. Noch vor ein paar Stunden

hast du gesagt, dass du mich nie mehr wiedersehen willst. Schon vergessen?«

»Keine Angst, du wirst mich nicht sehen. Ich schicke dir jemanden vorbei. Sein Name ist Lohmann, er ist Staatsanwalt und obendrein der Neffe des Polizeipräsidenten. Er wird dir erklären, was zu tun ist.«

»Wieso sollte ich auf einen schmierigen Staatsanwalt hören?«

»Weil du mir damit einen Gefallen tust. Und rund einhundertneunzig armen Schweinen, die in diesem Moment in einem Flugzeug festgehalten werden, das ein Mann namens Asad Aidid entführt hat. Er will damit seinen Bruder freipressen, der momentan dieselbe Anschrift hat wie du.«

Strasser glaubte, sich verhört zu haben. »Sag jetzt bitte nicht, dass dieser Bruder aus Somalia stammt und Omar Aidid heißt.«

»Doch, tut er.«

»Schick diesen Kackvogel von der Staatsanwaltschaft her. Es wird mir ein Vergnügen sein, ihn kennenzulernen. Stimmt doch, Schmitz, wir mögen alle Staatsanwälte, was?«

»Er ist bereits unterwegs«, sagte Mara. »Und sei gefälligst nicht so grob zu ihm, er ist mein Freund.«

Strasser lachte. »Dein Freund. Lässt du dich von ihm bumsen?«

»Leck mich, Jo!«

Sie legte auf.

Kapitel 37

Noch 51 Minuten bis zur Stürmung von Flug SWX 714

Asad der Löwe war bester Laune. Das Gefühl, gewonnen zu haben, machte ihn euphorisch und geschwätzig. Vor wenigen Minuten hatte er fünfzig Geiseln laufen lassen, die nun über das Rollfeld davonrannten. Der Rest, so hatte er versprochen, würde in Somalia freigelassen werden. Das war natürlich eine Lüge, da er gedachte, für jeden Einzelnen ein sattes Lösegeld zu erpressen. Und genau das hatte er in seinem Überschwang Bernd anvertraut.

»Na, Schwuchtel?«, wandte er sich in liebenswürdigem Plauderton an den Musiker, so als wären sie die besten Freunde. »Wie geht es dir?«

Er flegelte sich auf Grietjes ehemaligem Platz, seitwärts, mit den Beinen über der Armstütze und dem Rücken an Frederieke gelehnt, die neben ihm saß wie erstarrt. Sie zitterte, ihre Zähne klapperten. Zuvor hatte er Grietjes blutüberströmte Leiche an den Beinen durch das halbe Flugzeug geschleift, um sie irgendwo im Mittelgang liegen zu lassen, wo sie jeder sehen konnte. Natürlich hatte er die Passagiere damit einschüchtern wollen, und das war ihm gelungen, wie man den versteinerten Gesichtern ansehen konnte. Einige waren in Tränen ausgebrochen, nicht aus Trauer um die Stewardess, sondern aus nackter Angst.

Er lachte Bernd an, die Beine über der Armlehne baumelnd, die MPi im Schoß liegend. Dass er vom Kopf bis zu den Füßen mit Grietjes Blut besudelt war, schien ihm nichts auszumachen.

Wie soll es mir gehen?, dachte Bernd. *Was für eine hirnverbrannte Frage!* Plötzlich wurde ihm bewusst, wie sehr er es hasste, ständig *Schwuchtel* genannt zu werden. Am liebsten hätte er geantwortet, Asad möge der Welt einen Gefallen tun, sich den Lauf der Waffe in den Mund stecken und abdrücken, doch er schluckte seinen Groll hinunter. »Ich möchte nach Hause«, gab er so schroff zurück, wie er es eben noch verantworten konnte, ohne einen Gewaltausbruch zu provozieren.

Asad grinste. »Nach Hause? Später, mein Freund, später. Vorher habe ich noch etwas Besonderes mit dir vor. Du und die Krähe«, er wies mit dem Kinn in Ernestines Richtung, »ihr seid unsere Versicherung gegen ein heldenhaftes Spezialkommando, das auf die blödsinnige Idee kommen könnte, uns in letzter Sekunde doch noch aufhalten zu müssen. Aber das wird nicht passieren. Habe ich recht, Hassan?«

Hassan war der Kerl ohne Schneidezähne, der sich mittlerweile in der Bordküche auf dem Fußboden niedergelassen hatte und mit dem Rücken gegen einen Servicewagen lehnte. Seit fast zwei Minuten starrte er Ernestine an, wobei er sich ständig über die Lippe leckte, obszöne Gesten in ihre Richtung machte und sich in den Schritt fasste.

»Hassan ist ein geiler Bock«, erklärte Asad amüsiert. »Das war er schon immer. Zu Hause hat er vier Frauen, eine offizielle und drei heimliche.«

Bernd registrierte, dass sich die Kerle in ihrem Siegestaumel kaum noch darum kümmerten, was außerhalb des Flugzeuges passierte. Sie hatten den vorderen Ausstieg geöffnet, an den mittlerweile die Gangway herangeschoben worden war, und von seinem Platz auf dem Fußboden warf Hassan hin und wieder einen Blick hinaus, doch ansonsten herrschte kollektive Unaufmerksamkeit. Das galt auch für die Kidnapper im Heck der Maschine, die schon seit geraumer Zeit um die Wette sangen und johlten. Zuvor hatten sie sogar einen Tanz aufgeführt, den Mittelgang hinauf und hinunter, bis Asad sie auf ihre Plätze zurückgescheucht hatte.

Das, was sie am meisten begeisterte, war ein großer Alukoffer. Sie hatten ihn in der Bordküche geöffnet, und Bernd hatte gesehen, dass er bis zum Rand mit Geldbündeln gefüllt war.

»Weißt du, warum wir dieses Flugzeug in unsere Gewalt gebracht haben, Schwuchtel?«, fragte Asad unvermittelt.

Bernd schüttelte den Kopf. »Wegen des Geldes in dem Koffer?«, sagte er zögernd.

Der Entführer war vollkommen aufgekratzt. »Ach was, das Geld ist nicht wichtig!«

Wer's glaubt, wird selig.

»Der Grund ist«, erklärte ihm Asad, »dass wir meinen Bruder befreit haben, der in diesem elenden Land der Spießer und Oberlehrer im Gefängnis sitzt. Ich durfte vorhin mit ihm telefonieren, und er hat mir bestätigt, dass er bereits in dem Auto saß, das ihn hierherbringen soll. Man hat das Auto im letzen Moment gestoppt, um ihn ans Telefon zu holen. Ich nehme an, dass er gleich nach unserem Gespräch wieder eingestiegen ist. Er wird bald hier sein. Und dann werden wir nach Hause fliegen, zusammen mit dem Koffer, in dem sich zehn Millionen befinden.« Er stieß einen gespielten Seufzer aus. »Ah, zehn Millionen! Wie findest du das?«

Bernd schwieg.

»Hast du eine Frau?«, wollte der Entführer wissen.

Bernd zögerte und fragte sich, ob es eine Chance gab, dass Tamara einmal seine Frau wurde. Im Moment war er sich nicht einmal sicher, ob sie jemals seine Freundin werden konnte.

Asad schlug sich mit der flachen Hand gegen die Stirn. »Ich

Dummkopf, natürlich hast du keine Frau. Wie konnte ich vergessen, dass du Schwuchtel dich nur für deine Geige interessierst und nicht für Titten. Kannst du dir das vorstellen, Hassan, ein Mann, der sich nichts aus Titten macht?«

»Sie sind der widerlichste Drecksack, dem ich je begegnet bin!«, sagte Ernestine plötzlich auf Deutsch. Sie funkelte ihn feindselig an, und obwohl er ihre Worte nicht verstand, konnte er dem Tonfall entnehmen, dass sie ihm keinen Heiratsantrag gemacht hatte.

Bernd blieb fast das Herz stehen, sein Mund wurde trocken.

Asads Kaffeekränzchenlaune verflog von einer Sekunde zur nächsten. »Was hat die Krähe gesagt?«, zischte er. Er gab seine entspannte Sitzposition auf, schnellte in die Höhe. »Was hat dieses verdammte Miststück gesagt?«

»Nichts, Hoheit ...«

Eine schallende Ohrfeige ließ Bernds Kopf zur Seite fliegen.

Hassan war ebenfalls aufgestanden. Er glotzte Ernestine an.

»Was sie gesagt hat, will ich wissen!«, wiederholte Asad. Er sah gefährlich aus, doch die nach eigenen Angaben zweitklassige Theaterschauspielerin, die das Rotkäppchen spielte, hielt dem Blick des Verbrechers stand.

Bernd war beeindruckt und schockiert zugleich. »Sie hat darum gebeten«, stammelte er, »dass Ihr Freund aufhören soll, sie anzustarren. Bitte ...«

»Völliger Schwachsinn!«, geiferte Asad. Er wirbelte auf dem Absatz herum und wandte sich an Frederieke, von der er wusste, dass sie Deutsch sprach. »Übersetzen! Was hat die Krähe gesagt?«

»Ich ... ich habe nicht zugehört«, flüsterte die Stewardess.

Da sprang Ernestine alias Lisbeth Salander von ihrem Sitz auf. Sie kreischte und sah aus, als wolle sie ihm die Augen auskratzen, doch er brachte sie mit einem Fausthieb vor den Solarplexus zum Verstummen. Der Schrei erstarb in ihrer Kehle, dann taumelte sie nach hinten. Sie keuchte, als sie in den Sitz zurücksank.

Hassan wollte sich ausschütten vor Lachen, doch Asad schnauzte ihn an, worauf er in beleidigtes Schweigen verfiel.

Dann wurde die Maschinenpistole mit lautem Ratschen durchgeladen. Zum dritten Mal an diesem abscheulichen Tag sah Bernd die Mündung auf sich gerichtet.

»Raus mit euch!«, befahl Asad.

Gemeint waren Ernestine und er. Sie wurden zum Ausstieg getrieben, mussten die Gangway hinabsteigen und in der Mitte stehen bleiben. Die Stufen waren über und über mit den Jacken und Mänteln der Passagiere bedeckt. Sogar über dem Geländer hingen Kleidungsstücke, die locker festgeknotet waren, damit sie nicht davonflogen.

Binnen weniger Augenblicke begann Bernd, fürchterlich zu frieren. Ein eisiger Wind jagte schiefergraue Wolken über den Horizont. In der Ferne sah er den Tower, und er fragte sich, was man dort für die Rettung der Geiseln tat. Bisher kam er sich ziemlich im Stich gelassen vor.

Ernestine stand auf der Stufe unter ihm. Eine Bö zerrte an ihren Haaren, und der Geruch ihres Shampoos stieg ihm in die Nase. Apfel. Auch Tamaras Haar hatte nach Apfel geduftet.

Doch dann war es mit dem Apfelaroma vorbei. Stattdessen nahm er den Gestank von Benzin wahr.

Im nächsten Moment zuckte er zusammen, als etwas Kaltes, Nasses in seinen Nacken klatschte.

Dann war Asad hinter ihm, mit einem der vielen Kanister in den Händen, die vor Stundenfrist gebracht worden waren. Hassan und einer der beiden Kerle, die sich im Heck der Maschine aufhielten, hatten die Kanister die Gangway hinaufgeschleppt, um sie in der Bordküche zu lagern. Genau wie den Geldkoffer, dessen Inhalt sie noch verrückter gemacht hatte, als sie ohnehin schon waren.

Bernd wurde mit Benzin übergossen, bis er troff. Ernestine erging es nicht besser, und dann wurde die gesamte Gangway regelrecht geflutet, der Kleiderberg wurde eingeweicht, während auf jeder dritten oder vierten Stufe ein halb voller Kanister abgestellt wurde, und zwar mit aufgeschraubtem Deckel.

Ein bösartiges Fauchen erklang, gleichzeitig wurde die gesamte Umgebung in gleißendes Licht getaucht. Der Schein war so hell, dass plötzlich alles weiß aussah.

Bernd wagte es nicht, sich umzudrehen, da er eine schreckliche Ahnung hatte, was dieses Fauchen und das Licht verursachte. Seine Augen brannten, seine Haut ebenso, und die Benzindämpfe machten ihm das Atmen schwer. Schwindelgefühl drohte ihn zu übermannen.

Asads Gesicht tauchte neben seinem Ohr auf. »Keine Dummheiten, ihr beiden Turteltäubchen«, flüsterte er. »Andernfalls wird Hassan die Magnesiumfackel fallen lassen, die er in der Hand hält.«

Bernd kannte Magnesiumfackeln aus seiner Zeit bei der Bundeswehr. Es war unglaublich, mit welch überflüssigen Dingen man es dort zu tun bekam. Maschinenpistolen und Magnesiumfackeln. Letztere waren höllisch, kaum größer als eine 0,5-Literdose Cola, doch dafür brannten sie fast zwanzig Minuten lang mit einer 1.500 Grad heißen Flamme. Außerdem konnten sie nicht gelöscht werden, weshalb sie sogar bei Taucheinsätzen verwendet wurden. Wenn Hassan die Fackel auf die Gangway warf, würde er damit eine Feuersbrunst heraufbeschwören.

»Hast du schon einmal brennendes Menschenfleisch gerochen?«, flüsterte Asad.

Bernd war nicht in der Lage zu antworten.

»Ich schon«, erklärte der Somalier. Er lachte kehlig. »Es ist grauenhaft. Allein die Vorstellung … Deshalb wird es kein Polizist auf der Welt wagen, uns anzugreifen, solange ihr beide hier draußen steht. Ich wette, dass in diesem Moment mindestens ein Dutzend Ferngläser auf euch gerichtet sind. Sicher, im Flugzeug befinden sich noch genug andere Geiseln, doch welche Regierung schert sich um drei oder vier Opfer, wenn es darum geht, die bösen Erpresser zu überwältigen? Keine, Schwuchtel, keine! Ein paar Verluste werden ohne Wimpernzucken in Kauf genommen, wenn man hinterher nur genug Gerettete präsentieren kann. Doch zwei Menschen brennen zu lassen …« Er kicherte. »Undenkbar. Man würde den Verantwortlichen in der Luft zerreißen. Ich werde also jetzt wieder ins Flugzeug gehen und in aller Ruhe auf die Ankunft meines Bruders warten. Ich hoffe, es wird euch bis dahin nicht allzu langweilig. Schau nur, da kommt auch schon mein Tankwagen gefahren, damit ich genug Kerosin bekomme für den Rückflug. Heute ist ein herrlicher Tag.«

Er schlenderte davon.

Zurück blieben der Gestank von Benzin und das Fauchen der Fackel.

Kapitel 38

Noch 19 Minuten bis zur Stürmung von Flug SWX 714

Mara betrachtete die Härchen auf ihren nackten Oberschenkeln, die sich aufgerichtet hatten. Auch auf ihren Armen war eine Gänsehaut zu sehen und ebenso auf ihrem Dekolleté. Ihr ganzer Körper war damit bedeckt, ihre Zähne klapperten, und sie fror erbärmlich. Kein Wunder, denn sie trug nichts als einen Badeanzug in knallbunten Farben, der ihr zudem mindestens zwei Nummern zu klein war, während sie auf einem offenen Gepäckwagen hockte, der über das Rollfeld rumpelte. Sie wusste nicht, wer von Grillos Leuten den Badeanzug besorgt hatte und woher er stammte, doch dieses Wissen hätte ohnehin nichts daran geändert, dass sie ihn tragen *musste*.

»Dein Freund Lohmann hat einen ziemlichen Fisch im Arsch«, erinnerte sie sich an die Worte ihres Bruders, als er sie kurz zuvor auf ihrem Handy angerufen hatte. »Menschenskind, ist der Typ verklemmt! Wenn man dem ein Stück Kohle zwischen die Backen rammen würde, hätte man in spätestens drei Tagen einen Diamanten von solcher Reinheit …«

»Jo, bitte, erspare mir diesen Mist! Sag mir lieber, wie weit ihr seid.«

»An der Knastfront ist alles in bester Ordnung, Schwesterherz.« Sein heiterer Tonfall hatte sie zu der Annahme bewogen, dass ihm die ganze Sache Spaß machte. »Der niedliche Staatsanwalt mit der Sardine im Enddarm und dein krimineller, aber brillanter Bruder haben alles haargenau so gedeichselt, wie du es verfügt hast. In Rekordzeit, möchte ich betonen. Du kannst loslegen.« Er hatte kurz gezögert, dann war er ernst geworden. »Pass auf dich auf.« Er hatte das Gespräch beendet, ohne ihr die Möglichkeit einer Erwiderung zu geben.

Die grüngelbe 737 der South African Wings wurde rasch größer.

Neben Mara, auf der Ladefläche des Gepäckwagens, bibberten zwei Rettungssanitäter, Freiwillige, die lediglich mit Schwimmhosen bekleidet waren.

Asad hatte auf dieser Garderobe bestanden, da er vermeiden wollte, einen präparierten Polizisten untergejubelt zu bekommen, wie er es nannte, der eine Wanze, eine Blendgranate, eine Pistole, eine Atombombe oder weiß der Teufel was an Bord schleppte. Lediglich drei Sanitätskoffer waren erlaubt und Mineralwasser in Plastikflaschen, und sie zweifelte nicht daran, dass die Verbrecher alles gründlich durchsuchen würden, bevor sie dem Sani-Team den Zutritt erlaubten.

Auf der Gangway entdeckte sie zwei Gestalten, von denen nur die Konturen auszumachen waren, da alles um sie herum in gleißendem Licht erstrahlte. Dies hatte seinen Ursprung im vorderen Einstieg, der geöffnet war. Das kalte, fahle Leuchten war so grell, dass sie den Blick abwenden musste.

Der Gepäckwagen stoppte rund zehn Meter von der Maschine entfernt. Weisungsgemäß kletterten die drei Passagiere von der Ladefläche, während der Fahrer reglos hinter dem Steuer verharrte.

Sie schauderte, als ihre nackten Füße den Asphalt berührten. Teufel, war das kalt!

Ein Erlebnis des vergangenen Sommers kam ihr in den Sinn, als sie eine Bankfiliale betreten hatte, von der sie annehmen musste, dass dort ein Überfall stattfand. Zu jener Zeit war sie ebenfalls barfuß gewesen und allein auf sich gestellt, als Ergebnis einer Verkettung merkwürdiger Umstände. Genau wie an diesem Tag. Nein, nicht ganz, denn zumindest war es damals rund 35 Grad wärmer gewesen.

Der Gestank von ausgelaufenem Benzin stieg ihr in die Nase, während sie sich den markierten Medizinkoffer schnappte. Darin war ihr Mobiltelefon versteckt, das einen wichtigen Bestandteil des Planes darstellte.

Schlotternd vor Kälte stellte sie den Koffer vor sich auf den Boden, und auch die Sanis bewaffneten sich mit ihrer Ausrüstung. Der größere von beiden, ein schrecklich blasser, sommersprossiger Typ, schnaubte laut und rhythmisch in dem Bemühen, seinen Atem unter Kontrolle zu bekommen. Die Nase des Mannes sowie seine Ohren waren rot angelaufen, und er gab ein Bild des Jammers ab. Sie nahm an, dass sie ähnlich verfroren aussah.

Endlich bequemte sich einer der Entführer die Gangway hinab. Dabei stakte er durch mehrere Lagen Kleider, welche die Stufen bedeckten, quetschte sich an den Gestalten vorbei, die den Niedergang blockierten, und genau wie die beiden, so war auch er vor der Orgie aus Helligkeit nur als Schattenriss zu erkennen.

»Nein!«, entfuhr es ihr.

Die Sanis schauten sie scheel an, doch sie achtete nicht darauf.

Eine Horrorvision hatte sie plötzlich angefallen, ein furchtbarer Gedanke, der ihr unverständlicherweise bisher nicht gekommen war. Was, wenn es Asad Aidid war, der die Gangway herunterkam? Der Kerl würde sie erkennen, und dann konnte sie nur noch beten. Oder wenn er einen seiner Schergen aus Somalia mitgebracht hatte, etwa Rashid, den selbsternannten General mit der fetten Zigarre, oder einen der halbwüchsigen Milizionäre. Wenn man sie erkannte, bevor sie ihren Trumpf ausspielen konnte, würde Asad zu Ende bringen, was er in Somalia angefangen hatte, davon war sie überzeugt. Wieso hatte sie vorher nicht an diese Möglichkeit gedacht?

Sie versuchte, sich zu beruhigen, indem sie sich einredete, dass sie in Asads rachsüchtigem Kopf als Frau mit langem kastanienfarbenem Haar abgespeichert war. Vielleicht zögerte dieser Umstand das Erkennen hinaus.

Der Geiselnehmer erreichte die unterste Stufe der Gangway, kam auf die drei frierenden Rosafüßler zu, von denen zwei auf und ab hüpften, mit den Armen schlackerten und sich in die Hände hauchten.

Der dritte stand stocksteif da und betete, nicht erkannt zu werden.

Dann wurde es schlagartig düster. Sie ordnete ihre Gedanken und begriff, dass es nicht wirklich dunkel geworden war, sondern dass lediglich der grelle Schein fehlte, der bisher die gesamte Umgebung mit seinem Licht überflutet hatte. Als sich ihre Augen an die neuen Verhältnisse gewöhnt hatten, blinzelte sie zum Einstieg des Flugzeugs empor. Dort stand ein Schwarzafrikaner, der eine abgebrannte Signalfackel in der Hand hielt. Geschwind ersetzte er sie durch eine neue, die mit lautem Zischen zündete. Wieder wurde es hell. Fast gleichzeitig wehte der Wind eine bestialisch stinkende Benzinwolke heran.

Ihr stockte der Atem, denn in der kurzen Phase natürlichen Lichtes, das zwischen dem Abbrennen der beiden Fackeln herrschte, erkannte sie eine der beiden Gestalten, die in der Mitte der Gangway standen.

Diese Gestalt war ein Mann, ein gut aussehender Kerl mit freundlichem Gesicht, der intelligent und schüchtern wirkte und melancholisch und sympathisch und irgendwie verloren. Er war triefnass. Sie rechnete zwei und zwei zusammen und kam zu dem Schluss, dass man ihn mit Benzin übergossen hatte und dass der Fackelträger ihn ohne zu zögern ins Jenseits schicken würde, wenn er Gefahr witterte.

Das versetzte ihr einen Stich ins Herz, denn der freundliche, intelligente, schüchterne, melancholische, sympathische, verlorene Mann war derjenige, den sie liebte.

Kapitel 39

Mara war eine abgerissene Fremde, noch dazu eine Weiße, die an ein leeres Ölfass geklammert auf den Strand gespült worden war. Trotzdem nahmen der somalische Fischer und seine Familie sie auf, als wäre sie ein lang erwarteter, liebenswerter Gast, dem man jeden Wunsch erfüllen müsste.

In den zwei Wochen, die sie bei dem Fischer und den Seinen verbrachte, lernte sie, was Nächstenliebe war. Der zahnlose Somali, Ibrahim, und seine Frau, Aynan, hatten nichts außer einer Wellblechhütte als Behausung, einem alten Boot mit Netzen, die täglich geflickt werden mussten, sowie einem ganzen Stall von Kindern und Ziegen, wobei Erstere natürlich nicht wirklich im Stall lebten, sondern auf dem Fußboden der Wellblechhütte schliefen. Dieser bestand aus festgestampftem Lehm und war mit Teppichen ausgelegt, die eigentlich auf den Müll gehört hätten. Doch für Ibrahim und seine Familie waren sie von großem Wert, nicht zuletzt deshalb, weil darauf fünfmal täglich zum Gebet niedergekniet wurde. Bei Sonnenaufgang, mittags, nachmittags, wenn die Sonne als glutroter Feuerball am Horizont versank und ein letztes Mal wenige Stunden danach.

Die Somalis teilten alles mit Mara, obwohl sie selbst kaum genug zum Leben hatten: Ziegenmilch, Fisch aus eigenem Fang sowie Hirsebrei, der meist kalt hinuntergeschlungen wurde. Und menschliche Wärme und Herzlichkeit.

Eines Abends kümmerte sich Aynan um ihre ramponierte Frisur, die sie mit einer rostfleckigen Schere in eine halbwegs annehmbare Form brachte. Mara betrachtete das Ergebnis in dem abmontierten Außenspiegel eines Lkw, der für die Familie als Badezimmerspiegel diente, wobei das Badezimmer aus einer separaten Blechhütte und zwei Eimern bestand, einer zum Waschen, einer für die Notdurft.

Am dreizehnten Tag ihres Aufenthaltes versuchte sie Ibrahim klarzumachen, dass sie die deutsche Botschaft in Mogadischu erreichen musste. Er verstand natürlich weder Deutsch noch Englisch und sie kein Somali oder Arabisch oder was auch immer das für ein Dialekt sein mochte, der in dieser Region gesprochen wurde. Deshalb waren Hände und Füße und in den Sand gemalte Zeichnungen und Pantomime notwendig, um ihm mitzuteilen, dass sie am nächsten Tag nach Mogadischu aufbrechen wollte. Seine Reaktion war genauso unerwartet wie erstaunlich: Er war traurig. Das galt auch für Aynan, die ihren Kummer hinter einer beleidigten Miene verbarg. Die beiden gaben ihr zu verstehen, dass sie in Mogadischu keinen Tag überleben würde. Zudem sei es viel zu weit entfernt.

Also brachte Ibrahim sie am nächsten Morgen nach Boosaaso. Dazu musste sie sich auf den Gepäckträger seines Motorrollers quetschen, wo sie fast zwei Stunden lang durchgeschüttelt wurde.

Boosaaso war eine Hafenstadt im nördlichen Puntland, und obwohl es ein unvergleichliches Drecksloch war, galt es für somalische Verhältnisse als reich. Außerdem war es vom Bürgerkrieg weitestgehend verschont geblieben.

Ibrahim brachte sie ins europäische Viertel, das so hieß, weil dort zahlreiche italienische, spanische, portugiesische und griechische Reedereien ihre Kontore unterhielten. Sie fand eine Bank und rief den Anwalt ihres Bruders an. Zehn Stunden später traf die Blitzüberweisung ein, und Mara war gerettet. Sie umarmte Ibrahim zum Abschied, und er umarmte sie. Das Geld, das sie ihm schenken wollte, lehnte er vehement ab. Als er auf seinem Motorroller in den Sonnenuntergang davontuckerte, hatte sie das Gefühl, einen Familienangehörigen zu verlieren.

Sie verließ Somalia am nächsten Morgen an Bord eines Frachters, der einen Hafen in Kenia anlief. Dort angekommen, ging sie zum erstbesten Taxistand und bat den Fahrer, sie vor einem schönen Touristenhotel abzusetzen, wo sie in Ruhe zu sich selbst finden wollte, wie sie es in Gedanken nannte.

»Woher kommen?«, erkundigte sich der Fahrer.

»Germany«, antwortete sie knapp.

»Ah, Michael Schumacher«, frohlockte er. Den Rest der Fahrt tat er alles, um zu beweisen, dass er Schumi in nichts nachstand.

Schließlich endete die Fahrt im Renn-Taxi vor einem Vier-Sterne-Hotel.

Am Abend telefonierte sie mit der Heimat, wobei sie bei offen stehender Balkontür in ihrem Zimmer auf und ab ging. Wie sie erfuhr, galten zwei Berichterstatter, die für Docolonia gearbeitet hatten, namentlich Zöllner und Karpinski, seit über drei Wochen als vermisst. *Umgebracht*, dachte sie bitter. *Ermordet.*

Nachdenklich trat sie aus dem Zimmer in die laue Abendluft, als sie auf dem Nachbarbalkon eine Gestalt im Halbdunkel entdeckte.

Die Gestalt war ein Mann, ein gut aussehender Kerl mit freundlichem Gesicht, der intelligent und schüchtern wirkte und melancholisch und sympathisch und irgendwie verloren.

»Und?«, fragte sie ihn, um sich von ihren düsteren Gedanken abzulenken. »Wie fandest du die Safari?«

Kapitel 40

Noch 13 Minuten bis zur Stürmung von Flug SWX 714

Der Benzingestank war bestialisch.

Dennoch nahm Mara ihn nur unterbewusst wahr, da Bernds Anblick einen Orkan in ihrem Inneren entfacht hatte. Der war so heftig, dass sie kaum mitbekam, wie der Entführer die Sanikoffer ihrer beiden Begleiter durchsuchte. Zuvor hatte er eine Machete mit einseitig gezackter Klinge aus der Hand gelegt, deren bloßer Anblick ihr das Blut in den Adern gefrieren ließ. Dann wurde ihr bewusst, dass der Kerl sie offensichtlich nicht kannte, und auch sie erinnerte sich nicht, ihn jemals gesehen zu haben. Demnach war er damals nicht in Asads Unterschlupf gewesen, als das Interview außer Kontrolle geraten war.

Die Durchsuchung des ersten Koffers war rasch beendet. Der Sani wurde mit einem Kopfnicken angewiesen, an Bord zu gehen. Der zweite folgte wenig später.

Dann kam ihr Koffer an die Reihe.

Der Geiselnehmer durchwühlte ihn, doch seine Bemühungen wirkten lustlos.

Einmal hielt er kurz inne, und sie befürchtete, dass er das Handy ertastet hatte, das sich in einer Außentasche mit Reißverschluss befand. Er öffnete die Außentasche, sah aber nur die Mullbinden, unter denen das Handy versteckt war, und das genügte ihm.

Anschließend musterte er sie von den Haarspitzen bis zu den

Fesseln, grinste über ihre Gänsehaut, dann durfte sie ihm die Gangway hinauf folgen. Es platschte unter ihren nackten Füßen, als sie durch triefende Kleidungsstücke watete.

Etwa auf halber Strecke standen Bernd und eine Frau, die aussah wie eine Punkerin. Er hatte ihr die Hand auf die Schulter gelegt, und die Punkerin hatte sie ergriffen. Die beiden waren nass und stanken wie menschliche Zapfsäulen. Das Händehalten diente zweifellos dazu, sich gegenseitig Mut zu machen.

»Hallo«, hauchte sie mit einer Stimme, die ihr kaum gehorchen wollte. Die Begrüßung war unbeholfen und kaum der Situation angemessen, doch etwas Besseres wollte ihr nicht einfallen.

Er öffnete den Mund, musste jedoch mehrere Male schlucken, bevor er einen Ton herausbrachte. »Hanna! Was tust du denn hier?«

Sie zuckte mit den Schultern. »Wahrscheinlich will ich dich retten.« Am liebsten hätte sie ihn umarmt, doch der Mann mit der Fackel beobachtete sie.

Bernd starrte sie entgeistert an. Sein Blick streifte den Sanikoffer. »Also doch Ärztin. Ich habe es mir gedacht.«

Sie lächelte dünn, machte jedoch keine Anstalten, den Irrtum aufzuklären. Dazu fehlte die Zeit.

»Ich … ich habe deinen Brief gelesen«, fuhr er fort. »Das heißt, er wurde mir vorgelesen, von einem Freund, der bei mir zu Hause nach der Post gesehen hat. Ich …«

Mara legte ihre Hand auf die seine und die der Punkerin. »Nicht jetzt.« Sie senkte die Stimme und sprach schnell. »Wenn ich oben bin, wartet eine Minute, dann macht, dass ihr wegkommt! Niemand wird sich um euch kümmern, dafür werde ich sorgen. Lauft unter den Rumpf der Maschine und dann zum Heck.«

»Aber …«, setzte er an, doch wieder unterbrach sie ihn.

»Denkt daran, was ich euch gesagt habe. Lauft!« Sie drückte

sich an ihm vorbei. »Ich hoffe, dass du mir nicht böse bist«, sagte sie, während sie die nächsten Stufen nahm. »Und ich heiße nicht Hanna.«

Er drehte sich nach ihr um. »Natürlich bin ich dir nicht böse. Wie könnte ich, Mara.«

Der Schwarze, der die Koffer durchsucht hatte, verschwand bereits im Flugzeug, doch an seiner Stelle erschien ein anderer Mann und trat neben den Fackelträger. Das grelle Magnesiumfeuer machte aus ihm einen anonymen Schattenriss, doch sie erkannte sofort seine Stimme.

»Was gibt es da unten zu quatschen?«, schimpfte Asad in seinem Oxford-Englisch. »Komm endlich an Bord oder zieh Leine!«

Sie senkte den Kopf, damit er ihr nicht ins Gesicht sehen konnte, fasste mit der linken Hand in die Außentasche des Koffers, schob ihre schlanken Finger durch die Mullbinden und bekam das Mobiltelefon zu fassen. Noch beim Herausziehen drückte sie auf die Verbindungstaste, wodurch automatisch die letzte der zuvor angerufenen Nummern gewählt wurde.

Der große Bluff konnte beginnen.

Kapitel 41

Noch 9 Minuten bis zur Stürmung von Flug SWX 714

Drei Spezialeinsatztrupps (SET) der GSG 9, bestehend aus insgesamt fünfzehn Männern in schwarzen Overalls und ballistischen Schusswesten, mit Sturmhauben und Kevlarhelmen näherten sich dem Flugzeug von achtern.

Einer der drei Truppführer dachte an seinen Bruder. Das ärgerte ihn, zum einen angesichts der Lage, die volle Konzentration auf den bevorstehenden Einsatz erforderte, zum anderen, weil er seinen Bruder nicht besonders mochte, was auf Gegenseitigkeit beruhte. Doch aus irgendeinem Grund hatte der Blödmann ihm eine Urlaubskarte geschickt, nach fast fünf Jahren Funkstille. Sie war in Kenia abgestempelt worden, und deswegen drängte sie sich dem Anführer des SET in diesem Moment ins Bewusstsein, da auch das entführte Flugzeug, das es zu stürmen galt, aus Kenia kam.

Seine Männer und die der beiden anderen SETs marschierten langsam, scheinbar ohne Eile und wie die Ameisen einer hinter dem anderen, während hoch über ihren Köpfen eine Spionagedrohne schwebte. Die Drohne war mit einer Kamera versehen, deren Bilder per Funk auf einen Monitor übertragen wurden. Zwei wachsame Augenpaare beobachteten den Monitor.

»Weiter rechts halten«, sagte der ältere Beobachter in das Mikrofon vor seinem Mund. »Etwa anderthalb Meter.«

Sofort schwenkten die Truppführer nach rechts, und die drei

Ameisenkolonnen folgten der Bewegung. Das war wichtig, denn ihre Annäherung an das Flugzeug musste in einer exakt geraden Linie erfolgen, die eine direkte Verlängerung des Rumpfes der Maschine darstellte. Nur so konnte man sicher sein, dass niemand, der aus dem Einstieg spähte, sie entdeckte. Vorausgesetzt, er lehnte sich nicht allzu weit hinaus.

»Noch rund fünfhundert Meter«, kam es über den Helmfunk. »Die Peilung ist gut. Weiter so.«

Das vorläufige Ziel der Spezialkräfte lautete, unter den Flugzeugrumpf zu gelangen, denn dort war es so gut wie ausgeschlossen, dass man sie entdeckte. Danach würden sie die mitgeführten Leitern bereitmachen, anschließend jeweils ein SET an den beiden Steuerbord-Einstiegsluken in Stellung gehen sowie eins an der hinteren Backbordluke. Der vorderen Backbordluke würde man sich nicht nähern, denn dort war bereits eine Gangway herangeschoben worden, sodass die Gefahr, entdeckt zu werden, zu groß war.

»Noch vierhundert Meter«, ertönte es im Helmfunk. »Am Objekt ist alles ruhig. Vor einer halben Minute ist der letzte von drei Sanitätern an Bord gegangen, jetzt ist keine Bewegung mehr auszumachen.«

Nachher, wenn die Leitern erklommen waren und sich die jeweiligen Truppführer vor den Luken befanden, begann die eigentliche Erstürmung der Maschine, das *Boarding*. Dieser Begriff bezeichnete den anspruchsvollsten und gefährlichsten Teil im Kampf gegen Luftpiraten, und jeder Beamte, der an einem solchen Einsatz teilnahm, hatte es zuvor mindestens 500 Mal geübt.

Ein Helikopter würde vom Himmel fallen, um das Flugzeug mit sogenannten *Irritationskörpern* einzudecken. Diese richteten zwar keinen Schaden an und setzten auch keinen der Geiselnehmer außer Gefecht, doch dafür verursachten sie einen Lärm, als hätte die Hölle ihre Pforten geöffnet. Die Wirkung: Stress. Und während das Spektakel hoffentlich für genügend Verwirrung sorgte, mussten die Truppführer so schnell wie möglich die Luken öffnen – auch das war unendliche Male trainiert worden – und Schockgranaten in die Maschine werfen. Diese explodierten mit einem fürchterlichen Knall und einem grellen Lichtblitz, der selbst die Stroboskop-Effekte in einer Disco wie 20-Watt-Glühbirnen aussehen ließ. Das alles zusammen führte zwangsläufig zur kurzfristigen Orientierungslosigkeit, sowohl bei Passagieren als auch bei Entführern.

Trotzdem war die Erstürmung eines Flugzeuges bei Tag, ohne den Schutz der Dunkelheit und den Vorteil von Nachtsichtgeräten, der reine Wahnsinn. Nichts war vorhersehbar, alles konnte schiefgehen.

Viele Grüße aus dem heißen Kenia, hatte auf der Rückseite der Postkarte gestanden. *Wenn ich wieder zurück bin, sollten wir mal zusammen ein Gläschen trinken. Um der alten Zeiten willen. Dein Bruder Bernd.* Auf der Vorderseite hatten sich zwei Nashörner miteinander vergnügt. So etwas passte wie die Faust aufs Auge zu Bernd, der schon immer ein langweiliger Biedermann gewesen war.

»Weiter rechts, verdammt noch mal!«, schimpfte die Stimme im Helmfunk. »Rechts, hab ich gesagt. Menschenskind, Drei-eins, was ist los?«

Clemens Vogel, dem Truppführer mit der Funkkennung Drei-eins, wurde plötzlich bewusst, dass er mehrmals aufgefordert worden war, den Kurs der Annäherung zu korrigieren. »Alles in Ordnung«, versicherte er und lenkte seine Schritte nach rechts. »Alles in Ordnung.«

Dabei war gar nichts in Ordnung, denn an diesem Tag spürte er etwas, das er noch niemals vor einem Einsatz gespürt hatte.

Panische Angst.

Kapitel 42

Noch 7 Minuten bis zur Stürmung von Flug SWX 714

Mara ignorierte Asads Gezeter und stieg die letzten Stufen der Gangway empor. Ihr Herz pochte gegen die Rippen, ihre Hand, die das Mobiltelefon hielt, war schwitzig. Erst als sie genau vor ihm stand, ließ sie den Sanikasten fallen. Sie hob den Kopf.

»Hallo, Hoheit. Haben Sie mich vermisst?«

Sie sprach so leise, dass er sie gerade noch verstehen konnte. Sie hoffte, dadurch bedrohlich zu wirken.

Der Verbrecher bohrte den Blick seiner gelben Augen in ihr Gesicht und erkannte sie wieder. Sein Hemd und die Hose waren mit Blut besudelt.

»Die Reporterin!«, rief er ungläubig aus. Die Überraschung ließ ihn einen Schritt zurücktaumeln, doch dann fing er sich wieder. Er stürmte auf sie zu. »Du dreckige Schlampe! Wegen dir wäre ich beinahe verreckt. Die Wunde in meinem Fuß hat sich entzündet, nachdem du mir das Messer …«

»Freut mich zu hören!«, fiel sie ihm ins Wort. Dabei machte sie eine Bewegung wie ein Torero, der den Angriff eines Stieres ins Leere laufen lässt.

Auch Asad lief ins Leere. Er prallte gegen die Kabinenwand.

»Omar befindet sich in meiner Gewalt«, schnappte sie. »Wenn du nicht sofort aufgibst und sämtliche Geiseln freilässt, werde ich dafür sorgen, dass man ihn umbringt, das schwöre ich!«

Er hielt inne, schien zu überlegen, doch nur für einen Sekundenbruchteil. Dann brach er in schallendes Gelächter aus. »Hat Grillo dich geschickt? Hält der Affe mich für so dämlich, dass ich auf einen solchen Schwachsinn hereinfalle?«

Sie erwiderte sein selbstsicheres Grinsen. »Ob Grillo mich geschickt hat? Nein, ich bin aus freien Stücken hier. Weil du meine Begleiter getötet hast und meinen Hund. Da ist also noch eine Rechnung zwischen uns offen. Ergib dich, oder dein Bruder stirbt!«

Er lachte herablassend. »Du kleine Made. Ich habe vorhin mit meinem Bruder telefoniert. Er befindet sich bereits auf dem Weg hierher.« Der Lauf der Maschinenpistole zeigte plötzlich auf ihre Brust.

Ehe er abdrücken konnte, warf sie ihm das Handy zu, das er reflexartig auffing. Dabei entfiel ihm die Waffe, die er mit den verbliebenen zwei Fingern der Linken nicht halten konnte.

»Geh ran!«, forderte sie ihn auf. »Es ist dein Bruder. Und du hast natürlich recht: Er befindet sich bereits auf dem Weg. Aber nicht auf dem Weg hierher, sondern auf dem Weg in die Hölle!«

Für einen Augenblick schien es, als würde er das Mobiltelefon einfach wegwerfen, doch dann hielt er es ans Ohr. »Omar?«, fragte er misstrauisch. »Bist du das?«

Sofort erkannte er die Stimme, die an sein Ohr drang. Ihr Klang verriet schiere Verzweiflung.

»Na, Hoheit, was berichtet der liebe Bruder?«, spottete Mara.

In seinem Gesicht zuckte ein Muskel. Er stand da, das Handy ans Ohr gepresst, die Augen weit aufgerissen. Sein Bruder schnatterte ununterbrochen.

Der Kerl mit der Magnesiumfackel, der den Ausstieg bewachte, wandte sich um. Die Fackelhand machte die Bewegung mit, sodass die Bordküche schlagartig in Helligkeit explodierte.

Aus zusammengekniffenen Augen sah sie, dass der Kerl seinem Anführer einen fragenden Blick zuwarf, doch Asad war immer noch wie paralysiert.

»Dein Freund spricht gerade mit seinem Bruder«, erklärte sie dem Fackelträger in der Hoffnung, dass er Englisch verstand. »Mit Omar. Soweit ich weiß, war er euer Boss, bevor man ihn verhaftet hat. Ich habe ihn entführen lassen.«

Der Kerl glotzte sie mit offenem Mund an. Ihm fehlten die Schneidezähne.

Sie dachte an die Szene auf der Terrasse in Asads Domizil. Damals hatte sie mit dem Rücken zur Klippe gestanden, weshalb der Mistkerl nicht an sie herangekommen war, da er unter ausgeprägter Höhenangst litt. Diese Erkenntnis hatte sie zu der Annahme bewogen, dass Mutter Natur seinem Zwilling die gleichen Ängste in die Wiege gelegt haben könnte. Das war natürlich kaum mehr gewesen als eine vage Hoffnung, doch wie es schien, traf sie haargenau zu.

»In dieser Sekunde«, sagte sie eindringlich, »steht Omar auf dem Dach eines zwölfstöckigen Hauses, genau an der Kante. Er ist gefesselt, zwei Männer halten ihn fest. Noch.«

Asad leckte sich über die Lippen. Allein der Gedanke, dass sein armer, geliebter Bruder an der Dachkante stand, war für ihn der blanke Horror.

Sie fuhr leise fort. »Ein einziger Stoß genügt, und er endet als blutiger Brei auf dem Asphalt, Hoheit!« Sie spie ihm das letzte Wort entgegen. Unbewusst krallte sie ihre nackten Zehen in den Teppich. Dann wandte sie sich wieder an den Kerl ohne Schneidezähne. »Und weißt du auch, was meine Leute mit dem Breiklumpen anstellen werden, der einmal Omar Aidid gewesen ist?«

Der Kerl schüttelte unwillkürlich den Kopf. Es war ihm anzusehen, dass er das gänsehäutige Weib im Badeanzug am liebsten aus dem Flugzeug geworfen hätte, doch die ungewohnte Tatenlosigkeit seines Anführers verwirrte ihn.

»Sie werden ihn an die Schweine verfüttern«, zischte sie. »An einen ganzen Stall stinkender, dreckiger, scheißender Schweine.«

Das war das Schlimmste, was man einem Moslem antun konnte, zumindest glaubte sie das.

Asad hatte sich immer noch nicht von dem Schock erholt. Er hielt dem anderen das Handy hin, aus dem es anhaltend quäkte.

»Omar!«, entfuhr es dem Fackelträger, nachdem er ein paar Sekunden zugehört hatte.

Dann folgte ein Schwall fremdartiger Worte, deren Sinn Mara nicht verstand. An den Gesichtern der Verbrecher erkannte sie, dass die Kerle den Köder geschluckt hatten; es war ihnen anzusehen, dass sie nicht den leisesten Zweifel daran hegten, dass ihr Kampfgefährte tatsächlich gekidnappt worden war. Doch in Asads Augen stand noch etwas anderes geschrieben. Etwas, das ihren gesamten Plan über den Haufen warf.

Auf einmal entfiel ihm das Handy, und er bückte sich danach.

Aber das war nur eine Finte. Als er wieder hochkam, hatte er nicht das Mobiltelefon in der Hand, sondern die verdammte MPi.

Da wusste sie, dass sie das Spiel verloren hatte.

Kapitel 43

Eine halbe Stunde, bevor Mara ihrem schlimmsten Albtraum gegenübertrat, hockte dessen Bruder in einem VW-Transporter.

Anstelle einer Ladefläche verfügte dieser über eine winzige fensterlose Zelle, ausgestattet mit einem am Boden festgeschraubten Stuhl, einem in die Wand eingelassenen Blech, das blank poliert war und als Spiegel diente, sowie einem Chemikalienklo. Sowohl die Toilette als auch der Stuhl waren mit einem Sicherheitsgurt ausgestattet, damit der Häftling bei einem starken Bremsmanöver nicht vom Thron fiel.

Omar war völlig aufgekratzt, denn kurz zuvor hatte er mit seinem Bruder telefoniert. Asad und drei andere waren gekommen, um ihn zu befreien. Dafür hatten sie ein Flugzeug entführt und die Besatzung und die Passagiere als Geiseln genommen, und nun würde man ihn zum Flughafen bringen, wo seine Kameraden auf ihn warteten.

Der Motor lief, und der Wagen vibrierte, was den Toilettenpapierhalter klappern ließ. Dann, langsam, setzte er sich in Bewegung.

Er hatte kaum richtig Fahrt aufgenommen, als er bereits wieder abrupt zum Stillstand gebracht wurde. Omar, der sich abgeschnallt hatte, kaum dass die Tür hinter ihm ins Schloss gefallen war, wurde durch die winzige Zelle geschleudert. Er prallte hart gegen die Wand, fluchte, rappelte sich auf.

Draußen waren Schreie zu hören sowie herannahende Schritte. Eine Tür wurde aufgerissen, und ein kurzes Wortgefecht entbrannte. Wenig später herrschte bereits wieder Stille, nachdem zuvor ein dumpfer Schlag ertönt war.

Er bückte sich, in der Hoffnung, durch das Schlüsselloch seiner Tür irgendetwas entdecken zu können, doch da war kein Schlüsselloch. Er pochte mit den Fäusten gegen die Wand, brüllte einen der wenigen deutschen Sätze, die er gelernt hatte: »Schließer, ich will raus!«

Der Justizvollzugsbeamte, der bei jedem Gefangenentransport in dem winzigen Räumchen vor der Zelle auf einem Stuhl saß, rührte sich nicht.

Omar fluchte auf Somali. Ein mulmiges Gefühl beschlich ihn. Verdammt, was war da los? Er legte den Kopf schräg, lauschte. Die Schritte kamen näher, eine Schiebetür wurde geöffnet. Gleich darauf hörte er wieder einen dumpfen Laut, gefolgt von einem Stöhnen. Die Schritte waren inzwischen unmittelbar vor seiner Zelle. Er wollte zurückweichen, stieß jedoch mit dem Rücken gegen die Wand.

Und dann wurde die Zellentür aufgerissen.

Der hünenhafte Schließer, der sie eigentlich bewachen sollte, lag regungslos auf dem Boden. Ein Maskierter mit einem Knüppel in der Hand sprang über ihn hinweg.

Omar hob abwehrend die Hände. »Was …?«

Weiter kam er nicht. Der Maskierte schlug ohne Vorwarnung zu. Unbarmherzig klatschte der Knüppel gegen Omars Oberschenkel, dann hob er sich, um sogleich auf die Arme des Gefangenen niederzusausen, hob sich erneut und fuhr wieder nach unten und so fort.

Ein zweiter Maskierter tauchte hinter dem ersten auf und schrie diesen an. Omar konnte die Worte nicht verstehen, begriff aber, dass der zweite Mann dem ersten befahl, von ihm, Omar, abzulassen. Der Retter wirkte viel schmächtiger als der Schläger, überdies trug er eine abscheuliche Hose mit Karomuster.

Der Knüppel wurde fallen gelassen. Omar wollte aufatmen, doch im nächsten Augenblick explodierte eine Bombe in seiner Magengrube, als ihm die Faust des Peinigers in die Eingeweide fuhr. Er klappte zusammen, würgte, hechelte nach Luft. Der nächste Schlag brach ihm das Nasenbein. Ein ekelhafter Knirschlaut war die Begleitmusik, während ihm die Tränen in die Augen schossen und das Blut aus den Nasenlöchern.

Der Schläger verhöhnte ihn, wie an seinem Tonfall deutlich zu erkennen war.

Dann griff der Typ mit der Karohose wieder ein und zerrte seinen Begleiter mit aller Gewalt aus der Zelle. Die beiden schnauzten einander an, wobei sich der Karierte wie ein weinerliches Weib gebärdete. Dafür erntete er das Gelächter des Schlägers.

Omar schnaufte. Vorsichtig betastete er seine ramponierte Nase, als schon wieder der Schläger vor ihm stand, diesmal jedoch nicht mit einem Knüppel in der Hand, sondern mit einem Jutesack. Im nächsten Moment herrschte Dunkelheit, da der Sack über seinen Kopf gestülpt wurde. Er fühlte sich an den Armen gepackt und unsanft nach draußen bugsiert.

»Hände auf den Rücken!«, blaffte der Schläger.

Omar rührte sich nicht, da sein Deutsch zu schlecht war, um den Befehl zu verstehen.

Seine Arme wurden brutal nach hinten gerissen, Handschellen legten sich um die Gelenke, dann klickte es. Das Geräusch war noch nicht verklungen, als er wieder nach vorn gestoßen wurde. Der Schläger brummte unfreundlich vor sich hin.

Nach zwei Minuten Fußweg, den er unter ständigen Knüffen und Hieben im Laufschritt zurücklegen musste, erhielt Omar einen fürchterlichen Rammstoß ins Kreuz. Er taumelte vorwärts, schlug sich beide Schienbeine an einer harten Kante auf, stolperte, fiel hin. Doch der Fall war nicht tief, da man ihn in ein Auto gestoßen hatte, auf die Ladefläche eines Transporters. Sofort wurde hinter ihm eine Tür zugeworfen.

»Los!«, brüllte der Schläger neben ihm.

Der Motor wurde gestartet und heulte auf. Mit quietschenden Reifen setzte sich das Fahrzeug in Bewegung. Das glich einem Katapultstart. Omar, dessen Hände auf den Rücken gefesselt waren, wurde über die Ladefläche geschleudert, wobei er sich brennende Abschürfungen zuzog. Der Schläger lachte.

Am Steuer musste ein Wahnsinniger sitzen, denn er nahm die kurvige Strecke mit unangemessen hohem Tempo. Der Transporter machte einen Bocksprung nach dem anderen, schlingerte hin und her, während der Motor unter Dauerstress stand; der Wagen wurde gestoppt, brachial beschleunigt, genauso brachial gebremst, dann wurde abermals das Gaspedal bis zum Bodenblech durchgetreten. Omar wurde zum Spielball der Fliehkraft.

»Stopp!«, brüllte der Schläger nach einer gefühlten Ewigkeit.

Gummi radierte über Asphalt, als der Fahrer den Wagen zum Stehen zwang.

»Hier endet die Reise, mein Freund. Jetzt kommt der lustige Teil.« Der Schläger lachte boshaft, öffnete die Tür, sprang hinaus und zerrte Omar hinter sich her.

Er wurde eine Treppe hinaufgetrieben, deren Stufen offenbar aus metallenen Gitterrosten bestanden. Die Konstruktion war, wie es schien, außen an einem Gebäude angebracht, was in ihm sofort die Vorstellung an eine Feuerleiter weckte. Der Wind pfiff eisig, während ihm immer mulmiger zumute wurde, je höher er stieg.

»Was wollt ihr von mir?«, rief er auf Somali.

Die Antwort war ein Fausthieb in die Nieren, dann brüllte ihm der Schläger direkt ins Ohr: »Weiter, du kleine Pissnelke! Oder ich stülpe dir das Innerste nach außen!«

»Herr Strasser!«, empörte sich der Kerl mit der Karohose. »Ich bitte Sie, der Mann ist wehrlos!«

»Na und? Macht es deshalb weniger Spaß, ihn zu piesacken? Ich finde nicht!«

Endlich erreichten sie das Ende der Treppe, und Omar spürte Kies unter den Füßen. Er witterte, dass er sich auf dem Dach eines Hauses befand, auf einem Flachdach, in schwindelerregender Höhe, denn der Wind blies hier noch heftiger.

»Weiter!«

Die beiden Männer nahmen ihn in die Mitte, indem sie sich rechts und links bei ihm unterhakten. Nun ging es langsamer vorwärts, fast bedächtig. Seine Angst nahm zu.

»Halt!«

Er wurde jäh zum Stehen gebracht, genau an der Dachkante. Die Tiefe war förmlich spürbar. Er atmete schwer, spannte jeden Muskel an, verkrampfte sich.

»Was wollt ihr von mir?«, rief er erneut auf Somali. Hastig setzte er auf Deutsch hinzu: »Schließer, ich will raus!«

Die beiden Männer schoben ihn nach vorn, und im nächsten Moment ließen sie ihn los.

Das Blut gefror ihm in den Adern. Er hatte keinen festen Boden mehr unter den Füßen. Stattdessen musste er auf einer wackeligen schmalen Holzplanke stehen, die über die Dachkante hinausragte.

Er schrie gellend auf, verlor das Gleichgewicht und …

Kräftige Finger krallten sich von hinten in seinen Hosenbund und hielten ihn fest.

Papier raschelte. Schließlich sagte der Karomann in gebrochenem, kaum verständlichem Somali: »Unter deinen Füßen geht es zwölf Stockwerke in die Tiefe. Wenn du fällst, wirst du sterben, und wir werden deine Überreste an die Schweine verfüttern.«

Omar stieß einen Laut des Entsetzens aus. Er begriff, dass ihm soeben eine vorgefertigte Botschaft verlesen worden war. Was er nicht begriff, war, warum man ihn auf einmal umbringen wollte, anstatt ihn zu seinem Bruder zu bringen.

Die Planke unter seinen Füßen schwankte und knarrte bedenklich. Er bemühte sich, das Gleichgewicht zu halten, doch um ihn herum schien sich alles zu drehen, und wäre nicht die Hand an seinem Hosenbund gewesen, wäre er längst in die Tiefe gestürzt.

Plötzlich war das Klingeln eines Mobiltelefons zu hören.

Der Schläger sagte etwas, dann langte er mit dem Arm über Omars Schulter und hielt ihm das Gerät vor das Gesicht.

Gedämpft durch den Jutesack, hörte er eine Stimme. Es war die von Asad, seinem geliebten Bruder.

Kapitel 44

Noch fünf Minuten bis zur Stürmung von Flug SWX 714

Asad wütete. Er schleuderte das Mobiltelefon von sich, sodass es über den Boden schlitterte und unter einem Sitz liegen blieb.

Mara wich vor ihm zurück, als ihr klar wurde, dass er sich niemals ergeben würde, auch dann nicht, wenn er damit die Exekution seines Bruders besiegelte. Ihr gesamter Plan hatte auf der Annahme basiert, dass Asad seinen Bruder abgöttisch liebte und bereit war, alles für ihn zu tun. Weshalb hätte er sich sonst in ein anderes Land begeben sollen, auf einen anderen Kontinent, um eine Passagiermaschine zu entführen und ein Wahnsinnsspiel zu spielen? Folglich war sie davon ausgegangen, dass er klein beigeben würde, um Omar zu retten, schließlich hatte er sich sogar drei Finger für ihn abgehackt.

Irrtum!

In seinen Augen funkelte schiere Mordlust, als er den Lauf der MPi wie eine Lanze einsetzte und ihr die Mündung in den Unterleib rammte. Dabei brüllte er wie am Spieß.

Es war ein jähzorniger, ungestümer Angriff, der zwar wehtat, zumindest im ersten Moment, in Wirklichkeit jedoch keinen Schaden anrichtete. Trotzdem gab sie einen gequälten Laut von sich, klappte zusammen wie ein Taschenmesser, absichtlich, presste stöhnend die Hände gegen den Leib, taumelte rückwärts in Richtung Mittelgang und sank auf Höhe der ersten Sitzreihe zu Boden. Dort blieb sie liegen, vernehmlich röchelnd.

Entsetzt registrierte sie, dass der Boden und die Sitze und sogar die Wände mit Blut gesprenkelt waren. Zudem bemerkte sie, dass die ersten drei Sitzreihen leer waren, bis auf eine verheulte Stewardess und einen Mann mit Kopfverband, der ein Pilotenhemd trug.

Asad stand breitbeinig über ihr. Es war das gleiche Bild wie auf der Terrasse in Somalia.

Auf einmal meldete sich der Schwarze mit der brennenden Magnesiumfackel zu Wort. Er sprach Somali, was Mara natürlich nicht verstand, doch seine Gestik sowie Asads Reaktion weckten in ihr die Hoffnung, dass er keineswegs damit einverstanden war, Omar kampflos aufzugeben.

Asad ließ von ihr ab, um stattdessen seinen widerspenstigen Kumpan anzuschnauzen. Offenbar versuchte er ihm klarzumachen, dass Omars Rettung gleichzeitig die eigene Gefangennahme bedeutete.

Der Fackelträger konnte oder wollte das nicht begreifen, denn er hörte nicht auf zu lamentieren. Asad fuhr ihm abermals über den Mund, doch das Gezeter ging weiter, diesmal lauter als zuvor. Schließlich sahen die beiden nicht mehr aus wie Waffenbrüder, sondern wie zwei Bullen, die kurz davor standen, mit gesenkten Hörnern aufeinander loszugehen.

Angelockt von dem Palaver, eilte ein dritter Schwarzafrikaner herbei, der sich bis dahin im hinteren Teil der Maschine aufgehalten hatte. Trotz der Kälte steckten seine nackten Füße in ausgelatschten Sandalen, was ein sicheres Zeichen dafür war, dass er zu keiner Zeit beabsichtigt hatte, das Flugzeug zu verlassen.

Der Fackelmann klärte den Sandalenträger mit wenigen Sätzen über die Lage auf, wobei er mit der freien Hand auf Asad zeigte. Die Geste war eine offensichtliche Anklage.

»Stehen Ihre Leute nicht mehr hinter Ihnen, Hoheit?«, fragte Mara zynisch. Sie lag noch immer im Mittelgang auf dem Boden. »Haben Sie ihnen versprochen, die Sache würde reibungslos über die Bühne gehen, ja? Und nun erkennen Ihre Lakaien, dass Sie den Mund zu voll genommen haben?« Sie rappelte sich langsam hoch, während sie ihre Worte mit Bedacht wählte und so deutlich wie möglich sprach, in der Hoffnung, dass Asads Kumpane sie ebenfalls verstanden. »Was ist mit Ihrer Ehre, Hoheit? Ich dachte, für Ihren Bruder würden Sie bis in die Hölle gehen? Das haben Sie mir jedenfalls in Somalia erzählt.« Sie hob die Linke und klappte die drei Finger ein, die Asad fehlten. »Nun, viel wert scheint die Dankbarkeit des Löwen von Puntland nicht zu sein. Schlecht für Omar, denn wenn ihr euch nicht ergebt, werden meine Leute ihn von einem Hochhaus stürzen. Und wie gesagt, seine Überreste landen hinterher im Schweinekoben.« Sie imitierte das Geräusch einer quiekenden Sau.

Inzwischen hatte auch der vierte Geiselnehmer seinen Posten im Heck der Maschine verlassen, um nachzusehen, was der Grund für die Debatte im Durchgang zur Bordküche war. Er kam und rief den anderen etwas zu, erhielt eine Antwort und blieb zögernd in der Mitte der Passagierkabine stehen.

Jetzt sind sie gleich alle vier auf engstem Raum versammelt, dachte Mara. *Das ist der ideale Augenblick für die Erstürmung. Wenn ich doch nur eine Möglichkeit hätte, Grillo zu informieren*. Sie schielte nach dem Handy, doch das lag unerreichbar unter einem Fenstersitz.

Der Fackelträger boxte Asad mit der Faust gegen den Oberarm. Das war sicherlich nicht als Angriff gedacht, sondern als Geste, die ausdrücken sollte: *Komm endlich zur Vernunft!*

Doch Vernunft war nicht Asads Stärke. Offenbar war er der Meinung, bereits viel zu lange diskutiert zu haben. Wie schon zuvor bei Mara, stieß er mit dem Lauf der Maschinenpistole nach seinem Kontrahenten.

Der zog das Messer, ein an sich furchteinflößendes Ding mit

grausam gezackter Klinge. Doch angesichts einer auf ihn gerichteten MPi konnte er damit nicht viel Eindruck schinden.

Der dritte Mann schrie eine Warnung, der vierte setzte sich wieder zögernd in Bewegung, Asad warf einen hastigen Blick in Richtung des Alukoffers, der im Durchgang zum Cockpit stand und den Mara erst in diesem Moment entdeckte.

Der Arm mit dem Messer schoss nach vorn.

Asad war schneller. Die Maschinenpistole in seinen Händen brüllte zweimal kurz hintereinander, hustete Feuer und Blei.

Die Stewardess stieß einen spitzen Schrei aus. Auch weiter hinten im Flugzeug machte sich das Entsetzen lautstark Luft.

Der Fackelträger riss ungläubig die Augen auf, als die Geschosse seine Brust zerfetzten. Das Messer polterte zu Boden, die Hand mit der unverändert brennenden Magnesiumfackel presste sich auf die Wunde. Im fahlen Licht sah seine schwarze Haut plötzlich unnatürlich bleich aus. Dann brach sein Blick.

Asad drückte abermals ab, diesmal aus schierem Jähzorn. Die MPi spuckte eine ganze Salve aus, der Fackelträger, der mit dem Rücken zum Ausstieg stand, wurde regelrecht die Gangway hinuntergepustet.

Mara starrte ihm hinterher und hielt die Luft an.

Eine Sekunde lang herrschte Stille.

Der weiße Fackelschein erlosch, fiel in sich zusammen, ließ bodenlose Dunkelheit zurück. Für einen Moment ersoff alles um sie herum in einer Schwärze, die so endgültig war, dass sie die Hand nicht vor Augen sehen konnte.

Dann hörte sie ein tiefes, ungemein bösartiges Fauchen, und im nächsten Moment wurde das verschwundene weiße Licht durch orangefarbenes ersetzt.

Die Flammen schlugen in den Himmel, als die Benzinkanister explodierten.

Kapitel 45

Ein heißer Luftschwall wehte herein und weckte in Mara die Vorstellung einer Backofentür, die kurz geöffnet wurde, um einen Blick auf den Braten zu werfen, der in der Röhre schmorte. Die Hitze wehte ihr mitten ins Gesicht, sodass sie den Eindruck hatte, jemand ziehe ihr die Haut ab. Doch dann schlug dieser Jemand die Backofentür wieder zu, und die Hitze verschwand ebenso schnell, wie sie gekommen war. Zurück blieben der bestialische Gestank von brennendem Benzin sowie dünner Rauch, der ein Kratzen im Hals verursachte.

Sie hoffte, nein, betete, dass sich Bernd und die Punkerin rechtzeitig in Sicherheit gebracht hatten. *Bitte, lieber Gott*, schoss es ihr in den Sinn, *mach, dass die Flammen nicht auf das Flugzeug übergreifen!* Dann tat sie den Gedanken als unwahrscheinlich ab, da der Flugzeugrumpf aus Metall bestand. Doch was, wenn sich die mittlerweile gefüllten Kerosintanks zu stark erhitzten?

Asad nahm derweil den Kerl mit den Sandalen aufs Korn, der sich anschickte, eine Pistole gegen ihn zu richten, da es ihm offenbar nicht gefiel, was aus dem Fackelträger geworden war.

Sie jubelte innerlich. Wenn sich die Verbrecher gegenseitig umbrachten, war das umso besser für alle anderen.

Die Maschinenpistole ratterte, doch der Schwarze mit der Pistole sprang aus der Schusslinie, wobei er dummerweise genau auf Mara landete.

Sie ächzte.

Eine Kugelgarbe fetzte in den Boden, ein herumfliegender

Splitter riss ihr die Wange auf, während Teppichfasern in ihren Mund gerieten.

Beide versuchten sich in Sicherheit zu bringen, indem sie zwischen die Sitzreihen krochen, doch dabei kamen sie sich gegenseitig ins Gehege und behinderten einander.

Die Rückenlehnen zitterten im Kugelhagel. Eine heiße Patronenhülse landete im Ausschnitt ihres Badeanzugs, und im ersten Moment fühlte es sich an, als würde man ihr eine glühende Zigarette auf der Haut ausdrücken.

Die Stewardess schrie ununterbrochen. Dann schrie auch der Sandalenträger, als ein Projektil geradewegs über seine Schädelplatte schrammte und dort einen blutigen Striemen hinterließ.

Asad machte zwei, drei Schritte, dann stand er genau vor den Flüchtigen und richtete die Mündung der MPi auf sie.

Doch sein diabolisches Grinsen gefror, als der Schlagbolzen der Waffe auf ein leeres Patronenlager traf.

Der letzte Entführer, der bis dahin unschlüssig in der Mitte der Kabine verweilt hatte, rannte auf das Geschehen zu. Im Laufen zückte er ein Messer, das genauso hundsgemein aussah wie das des zur Fackel gewordenen Fackelträgers.

Sie hatte keine Ahnung, ob auch er sich gegen Asad stellte oder ihm zu Hilfe eilen wollte. Folglich war er ein unkalkulierbares Risiko, das ausgeschaltet werden musste. Sie rammte dem Sandalenträger, dessen Beine auf ihren lagen, den Ellenbogen gegen die Schläfe. Hölle, tat das weh! Ohne auf die Schmerzen zu achten, wand sie ihm die Pistole aus den Fingern, registrierte unterbewusst, dass es sich dabei um eine Walther P 99 handelte, also um die gleiche Waffe, die von der Polizei des Landes Nordrhein-Westfalen benutzt wurde und an der sie ausgebildet worden war. Halb liegend, halb sitzend wandte sie sich um, atmete aus, peilte in den Mittelgang und drückte zweimal kurz hintereinander ab, so wie es ihr auf dem Schießstand beigebracht worden war.

Es schien, als renne der Heranstürmende gegen eine Titanenfaust, die ihn von den Füßen riss und zu Boden schmetterte. Dort blieb er reglos liegen.

Geschwind wand sie ihre Aufmerksamkeit wieder Asad zu und sah, dass er ein leeres Magazin aus der MPi riss, nach hinten griff und ein Ersatzmagazin aus der Gesäßtasche seiner Hose zog. Das fiel ihm sichtlich schwer, da er seine verstümmelte Linke nur eingeschränkt benutzen konnte, weshalb ihm das Magazin entglitt und zu Boden polterte. Fluchend bückte er sich danach.

Mara richtete die Pistole auf ihn und wurde von dem Sandalenträger angegriffen.

Er hatte sich von dem Ellenbogenschlag erholt, und nun versuchte er, ihr seinerseits die Pistole zu entreißen. Ein Schuss löste sich, beide zuckten zusammen.

Sie widerstand dem Impuls, zu versuchen, ihn davon zu überzeugen, dass seine Überlebenschancen besser standen, wenn er sich mit ihr gegen Asad verbündete. Stattdessen biss sie ihm mit aller Kraft in die Nase, denn ihr war sehr wohl bewusst, dass sie bei einer Rangelei früher oder später den Kürzeren ziehen würde.

Der Kerl schrie gellend auf, sie schmeckte Blut, ließ von ihm ab, spuckte aus und hämmerte ihre zierliche Faust gegen seinen bereits in Mitleidenschaft gezogenen Riechkolben. Statt ihn auszuknocken, brachte das den Kerl jedoch zur Raserei und verlieh ihm die Kraft, ihr die Pistole endgültig aus der Hand zu reißen. Dafür kassierte er sogleich den nächsten Ellenbogenschlag ins Gesicht.

Sie rappelte sich auf und kümmerte sich nicht weiter um ihn, da von Asad die größere Gefahr ausging.

Inzwischen war es ihm nämlich gelungen, das neue Magazin in die MPi einzuführen. Nun musste er nur noch den Verschluss nach vorn bringen, dann war die Waffe wieder schussbereit.

Bevor es dazu kam, sprang Mara ihn an.

Sie griff mit beiden Händen zu und bekam den Lauf der Waffe zu packen, drückte ihn hoch, sodass die Mündung nicht auf sie gerichtet war. Das war gut. Schlecht war, dass sie auch nicht auf Asad wies, sondern zur Decke. Als Ergebnis standen sie sich gegenüber wie bei einem Judokampf, nur dass sie nicht den Anzugkragen des jeweils anderen umklammert hielten und auf eine Gelegenheit zum Wurf warteten, sondern die Maschinenpistole.

Das endlose schrille Gekreische der Stewardess ging ihr durch Mark und Bein. »Halt endlich die Klappe!«, hörte sie sich keuchen. »Hilf mir lieber!«

Die Stewardess rührte sich nicht vom Fleck. Natürlich nicht. Niemand tat das.

Und, ebenso natürlich, war Asad stärker als sie.

Sie fluchte, als er sie mitsamt der Waffe hinter sich herzog, während er Schritt für Schritt zurückwich. Sie hatte keine Ahnung, wieso er das tat, doch dann fiel ihr der Sandalenmann ein, der zum Nasenmann geworden war und sich über kurz oder lang von seinen Schmerzen erholen würde. Da er immer noch eine geladene Pistole hatte, war er gefährlich.

Asad zerrte sie um die Ecke in die Bordküche.

Ihre Hände schmerzten, und ihre Kräfte schwanden. Lange würde sie nicht mehr festhalten können. Sie versuchte, den Blickkontakt mit Asad zu vermeiden, sondern starrte an ihm vorbei nach draußen. Die Gangway befand sich direkt hinter ihm, da er mit dem Rücken zum Ausstieg stand.

Draußen tobte eine regelrechte Feuersbrunst, es zischte und fauchte und knisterte, und schwarzer Rauch vernebelte die Bordküche. Außerdem kroch die Hitze mit dem Geruch von schmelzendem Plastik herein. Doch viel schlimmer war der Gestank verbrannten Fleisches.

Sofort wurde ihr speiübel. Wieder dachte sie an Bernd und die Punkerin. Sie wollte seinen Namen brüllen, brachte jedoch keinen Laut zustande. Sie wollte um ihn weinen, doch dafür war keine Zeit. Sie wollte seinen Mörder bestrafen, doch die Muskulatur ihrer Unterarme brannte genauso lichterloh wie die Gangway. Und auch ihr Rücken und der Nacken taten weh. Nur noch wenige Augenblicke, dann würde sie loslassen müssen.

Asad spürte, dass sie schlappmachte. »Fotze!«, presste er zwischen den Zähnen hervor. Sein Grinsen war pure Häme.

Sie gab noch ein kleines Stück nach, doch diesmal absichtlich. Dann mobilisierte sie ihre allerletzten Kräfte, um die Waffe an sich zu reißen.

Asad nahm die Herausforderung an, indem er machtvoll dagegenhielt.

Als sie seine Kraft spürte, gab sie den Zug auf, um stattdessen mit ihrem gesamten Gewicht in seine Richtung zu schieben. Das Prinzip war *Siegen durch Nachgeben*, besser bekannt als Judo.

»Wie hast du mich genannt?«, zischte sie.

Sein Mund öffnete sich zu einem lautlosen Schrei, als er begriff, dass er auf eine Finte hereingefallen war. Er verlor das Gleichgewicht, taumelte rückwärts. Entsetzt ließ er die Waffe los, ruderte mit den Armen, um nicht hintenüber zu stürzen. Er bekam den Handlauf der Gangway zu fassen, doch das heiße Metall versengte ihm zischend die Haut. Er ließ los und stolperte über einen Benzinkanister oder das, was noch davon übrig war.

Dann fiel er.

Für einen Sekundenbruchteil starrte er sie aus weit aufgerissenen Augen an, ehe ihn die Feuersbrunst verschlang.

Im nächsten Moment griff die Kavallerie ein, zwar zu spät, dafür aber mit beachtlichem Spektakel.

Kapitel 46

Die beiden unterschiedlichen Männer, der junge Staatsanwalt Bodo Lohmann und der alte Erzgauner Johannes »Jo« Strasser, ließen ihre Blicke über die trostlosen Wiesen schweifen. Jenseits davon verlief das Band der Bundesautobahn 57, deren monotones Rauschen vom Ostwind herübergeweht wurde. Lohmann war nervös, was sich in ständigem Geplapper äußerte, während Strasser Wurfübungen veranstaltete, und zwar mit den Kieselsteinen, die das Flachdach bedeckten, um es vor UV-Einstrahlung, Sturm und anderem Schaden zu schützen. Das war altbacken, denn moderne Dächer wurden nicht mehr mit Kies gedeckt.

»Knapp«, kommentierte er, als der Stein um Haaresbreite das Schild verfehlte, auf dem zu lesen stand: *Auf dem gesamten Gelände gilt die StVO.*

»Wie lange schon?«, fragte Lohmann, ohne den Wurfkünsten seines ungewöhnlichen Verbündeten Beachtung zu schenken.

»Ungefähr einunddreißig Minuten, würde ich sagen. Eine Minute mehr als bei Ihrer letzten Frage, Herr Staatsanwalt.«

Strasser machte sich einen Spaß daraus, Lohmann mit *Herr Staatsanwalt* anzusprechen. Daran war im Grunde nichts auszusetzen, denn immerhin war er tatsächlich Staatsanwalt. Doch Frau Sturms Bruder verwendete die Bezeichnung bei jedem zweiten Satz, wodurch das Ganze eine höchst ironische Note bekam.

»Das dauert schon viel zu lange«, sinnierte er mindestens zum fünften Mal. »Da ist bestimmt etwas schiefgegangen …«

»Treffer!«, jubilierte Strasser.

Der Kieselstein schepperte lautstark gegen das Schild.

Omar Aidid, der seit einer halben Stunde reglos auf der Planke stand, zuckte zusammen. Ein dunkler Fleck zwischen den Beinen zeugte davon, dass sich seine Blase entleert hatte.

»Sollen wir ihn erlösen?«, fragte Lohmann, ebenfalls zum wiederholten Mal.

Die Frage war angebracht, denn eigentlich gab es keinen Grund mehr, den Somalier auf der Planke stehen zu lassen. Das Telefonat, mit dem sein Bruder davon überzeugt werden sollte, dass er in Lebensgefahr schwebte, war schließlich längst geführt.

Doch Strasser schüttelte gehässig grinsend den Kopf. »Ich finde, wir sollten ihn noch ein wenig schmoren lassen. Macht sich doch gut da oben, unser kleiner Piratenprinz.« Die Worte *da oben* betonte er besonders. »Stimmt doch, Omar, altes Kackfass?«

Natürlich gab der Angesprochene keine Antwort.

Ein weiterer Stein wurde geworfen und traf lärmend sein Ziel.

»Und wieder mitten ins Schwarze, ich bin der Größte! Sagen Sie mal, Herr Staatsanwalt, vögeln Sie meine Schwester?« Die Frage wurde so beiläufig gestellt wie eine Erkundigung nach der Uhrzeit oder nach dem Wetter.

Lohmann wurde feuerrot im Gesicht. »Nein!«, empörte er sich. »Wie kommen Sie denn darauf?«

»Würden Sie denn wollen?«

»Äh … nein, wir sind nur … äh, Freunde.«

»Aber ihr kennt euch doch kaum.«

»Trotzdem«, beharrte Lohmann.

»Komisch, so ähnlich hat sie auch geantwortet, als ich ihr die gleiche Frage gestellt habe.« Strasser klang nicht mehr ironisch, sondern ernsthaft interessiert. »Seit wann können Mann und Frau einfach nur befreundet sein?«

»Laut Freud ist das kein Problem«, antwortete der Jungstaatsanwalt vage.

»Aha. Und laut Lohmann?«

Das lang ersehnte Klingeln des Handys entband ihn von der peinlichen Antwort. »Ja?«, platzte er heraus. »Was ist passiert, wie geht es Ihnen? Sind Sie in Sicherheit? Sind die Geiseln in Sicherheit? Was ist mit Asad …«

»Mensch, Staatsanwältchen! Lass sie doch mal zu Wort kommen!« Strasser ließ den Stein fallen, den er in der Hand hielt, und nahm ihm das Telefon ab. »Hallo, Mara! Hat deine Kriegslist funktioniert?«

Ihre Stimme klang unheimlich dünn, was nicht an einer schlechten Verbindung lag. »Nein, ich glaube nicht.«

»Was soll das heißen? Ist Asad getürmt?«

»Asad ist tot«, sagte sie tonlos. »Drei seiner Kumpane ebenfalls. Den Geiseln geht es gut, bis auf zwei, von denen ich annehmen muss, dass sie es nicht geschafft haben.«

»Aber das ist doch insgesamt gar nicht so übel.« Er zeigte Lohmann den nach oben gereckten Daumen, um anzudeuten, dass alles in Ordnung sei.

Mara seufzte. »Ich weiß nicht. Ich fühle mich so leer.«

»Ach, das wird schon wieder. Gut gemacht, Kleines. Was hältst du davon, mich morgen zu besuchen? Dann kannst du mir ausführlich erzählen, was passiert ist, während ich dich an meine breite Brust drücke und ein wenig aufmuntere.«

Einen detaillierten Bericht hätte er natürlich schon jetzt gern gehört, doch er spürte, dass sie vollkommen aufgewühlt war und er nichts erfahren würde, selbst wenn er sie noch so sehr löcherte.

Sie zögerte. »Mal sehen.«

»Na, dann bis morgen. Dein Freund Lohmann ist übrigens gar nicht so eine ultimative Eiterbeule, wie ich zunächst gedacht habe. Er ist ganz okay, glaube ich. Zumindest für ’nen Staatsanwalt…«

Sie hatte die Verbindung längst getrennt.

Lohmann starrte ihn an, doch ehe er sich für das Kompliment bedanken konnte, keine ultimative Eiterbeule zu sein, näherten sich Schritte auf der Feuerleiter. Der massige Schädel eines Justizvollzugsbeamten erschien. Lohmann erkannte ihn, es war der hünenhafte Beamte namens Schmitz.

Dieser schaute sich gehetzt um. »Ende der Vorstellung. Ich werde Omar unverzüglich in seine Zelle zurückbringen, bevor noch jemand etwas bemerkt. Das gilt auch für Sie, Strasser. Ihr Ausflug ist ebenfalls beendet. Abmarsch!«

Strasser machte keine Anstalten zu gehorchen, sondern warf einen weiteren Stein. »Nur die Ruhe, mein lieber Schmitz, nur die Ruhe. Sie sind zu verkrampft, das schadet Ihrem Mantra. Deshalb mein Tipp: Das Schlimmste im Leben sind die verpassten Gelegenheiten. Also nutzen Sie Ihre Chancen. Ich zum Beispiel…«

»Schluss jetzt mit den Kalendersprüchen!«, blaffte Hälfte. »Wir kommen in Teufels Küche, wenn…«

Strasser grinste. »Wir? Nein, ich nicht. Aber von mir aus beenden wir die kleine Dachparty. Omar wird bestimmt traurig sein.«

Er trat neben den Somalier und riss ihm mit einem Ruck die Kapuze vom Kopf.

Der erschrak, blinzelte, schaute sich staunend in alle Richtungen um und blinzelte erneut. Sein Mund klappte lautlos auf und wieder zu.

Strasser brach in schallendes Gelächter aus. »Herrlich! So eine dämliche Visage habe ich lange nicht mehr gesehen. Allein dieser Anblick war die Mühe wert!«

Aidid erkannte, dass er die JVA niemals verlassen hatte, sondern auf dem Dach der Turnhalle stand. Und die war nicht zwölf Stockwerke hoch, wie man ihm weisgemacht hatte, sondern kaum höher als vier Meter. Doch selbst, wenn es 400 gewesen wären, hätte er sich zu keiner Zeit in Gefahr befunden, da er nicht an der Dachkante stand, sondern irgendwo in der Mitte. Die vermeintliche Planke, die über den Abgrund ragte, stellte sich als Holzbohle heraus, die über zwei Mauersteinen lag, und die wiederum waren nicht mehr als dreißig Zentimeter hoch. Davor hatte man einen Betonklotz gelegt, den Omar für die Dachbegrenzung gehalten hatte.

Vor dem Gebäude parkte der Transporter der Gärtnerei, und Omar nahm an, dass man ihn damit im Kreis herumgefahren hatte.

»Wollen Sie ihm eine reinhauen, Herr Staatsanwalt?«, fragte Strasser. Er nickte mit dem Kinn in Richtung des Somaliers.

»Würde ich gerne. Aber ich verkneife es mir, weil es nicht richtig wäre. Ebenso, wie diese ganze Aktion nicht richtig war.«

Strasser musterte ihn mit schief gelegtem Kopf. »Das Ergebnis heiligt die Mittel. Aber Sie haben Prinzipien, eh? Das gefällt mir. Habe nämlich auch welche.« Er lachte kehlig. »Zugegeben, die decken sich nicht unbedingt mit Ihren. Schönen Tag noch.«

Mit diesen Worten wandte er sich ab.

Lohmann blieb allein zurück und dachte darüber nach, ob Mann und Frau wirklich nur Freunde sein konnten. Vermutlich nicht. Dann fielen ihm Strassers Worte ein, wonach das Schlimmste im Leben die verpassten Gelegenheiten waren. Das stimmte wahrscheinlich eher.

Versonnen hob er einen Stein auf, peilte das Schild an, zögerte. Dann ließ er den Stein fliegen.

Der Beamte und die beiden Häftlinge, die nicht allzu weit von dem Schild entfernt waren, sprangen erschrocken zurück, als das Wurfgeschoss direkt das Ziel traf.

Schmitz fluchte. Doch Strasser winkte begeistert.

Kapitel 47

Das Flugzeug wurde umschwirrt von Feuerwehrwagen, von Notarzt- und Sanitätsfahrzeugen, von Polizeiautos, von zivilen Bussen. Letztere dienten dem Abtransport der Geretteten, nachdem man sie vor Ort versorgt hatte. Das Blaulichtspektakel war gewaltig, während ständig weitere Fahrzeuge hinzukamen.

Etwas abseits stand eine Reihe von Leichenwagen.

Derweil wimmelte es im Inneren der Maschine von Sanitätern, Ärzten, Helfern. Und von Männern in schwarzen Kampfanzügen mit Helmen.

Mara hatte sich auf einen der vielen freien Plätze im Passagierraum von Flug SWX 714 gesetzt, und irgendjemand hatte eine Decke über ihr ausgebreitet. Nachdenklich betrachtete sie ihre Zehen, die unten herauslugten. Sie hatte keine Ahnung, ob ihr heiß war oder kalt, ob sie glücklich war oder traurig oder was die Zukunft bringen würde. Nur eins fühlte sie deutlicher denn je: unendliche Leere.

Funkgeräte plärrten, das Brüllen der übergroßen Ventilatoren, mit denen der Rauch fortgepustet wurde, übertönte den Lärm der aufgeregten Menschen. Löschschaum zischte, als er auf die heißen Metallstreben der Gangway traf.

Plötzlich ließ sich in der Sitzreihe neben ihr ein Mann nieder, ein Mitglied der GSG 9. Der Beamte hatte den Helm und das Gewehr abgelegt, trug jedoch noch seine Sturmhaube.

»So etwas habe ich noch nie erlebt«, sagte sie, ohne ihn anzusehen. Obwohl sie sich seiner Anwesenheit bewusst war, schien sie ihre Worte nicht an ihn zu richten, sondern ein Selbstgespräch zu führen. »Nie zuvor. Was da passiert ist, geht über mein Begriffsvermögen.«

»Kann ich sehr gut nachvollziehen.«

Sie schloss die Augen. »Dabei habe ich schon eine Menge schlimmer Dinge erlebt. Bin gerade in letzter Zeit von einem Schlamassel in den nächsten gestolpert. Doch das hier war der Gipfel. Heilige Mutter, ich habe meinen Ellenbogen in das Gesicht eines Mannes gerammt.« Sie massierte das schmerzende Gelenk. »Seit wann wenden Frauen solche Methoden an? Seit wann wälzen sie sich am Boden und balgen sich mit hundsgemeinen Schlägern. Abartig. Ich hätte Floristin werden sollen.«

»Sie haben genau das Richtige getan«, stellte er in sanftem Tonfall fest. »Das war verdammt mutig.«

Er hatte einige Passagiere befragt, zumindest diejenigen, die imstande gewesen waren, ihm zu antworten, und der einhellige Tenor hatte gelautet, dass die Frau im Badeanzug eine Heldin war.

Ihre Augen waren immer noch geschlossen. »Mutig? Es ist leicht, mutig zu sein, wenn man nichts zu verlieren hat.« Sie schüttelte sich. »Oder?«

»Nichts zu verlieren? Wie meinen Sie das?«

Seine Stimme kam ihr seltsam bekannt vor, vertraut, beruhigend. Sie öffnete die Augen und warf ihm einen halb interessierten Seitenblick zu, doch die Sturmhaube verbarg seine Züge. »Ich habe nichts zu verlieren«, erklärte sie, »weil ich HIV-positiv bin. Das heißt … sehr wahrscheinlich.«

»Sehr wahrscheinlich? Wie ist das zu verstehen?«

»Vor ein paar Wochen habe ich in einem afrikanischen Krankenhaus einen Test machen lassen, und das Ergebnis war positiv. Ich habe ihn in einem anderen afrikanischen Krankenhaus wiederholen lassen, mit dem gleichen Resultat. Seitdem klammere ich mich an die verzweifelte Hoffnung, dass die Diagnose falsch sein könnte. Dort unten herrschen ziemlich miserable Zustände, was die medizinische Versorgung angeht, wissen Sie. Und darum habe ich den Test vorgestern wiederholen lassen, hier bei uns, in der Uniklinik. Nun warte ich auf das Ergebnis, das normalerweise drei bis vier Werktage auf sich warten lässt. Wohlgemerkt: Werktage. An den Wochenenden wird in den Laboren nämlich nicht gearbeitet. Also bekomme ich das Ergebnis erst am Montag oder Dienstag. Die Warterei macht mich wahnsinnig.«

Ihr eigenes Selbstmitleid widerte sie an. Außerdem fragte sie sich, warum sie einem Fremden genau jenes Geheimnis offenbarte, das sie Bernd so lange verschwiegen hatte. Wahrscheinlich, überlegte sie, weil dieser Fremde kein Gesicht hatte. Das war fast so, als würde man sich mit dem Pfarrer im Beichtstuhl unterhalten.

»Oh«, machte der Beamte.

Ein Mann in signalroter Jacke, auf der das Wort *Notarzt* stand, kam auf sie zu und ging neben ihr in die Hocke. »Kann ich etwas für Sie tun?«, erkundigte er sich mit professioneller Besorgtheit.

Sie schüttelte den Kopf. »Danke. Ich will nur noch ein paar Minuten hier sitzen und runterkommen, dann gehe ich von Bord.«

Der Arzt nickte knapp und zog sich zurück.

Zwei Sanitäter geleiteten eine alte Frau durch den Mittelgang, draußen gab ein Feuerwehrmann lautstark Kommandos.

Mara legte den Kopf in den Nacken und starrte an die Decke. »Ich will nach Hause.«

»Kann ich mir lebhaft vorstellen«, gab der gesichtslose Mann erneut zurück. »Haben Sie Familie?«

»Nur einen alzheimerkranken Vater, der mich schon seit Jahren nicht mehr erkennt und im Moment im Sterben liegt.« Sie zögerte. »Und einen Bruder, der mir fremd geworden ist.«

Fast eine Minute sprach keiner von beiden ein Wort.

»Geht mir genauso«, murmelte er schließlich.

Sie zog die Braue hoch. Dann schaute sie ihn an, zum ersten Mal mit echtem Interesse, doch außer den Augen war von seinem Gesicht nichts zu sehen. »Was geht Ihnen genauso? Liegt Ihr Vater auch im Sterben?«

Er lachte rau. »Nein, aber ich habe ebenfalls einen Bruder, mit dem ich nicht besonders gut klarkomme. Das heißt, eigentlich hatte ich zwei Brüder, doch der eine ist früh gestorben, und mit dem anderen liege ich seit Ewigkeiten im Clinch. Gestern habe ich eine Postkarte von ihm bekommen, aus dem Urlaub in Kenia. Das war das Erste, was ich seit Jahren von ihm gehört habe. Aber was rede ich da? Momentan steht Ihnen der Sinn sicherlich nach anderen Dingen als nach meiner Familiengeschichte.«

Sie seufzte. »Ich weiß selbst nicht recht, wonach mir momentan der Sinn steht.«

Er musterte sie mit intelligenten Augen, und auch dieser Blick kam ihr merkwürdig vertraut vor.

Dann ertönte aus seinem Funkgerät die Anweisung, alle SET-Mitglieder hätten sich draußen vor dem Flugzeug zu sammeln.

Er stand auf. »Ich muss gehen.«

»Wie heißen Sie?«, rief sie ihm hinterher.

Er blieb stehen, drehte sich nach ihr um. »Warum wollen Sie das wissen?«

Sie lächelte müde. »Hat keinen bestimmten Grund. Einfach nur so.«

Sein Tonfall nahm eine heitere Färbung an, seine Augen lachten. »Ich gehöre zu einem Spezialkommando. Eins unserer Gebote heißt Anonymität. Darum auch die Sturmhauben.« Er zögerte. »Die meisten nennen mich Bird. Und wie ist Ihr Name?«

Sie sah ihn lange an. Schweigend, nachdenklich. »Wir wär's mit … Hanna.«

»Ich wünsche Ihnen alles Gute, Hanna. Hoffentlich erweist sich die Diagnose als falsch.«

»Ich wünsche Ihnen ebenfalls alles Gute, Bird. Danke.«

Dann war er weg.

Kapitel 48

45 Stunden nach der Entführung des Fluges SWX 714

Am Morgen hatte die Pressekonferenz stattgefunden, danach die nicht öffentliche Lageabschlussbesprechung im Polizeipräsidium. Als diese beendet war, erhoben sich die Beteiligten von ihren Plätzen am großen Konferenztisch, um einzeln oder in Gruppen, schweigend oder heftig diskutierend dem Ausgang zuzustreben.

Mara war ebenfalls zu Wort gekommen, zwar nicht während der Pressekonferenz, dafür aber bei der Lageabschlussbesprechung. Sie war vor die versammelten Herren zitiert worden, um die Geschehnisse aus ihrer Sicht zu schildern. Das hatte sie getan, hatte alles offen und ehrlich dargelegt, mit Ausnahme der fingierten Entführung Omar Aidids, die in ihrem Bericht mit keiner Silbe erwähnt wurde, sodass darin weder Lohmann noch ihr Bruder noch Grillo eine Rolle spielten.

Nach Abschluss ihres Rapportes war der Polizeipräsident auf sie losgegangen, hatte sie regelrecht ins Kreuzverhör genommen, so als hätte sie vor Gericht gestanden und wäre eines Kapitalverbrechens angeklagt gewesen.

»Sie dürfen gehen«, hatte er sie nach zwanzig Minuten gnädig entlassen. »Die Rechtsabteilung wird sich mit Ihrem Verhalten befassen. Danach hören Sie von uns. Guten Tag.«

Das war noch ziemlich am Anfang der Besprechung gewesen.

Nun, da sie zu Ende war, schlenderte der PP mit seinem Aktenkoffer in der Hand ins Foyer, wo er Grillo und Oberstaatsanwalt August »Eisenschädel« Kunze entdeckte, die an der Garderobe standen und gerade ihre Mäntel anzogen, Kunze einen schönen blauen Kaschmirmantel und Grillo seinen verknitterten Trenchcoat.

»Ich habe vorhin mit dem Staatssekretär telefoniert«, hörte der PP das Hutzelmännchen sagen. »Offenbar hat Berlin verfügt, dass Omar Aidid noch in dieser Woche nach Kenia abgeschoben wird. Damit reagiert man vermutlich auf den internationalen Druck, denn gemäß eines globalen Abkommens müssen somalische Piraten, die im Rahmen der Mission *Atalanta* festgenommen werden, zwingend in Kenia vor Gericht gestellt werden.«

»Ich habe bereits davon gehört«, gab Kunze gallig zurück. »Heute Morgen erhielt mein Büro ein entsprechendes Fernschreiben. Interessant, dass den hohen Herren dieses globale Abkommen ausgerechnet jetzt einfällt.«

Grillo machte eine bedeutungsvolle Geste. »Wenn man bedenkt, was uns alles erspart geblieben wäre, hätten wir den Kerl eine Woche vorher abgeschoben. Die Flugzeugentführung, die Toten, all das wäre nicht geschehen. Nur eine verdammte Woche ...«

»In der Tat«, stimmte Kunze zu. »Außerdem wird sich Lohmann ärgern. Das ist einer meiner Mitarbeiter, müssen Sie wissen.«

Der BKA-Mann grinste. »Ich hatte das Vergnügen, ihm kurz zu begegnen. Vorgestern, auf der Toilette ... beim Händewaschen.«

»Sie meinen den lieben Bodo?«, mischte sich der PP ein. Bisher hatte er dem Gespräch schweigend gelauscht. »Er ist mein Neffe«, fügte er für Grillo hinzu, dann wandte er sich wieder dem Eisenschädel zu: »Was wird den lieben Jungen ärgern?«

»Die Abschiebung Aidids wird ihn ärgern. Dass man den Kerl nun doch nicht hier anklagt, sondern in Kenia. Omar Aidid war nämlich Bodos Fall, und er hatte den Somalier fast so weit, ein lupenreines Geständnis abzulegen. Das hätte Lohmann… äh, Ihrem Neffen zweifellos eine Menge Anerkennung eingebracht. Schade, er wird enttäuscht sein.« Kunze setzte seinen Hut auf. »Meine Herren, ich empfehle mich.«

Er ging energischen Schrittes davon. Der Polizeipräsident und Grillo blieben zurück.

Die beiden waren peinlich berührt, der PP mehr als Grillo, da sie einander nicht ausstehen konnten. Andererseits sahen sie sich verpflichtet, der PP mehr als Grillo, zumindest ein paar Höflichkeitsfloskeln auszutauschen, bevor sie auseinandergingen. Dann würden sie froh sein, Grillo mehr als der PP, wenn sie sich nie wieder über den Weg liefen.

»Ich danke Ihnen für die Zusammenarbeit«, sagte Herr Dr. Bohne steif.

Grillo grunzte.

»Was halten Sie eigentlich von dieser Beamtin, die meinte, in Rambo-Manier einen Alleingang starten zu müssen? Schreit ein solches Verhalten nicht geradezu nach Suspendierung?«

Grillo schaute ihn an, als hätte er es mit einem komplett Schwachsinnigen zu tun. »Nun«, begann er bedächtig, »das können Sie selbstverständlich halten, wie Sie wollen. Ich jedenfalls werde noch heute dem Bundeskanzleramt meinen schriftlichen Bericht vorlegen, und dort ist man an Ergebnissen interessiert und nicht daran, wie diese zustande gekommen sind. Die Flugzeugentführung wurde binnen… sechs Stunden beendet, wobei seit dem Einschreiten Frau Sturms keiner Geisel auch nur ein Haar gekrümmt wurde. Das sorgt für positive Schlagzeilen und in Berlin für glückliche Gesichter. Wer, glauben Sie, interessiert sich da noch für irgendwelche Formalien?«

Bohne wurde kreidebleich. »Mein lieber Herr Grillo, hier geht es doch um mehr als nur ein paar Formalien. Um weitaus mehr, möchte ich meinen. Mit ihrer Eigenmächtigkeit hat diese Frau das Leben …«

»Wie ich schon sagte«, fiel ihm Grillo ins Wort, »in Berlin ist man an Ergebnissen interessiert, an nichts anderem.« Er gestattete sich ein breites Grinsen. »Ich denke, Frau Sturm hat beste Chancen auf den Verdienstorden des Landes NRW. Oder, wer weiß, vielleicht ist da sogar noch mehr für sie drin.«

Mehr konnte in diesem Zusammenhang nur eins bedeuten: Bundesverdienstkreuz.

Grillo fuhr fort. »Stellen Sie sich vor: Dieses Persönchen hat es ganz allein und ohne Not mit Gewaltverbrechern aufgenommen, die normalerweise von schwer bewaffneten, hoch spezialisierten Einheiten bekämpft werden. Ich finde diese Leistung und diesen Mut bemerkenswert, und wenn ich mit meinem Bericht etwas dazu beitragen kann, dass sie diesen Orden bekommt, dann will ich verdammt sein, wenn ich es nicht tue.« Er warf einen Blick auf seine Armbanduhr. »Leider muss ich mich jetzt verabschieden. Auf Wiedersehen.«

Dem Polizeipräsidenten entgleisten die Gesichtszüge. *Verdienstorden des Landes*, hallte es in seinem Kopf wider. Unfassbar.

Oder schlimmer: Bundesverdienstkreuz.

»Onkel Waldemar«, drang eine Stimme in sein Bewusstsein. »Geht es dir nicht gut? Du bist so blass.«

»Äh … Bodo! Nein, alles in Ordnung, ich habe nur … nachgedacht. Aber sag mal, was machst du denn hier?«

»Ich habe frei«, frohlockte Lohmann. »Als ich heute Morgen ins Büro kam, schickte mich der Eisenschädel wieder nach Hause. Ich solle das als Bonus verstehen, sagte er, für meine ausgezeichnete Arbeit im Fall Aidid. Es ist das erste Mal, dass er mich gelobt hat. Und deshalb dachte ich mir, zur Feier des Tages fahre ich gleich mal zum Präsidium und frage meinen Lieblingsonkel, ob er nicht Lust hat, mit mir zu Mittag zu essen.« Er räusperte sich. »Außerdem muss ich dir … ein Geständnis machen.«

»Ein Geständnis? Was denn für ein Geständnis?«

Lohmann schaute betreten zu Boden. »Ja, weißt du, es geht um die Flugzeugentführung. Und um die Rollen, die Frau Sturm und ich dabei gespielt haben.«

»Ich wusste gar nicht, dass *du* dabei auch eine Rolle gespielt hast!«

»Leider doch. Und ich weiß, dass es nicht richtig war, was ich getan habe. Deshalb werde ich die Konsequenzen tragen, genau so, wie ich davon überzeugt bin, dass Frau Sturm jede Sanktion akzeptieren wird …«

»Sanktion?«, unterbrach ihn der PP. »Lieber Bodo, wovon redest du?«

Dem Jungstaatsanwalt war immer deutlicher anzusehen, wie unbehaglich er sich fühlte. »Von unserem eigenmächtigen Verhalten rede ich.« Er hustete. »Ich werde mich selbst anzeigen. Und Frau Sturm wird einer Suspendierung auf keinen Fall widersprechen, ich kenne sie gut genug und weiß …«

Herr Dr. Bohne wirkte für einen Moment tief verärgert, doch dann beeilte er sich, eine freudestrahlende Maske aufzusetzen. »Aber, aber, mein lieber Bodo, wieso sollte ich Frau Sturm suspendieren? Im Bundeskanzleramt ist man an Ergebnissen interessiert und nicht daran, wie diese zustande gekommen sind. Und im vorliegenden Fall ist das Ergebnis äußerst erfreulich. Die Flugzeugentführung wurde binnen … sechs Stunden beendet, wobei seit dem Einschreiten Frau Sturms keiner Geisel ein Haar gekrümmt wurde.«

Lohmann war vollkommen perplex, und es dauerte eine ganze Weile, bis er seine Sprache wiederfand. »Dann hast du gar nichts dagegen, dass sie sämtliche Regeln gebrochen hat?«

»Bodo, Bodo, ich bin enttäuscht von dir. Glaubst du, ich würde nicht wohlwollend zur Kenntnis nehmen, wenn jemand hohen persönlichen Einsatz zeigt, um eine brandgefährliche Situation zu meistern? Hältst du mich tatsächlich für solch einen … einen Unhold? Wie gesagt, alles ist glimpflich ausgegangen, und das sorgt in Berlin für gute Stimmung, da interessiert es hinterher niemanden mehr, ob ein paar Vorschriften missachtet wurden.« Er lächelte zuckersüß. »Frau Sturm ist ab sofort reaktiviert und wird wieder in ihrem alten Kommissariat eingesetzt, um in dieser unserer Stadt für Recht und Ordnung zu sorgen. So wie ich die hohe Politik einschätze, hat sie gute Chancen, für das Bundesverdienstkreuz vorgeschlagen zu werden. Eine solche Beamtin ist Gold wert für jede Behörde. Ich sehe bereits die Schlagzeilen vor meinem geistigen Auge.« Sein Blick schweifte zur Decke, in seinem Gesicht zuckte ein Muskel. Dann blinzelte er, als würde er aus einer Trance erwachen, und sah wieder seinen Neffen an. »Und nun … lass uns essen gehen, ich habe einen mächtigen Kohldampf. Ich glaube, in der Kantine gibt es heute Gulasch. Ich liebe Gulasch.«

Mara war zurück.

Epilog

66 Stunden nach der Entführung des Fluges SWX 714

»Hör auf, mich so anzusehen«, tadelte Mara. »Diesen Dackelblick kannst du dir verkneifen. Nur weil du die letzten beiden Nächte in meinem Bett geschlafen hast, heißt das noch lange nicht…«

Sie hielt inne, da er demonstrativ den Kopf zur Seite drehte, um kundzutun, was er von ihrer Unmutsäußerung hielt.

Kleiner Scheißer, verdammter!

Sie bemühte sich, ihre Nervosität in den Griff zu bekommen, allerdings ohne Erfolg. Auch in den besagten beiden Nächten, in denen sie zusammen im Bett gelegen hatten, war sie nervös gewesen und ängstlich und verzweifelt, und deshalb hatte es ihr gutgetan, Bodos Nähe zu spüren, seinen warmen Körper, der sich an ihren schmiegte, seinen Atem, der ihr Gesicht streifte, seine dankbaren Blicke am Morgen. Natürlich war es ein Fehler gewesen, denn er würde falsche Schlüsse daraus ziehen.

Ich habe viele Fehler gemacht in letzter Zeit, dachte sie bitter.

Sie saßen in Maras klappriger Ente, während dicke Regentropfen auf das Dach trommelten. Die Scheiben waren beschlagen, draußen herrschte ein Wetter wie am Tag des Jüngsten Gerichts.

»Passt«, sagte sie lakonisch.

Bodo drückte sich immer noch die Nase am Seitenfenster platt, den Kopf ostentativ von ihr abgewandt.

Beleidigte Leberwurst!

Das viele Geld kam ihr in den Sinn, das der Anwalt ihres Bruders immer noch mit penetranter Regelmäßigkeit überwies. Jo hatte eine Schraube locker. Wenn er glaubte, sie kaufen zu können, hatte er sich geschnitten, der blöde Hund. Trotzdem hätte sie ein Vermögen dafür gegeben, wenn er in diesem Moment bei ihr gewesen wäre.

Sie ließ den Blick schweifen. Auf der anderen Straßenseite schälte sich die graue Fassade der Arztpraxis aus dem Nebel.

Ein Blick zur Uhr. Zwanzig nach elf. Allmählich gingen ihr die Ideen aus, wie sie das Unvermeidliche noch länger hinauszögern sollte. Auf die Sekunde genau um neun Uhr hatte ihr Telefon geklingelt. »Praxis Doktor Niggemann«, hatte sich die Sprechstundenhilfe ihres Hausarztes gemeldet. »Ist dort Frau Sturm?«

Mara hatte schlucken müssen, erst dann war es ihr gelungen, ein halbwegs verständliches »Ja« hervorzubringen.

»Äh … schön. Guten Tag, Frau Sturm. Herr Doktor Niggemann bittet mich, Ihnen mitzuteilen, dass der Laborbefund vorliegt.«

Mara hatte unwillkürlich die Luft angehalten. Ihre Bemühungen, am Tonfall der Arzthelferin zu erkennen, wie das Ergebnis lautete, waren natürlich fehlgeschlagen.

»Und?«, hatte sie schließlich so beiläufig wie möglich gefragt. Die Vorstellung, für feige gehalten zu werden, war ihr ein Gräuel. Das mutete angesichts ihrer Situation ziemlich verrückt an, spiegelte jedoch unleugbar ihre Empfindungen wider. Außerdem wollte sie auf keinen Fall in Tränen ausbrechen, weder am Telefon noch sonst wo. Sie hatte genug geheult in den letzten zwei Tagen. »Wie lautet das Ergebnis?«

»Äh …«, hatte die Sprechstundenhilfe erwidert, »darauf darf ich Ihnen leider nicht antworten, das muss Ihnen der Herr Doktor persönlich sagen.«

»Wann soll ich da sein?«

»Wann Sie möchten. Die Praxis ist bis dreizehn Uhr geöffnet und heute Nachmittag wieder ab sechzehn Uhr.«

Ihr Herz hatte für einen Schlag ausgesetzt. Das war ein Zeichen! Normalerweise konnte man bei Dr. Niggemann nicht einfach auftauchen, wann man wollte. Ohne Termin ging da für gewöhnlich gar nichts. Dass dies plötzlich anders sein sollte, konnte nur bedeuten …

Mit Mühe hatte sie dem Impuls widerstanden, die Arzthelferin anzuschreien, sie solle ihr gefälligst die verdammte Wahrheit sagen. Der Befund war positiv, sie hatte AIDS, basta! Warum konnte man ihr das nicht ohne Umschweife mitteilen?

Dennoch hatte sie sich beherrscht und versichert, so schnell wie möglich in der Praxis zu erscheinen.

»Bodo, ich habe Angst«, hörte sie sich in diesem Moment flüstern. Ihre grünen Augen wurden einmal mehr feucht, während sie weiterhin zur anderen Straßenseite starrte, wo gerade ein Mann mit Regenschirm und hochgeschlagenem Mantelkragen in der Praxis verschwand.

Bodo rückte näher an sie heran und drückte seinen Kopf gegen ihren Arm.

Wie gern hätte sie jetzt Bernd an ihrer Seite gehabt. Nicht nur für den Gang zur Urteilsverkündung beim Arzt, sondern auch für alles andere.

Doch diese Seifenblase war zerplatzt.

Ja, er hatte sich rechtzeitig in Sicherheit bringen können und war der Feuersbrunst entkommen. Genauso wie die schwarz gekleidete Frau, die mit ihm auf der Gangway gestanden hatte. Das war's dann aber auch schon mit den guten Nachrichten.

Nach dem Schlamassel war Mara den beiden nämlich in der Flughafenhalle begegnet. Die hatte man abgesperrt und zum Betreuungsbereich umfunktioniert, um sich der Geiseln anzunehmen, bis sie von Verwandten abgeholt oder in die Obhut von Psychologen übergeben wurden. Einige hatten sich sogar in der Lage gefühlt, den Heimweg allein anzutreten.

Wie auch immer, Mara hatte von Weitem beobachtet, wie sich Bernd und die Punkerin in die Arme gefallen waren. Das hatte sehr intim gewirkt, obwohl es natürlich nicht mehr gewesen war als ein Ausdruck der Erleichterung, denn immerhin waren sie kurz zuvor dem Sensenmann von der Schippe gesprungen, und das hatte sie zusammengeschweißt. Doch dann hatten sie einander eine schiere Ewigkeit angeschaut, und ganz plötzlich war der Umarmung ein zaghafter Kuss gefolgt, dann noch einer, dann wilde Küsse und schließlich eine hemmungslose, ungezügelte Knutscherei. Minutenlang hatten sie gelacht und geweint zugleich und sich dabei liebkost. Nach einer Weile waren sie gemeinsam in einem Taxi verschwunden. Mara hatte sich im Hintergrund gehalten und ihnen mit offenem Mund nachgestarrt.

Am nächsten Tag hatte er sie angerufen. »Hallo, Hanna … ich meine, Mara. Danke für den Brief, jetzt weiß ich Bescheid. Wie … wie geht es dir?«

Er war spürbar verlegen, fast schon beschämt. Die Vertrautheit, die sie in Kenia so sehr genossen hatten, war restlos verschwunden.

»Wie soll es mir gehen?«, gab sie ausweichend zurück.

Dann herrschte einvernehmliches Schweigen, keiner wusste, was er sagen sollte.

Er räusperte sich. »Also … Weshalb ich anrufe … Wie gesagt, ich habe deinen Brief gelesen. Danke. Ich wollte …«

»Bernd«, unterbrach sie ihn.

»Ja?«

»Ich habe euch in der Flughafenhalle gesehen, dich und deine Freundin in Schwarz.« Das Wort *Freundin* klang eine Spur zu vorwurfsvoll.

»Oh. Also das war nicht geplant. Das hat sich so ergeben. Weißt du, sie hat mir vermutlich das Leben gerettet. Oder mich zumindest vor dem Rollstuhl bewahrt. Nur ihrem Eingreifen habe ich es zu verdanken, dass ich nicht aus dem Flugzeug gestoßen wurde, als die Gangway noch nicht angedockt war. Ich hätte mir den Hals gebrochen, hätte sie mich nicht festgehalten. Ich… das heißt wir…«

Sie fiel ihm ins Wort. »Du bist mir keine Erklärung schuldig. Lass gut sein. Manche Dinge passieren einfach, ohne dass wir sie beeinflussen können.« Das klang pragmatisch, obwohl ihr in Wirklichkeit nicht nach Pragmatismus zumute war.

Anschließend unterhielten sie sich noch ungefähr fünf Minuten über mehr oder weniger belanglose Dinge, dann hatten sie das Gespräch mit dem gegenseitigen Versprechen beendet, in Kontakt zu bleiben. Dass sie dies nicht tun würden, war ihnen bereits in diesem Augenblick klar gewesen, denn irgendwie war über Nacht aus einer großen Liebe eine peinliche Affäre geworden. Es stimmte: Manche Dinge passierten einfach, ohne dass man sie beeinflussen konnte.

Sie seufzte. »So, mein lieber Bodo, ich werde jetzt da hineingehen und mir von Herrn Doktor Niggemann den Laborbericht verkünden lassen. Du bleibst derweil hier und stellst keinen Unsinn an, hörst du? Und nicht wieder in die Polster beißen, ja?« Sie tätschelte ihm den Kopf und ließ ihre Rechte durch sein Fell gleiten.

Der Hund, Bodo II, war noch jung, kaum dem Welpenalter entwachsen. Am Sonntag hatte sie ihn aus dem Tierheim geholt, und seitdem war er ihr keine Sekunde von der Seite gewichen. Offenbar mochte er es nicht, allein zu sein. Genau wie sie.

»Nein, du brauchst gar nicht so zu gucken, das zieht nicht mehr, du bleibst hier! Und in meinem Bett wirst du auch nicht mehr schlafen. Das war eine Ausnahme.«

Geschwind schlüpfte sie aus dem Wagen und schlug die Autotür schnell wieder zu, ehe ihr neuer Freund folgen konnte. Ihr Herz galoppierte, der Kloß in ihrem Hals wurde von Sekunde zu Sekunde größer.

Dann ging sie auf den Eingang der Arztpraxis zu, wohl wissend, dass die nächsten Minuten über ihr gesamtes Leben oder vielmehr den Rest davon entscheiden würden. Denn eins war klar: Egal, wie das Ergebnis lautete, ihr Leben würde nicht mehr so sein wie vorher …

Der erste Fall für die Kölner Kommissarin Mara Sturm!

432 Seiten. ISBN 978-3-442-37441-0

Mara Sturm ist Kriminalkommissarin aus Überzeugung, aber sie steckt in der Krise: Ihr Vorgesetzter teilt der rebellischen Ermittlerin einen überkorrekten Partner zu, privat liegt sie im Streit mit ihrem Bruder, einer bekannten Halbwelt-Größe. Da verschwindet in Köln eine junge Frau. Eine erste Spur führt Mara zu einem groß angelegten Coup der Russenmafia. Vom Chef im Stich gelassen und mit einem Partner, dem sie nicht traut, ermittelt Mara Sturm allein – und gerät als Geisel in die Fänge ihrer Gegner. Sturms Jagd ist der härteste Einsatz ihres Lebens ...

Lesen Sie mehr unter: **www.blanvalet.de**